万華鏡

レイ・ブラッドベリ

隕石との衝突事故で宇宙船が破壊され，宇宙空間へ放り出された飛行士たち。時間がたつにつれ，仲間たちとの無線交信は，ひとつまたひとつと途切れゆく——永遠の名作「万華鏡」をはじめ，子供部屋がいつのまにかリアルなアフリカと化す「草原」，年に一度岬の灯台へ深海から訪れる巨大生物と青年との出会いを描いた「霧笛」など，“ＳＦの叙情派詩人”ブラッドベリがみずから選んだ傑作短編26編を収録。天才作家の幅広い創作活動を俯瞰できる，最大にして最適の一冊。

ブラッドベリ自選傑作集

万　華　鏡

レイ・ブラッドベリ
中村　融　訳

創元ＳＦ文庫

THE VINTAGE BRADBURY

by

Ray Bradbury

This book is published in Japan
By TOKYO SOGENSHA Co., Ltd.
by arrangement with Don Condon Associations, Inc.
through Tuttle-Mori Agency Tokyo

目次

序　文

小説を書くうえでもっとも達成しがたいことのひとつが、個性を出すことだ。毎年、何百という長編小説、何千という短編小説が生みだされる。だが、その大部分は似たり寄ったりで、ちがいといえば、せいぜい舞台となる場所や、プロットのもっともらしさや、性的でサディスティックなエピソードの残酷さの度合いくらい。文体、知性、人生の解釈がきわめて強烈で、またぬきん出ているために、感受性の豊かな読者ならたちどころにそれと認め、いったん認めたらけっして忘れないような作品を書く作家はめったにいない。この事実は、本人もきわめて独創的な作家であるトルーマン・カポーティが、つぎのような対照法を用いてみごとにいい表わしている。近ごろ評判のある長編小説をさして、彼はこういったとされるのだ――「あんなのは書いてるんじゃない。タイプライターを叩いているだけだ」。

レイ・ブラッドベリは、現役のアメリカ人作家のうちでもっとも独創的なひとりである。彼の作品すべてに、ほかに類を見ない個性という刻印が押されている。彼以外のだれにも彼のような小説は書けないだろう。彼のほうも、出版業界のキッチンから続々と流れだしている、貪欲きわまりない読者さえ飽食させてしまうほど膨大な量の文学版ミートボールや小説版フランクフルト・ソーセージをこしらえるのは無理だろう。

彼の文体をとりあげよう。詩と口語体が奇妙に入り交じったそれは、きびきびしていて無駄がないため飽きが来ないし、予想外の気まぐれに満ちているので、けっして退屈しない。わたしにいわせれば、ときに強烈すぎて、息をもつかせない嫌いがあるほどだ。レイはときおり熱狂的なティーンエイジャーのように思われるし、そのように語ることがある。みずからの力を発見し、石に刺した剣を抜いたばかりで、自分が世界と渡りあえると信じているティーンエイジャーのように。しかし、その文体が彼自身の創造物であり、現実と非現実の双方に関する彼自身の明瞭なヴィジョンを伝えられるものであることに疑問の余地はない。

つぎに、彼の主題をとりあげよう。それがなんであれ、彼の主題は現実的なものではない。だが、人間的なものだ。現実の生活は四六時中われわれにのしかかっている——たいていは群衆や機械文明の形をとって。長編小説、短編小説、TV台本、映画脚本として今日《こんにち》書かれている出来の悪いフィクションの大部分は、うんざりするほど現実的であり、そこに登場する男女は主体ではなく客体である。つまり、彼ら自身の本物の人生を生きる代わりに、機械文明や群衆に迎合し、支配されているのだ。レイ・ブラッドベリは、この種のリアリズムとは無縁である。彼の小説は魂《たましい》の世界で展開される。仮に一九二〇年ではなく、一八二〇年、あるいは一五二〇年やただの二〇年に生まれていたとしても、彼はいまと同じくらい人を面食らわせ、いまと同じくらい秀逸な小説を書いていただろう。未来の世代が彼の美質のどの部分を称賛するにしても——称賛するのはまちがいない——二十世紀なかばのアメリカ生活の外面を映す鏡として研究されることはない。それだけはたしかだ。

彼がとりあげる題材はなんだろう？　魔法。幽霊。真実となる夢、溶けて夢となる真実。おとなには堅くこわばって見えるものの、子供の心のなかでは刺激的で、ときにはぎょっとするような幻想《ファンタジー》に変容する世界。そして未来——われわれが形作ろうとしているけれど、われわれの思惑《おもわく》や夢、それどころか恐れともまるっきりちがっていると判明する（と彼は知っている）未来。アリストテレスによれば、物語を作るときは、現実にはありえるが心には迫らない物語よりも、現実にはありえないが、いかにもありそうな物語にしたほうがいいという。レイの物語の大部分は現実にはありえない——いまのところは。しかし、心に迫るのはたしかだ。

彼は誤解されてきた。過小評価されてきた。これからは当初に獲得したよりもっと幅広く、もっと思慮深い読者をつかむだろう。そして彼の作品は長く残るだろう。しかし、彼は誤って解釈されてきた。彼はしばしば〝サイエンス・フィクション〟の作家だといわれてきた。これは誤りだ。彼は科学についてろくに知らない。気にもかけない。彼は幻視者だ。テクノロジーを礼賛《らいさん》することはまずないし、作品に用いることもめったにない。もしテクノロジーがすこしでも彼の心を占めているとすれば、便利な道具や筋力を増大してくれるものとしてではなく、人間精神の能力を拡張してくれる見込みがあるものとしてだ。カリフォルニアで小さな機械を手にとればニューヨークにいるだれかと話ができるというアイデアは、彼をわくわくさせない。しかし、遠い過去の音を再生できる機械が発明されたら、心の底からぞくぞくする——そう本人の口から聞いたことがある。もし準星《クエーサー》と呼ばれる、ありえないほど遠い天体を探知できるなら、ゲティスバーグの演説や、『ハムレット』初演時の台詞《せりふ》や、ソクラテスの裁判における弁明をまた聞けるかもしれないのだ。

レイ・ブラッドベリはサイエンス・フィクション作家ではない。彼は幻想の物語の作者だ。アメリカ人の先達《せんだつ》はエドガー・アラン・ポオ。フランス人の先達はヴィリエ・ド・リラダン。ドイツ人の先達は『ホフマン物語』の作者。イギリス人の先達は〈全面的にではなく、部分的には〉ウェルズとキプリング。ギリシア人の先達はルキアノスであり、〈その前は〉〈雲居《くもい》の時《じ》鳥国《ちょうこく》〉の創造者、アリストパネスだ。

機械文明と切り離された幻想というものは、今日では稀《まれ》である。そして、人間の生活を堕落させるのではなく、拡大させる幻想というものは、これまでずっと稀だった。フランツ・カフカはレイ・ブラッドベリのような幻想作家《ファンタスト》だった。しかし、彼は辛辣《しんらつ》で絶望的な悲観主義者《ペシミスト》であり、彼の世界ではだれもがあがき、敗北して、心のなかに栄光をかいま見ることさえなかった。レイ・ブラッドベリはペシミストであると同時に楽観主義者《オプチミスト》だ。みずからの憎むべき骸骨《がいこつ》から解放され、軟体動物のように平らで、流動的な体になる男。焼け死ぬあいだに流れ星となる宇宙の探検者。もの静かで退屈した子供ふたりの想像力から、恐ろしい怪物が生まれてくる子供部屋。住人が亡くなり、世界が滅びたあとも動きつづけるオートメーション化された家——これらをはじめとするレイ・ブラッドベリの着想のもとは恐怖である。われわれの病院や刑務所に蔓延《まんえん》する恐怖ほどおぞましくもないし、野蛮でもないが、恐怖は恐怖である。彼はこれらに謎を加える。成長しない少年ピーター・パン――彼はヒーローだろうか、恐怖《ホラー》だろうか？　J・M・バリーは彼を愛らしい妖精にした。その役を演じるのは、ふつう（複雑な機械装置の助けを借りれば）空を飛べるほど痩《や》せ細った成人女性だ。レイ・ブラッドベリは彼を正真正銘の少年にする。つまり、成長できないが、空も飛べない少年に。若さの苦しみと老齢の痛みの両方にさいなまれる少年に。そして恐怖と謎に、レイ・ブラッドベリは美しくも感動的な未来世界の幻想を加える。その未来では、われわれは望むとおりしあわせになれるかもしれない。そして彼は少年期の宇宙の記憶を加える。その宇宙では、最悪の怪物さえエネルギーと自信で打ち負かせるのだ――それと同じ種類のエネルギーと自信によって、彼は熱意あふれる独学の物語作者から、アメリカ屈指の作家に変容したのである。

ギルバート・ハイエット

万華鏡

ブラッドベリ自選傑作集

アンリ・マチスのポーカー・チップの目

はじめて読者の前に登場するとき、ジョージ・ガーヴィーはなんの変哲もない男だ。その男が、のちに白いポーカー・チップの片眼鏡《モノクル》、それもマチスその人が青い目を描いたポーカー・チップのモノクルをかけるようになる。さらにのちには、義足に黄金の鳥籠《とりかご》を仕込んで鳥をさえずらせたり、作りものの左手を、ちらちら光る銅と翡翠《ひすい》で飾るようになるかもしれない。

だが、はじまりの時点では——まずは恐ろしいほど平凡な男をご覧あれ。

「経済欄を読んでるの、あなた？」

夕刻、彼のアパートメントで新聞がガサガサいう。

「天気予報によると、『明日は雨』だそうだよ」

黒い鼻毛が呼吸に合わせて出たりはいったり。静かに、静かに、延々と何時間も。

「そろそろ寝よう」

彼の見た目は、一九〇七年ごろに生産された蠟《ろう》人形のマネキンそっくり。しかも奇術師もうらやむ手際《てぎわ》で、緑のビロードの椅子にすわっていたかと思うと——あら不思議、一瞬にしてかき消えるのだ！　こちらがちょっと横を向くと、そんな男の顔など忘れてしまう。ヴァニラ・プディングなみにありふれた顔なのだ。

にもかかわらず、ほんのちょっとした偶然が、この男を史上もっとも奔放な前衛《アヴァンギャルド》文学運動の中核に仕立てあげたのだ！

ガーヴィーとその妻は、二十年にわたり、もっぱらふたりだけで暮らしてきた。妻は可憐《かれん》なカーネーションだったが、こういう男に出会ったのが災《わざわ》いして、お客が寄りつかなかったのだ。人々をたちどころにミイラに変える才能がガーヴィーにあろうとは、夫も妻も思っていなかった。オフィスでせわしない一日を過ごしたあと、夜はふたりだけですわって過ごすのに満足している、とふたりとも公言していた。ふたりとも、だれでもやれるような仕事についていた。ときには、自分たちを雇《やと》っている特色のない会社の名前を本人たちさえ思いだせないことがあった。白いペンキに白いペンキを上塗りするようなものだからだ。

前衛運動に参加せよ！　〈地下室の七人組〉に参加せよ！

こうした奇人たちがパリの地下室で繁栄をとげていた。彼らは気《け》だるいジャズに耳をかたむけ、なんとも移り気な人間関係を半年あまり保ったあと、騒々しい分裂のときが来てアメリカへ舞いもどり、ミスター・ジョージ・ガーヴィーに出くわした。

「たまげた！」一党の元指導者アレグザンダー・ペープが叫んだ。「とんでもなく退屈な野郎に出会ったぞ。とにかく会ってこい！　昨夜《ゆうべ》、ビル・ティミンズのアパートメントへ行ったら、一時間ほど留守にするって書き置きがあったんだ。廊下でこのガーヴィーなる御仁《ごじん》に、お宅で待たせてもらえないかと頼んでみた。そういうわけでそこにすわっていたんだよ、ガーヴィーと、奥方と、このおれが！　信じられん！　あいつは〈倦怠《アンニュイ》〉のかたまり、われらが物質的社会の申し子だ。人を麻痺《まひ》させる方法を十億通りも心得てやがる！　無感覚を引き起こし、深い眠りに誘いこみ、心臓を停止させる才能をそなえた絶対のロココだ。たいした症例だよ。みんなで訪ねていこう!」

この連中は禿鷹《はげたか》のように群がった! 生命がガーヴィー家のドアまで流れ、生命が彼の居間に居すわった。〈地下室の七人組〉はふさ飾りつきのソファにとまり、餌食《えじき》にじっと目を注《そそ》いだ。

ガーヴィーはそわそわした。

「煙草《たばこ》を吸いたい方は——」かすかに笑みを浮かべ、「どうか——遠慮なく——吸ってください」

沈黙。

こういう指示が出されていたのだ——「口を閉じていろ。あの男を困らせろ。あの男がどれほど巨大な平凡かをたしかめる方法はそれしかない。アメリカ文化の絶対零度だ!」

まばたきひとつしない沈黙が三分間つづいたあと、ミスター・ガーヴィーが身を乗りだして、「えー」といった。「どういうご用件でしょう、ミスター……?」

「クラブツリー。詩人です」

ガーヴィーはこの言葉をじっくり考え、

「それで、ご用件は?」

返事はない。

ここで典型的なガーヴィー流の沈黙がはじまった。ここにすわっているのは、世界最大の沈黙製造業者にして配達人だ。注文を受ければ、沈黙を荷造りし、咳払いとささやきの紐で結わえて送りだせる。気まずい沈黙、いたたまれない沈黙、おだやかな沈黙、のどかな沈黙、無関心な沈黙、うれしい沈黙、すばらしい沈黙、不安げな沈黙。ガーヴィーはそのただなかにいる。

さて、〈地下室の七人組〉は、この夜の沈黙にあっさりと溺《おぼ》れてしまった。あとで、お湯の出ないアパートメントで、〝手ごろな赤ワイン〟の瓶《びん》を囲んで(彼らも掛け値なしの現実に接触せざるを得ない局面にいたることはある)、この沈黙をバラバラに引き裂き、手荒にあつかった。

「あいつがカラーをいじるさま見たか! ほー!」

「いやはや。でも、あいつがけっこう〝クール〟なのは認めるしかないな。マグジー・スパニアとビックス・バイダーベックの話題が出ただろう。あいつの表情に気づいたか。おっそろしくクールだったぞ。あんなふうに無関心で無感情な顔をしてみたいもんだ」

ベッドにはいる準備をしながら、このなみはずれた夕べを思い返していたジョージ・ガーヴィーは、状況が手にあまると、つまり聞き慣れない本や音楽が話題にのぼると、自分はパニックにおちいって、体が凍《こお》りつくのだと悟った。

とはいえ、なんとも風変わりな客人たちが、このことを特に気にしたようすはなかった。じつをいうと、帰りぎわに、彼らはガーヴィーと固く握手し、すばらしいひとときをありがとうと感謝したのだ!

「正真正銘、A級退屈ナンバー・ワンだ！」と街の反対側でアレグザンダー・ペープが叫んだ。

「ひょっとすると、内心ではぼくたちを笑っていたのかもしれないぞ」とマイナー詩人のスミス。目がさめていれば、ペープの意見にかならず異を唱えるのだ。

「ミニーとトムを呼びにいこう。きっとガーヴィーを気に入るよ。またとない夜だ。何カ月もこの話で持ちきりだ！」

「気がついたか？」とマイナー詩人のスミス。気どって目を閉じ、「バスルームで蛇口をひねったら」芝居がかって間を置き、「お湯が出た」

だれもが腹立たしげにスミスを見つめた。

ひねってみようとは思わなかったのだ。

繁殖力の旺盛なイースト菌のような党派は成長し、まもなくドアや窓からあふれ出た。

「ガーヴィー夫妻に会ったかい？　なんだって！　棺桶《かんおけ》で寝てろよ！　ガーヴィーはきっとそのリハーサルをしてるんだ。スタニスラフスキーの戯曲でもなければ、あんなに退屈になれるわけがない！」

ここでもがなりたてたのはアレグザンダー・ペープ。ガーヴィーの間延びした自意識過剰の話しっぷりを、このとき彼が完璧に真似して見せたので、グループ全員はがっくりきた。

「『ユリシーズ』ですか？　ギリシア人と、船と、ひとつ目の怪物が出てくる本じゃありませんか！　なんですって？」間。「おお」またしても間。「なるほど」すわり直して、「『ユリシーズ』を書いたのはジェイムズ・ジョイスですって？　変だな。誓ってもいいですが、むかし学校で習ったところでは……」

そのみごとな模倣ぶりのせいで、だれもがアレグザンダー・ペープに反感をいだいたにもかかわらず、彼がこうつづけると爆笑した——

「テネシー・ウィリアムズですか？　あのヒルビリー調の『ワルツ』を作曲した男のことですか？」

「ぼやぼやしちゃいられない！　ガーヴィーの住所はどこだ？」と、だれもが叫んだ。

「わたしの生活は」とミスター・ガーヴィーが妻にいった。「近ごろなんだか楽しいよ」

「あなたの人徳よ」と妻は答えた。「気がついてるでしょう、みんな、あなたの言葉をひとことも聞きもらすまいとしてるわ」

「あの人たちの集中ぶりは」とミスター・ガーヴィー。「恍惚《こうこつ》の域に達してるね。わたしがどんなにつまらないことをいっても、大爆笑が起きる。変だな。オフィスでジョークを飛ばすと、決まって石壁にぶつかるのに。たとえば、今夜だ。面白いことをいおうなんて気はこれっぽっちもなかった。たぶんわたしのやることなすことの根底には、無意識のうちにウィットが流れているんだろう。まさか、このわたしにそうものがあったとはね。おや、ベルが鳴ったな。いま行きます！」

「朝の四時にベッドから引きずりだしたら、あいつは世にも稀《まれ》な存在になるぞ」とアレグザンダー・ペープ。「疲労困憊《こんぱい》と世紀末道徳を組み合わせたら、こんなに面白いものはないぞ！」

ガーヴィーの寝込みを襲うことをペープが最初に考えついたせいで、だれもが面白くない気分になった。にもかかわらず、この十月下旬の日の真夜中をまわったころ、興味は最高潮に達した。

ミスター・ガーヴィーの潜在意識がひそかに本人に告げるところでは、自分は演劇シーズンの幕あけを告げる者であり、その成功は、他人を倦怠《けんたい》に巻きこむ力を保つことにかかっているという。この状況を楽しみながらも、このレミングみたいな連中たちが、なぜ自分のプライヴェートな海へ集まってくるのか、ガーヴィーにはさっぱりわからなかった。ひと皮むけば、ガーヴィーは驚くほど才気煥発《かんぱつ》な男だ。しかし、想像力に欠ける両親のせいで、彼らの型にはめられ、慣れない苗床《なえどこ》で才能を押しつぶされたのだった。そこから彼はもっと大がかりなレモン絞り器に放りこまれた。オフィスや、工場や、妻のことだ。その結果は——潜在的な能力を時限爆弾のように自宅の居間に眠らせている男だ。ガーヴィーの抑圧された潜在意識は、前衛芸術家たちが自分のような人間に会ったことがない、あるいはむしろ、何百万という自分のような人間に出会ったものの、これまで研究してみる気にならなかったのだ、ということにうすうす気づいていた。

そういうわけでいまの自分は、秋の有名人の第一号だ。来月の有名人はアレンタウン出身の抽象画家かもしれない。十二フィートの梯子《はしご》に登って、青と灰色二色だけの家庭用塗料をケーキ・デコレーターから絞りだし、殺虫剤のスプレーから噴射させて、ゴム糊《のり》とコーヒーかすを塗りつけたキャンバスに絵を描く男だ（賛辞さえあれば成長する！）。あるいは、十五歳で早くも老成した知識をそなえた、シカゴ出身のモビール細工師かもしれない。ミスター・ガーヴィーの明敏な潜在意識は、ますます疑心暗鬼にとらわれた。前衛芸術家たちお気に入りの雑誌、〈中核〉を読むという手痛い過《あやま》ちを犯したときに。

「さて、このダンテに関する記事ですが」とガーヴィーはいった。「魅力的です。とりわけ、煉獄《れんごく》の前山と山頂にある地上楽園で伝えられる空間的メタファーを論じた箇所は。第十五歌から第十八歌、いわゆる〝教養論〟に関する部分もみごとです！」

〈地下室の七人組〉はどう反応したか？

啞然としたのだ、ひとり残らず。

悪寒の走るのがはっきりとわかった。

ガーヴィーが愉快な大衆の精神を持ち、流行に乗り遅れまいとして静かな絶望に沈む男、つまらない人生を歩む、機械に支配された男でなくなり、『実存主義はそれでも存在するか』や『クラフト・エビングとは？』に関する意見を述べたとたん、彼らは憤然として出ていった。ピッコロのような声で開陳《かいちん》される錬金術《れんきんじゅつ》や象徴主義に関するご託《たく》など、彼らは聞きたくないのだ、とガーヴィーの潜在意識が警告した。彼らはこの自分に、古きよき質素な白パンであり、よくかき混ぜた田舎《いなか》風のバターであってほしいだけなのだ。あとで薄暗いバーで嚙《か》みしめながら、すごい値打ちものだと声を大にしていうために！

ガーヴィーはすごすごと退散した。

あくる晩、彼は元の貴重なガーヴィーにもどっていた。デール・カーネギーですか？　すばらしい宗教指導者です！　ハート・シャフナー&マルクスですか？　ボンド・ストリートの一流商店よりましですよ！　アフター・シェイヴ・クラブのメンバーですか？　わたしのことですよ！　最新の〈ブック・オブ・ザ・マンス〉ですか？　テーブルに載っています！　どうしてエリナー・グリンを推薦しないんでしょうね。

〈地下室の七人組〉は怖気《おぞけ》をふるい、狂喜した。みずからに鞭《むち》打って、ミルトン・バールの番組を視聴した。バールがなにかいうたびに、ガーヴィーは大笑いした。隣人に頼んで、昼間のラジオ・メロドラマをいろいろと録音してもらい、晩にガーヴィーが宗教的畏怖《いふ》をいだいてそのテープを再生するあいだ、〈地下室の七人組〉は、彼の表情と『マ・パーキンス』や『ジョンの別の女房』に聞き惚《ほ》れるさまを分析した。

ああ、ガーヴィーは悪賢くなりつつあったのだ。彼の内なる自我がいう――おまえはトップにいる。そのままでいろ！　連中を楽しませろ！　明日はトゥー・ブラック・クロウズのレコードをかけろ！　慎重にふるまえ！　おつぎはボニー・ベイカー……よしよし！　連中は身震いするぞ、おまえが本当に彼女の歌を好きだなんて信じられないからな。ガイ・ロンバードはどうだ？　それでいいんだ！

大衆の心だ、と彼の潜在意識がいった。おまえは群衆の象徴なんだ。連中がやって来るのは、本人たちは嫌っているふりをしている、この想像上の〈大衆人間〉の恐るべき俗悪さを研究するためだ。でも、彼らはその蛇《へび》の穴に魅《み》せられている。

夫の考えを読んで、妻が異を唱えた。

「みんな、あなたを気に入ってるのよ」

「怖いもの見たさのたぐいだよ」とガーヴィー。「連中がなんでわたしなんかに会いに来るのか、寝ずに考えていたんだ！　むかしから自分が嫌いだったし、うんざりしていた。愚かで冴えない男。独創的な考えなんてものは、頭のなかにひとつもない。いまこれだけはわかった——わたしは仲間づきあいが大好きだ。むかしから社交的になりたかった。でも、その機会がなかった。この何カ月かは舞踏会みたいだったよ！　でも、彼らの興味はつきかけている。永久に仲間づきあいをしたいのに！　どうすればいいんだ？」

彼の潜在意識がショッピング・リストを用意した。

ビール。平凡のきわみ。

プレッツェル。愉快な〝時代遅れ〟。

マザーズに寄れ。マックスフィールド・パリッシュの絵を購入しろ。それも蠅《はえ》の糞《ふん》でしみになり、日に焼けたやつを。今夜はそれについてひとくさりぶつがいい。

十二月にはいるころには、ミスター・ガーヴィーは戦々恐々だった。

〈地下室の七人組〉は、ミルトン・バールとガイ・ロンバードにすっかり慣れてしまっていた。

じっさい、バールはアメリカ大衆にはもったいないし、ロンバードは時代を二十年も先駆けている、と称賛する立場に鞍替《くらが》えしていたのだ。趣味の悪い人々が彼を好むのは、通俗的な理由にすぎない、と。

ガーヴィーの帝国が震撼《しんかん》した。

ふと気がつくと、彼はまったくの別人となっていた。もはや友人たちと趣味にちがいはなく、必死に彼らを追いかけて、ノラ・ベイズ、一九一七年のニッカーボッカー・カルテット、アル・ジョンスンが歌う「ロビンソン・クルーソーは土曜の夜にフライデーを連れてどこへ行く」、シェップ・フィールズ&ヒズ・リップリング・リズムをつかまえた。マックスフィールド・パリッシュの再発見は、ミスター・ガーヴィーを蚊帳《かや》の外へ追いやった。一夜にして、「ビールは知的な飲みものだよ。低脳どもばかりに飲ませておくのはもったいない」とだれもが同意した。

要するに、友人たちが姿を消したのだ。噂《うわさ》によれば、アレグザンダー・ペープは、冷水しか出ない自分のアパートメントにも――冗談で――お湯が出るようにしようかと考えていたという。この悪意ある流言は抑えられたが、そのときにはアレグザンダー・ペープの評判はがた落ちになっていた。

ガーヴィーは移り変わる世人《せじん》の好みをなんとか予想しようとした! 無料でふるまう食べものをふやし、〈狂乱の二〇年代〉への揺りもどしが起きるのを見越して、毛羽《けば》だったニッカーボッカーをはき、妻にはほかのだれよりも早くチューブ・ドレスを着せ、髪を男の子のようなボブ・カットにさせた。

しかし、禿鷹たちはやってきて、食い散らし、逃げていった。TVという恐るべき巨人が世界を闊歩《かっぽ》しているいま、ラジオをふたたび抱きしめるので忙しかったのだ。一九三五年に海賊録音された『ヴィックとセード』や『ペッパー・ヤング一家』の台本書き起こしが、知識人の業界で奪いあいになっていた。

とうとうガーヴィーは、一連の奇跡的な人気挽回策に救いを求めるしかなくなった。パニックにおちいった彼の内なる自我が考えだし、実行に移したそれに。

最初の事故は、車のドアを勢いよく閉めたことだった。

ミスター・ガーヴィーの小指の先が、すっぱりと切り落とされたのだ！

つづく混乱のさなか、ピョンピョン跳ねまわっていたガーヴィーは、指先を踏んづけてから側溝《そっこう》に蹴りこんでしまった。指先を探しだしたころには、どんな医者も縫《ぬ》いなおそうという気を起こさなくなっていた。

この事故がさいわいしたのだ！　あくる日、とある東洋雑貨店の前を通りかかったガーヴィーは、美しい工芸品に目をとめた。活発で老練な彼の潜在意識が働いた。下がるいっぽうの自分の人気と、前衛芸術家のあいだでのお粗末な視聴率を考えて、彼が店にはいり、財布を引っぱりだすように仕向けたのである。

「近ごろガーヴィーに会ったかい！」アレグザンダー・ペープが電話口で絶叫した。「そうか、見にいけよ！」

「ありゃあなんだ?」

だれもが目をみはった。

「清朝《マンダリン》の高官の指当てです」ガーヴィーはさりげなく手をふった。「東洋のアンティーク。マンダリンはこれを使って、五インチものばした爪を保護しました」ビールを飲み、黄金の指貫《ゆびぬき》をはめた小指を立てる。「だれだって身体障害者は見たくありません、体の一部が欠けているところなど見たくないのです。わたしの指が失われたのは悲しいことでした。しかし、この黄金の防具をつけているいまのほうがしあわせです」

「こんなにすてきな指をつけている人間は、これまでひとりもいませんでした」と彼の妻がグリーン・サラダを全員にとり分けた。「そしてジョージには、それを使う権利があるんです」

下降線をたどる人気が回復すると、ガーヴィーは愕然《がくぜん》とし、その事実に魅せられた。ああ、芸術! ああ、人生! 振り子は前後に揺れるものだ。複雑さから単純さへ、ふたたび複雑さへ。夢から現実へ、ふたたび夢へ。賢明な人間なら知識人の世界の近日点を感知し、揺れの激しい新たな軌道にそなえることができる。ガーヴィーの優秀な潜在意識は身をもたげ、すこしずつものを食べはじめ、使わなかった手足を試しながら、歩きまわることさえはじめた。潜在意識に火がついたのだ!

「世界はなんと想像力に欠けているのだろう」長らくおろそかにされてきた別の自我が、彼の舌を使っていった。「もしなにかの拍子《ひょうし》にわたしの脚が切断されても、木の義足などつけないぞ、つけるもんか! 宝石をちりばめた黄金の脚をつけ、その脚の一部を黄金の鳥籠にして、歩いたり、すわって友人たちとおしゃべりしたりしているあいだ、なかのルリツグミが歌うようにするんだ。腕を切り落とされたら、銅と翡翠でできた新しい腕をつける。なかを空洞にして、ドライアイスを入れる一画《いっかく》を設ける。そして一本の指につきひとつずつ、五つの区画を別に設ける。『一杯やりたい人はいるかな?』とわたしが叫ぶ。シェリー? ブランディー? デュボネ? それからグラスの上でそれぞれの指をそっとひねる。五本の指から、五本の冷たい流れが出てくる。五種類のリキュールとワインだ。わたしは黄金の栓《せん》を叩いて閉め、『乾杯』と叫ぶんだ。

でも、それよりなにより、人は目でいやらしいことをしたいと思っている。そんなものはえぐり出せ、と聖書にある。たしか聖書だったはずだが。そういうことが自分の身に起きたら、おぞましいガラスの義眼は絶対に使わない。海賊の黒い眼帯も願い下げだ。どうするかわかるかい? ポーカー・チップをフランスにいるきみたちの友人に郵送するんだ、名前はなんだっけ? マチスだ! こう添えるんだ。『ポーカー・チップと小切手を同封します。どうかこのチップに美しい青い人間の目をお描きください。敬具、G・ガーヴィー』とね!」

さて、ガーヴィーはむかしから自分の体を忌《い》み嫌ってきた。目が青白く、弱々しく、特徴に欠けるとわかったからだ。そういうわけでひと月後(彼の人気がふたたび低迷したとき)、右目が潤《うる》み、ただれ、ついには完全に視力を失ったとわかっても驚かなかった。

ガーヴィーは失意のどん底に落とされた!

しかし、内心では――同じくらい――喜んでいた。

ガーゴイルの陪審団さながらに笑みを浮かべた〈地下室の七人組〉をわきにはべらせて、彼は五十ドルの小切手を添えてポーカー・チップをフランスへ航空郵便で送った。

一週間後、小切手は現金化されずにもどってきた。

つぎの郵便でポーカー・チップが届いた。

H・マチスはその上に、繊細な睫毛《まつげ》と眉毛にいろどられた、稀に見る美しい青い目を描いていた。H・マチスはこのチップを、緑のビロードを張った宝石箱におさめていた。このたくらみ全体を、彼がガーヴィーと同じくらい愉快に思ったことは一目瞭然だった。

〈ハーパーズ・バザー〉誌が、マチスのポーカー・チップの目をつけているガーヴィーの写真と、もう一枚、マチス本人の写真を掲載した。三ダースのチップで実験を重ねたあと、モノクルに目を描いている写真を！

H・マチスは写真家をライカまで呼び寄せ、後代のために一部始終を記録させるという非凡な良識をそなえていた。彼の言葉が載っていた。「二十七個の目を投げ捨てたあと、ようやく望みどおりの目ができあがった。大急ぎでムッシュー・ガーヴィーのもとへ送るつもりだ！」

六色で描かれたその目は、緑のビロード張りの箱に不穏な感じでおさまっていた。現代美術館がただちに複製を売りだした。〈地下室の七人組〉の友人たちは、青い目の描かれた赤いチップ、赤い目の描かれた白いチップ、白い目の描かれた青いチップを用いてポーカーに興《きよう》じた。

しかし、オリジナルのマチスのモノクルをつけている人間は、ニューヨークにただひとり。

それはミスター・ガーヴィーだった。

「わたしはいまでも退屈きわまりない男だ」と彼は妻にいった。「でも、モノクルとマンダリンの指のおかげで、わたしがどれほどひどい野暮天《やぼてん》か、いまではわからないだろう。もしわたしへの関心がまた薄らぐようなことがあれば、腕の一本や脚の一本はいつなくしたってかまわない。本気だよ。わたしは驚くべき正面《ファサード》を築きあげた。元の無骨者《ぶこつもの》は二度と見つからないだろう」

そしてついおとといの午後、彼の妻が述べたように——「主人はもう古いジョージ・ガーヴィーとは別人としか思えません。名前を変えました。ジュリオと呼んでほしいそうです。ときどき夜、主人のほうを見て、『ジョージ』と声をかけるんですが、返事はありません。そこにいるのに、例のマンダリンの指貫を小指にはめ、白と青のマチスのポーカー・チップのモノクルを片眼にはめて。わたしはたびたび夜中に目をさまして、あの人を見ます。すると、どうなるかわかりますか？　ときどきあのすばらしいマチスのポーカー・チップが、特大のウインクをくれるように思えるんです」

草原

「ジョージ、子供部屋を見てほしいの」

「どうかしたのかい?」

「どうかしたってわけじゃないけど」

「おい、どういうことだよ」

「ちょっと見てほしいの、それだけ。それとも、心理学者を呼んで見てもらうか」

「心理学者と子供部屋にどういう関係があるんだ?」

「心理学者がなにを調べるかは、よくわかってるくせに」妻はキッチンのまんなかで立ち止まり、四人分の夕食を作るので忙《いそが》しくブンブンうなっているレンジを見つめた。

「子供部屋のようすが前とちがうのよ、それだけ」

「わかった、見てみよう」

ふたりは防音処置をほどこした〈ハッピーライフ・ホーム〉の廊下を歩いた。設備こみで三万ドルもかかったが、この家は服を着せてくれるし、食事を作ってくれるし、眠るまでそっと揺すってくれるし、遊んでくれるし、歌を歌ってくれるしと、いたれりつくせりなのだ。ふたりが子供部屋に近づくと、どこかでスイッチがそれを感知して、十フィート以内にはいると同時に子供部屋の明かりがパッと灯《とも》った。同じように、背後の廊下では、ふたりの進行に合わせて、明かりが自動的については消えた。

「さてと」ジョージ・ハドリーがいった。

ふたりは草でおおわれた子供部屋の床の上に立った。幅が四十フィート、奥行きが四十フィート、高さが三十フィート。家のほかの部分を合わせたよりも一・五倍の費用がかかっている。

「でも、子供のためなら金に糸目《いとめ》はつけないよ」とジョージはいったのだった。

子供部屋はひっそりしていた。暑い昼下がりのジャングル、その林間の空き地《あ》なみにがらんとしている。壁は空白で、二次元だ。ジョージとリディア・ハドリーが部屋の中央に立ったとたん、壁が低くうなり、遠方へ退《しりぞ》いていくように思え、まもなくアフリカの草原がくっきりと姿を現した。三次元で、四方八方に広がり、極彩色で、小石のひとつひとつ、藁《わら》の一本一本まで再現されて。頭上の天井は、熱い黄色い太陽の輝く紺碧《こんぺき》の空となった。

ジョージ・ハドリーは、額《ひたい》に汗が噴きだすのを感じた。

「日向《ひなた》から出よう」彼はいった。「こいつはちょっとリアルすぎる。でも、どこもおかしいところはないようだ」

「ちょっと待って、いまにわかるから」と妻がいった。

と、どこかに隠されているにおい発生装置《オドロフォニックス》が、灼熱の草地のまんなかに立つふたりに、においつきの風を吹きつけはじめた。ライオン草の熱い藁のにおい、視界から隠れている水穴の冷たい緑のにおい、動物たちの濃厚な錆《さび》のにおい、熱い空気にただよう赤いパプリカのような土ぼこりのにおい。そしてこんどは音——遠くでレイヨウの足がふかふかの芝草を踏むドスッという音、禿鷲《はげわし》たちがたてる紙のようなガサガサいう音。影がひとつ空をよぎった。その影が、空を仰ぐジョージ・ハドリーの汗まみれの顔でちらついた。

「けがらわしい生きもの」と妻の声。

「禿鷲だよ」

「ほら、ライオンがいるわ、あっちの、遠くのほうに。いまは水の出る穴へ行くところね。食べたばかりなんだわ」とリディア。「なにを食べたのかしら」

「なにかの動物だろう」ジョージ・ハドリーは手をかざして焼けるような陽射《ひざ》しをさえぎり、目をすがめた。「シマウマか、キリンの赤ん坊か、そんなところだろう」

「まちがいない?」妻の声はおかしな具合に緊張していた。

「いや、来るのがちょっと遅すぎたんで、はっきりしない」面白がって彼は答えた。「あっちに見えるのは、きれいになった骨と、残りものを狙って降りてくる禿鷲だけだ」

「さっきの悲鳴が聞こえた?」

「いや」

「一分くらい前だけど?」

「ごめん、聞こえなかった」

ライオンたちがやってきた。またしてもジョージ・ハドリーは、この部屋を考案した天才技師に対する称賛の念で胸がいっぱいになった。奇跡のように効率的な仕掛けが、ばかばかしいほど安い値段で売られているのだ。どの家もひと部屋そなえるべきだ。なるほど、目に曇りのない精確さに震えあがり、ぎょっとし、心がうずくこともないではない。しかし、おおかたは、だれもが楽しめる。息子や娘だけではなく、異国の地までちょっと遠出したり、景色をさっと変えたりしたくなったときは、自分も楽しめるのだ。そう、こんな風に！

そしていま、ここにはライオンがいる。十五フィート離れたところに、本物そっくりのライオンが。ぎょっとするほどリアルなので、チクチクする毛皮の手ざわりが感じられ、ほこりっぽい家具のにおいを思わせる、熱せられた皮のにおいにむせ返るほどだ。そしてライオンの黄色は、極上のフランス産タピストリーの黄色、ライオンと夏草の黄色のように目に映る。そしてつや消しされたライオンの肺が、静まりかえった真昼に吐きだす息づかいが聞こえ、荒い息をしながらよだれを滴《したた》らす口から漏れる肉のにおいさえ嗅《か》げるほどだった。

ライオンたちは恐ろしい緑黄色の目でジョージとリディア・ハドリーを見つめていた。

「気をつけて！」とリディアが絶叫した。

ライオンたちが彼らめがけて走ってくるのだ。

リディアは一目散に逃げた。本能的に、ジョージがそのあとを追って駆けだした。外の廊下に出て、ドアを叩き閉めたあと、ジョージは大笑いしていて、リディアは泣きじゃくっていた。ふたりとも相手の反応に唖然としていた。

「ジョージ！」

「リディア！　ああ、かわいそうに、リディア！」

「もうすこしで襲われるところだった！」

「壁だよ、リディア、忘れないで。透明の壁、それだけのことだ。なるほど、たしかにリアルに見える――あなたの居間にアフリカを、だ――でも、ただの三次元、ガラス・スクリーンの裏にあるスーパー反応式、スーパー感応式カラーフィルムと精神テープにすぎないんだ。オドロフォニックと音声発生装置《ソニック》にすぎないんだよ、リディア。ほら、ハンカチだ」

「怖いわ」彼女は夫のもとへやってきて、体を押しつけ、そのまま泣きつづけた。「見た？　感じた？　リアルすぎるわ」

「ねえ、リディア……」

「もうアフリカの話は読まないよう、ウェンディとピーターにいってやって」

「わかった――わかったよ」彼は妻をポンと叩いた。

「約束する？」

「もちろん」

「それと、わたしの神経が落ちつくまで、二、三日子供部屋に鍵をかけてね」

「そうするとピーターが手に負えなくなるのは知ってるだろう。ひと月前、罰として二、三時間子供部屋から締めだしただけなのに――あれだけの癇癪《かんしゃく》を起こしたんだ！　ウェンディもだよ。あのふたりは子供部屋が生きがいなんだ」

「鍵をかけなくちゃだめよ、どうしても」

「わかった」彼はしぶしぶ巨大なドアに鍵をかけた。「きみは働きすぎだったんだ。休まないといけない」

「さあ――そうかしら」鼻をかみ、椅子にすわりながら彼女はいった。椅子はすぐさま彼女をあやすように揺れはじめた。「もしかしたら、することがなさすぎるのかもしれない。考える時間がありすぎるのかも。二、三日、この家を閉めきって、休暇をとったらどうかしら?」

「つまり、ぼくのために目玉焼きを自分で作りたいってことかい?」

「ええ」彼女はうなずいた。

「で、靴下を繕《つくろ》うのかい?」

「ええ」混乱しきった潤《うる》んだ目がうなずいた。

「で、家を掃除するのかい?」

「ええ、そうよ――そうするのよ!」

「でも、ぼくらがこの家を買った理由は、なにもしなくてすむからじゃなかったっけ?」

「そこが問題なのよ。わたしがアフリカの草原と張りあって勝てる? 自動式体洗い浴槽と同じくらいてきぱきと子供たちをお風呂に入れて、体を洗える? 無理よ。しかも、わたしだけの話じゃないの。あなたもよ。近ごろひどくいらいらしてるわ」

「煙草《たばこ》の吸いすぎだろう」

「あなたもこの家のなかで手持ち無沙汰に見えるわ。毎朝、煙草の本数がすこしずつふえて、毎日、お酒の量がすこしずつふえて、毎晩、鎮静剤の量がすこしずつふえてる。あなたも自分が余計者だって気がしはじめているのよ」

「ぼくがかい？」彼はいったん言葉を切り、自分の心を探って、本当にそこにあるものをたしかめようとした。

「おお、ジョージ！」彼女が夫の肩ごしに子供部屋のドアを見つめた。「あのライオンたちは、あそこから出てこられないわよね？」

彼はドアに目をやり、それが震えているのを見た。まるでなにかが反対側から飛びかかっているかのようだ。

「もちろん出てこられないよ」と彼はいった。

夕食はふたりだけでとった。ウェンディとピーターは街の反対側で開かれている特別なプラスチック・カーニヴァルへ出かけていて、遅くなるから夕食は先にすませてくれと家へTV電話をかけてきたからだ。そういうわけでジョージは、機械仕掛けの内部からほかほかの料理が出てくるダイニング・ルームのテーブルをぼんやりと眺めていた。

「ケチャップがない」と彼はいった。

「失礼しました」テーブルの内部で小さな声がして、ケチャップが現れた。

子供部屋についていえば、とジョージ・ハドリーは思った。しばらく閉鎖しても、子供たちの害にはならない。なにごとも、やりすぎはよくないのだ。子供たちがアフリカにすこしのめりこみすぎていることは歴然としている。あの陽射し。熱い動物の前肢《まえあし》のように、いまも首すじに感じられる。それにライオン。それに血のにおい。子供部屋が子供たちの精神の発するテレパシーをとらえ、子供たちの欲望を残らず満たすために、生き生きした場面を創《つく》りだす仕組みは驚くべきものだ。子供たちがライオンを思い浮かべると、ライオンが現れる。子供たちがシマウマを思い浮かべると、シマウマが現れる。太陽なら——太陽。キリンなら——キリン。死なら死が現れるのだ。

問題は最後のものだ。彼はテーブルが切り分けてくれた肉を嚙《か》んだが、味はしなかった。死を思い浮かべる、か。ウェンディとピーターは、死を思い浮かべるには幼すぎる。いや、本当は、幼すぎるということはない。死がどういうものかを知るずっと前に、人は他人の死を願っているのだ。おまえは二歳のとき、おもちゃのピストルで人を撃っていた。

でも、これは——長く暑いアフリカの草原——ライオンの顎《あご》で食いちぎられる恐ろしい死。それを何度もくり返すのは。

「どこへ行くの?」

彼はリディアに返事をしなかった。考えごとにふけりながら、子供部屋のドアまでそっと歩く。彼の行く手では明かりが淡く輝き、通りすぎると消えていった。彼はドアの前で耳をすました。はるか彼方《かなた》で、ライオンが吼《ほ》えた。

鍵をはずしてドアをあける。内部に踏みこむ寸前、はるか遠くで悲鳴があがった。と、つぎの瞬間ライオンがまた咆哮《ほうこう》し、その声はすぐにやんだ。

彼はアフリカに踏みこんだ。この一年というもの、このドアをあけたら不思議の国で、アリスや偽《にせ》海亀がいたり、アラジンと魔法のランプの世界だったり、オズのジャック・パンプキンヘッドがいたり、ドリトル先生がいたり、本物そっくりに見える雌牛《めうし》が月を飛び越していたことが何度あっただろう——すべてがごっこ遊びの世界の愉快な仕掛けだった。天井に映しだされた空を飛ぶペガサスを何度見かけ、噴水のように湧き出る赤い花火を何度目にし、天使たちの歌声を何度耳にしただろう。しかし、いまは、この黄色い灼熱のアフリカ、熱気のなかで殺《さつ》戮《りく》が行われるパン焼き窯《がま》だ。ひょっとしたら、リディアのいうとおりかもしれない。十歳の子供たちにはちょっとリアルすぎるようになってきた幻想から、すこし休暇をとらなければならないのかもしれない。微に入り細をうがった空想で心を鍛えるのはいいことだ。しかし、生き生きした子どもの心がひとつのパターンに固定したら……？　このひと月、遠くにライオンの咆哮が聞こえていたし、はるか遠くにある書斎のドアにまで強いにおいがしみこんでいたように思える。しかし、忙しさにかまけて、注意を払ってこなかったのだ。

ジョージ・ハドリーは、アフリカの草地にただひとり立っていた。ライオンたちが獲物から顔をあげ、彼を注視した。その幻影にはひとつだけ瑕《きず》があった。開いているドアを通して、暗い廊下のはるか先に妻が見えたのだ。ちょうど額縁《がくぶち》にはまった絵のように、うわの空で食事をしている姿が。

「あっちへ行け」彼はライオンたちにいった。

ライオンたちは動かなかった。

彼は部屋の作動原理を正確に知っていた。人が思考を送りだす。人が思い浮かべたものは、それがなんであろうと姿を現す。

「アラジンとランプにしよう」彼は噛みつくようにいった。

草地はそのままだった。ライオンもそのままだった。

「おい、部屋！　アラジンを出してくれ！」

なにも起こらなかった。ライオンたちは、陽に熱せられた毛皮につつまれて喉を鳴らした。

「アラジンだ！」

彼は夕食の席にもどった。

「ばかな部屋が故障したよ」彼はいった。「反応しないんだ」

「それとも――」

「それとも、なんだい？」

「それとも、反応できないのかも」とリディア。「子供たちがアフリカや、ライオンや、殺戮のことを来る日も来る日も考えたので、部屋が型にはまってしまったから」

「かもしれない」

「でなければ、ピーターがそのままでいるようにしたのかも」

「そのままでいるようにしただって？」

「機械に手を加えて、なにかを固定したのかもしれない」

「ピーターは機械のことなんて知らないだろう」

「あの子は十歳にしては頭がいいのよ。ＩＱは――」

「そうはいっても――」

「ただいま、ママ。ただいま、パパ」

ハドリー夫妻はふり向いた。ウェンディとピーターが玄関ドアへはいって来るところだった。ペパーミント・キャンディーのような頰、まっ青な瑪瑙《めのう》のビー玉のような目、ヘリコプターに乗っているあいだにジャンパーにしみついたオゾンのにおい。

「夕食にかろうじて間にあったね」と両親がいった。

「ストロベリー・アイスクリームとホットドッグでお腹《なか》いっぱい」と手をつないだ子供たちがいった。「でも、すわって、ふたりが食べるところを見てるよ」

「そうか、子供部屋のことを話してくれないか」とジョージ・ハドリー。

兄と妹は彼に向かって目をしばたたき、それから顔を見あわせた。

「子供部屋って？」

「アフリカやらなにやらのことだよ」と、わざと快活な声で父親がいう。

「なんのことだかわかんない」とピーター。

「お母さんとお父さんは、釣り竿《ざお》とリールをかついでアフリカを旅してきたところなんだ。ほら、トム・スウィフトと彼の電気ライオンだよ」とジョージ・ハドリー。

「子供部屋にアフリカなんかないよ」ピーターがそっけなくいった。

「おいおい、ピーター。そうじゃないことくらい知ってるんだよ」

「アフリカなんて憶《おぼ》えてないなあ」ピーターはウェンディに向かって、「憶えてる？」

「ううん」

「ちょっと見てきてよ」

妹はいわれたとおりにした。

「ウェンディ、もどっておいで！」ジョージ・ハドリーがいったが、彼女は行ってしまった。蛍《ほたる》の群れのように、家の明かりが彼女を追った。もう手遅れだ——先ほど調べたあと、子供部屋の鍵をかけ忘れたことを彼は悟った。

「ウェンディが見てきて、教えてくれるよ」とピーター。

「あの子に教えてもらうまでもない。この目で見たんだ」

「きっと見まちがいだよ、パパ」

「見まちがいじゃないよ、ピーター。ついておいで」

だが、ウェンディがもどってきて、「アフリカじゃないわ」と息を切らしていった。

「いまからたしかめよう」とジョージ・ハドリー。そして三人そろって廊下を進み、子供部屋のドアをあけた。

緑の美しい森があり、美しい川が流れ、紫の山がそびえており、高い声が歌っていた。そして美しく神秘的な少女リマが、命を吹きこまれた花束のような、色とりどりの蝶が舞う木立のなかにひそみ、長い髪をなびかせて歩きまわっていた。アフリカの草地は消えていた。ライオンたちも消えていた。いまはリマがいるだけで、涙がにじむほど美しい歌を歌っていた。

ジョージ・ハドリーはさま変わりした情景を見つめ、「もう寝なさい」と子供たちにいった。

ふたりは口を開いた。

「聞こえたね」と彼はいった。

子供たちは空気クローゼットまで行った。そこで風がふたりを枯《か》れ葉のように吸いあげ、通気筒伝いに睡眠室へと送りこんだ。

ジョージ・ハドリーは歌声のひびく林間の空き地を歩いてぬけ、ライオンたちがいた場所に近い隅に落ちていたなにかを拾いあげた。のろのろと妻のもとへ歩いてもどる。

「それはなに？」妻が訊いた。

「ぼくの古い財布だ」

彼は妻にそれを見せた。熱い草のにおいと、ライオンのにおいがしみついていた。よだれがこぼれており、嚙んだ跡があり、表と裏に血のしみがあった。

彼は子供部屋のドアを閉じ、しっかりと鍵をかけた。

真夜中になったが、彼はまだ眠っておらず、妻も眠っていないのを知っていた。

「ウェンディが変えたんだと思う？」暗い部屋のなかで、とうとう妻がいった。

「もちろんだ」

「草原から森に変えて、ライオンの代わりにリマを置いたの？」

「そうだ」

「なぜ？」

「さあね。でも、わかるまで、あそこには鍵をかけておく」

「どうしてあなたの財布があそこにあったの？」

「なにもわからない」彼はいった。「ただし、あの部屋を子供たちのために買ったのを後悔しはじめていることはわかっている。もし子供たちに神経症の気《け》があれば、ああいう部屋は――」

「健康的な方法でノイローゼを治す役に立つはずよ」

「そうはいいきれなくなってきた」彼は天井を見つめた。

「子供たちがほしがるものはなんでもあたえてきたわ。これがその報《むく》いなの？――隠しごとをしたり、反抗したりするのが？」

「だれだっけ、『子供はカーペットであり、ときには踏まれるべきである』といったのは。ぼくらは手をあげたことがない。あの子たちはわがままに育った――それを認めよう。あの子たちは好き勝手をする。親を子供あつかいする。あの子たちは甘やかされていて、ぼくらも甘やかされている」

「二、三カ月前、ニューヨーク行きのロケットに乗るのをあなたが禁じてから、あの子たちのふるまいがずっとおかしいわ」

「ふたりだけで乗るには小さすぎる、と説明したんだけどね」

「だけど、あれ以来あの子たちの態度はずっとよそよそしいわ」

「明日の朝、デイヴィッド・マクリーンに来てもらって、アフリカを見てもらおうか」

「でも、いまはアフリカじゃなくて、『緑の館《やかた》』の土地とリマよ」

「その前にアフリカにもどっているような気がする」

つぎの瞬間、悲鳴が聞こえた。

ふたつの悲鳴。階下でふたりの人間が悲鳴をあげている。と思うと、ライオンの咆哮。

「ウェンディとピーターが部屋を抜けだしたんだわ」と妻がいった。

彼は心臓をドキドキさせながら、ベッドに横たわっていた。

「ああ」彼はいった。「子供部屋にはいったんだ」

「さっきの悲鳴――聞き憶えのある声だった」

「聞き憶えがあるだって？」

「ええ、すごく聞き憶えがある声」

ふたりのベッドが懸命に眠らせようとしたものの、ふたりのおとなは静かに揺すられても、さらに一時間ほど寝つかれずにいた。ネコ科動物のにおいが夜の空気にただよっていた。

「父さん？」とピーターがいった。

「なんだい」

ピーターは自分の靴に目をやった。もう父親にも母親にもけっして目を向けないのだ。

「子供部屋をずっと閉めておくわけじゃないよね」

「こととしだいによるな」

「どんなこと？」

「おまえと妹の心がけ。もしアフリカ以外の国を多少は交ぜれば――ええと、たとえばスウェーデンとか、デンマークとか、中国とか――」

「ぼくらは好きに遊んでもいいんだと思ってた」

「いいんだよ、ほどよい範囲内でなら」

「アフリカのどこがいけないの、父さん？」

「おや、そうすると、やっぱりアフリカを呼びだしていたんだな」

「子供部屋を閉めてほしくないんだ」とピーターがそっけなくいった。「絶対に」

「じつをいうと、ひと月くらい家全体のスイッチを切ろうかと思っているんだ。たまには家族団欒《だんらん》もいいんじゃないかな」

「そんなのいやだ！　靴ひもを結び器に結んでもらう代わりに、自分で結ばなくちゃいけないの？　自分で歯を磨いたり、髪をとかしたり、お風呂にはいったりしなくちゃいけないの？」

「目先が変わって楽しいと思わないか？」

「思わない、絶対にいやだ。先月、父さんに絵描《か》き器をとりはずされたときもいやだった」

「自分ひとりの力で絵を描くことを憶えてほしかったからだよ」

「ぼくは見て、聞いて、においを嗅ぐ以外のことはしたくない。ほかにすることなんてあるの？」

「わかった、アフリカで遊びなさい」

「もうじき家のスイッチを切るの？」

「考えているところだ」

「もう考えないほうがいいと思うよ、父さん」

「子供が親を脅迫するのか！」

「わかったよ」そしてピーターは悠然と子供部屋へ歩いていった。

「間にあったかな？」とデイヴィッド・マクリーンがいった。

「朝食にかい？」とジョージ・ハドリー。

「ありがとう、でも、すませてきた。いったいどうしたんだ？」

「デイヴィッド、きみは心理学者だ」

「そのつもりだけどね」

「うん、それで、うちの子供部屋を見てほしいんだ。一年前、うちに寄ったとき目にしただろう。そのとき、なにか変わったことに気づいたかい？」

「特になかったよ。ありふれた暴力や、些細《ささい》なパラノイアの傾向があちこちに見られたけど、子供にはふつうのことだ。親に絶えず迫害されていると感じているからね。でも、まあ、じっさいはなんでもない」

ふたりは廊下を歩いていった。

「子供部屋に鍵をかけたんだ」と父親が説明した。「そうしたら、子供たちが夜中にはいりこんだ。そのまま遊ばせてるから、子供たちの作ったパターンを見てもらいたいんだ」

子供部屋からすさまじい悲鳴が聞こえた。

「あれだよ」とジョージ・ハドリー。「どういうことか調べてくれ」

ふたりはノックをせずに子供部屋にはいった。

悲鳴は消えていた。ライオンたちが獲物を貪《むさぼ》っているところだった。

「ちょっと外へ出ていなさい、おまえたち」とジョージ・ハドリー。「だめだ、精神コンビネーションを変えちゃいけない。壁はそのままにしておきなさい。さあ!」

子供たちが出ていくと、ふたりは遠くに群れているライオンたちをうかがった。なにをつかまえたにしろ、じつにうまそうに食べている。

「獲物がなにかわかればいいんだが」とジョージ・ハドリー。「もうちょっとで正体がわかりそうになるときもある。ひょっとして倍率の高い双眼鏡を持ちこんだら――」

デイヴィッド・マクリーンがそっけなく笑った。

「無理だよ」体をまわして、四面の壁すべてを調べる。「いつからこうなってるんだ?」

「ひと月ちょっと前だ」

「たしかにいい感じはしないな」

「ぼくがほしいのは事実だ、感じじゃない」

「おいおい、ジョージ、心理学者というものは、死ぬまで事実なんて見ないんだ。感じという漠然としたものを調べるだけでね。なるほど、こいつはいい感じがしない。ぼくの直感と本能を信じてくれ。悪いものには鼻がきくんだ。こいつはえらく悪い。このろくでもない部屋を丸ごとばらして、子供たちは向こう一年間、毎日ぼくのところへ治療に通わせるよう忠告するよ」

「そんなに悪いのか？」

「残念だが。こういう子供部屋は、本来は子供たちの精神が壁に残したパターンを調べられるようにするためのものだった。ぼくらの手があいているときに調べて、子供たちの手助けができるようにね。ところが、この場合、この部屋は回路になってしまっている——暴力的な考えから解放するのではなく、そちらに向かわせる回路に」

「この前は感じなかったのか？」

「この前感じたのは、きみたちがふつうより子供たちを甘やかしているということだけだ。いまはなんらかの形で子供たちを鬱屈《うっくつ》させている。なにかあったのか？」

「ニューヨークへ行かせなかった」

「ほかには？」

「ひと月前、機械をいくつか家からとりはずし、宿題をやらないと子供部屋を閉めると脅《おど》かした。本気だってことを示すために、何日かじっさいに閉めたんだ」

「そうか、そういうことか！」

「なにか意味があるのか？」

「いろいろとね。前はサンタクロースがいたところに、いまは守銭奴《しゅせんど》のスクルージがいるわけだ。子供たちはサンタのほうが好きなんだよ。きみは子供たちが、きみと奥さんよりもこの部屋とこの家を愛するように仕向けたんだ。この部屋が彼らの母親であり父親であって、彼らの生活においては本当の両親よりもはるかに重要なんだ。そこへいま、きみが登場して、この部屋を閉鎖したがっている。ここに憎悪が存在するのも無理はない。空から降ってくるのが感じられるだろう。あの陽射しを感じられるだろう。ジョージ、きみは生活を変えるしかない。ご多分にもれず、きみは安楽を中心に生活を築いてきた。たとえば、キッチンが故障したら、明日にもきみは飢《う》えるだろう。卵の割り方も知らないんだからな。そうであっても、いっさいのスイッチを切るんだ。新規まき直しだよ。それには時間がかかる。でも、一年のうちに子供たちを治してみせるさ。まあ、見ててくれ」

「でも、子供たちにはショックが大きすぎないか、部屋をいきなり、永久に閉ざすのは？」

「子供たちにはこれ以上深みにはまってほしくない、それだけだ」

ライオンたちは血塗られた饗宴を終えていた。

ライオンたちは空き地のへりに立って、ふたりの男を見張っていた。

「いまはこのぼくが迫害されている気分だよ」とマクリーン。「ここから出よう。こんなろくでもない部屋は元々いけ好かなかったんだ。落ちつかなくなる」

「あのライオン、本物そっくりだろう？」とジョージ・ハドリー。「ひょっとして、なにかのはずみで――」

「どうなるんだ？」

「――あいつらが現実になったりしないよな？」

「ぼくの知るかぎりないよ」

「機械に欠陥があるとか、不正な改良がほどこされるとかして」

「あるわけない」

ふたりはドアまで歩いた。

「この部屋はスイッチを切られたくないんだろうな」と父親はいった。

「死ぬのが好きなんてものはない――たとえ部屋であっても」

「スイッチを切りたがっているぼくを憎んでるんじゃないかな?」

「今日このあたりにはパラノイアが蔓延《まんえん》しているな」とデイヴィッド・マクリーン。「臭跡みたいにたどれるよ。おや」彼は身をかがめ、血まみれのスカーフを拾いあげた。「こいつはきみのか?」

「いや」ジョージ・ハドリーは顔をこわばらせた。「リディアのだ」

ふたりはそろってヒューズ・ボックスまで行き、スイッチを切って子供部屋を殺した。

子供たちふたりはヒステリーを起こした。金切り声をあげ、飛びはね、ものを投げた。泣きわめき、悪態をつき、家具に飛びかかった。

「子供部屋にあんなことしちゃだめだ、絶対に!」

「なあ、おまえたち」

子供たちはカウチに身を投げ、泣きじゃくった。

「ジョージ」とリディア・ハドリー。「ほんのしばらくでいいから、子供部屋のスイッチを入れてやって。いくらなんでも急すぎるわ」

「だめだ」

「残酷すぎるわ」

「リディア、あの部屋はスイッチを切る。そして切ったままにしておく。そして、このろくでもない家全体が、いまここで同じように死ぬんだ。自分たちがどういう泥沼にはまりこんだのか、考えれば考えるほど胸が悪くなる。あまりにも長いこと機械や電気に頼りきってきた。いやはや、戸外の新鮮な空気を吸わないとだめだ！」

そして彼は家じゅうを歩いてまわり、音声時計、レンジ、ヒーター、靴磨き器、靴ひも結び器、ボディこすり器と拭《ふ》きとり器とマッサージ器など、手の届く機械のスイッチをかたっぱしから切っていった。

家は死体でいっぱいになったように思えた。機械の墓場にいる気分だった。こそりとも音がしない。ボタンを押せば動きだすよう待機している機械の、隠れたエネルギーのブーンといううなりもない。

「こんなことさせちゃいけない！」ピーターが天井に向かって泣き声でいった。まるで家や子供部屋に話しかけているかのように。「父さんになにもかも殺させないで」父親のほうを向き、「ふん、大嫌いだ！」

「人を侮辱《ぶじょく》してもなんにもならないぞ」

「あんたなんか死ねばいいんだ！」

「われわれは死んでいたんだ、長いあいだ。いまこそ本当に生きはじめるんだよ。世話をされ、マッサージされる代わりに、自分で生きるんだよ」

ウェンディはあいかわらず泣いていて、ピーターもまた泣きだした。

「ほんのちょっと、ちょっとだけ、ほんのちょっとだけ子供部屋のスイッチを入れて」ふたりは泣きじゃくった。

「ねえ、ジョージ」妻がいった。「ちょっとだけなら、かまわないでしょう」

「わかった――わかったよ、もしふたりが泣きやむんなら。いいか、一分だけだぞ。そうしたら永久におさらばだ」

「パパ、パパ、パパ！」子供たちが泣き濡れた顔に笑みを浮かべて歌うようにいった。

「そうしたら旅行に出るんだ。三十分もすればデイヴィッド・マクリーンがまたやってきて、ぼくらの荷造りを手伝って、空港まで送ってくれる。ぼくは着替える。きみは一分だけ子供部屋のスイッチを入れてくれ、リディア、頼むよ、一分だけだ」

そして三人がぺちゃくちゃしゃべりながら出ていき、いっぽう彼は通気筒を通って二階へ吸いあげられ、着替えにかかった。一分後、リディアが姿を現した。

「この家を出ていけたらうれしいわ」彼女はため息をついた。

「あの子たちを子供部屋に置いてきたのか？」

「わたしも着替えたかったのよ。ああ、あの恐ろしいアフリカ。あれのどこがいいのかしら？」

「まあ、五分後にはアイオワへ出発だ。ちくしょう、なんでこんな家に住んでしまったんだろう？　なににそそのかされて、こんな悪夢を買ったんだろう？」

「自尊心、お金、愚かさよ」

「子供たちがあのろくでもない野獣にまた夢中になる前に、階下《した》へ降りたほうがいいだろう」

ちょうどそのとき、子供たちの呼び声が聞こえた。

「パパ、ママ、早く来て——早く！」

彼らは通気筒を使って階下へ降り、廊下を走った。子供たちの姿はどこにもなかった。

「ウェンディ？　ピーター！」

ふたりは子供部屋に駆けこんだ。草地はがらんとしていて、待っていたライオンたちがこちらを見ているだけだった。

「ピーター、ウェンディ？」

ドアがバタンと閉まった。

「ウェンディ、ピーター！」

ジョージ・ハドリーと妻は身をひるがえし、ドアまで駆けもどった。

「ドアをあけなさい！」ノブをガチャガチャやりながら、ジョージ・ハドリーが叫んだ。「おい、外から鍵がかかってるぞ！　ピーター！」ドアを乱打する。「あけなさい！」

外側でドアに張りついているピーターの声がした。

「子供部屋と家のスイッチを切らせるもんか」と彼はいっていた。

ジョージ・ハドリー夫妻はドアを乱打した。

「さあ、ばかな真似はよすんだ、おまえたち。もうじき出発だ。すぐにマクリーンさんがここへ来て……」

そのとき音がした。

ライオンたちが彼らの三方を囲んでいた。黄色い草むらのなかで、干《ひ》からびた藁をそっと踏みつけながら、ゴロゴロと喉を鳴らしたり、うなったりしながら。

ライオンたち。

ミスター・ハドリーは妻を見て、ふたりは向きを変え、じりじりと前進してくる野獣たちに目をもどした。ライオンたちが尻尾《しっぽ》をピンとのばしてうずくまった。

ハドリー夫妻は悲鳴をあげた。

と、これまでの悲鳴に聞き憶えのあった理由が不意に呑みこめた。

「やあ、いま着いたよ」デイヴィッド・マクリーンが子供部屋の出入口でいった。「やあ、こんちは」

視線の先には、空き地のまんなかにすわり、ピクニック・ランチを食べているふたりの子供の姿があった。その向こうには水穴があり、黄色い草地が広がっている。頭上には灼熱の太陽。汗が出てきた。

「お父さんとお母さんはどこにいるの？」

子供たちは顔をあげて、にっこりした。

「ええと、すぐに来ます」

「そうか、行くところがあってね」

鉤爪《かぎづめ》をふるって争っているライオンが遠くに見えた。やがておとなしくなり、木陰で黙々と獲物を食べはじめた。

ミスター・マクリーンは手を目にかざしてライオンたちを見つめた。

いまやライオンたちは食べおえていた。水を飲みに水穴へ移動する。

ミスター・マクリーンの火照《ほて》った顔に影がちらついた。多くの影がちらついた。禿鷹たちが炎熱《えんねつ》の空から舞い降りてきていた。

「お茶はいかが？」静けさのなかでウェンディが訊いた。

歓迎と別離

しかし、もちろん出ていくのだ。ほかにはどうしようもない。時間切れだ。時計はまわり切り、遠い遠いところへ行くしかない。スーツケースの荷造りは終わり、靴はピカピカに磨きあげ、髪には櫛《くし》を入れ、耳のうしろは念入りに洗い、あとは階段を降りて、玄関ドアから出て、小さな町の駅まで通りを進み、彼ひとりのために停車する列車に乗るだけ。そうすれば、イリノイ州フォックス・ヒルは、はるかな過去へ置き去りにされる。そして彼は進みつづける。ひょっとしたらアイオワへ、ひょっとしたらカンザスへ、ことによるとカリフォルニアへ。十二歳の小柄な少年。ただし、スーツケースには四十三年前に生まれたことを示す出生証明書がはいっている。

「ウィリー！」階下で声があがった。

「はい！」

彼はスーツケースを持ちあげた。整理箪笥《だんす》の鏡に映ったのは、六月のたんぽぽと七月のリンゴと、夏の朝の生ぬるいミルクでできた顔。いつもながら、天使と無邪気な子供の顔であり、彼の一生を通じて、けっして変わらないのかもしれない。

「もうじき時間よ」と女が声をはりあげる。

「わかったよ！」

そして彼は階段を降りていく。なにかつぶやき、笑みを浮かべながら。居間にはアンナとスティーヴがすわっている。ふたりの衣服は痛々しいまでにこぎれいだ。

「来ましたよ！」居間のドアのところでウィリーが叫んだ。

アンナはいまにも泣きだしそうだった。

「ああ、神さま、本当に出ていかないといけないの、ウィリー？」

「人の噂《うわさ》になりはじめています」ウィリーは静かな声でいった。「ここへ来てもう三年になります。でも、みんなが噂をはじめれば、靴を履《は》いて、汽車の切符を買うときが来たしるしなんです」

「なにもかも奇妙だわ。なにがなんだかわからない。あまりにも突然で」とアンナ。「ウィリー、寂しくなるわ」

「毎年クリスマスには手紙を書きますから、助けると思って行かせてください。そちらからは手紙を書かないで」

「すごく楽しかったし、満ち足りていた」とスティーヴがすわったまままいった。彼の言葉は、ふだんの彼らしくなかった。「終わりにしなけりゃいけないなんて残念だ。きみが身の上話をするはめになったなんて残念だ。きみがずっとここに居られないなんて、残念でたまらない」

「おふたりほどすばらしい人に出会ったことはありません」とウィリー。身長四フィート、ひげを剃《そ》る必要はなく、顔には陽射《ひざ》しが当たっている。

とそのとき、アンナがわっと泣きだした。「ウィリー、ウィリー」そして腰を降ろした。彼を抱きしめたいけれど、いまは抱きしめるのを怖がっているかのように見えた。ショックと驚きに打たれて彼を見つめ、いま彼をどうすればいいのかわからず、その手は宙をつかんでいた。

「行くのはつらいんです」とウィリー。「人はものごとに慣れます。居つづけたくなります。でも、そうはいきません。いちど、みんなが疑いはじめたあとも居つづけようとしたことがあります。『なんて恐ろしい!』と、いいました。『長年、うちの無邪気な子供たちと遊んでいたなんて』と、みんなはいいました。『それなのに、ちっとも気づかなかった! おぞましい!』と彼らはいいました。そして最後には、ある晩、町を出ていくしかありませんでした。ぼくだってつらいんです。ぼくがおふたりをどれほど愛しているかは、よくご存じでしょう。すてきな三年をありがとうございました」

三人そろって玄関ドアまで行く。

「ウィリー、どこへ行くの?」

「わかりません。旅をはじめるだけです。緑が豊かで、よさそうな町が見えたら、そこに落ちつきます」

「いつか帰ってくる?」

「ええ」彼はかん高い声に熱をこめていった。「二十年くらいしたら、ぼくの顔にも年齢が現れはじめるはずです。そうなったら、母親と父親になってくれた人をひとりずつ訪ねてまわりますよ」

彼らは涼しい夏のポーチに立ち、別れの言葉をいいだしかねていた。スティーヴは楡《にれ》の木をひたすら見つめていた。

「ほかに何軒の家の世話になったんだい、ウィリー？　何人の養父母がいるんだい？」

ウィリーはうれしそうに指を折って数えた。

「旅をはじめてから五つの町と五組の夫婦、それと二十年以上がたっていますね」

「そうか、文句をいったら罰《ばち》が当たるな」とスティーヴ。「まるっきりいないよりは、三十六カ月だけでも息子がいてくれたんだから」

「それじゃあ」

ウィリーはすばやくアンナにキスをし、スーツケースをつかむと、緑に染まった昼下がりの光のもと、並木道を進んでいった。幼い少年が、うしろをふり返らずに、小走りをつづけながら。


彼が通りかかったとき、少年たちは緑地公園のダイヤモンドで野球をしていた。彼は並んで生えているオークの木陰にしばらく立ち、暖かい夏の空へ放り投げられる、雪のように白い野球ボールを眺めていた。ボールの影が、黒っぽい鳥のように草の上を飛び、少年たちの手が口の形に開いて、この敏捷《びんしょう》な夏のかけらをキャッチする。いまはそれをつかまえることが、なによりも大事なことのようだった。少年たちが歓声《かんせい》をあげた。ボールがウィリーのそばの草むらに落ちた。

木陰からボールを持ちだしながら、彼は使い切ったこの三年のこと、その前の五年のことを考え、さらにさかのぼって自分が本当に十一歳、十二歳、十四歳で、「ウィリーはどうしたんです、奥さん?」、「ミセスB、ウィリーは発育が遅れてるんですか?」、「ウィリー、近ごろ葉巻を吸ってるのかい?」と声がしていたころを思いだした。声のこだまが夏の光と色彩のなかでやんだ。彼の母親の声――「ウィリーは今日で二十一です!」そして無数の声がいう――「出直してきな、十五になったら。そのときなら雇《やと》ってやれるかもしれん」

彼は震える手のなかの野球ボールをまじまじと見た。まるでそれが彼の人生であり、堂々めぐりをつづけるが、つねに十二歳の誕生日へともどって行く果てしない歳月のボールであるかのように。こちらへ歩いてくる子供たちの足音が聞こえた。彼らが陽射しをさえぎるのを感じた。彼らのほうが年上で、彼を囲んで立ったのだ。

「ウィリー! どこへ行くんだ?」少年たちが彼のスーツケースを蹴った。

陽射しを浴びて立っている彼らの、なんと背の高いこと。この数カ月のうちに、太陽が彼らの頭上すれすれを通りすぎ、さし招いたので、彼らは温かい金属となり、溶けて上へ引っぱられたかのようだ。彼らは強大な重力で空へ引っぱられる金色のキャンディーであり、十三歳、十四歳となってウィリーを見おろし、笑みを浮かべているが、すでに彼を邪魔者あつかいしはじめている。それは四カ月前にはじまっていた――

「どっちのグループにはいるか決めろよ! ウィリーがほしいやつは?」

「うへ、ウィリーは小さすぎるよ。〝ガキんちょ〟とは遊べないね」

そして月と太陽と、めぐる季節の葉と風に引き寄せられ、少年たちはウィリーの前を駆けていく。いっぽう彼は十二歳であり、もう彼らの一員ではない。別の声が、いやというほど聞き慣れた冷たい言葉をまたくり返しはじめる――「あの子にヴィタミン剤を呑ませたほうがいいよ、スティーヴ」「アンナ、お宅の家系は代々小柄なの？」そして冷たいこぶしがまた心臓を叩き、〝両親〟と楽しい歳月をたっぷりと過ごしたあと、またしても根を引き抜かれなければならないときが来る。

「ウィリー、どこへ行くんだ？」

彼は頭をぐいっと動かした。するとふたたび彼は、噴水式水飲み器のところで前かがみになっている巨人のようにそびえ立ち、影を落とす少年たちに囲まれていた。

「二、三日、いとこの家を訪ねるんだ」

「へえ」

一年前なら、彼らはうらやましがっただろう。しかし、いまは彼のスーツケースに好奇心を示し、彼が列車に乗って旅をして、遠い場所まで行くことに惹《ひ》かれるだけ。

「ちょっとでいいからボールを貸してくれない？」とウィリーがいった。

彼らは困った顔をしたが、状況を考えて、うなずいた。彼はスーツケースを降ろして走りだした。白い野球ボールが陽射しを浴びて舞いあがり、遠い草むらに立つ燃えるように白い人の形まで飛んでいき、ふたたび陽射しのなかへ舞いあがり、飛び交って、人生のように行ったり来たりをはじめる。ほら、そっちだ！　ロバート・ハンロン夫妻、ウィスコンシン州クリーク・ベンド、一九三二年、最初の夫婦、最初の年！　ほら、そっちだ！　ヘンリーとアリス・

ボルツ、アイオワ州ライムヴィル、一九三五年！　野球ボールが飛ぶ。スミス夫妻、イートン夫妻、ロビンスン夫妻！　一九三九年！　一九四五年！　夫と妻、夫と妻、夫と妻、子供はない、子供はないのだ！　このドアにノック、あのドアにノック。

「すいません。ウィリアムといいます。もしかして――」

「サンドイッチかい？　おはいり、すわっておくれ。どこから来たんだい、坊や？」

サンドイッチ、冷えたミルクのはいった背の高いコップ、ほほえみ、うなずき、心地よく、ゆったりしたおしゃべり。

「坊や、旅をしてきたように見えるね。家出してきたのかな？」

「いいえ」

「坊や、親がいないのかい？」

ミルクをもう一杯。

「前から子供がほしかったんだ。とうとう授からなかった。理由はわからない。そういうものなんだろうね。さてさて。遅くなったね、坊や。家に帰ったほうがよくないかな？」

「家がありません」

「きみのような子に？　年端《としは》もいかない子供に？　お母さんが心配するよ」

「世界のどこにも家はないし、家族もいません。もしかして――もしかして――今夜泊めてもらうわけにはいかないでしょうか？」

「さて、どうかな、坊や、どうしようかな。考えたことがないんだ――」と夫。

「今夜の夕食はチキンですよ」と妻。「余計にあるから、ひとりくらいふえたって……」

そして歳月はめぐり、声が、顔が、人々が飛ぶように過ぎ去り、そしてつねに最初の会話にもどる。夏の夜の暗闇のなか、揺り椅子にすわったエミリー・ロビンスンの声。彼女のもとにいた最後の夜、彼女が彼の秘密を発見した夜、彼女の声はこういった——

「小さい子たちみんなの顔が、目の前を通りすぎていくわ。ときどき思うのよ、この花がみんな摘《つ》みとられなければならないのは、この明るい火がみんな消されなければならないのは、なんて残念、なんて残念なんでしょう、と。学校にいたり、走って通りかかったりする子供たちみんな、背がのびて、目が悪くなり、皺《しわ》が寄って、白髪《しらが》になるか禿《は》げるかして、最後には骨と皮ばかりでゼイゼイ息を切らすようになり、死んで埋められなければならないのは、なんて残念なんでしょう、と。子供たちの笑い声が聞こえると、いまわたしがたどっている道を彼らも進むことになるなんて、とうてい信じられないわ。それでも、いつかはあの子たちもここへ来るのよ！　ワーズワースの詩をいまだに憶《おぼ》えているわ——『突如として目の前に花の群れ、黄金《こがね》色に輝く、おびただしい数の水仙《すいせん》が現れた。湖のほとり、木陰でそよ風に吹かれながら、ひらひらとひるがえり、踊っていたのだ』子供ってそういうものだと思うの。たしかに残酷で、卑劣《ひれつ》になるときもあるわ。でも、子供たちの目のまわりや目のなかには、まだ卑《いや》しさは現れていないし、まだ疲れきっているわけでもない。なんにでも熱中するのよ！　おとなにいちばん足りないのが、たぶんそれね。熱中することは九割方はなくなって、新鮮な気持ちもなくなって、たいへんな量の生命力が下水溝に流れてしまっている。わたしは毎日学校が退《ひ》けるところを見るのが好き。学校の玄関ドアから花束を投げたみたいなのよ。どんな気分なの、ウィリー？　永遠に若いというのはどんな気分なの？　できたての十セント硬貨みたいに見えるのは？　あなたはしあわせなの？　見た目どおりに元気いっぱいなの？」

野球ボールが青空から落ちてきて、大きな青白い虫のように彼の手を刺した。その手をさする彼に、記憶の語る声が聞こえてくる――

「働くにはこれしかなかったんです。両親が亡くなったあと、おとなの仕事にはつけないとわかったあと、カーニヴァルに当たってみましたが、笑われただけでした。『坊や』彼らはいいました。『きみはこびとじゃないし、たとえそうだとしても、見かけは男の子なんだ！　こっちがほしいのは、こびとの顔をしたこびとなんだよ！　悪いな、坊や、ほかを当たってくれ』そういうわけで家を出て、旅をはじめたんです、こう考えながら――ぼくは何者だろう？　男の子だ。見かけは男の子で、声は男の子だから、男の子でやっていけるかもしれない。運命に逆らっても仕方がない。泣きわめいたって仕方がない。それなら、なにができるだろう？　どんな仕事にならありつけるだろう？　やがてある日、レストランで、他人の子供の写真を見ている男の人を見たんです。『子供さえいればなあ』と、その人はいいました。『子供さえいればなあ』と。その人は首をふりつづけていました。で、ぼくはハンバーガーを手にして、その人からふたつ三つ離れた席にすわっていたんです。そこにすわったまま、身動きできなくなりましたよ！　まさにその瞬間、死ぬまでどんな仕事をすればいいのかわかったんです。けっきょく、ぼくにも仕事があるんだ。孤独な人々をしあわせにする仕事。忙しくしていられる仕事。永久に遊ぶ仕事が。永久に遊ばなければならないとわかりました。新聞配達をしたり、使い走りをしたり、芝を刈ったりすることならできるかもしれません。でも、力仕事は？　無理です。ぼくがやらなければならないのは、母親のいいつけを守る息子、父親の自慢の種《たね》になることだけ。ぼくはカウンターの先にいる男のほうを向き、『すみませんが』といいました。にっこりと笑いかけて……」

「でも、ウィリー」遠いむかしにミセス・エミリーがいった。「寂しい思いをしたことはないの？　したいと思ったことはなかったの――おとながしたがる――いろんなことを？」

「それだけは心から締めだしました」とウィリー。「ぼくは男の子だ――自分にそういい聞かせたんです。男の子の世界で生きなけりゃならない、男の子向きの本を読んで、男の子向きのゲームをして、ほかのいっさいから自分を切り離さなけりゃならない、と。両方にはなれません。ひとつのものにしかなれず――若いままでいるしかありませんでした。だから、そうやって遊んだんです。ええ、簡単じゃありませんでした。ときには――」彼は黙りこんだ。

「あなたがいっしょに暮らしたご家族、彼らは知らなかったの？」

「ええ。本当のことを教えたら、なにもかもがだいなしになったでしょう。家出してきたのだといいました。お役所や警察を通して調べてもらうようにしました。そうすると、記録がないので、養子にしてもらえるんです。これがいちばんいい方法でした。気づかれないうちは。でも、三年か五年たつと、うすうす気づかれます。そうでなければ、旅まわりのセールスマンか、カーニヴァルの男がやってきて、ぼくを見かけて、おしまいです。かならず終わりのときが来ました」

「それであなたはとてもしあわせで、四十年以上も子供でいるのはいいことだっていうの？」

「それも人生です、よくいうように。それに、ほかの人をしあわせにすると、自分もしあわせな気分になるんです。ぼくにはやるべき仕事があって、それをやるんです。とにかく、あと二、三年もすれば、ぼくも第二の幼年期を迎えるでしょう。すべての熱が消え失せて、やれなかったことのすべてと、夢の大部分が消えるでしょう。そうなったら、肩の力を抜いて、この役を最後まで演じきれるかもしれません」

彼は野球ボールの投げおさめをして、とりとめのないもの思いを断ち切った。それからスーツケースをとりに走っていった。トム、ビル、ジェイミー、ボブ、サム——彼らの名前が唇《くちびる》の上で躍った。彼らは握手されて面食らった。

「大げさだよ、ウィリー、中国やティンブクトゥへ行くわけじゃないだろう」

「まあね」ウィリーは動かなかった。

「あばよ、ウィリー。また来週！」

「さよなら、さよなら！」

そして彼はふたたびスーツケースをさげて歩きだしていた。木々に目をやり、少年たちや住みなれた通りから遠ざかりながら。そして角《かど》を曲がったとき、列車の汽笛が鳴りひびいて、彼は駆けだした。

最後に見えたのは、屋根の高さまで投げあげられ、行ったり来たりする白球。最後に聞こえたのは、ボールが上下し、また空へ舞いあがるのに合わせて「アニー、アニー、あっちだ！アニー、アニー、あっちだ！」と叫ぶふたつの声。はるか南へ飛んでいく鳥の鳴き声のようだった。

早朝、霧と冷えた金属のにおい、列車の鉄のにおいにつつまれ、ひと晩じゅう骨と肉を揺られながら旅してきて、地平線の彼方《かなた》に太陽のにおいがするころ、彼は目をさまし、眠りからちょうどさめかけた小さな町に目をやった。明かりがつきはじめ、静かな声がつぶやき、赤信号が冷気のなかで前後にゆらゆらと揺れている。眠りの沈黙のなかでは、澄んだ空気のためにこだまがいかめしく聞こえ、くっきりときわだって聞こえる。赤帽が通りかかった。影のなかの影。

「あのう」とウィリーはいった。

赤帽が立ち止まった。

「この町はどこですか？」暗闇のなかで少年は小声で訊いた。

「ヴァレーヴィル」

「人口は？」

「一万。なぜだい？　ここで降りるのかい？」

「緑が多いみたいですね」ウィリーは冷えこんだ朝の町に長いこと目をこらした。「静かで、いいところみたいだ」とウィリー。

「坊や」赤帽がいった。「自分の行き先はわかっているの？」

「ここです」

ウィリーはそういうと、静かで、涼しく、鉄のにおいのする朝のなかで音もなく立ちあがった。低くうなりながら、小刻みに揺れる列車の暗闇のなかで。

「自分のしていることがわかっていればいいんだがね、坊や」と赤帽。

「ええ、わかってます」とウィリー。「自分のしていることはわかってます」

そして暗い通路を歩き、スーツケースはあとから来る赤帽に運んでもらい、煙がもくもくと立ちのぼり、息が白くなるほど冷えこんだ、明け初《そ》めた朝のなかへ降り立った。赤帽と、わずかに残っている星々を背にした黒い金属の列車を見あげる。列車はむせび泣くような汽笛を大きく鳴らし、赤帽たちが車輛ごとに発車を告げ、客車がガクンと動きだし、彼の車輛の赤帽が手をふり、そこにいる少年、大きなスーツケースをさげて、彼になにか叫んでいる小さな少年にほほえみかけた。ちょうどそのとき、ふたたび汽笛が鳴りひびいた。

「なんだって？」手を耳に当てて、赤帽が叫んだ。

「ぼくの幸運を祈ってください！」とウィリーが大声でいった。

「幸運を、坊や」赤帽が手をふり、ほほえみながら声をはりあげた。「幸運を祈るよ、坊や！」

「ありがとう」列車のけたたましい音のなか、蒸気と轟音《ごうおん》のなかでウィリーはいった。

黒い列車がすっかり遠ざかり、視界から消えるまで彼は見送った。列車が行くあいだ、彼は身動きしなかった。十二歳の小柄な少年が、古ぼけた木造のプラットフォームにひっそりと立っていた。そして丸三分が経過すると、ようやく体をまわして、眼下のがらんとした通りのほうを向いた。

それから、太陽が昇るなか、体を温めるために、かなり早足で歩きだし、新たな町へとはいって行った。

メランコリイの妙薬《みようやく》
（あるいは、特効薬が見つかった！）

「蛭《ひる》をとり寄せなさい。血を吸わせるんです」とギンプ医師がいった。

「この娘《こ》に血なんか残っていません！」とミセス・ウィルクスが叫ぶ。「ああ、先生、うちのカミリアはなんの病気でしょう？」

「具合がよくありませんな」

「ええ、それで？」

「健康がすぐれません」お医者さまは顔をしかめた。

「それで、どうなっているんです！」

「風前の灯火《ともしび》です、まちがいなく」

「ああ、ギンプ先生」ミスター・ウィルクスが抗議した。「先生がいらしたときに、わしらが申しあげたことをくり返しているだけじゃないですか！」

「いや、その先があります！　明け方と、正午と、日没にこの薬を呑ませなさい。特効薬です！」

「冗談じゃない、この娘《こ》はもう特効薬とやらで薬漬けなんですよ！」

「それはそれは！　お代は一シリング。いただいたら出ていきますよ」

「とっと出て行って、悪魔でも寄越してくれ！」ミスター・ウィルクスがお医者さまの手に硬貨を押しこんだ。

それゆえ、嗅《か》ぎ煙草を吸ってくしゃみをした医者は、ゼイゼイと息を切らしながら、足音も荒くロンドンの雑踏《ざっとう》へと出ていった。一七六二年の春、ある霧雨《きりさめ》にけぶる朝のことだ。

ウィルクス夫妻は愛娘《まなむすめ》のカミリアが横たわるベッドに向きなおった。なるほど、彼女は青白く、痩《や》せ細っているが、まだまだ美しく、大きな紅藤《べにふじ》色の目を潤《うる》ませ、黄金の小川のような髪を枕に載せている。

「ああ」彼女はいまにも泣きそうだった。「あたしはどうなるの？　春がはじまった三週間前から、鏡を見るたびに幽霊が映ってるみたい。自分でも震えあがったわ。二十歳の誕生日を迎えないで死ぬのだと思って」

「娘や」母親がいった。「どこが痛むの？」

「腕が。脚が。胸が。頭が。何人ものお医者さまが――六人かしら？――焼き串《ぐし》を刺した牛肉みたいにあたしをひっくり返したわ。お願いだから、そっと死なせてちょうだい」

「なんて恐ろしい、なんて不可解な病気なんでしょう」と母親。「ああ、なんとかしてよ、ミスター・ウィルクス！」

「なにをしろっていうんだ？」ミスター・ウィルクスが腹立たしげに訊いた。「医者も、薬種《やくしゅ》屋も、司祭もこの娘《こ》には匙《さじ》を投げたんだぞ！――まったく、なんてこった！――おかげで素寒貧《すかんぴん》になっちまった！　こうなりゃ通りへ走っていって、ゴミ屋でも連れてこようか？」

「それだよ」と声がした。

「なんだって！」三人はそろって首をまわし、目をみはった。

弟のジェイミーのことをすっかり忘れていたのだ。彼は反対側の窓辺に立って歯をせせりながら、こぬか雨に濡れる、にぎやかな街をおだやかに見つめていた。

「四百年前」と彼は静かな声でいった。「試したら、うまくいったんだ。いや、ゴミ屋を連れてくるんじゃないよ。代わりにカミリアを寝台もろとも持ちあげて、階下《した》へ降ろして、ドアの外へ出すんだ」

「なぜ？ なんのために？」

「たったの一時間で」――ジェイミーが目をきょろきょろさせて計算した――「千人くらいがうちの門の前を通りかかる。一日だと二万人が、走ったり、よろけたり、馬に乗ったりして通りかかるんだ。そのひとりひとりがやつれ果てた姉さんを目にして、そのひとりひとりが姉さんの歯を数え、耳たぶを引っぱるだろう。そうしたら、みんなが、いいかい、みんながみんな特効薬を教えてくれるよ！ そのうちのひとつでも効《き》けばいいんだ！」

「ああ」ミスター・ウィルクスは呆然とした。

「父さん！」ジェイミーが息もつかずにいった。「自分にだって『医薬大全《マテリア・メディカ》』くらい書けると思わなかった人間をひとりでも知ってる？ いがらっぽい喉にはこの緑の軟膏《なんこう》、暑気《しょき》あたりや消化不良にはあの雄牛《おうし》の膏薬って具合さ。いまだって、自称薬種屋が一万人も通りをうろうろしているんだ。その人たちの知恵を使わないなんてもったいないよ！」

「ジェイミー、なんて賢い子だ！」

「やめて!」とミセス・ウィルクス。「この通りでも、どこの通りでも、あたしの娘をさらしものにはさせませんよ――」

「おいおい!」とミスター・ウィルクス。「カミリアが雪のように溶けそうだっていうのに、おまえはこの暑い部屋から出してやるのをためらうのか? おいで、ジェイミー、ベッドを持ちあげろ!」

「カミリア?」ミセス・ウィルクスが娘のほうを向いた。

「どうせ死ぬなら戸外《おもて》のほうがいいわ」とカミリア。「涼しい風が髪を揺らしてくれるところのほうが……」

「ばかをいうな!」と父親がいった。「死んだりはせんよ。ジェイミー、持ちあげろ! よし! その調子だ! どいてなさい、母さん! もっと高くだ、息子や、もっと高く!」

「ああ」とカミリアが消え入りそうな声で叫んだ。「飛んでる、飛んでるわ……!」

突如としてロンドンの上に青空が開けた。天気の急変に驚いた住民は、あわてて通りへ飛びだし、なにを見よう、なにをしよう、なにを買おうと右往左往した。盲目の物乞《ものご》いたちが歌い、犬たちはジグを踊り、道化たちはすり足で踊ったり、とんぼを切ったりし、子供たちはチョークで線を引いてゲームに興《きょう》じたり、ボールを投げたりと、まるでカーニヴァルがやって来たようだった。

額《ひたい》に血管を浮きだささせ、よろめきながら、ジェイミーとミスター・ウィルクスは、カミリアをこのただなかへ運びだした。彼女は輿《こし》に乗った女教皇さながら、高くかつがれた寝台の上で、目をぎゅっとつむって祈りの文句を唱えている。

「気をつけて!」ミセス・ウィルクスが絶叫した。「ああ、この娘《こ》が死んでしまう! だめ。そこよ。降ろして。そうっと……」

かくて、ついにベッドが家の正面にもたせかけて置かれ、わきを滔々《とうとう》と流れる〈人の川〉の前にカミリアがさらされた。大きな青白いバルトロメオ人形が、賞品として日向《ひなた》に置かれたようだった。

「羽《はね》ペンとインクと紙をとってきておくれ、坊主《ぼうず》」と父親がいった。「昼間のうちに教えてもらった症状と治療法を書きとめる。夜になったらそれを整理する。そうしたら――」

だが、早くも通りかかる群衆のなかのひとりの男が、鋭い目をカミリアに注《そそ》いでいた。

「彼女は病気だ!」と男はいった。

「よし」ミスター・ウィルクスがうきうきした声でいった。「はじまったぞ。羽ペンだ、坊主。さあ、先をつづけてください!」

「彼女は体調がよくない」男は顔をしかめた。「健康がすぐれない」

「健康がすぐれない――」ミスター・ウィルクスは書きとめてから凍《こお》りついた。「あのう」疑わしげに顔をあげ、「お医者さまでいらっしゃいますか?」

「さようです」

「どこかで聞いた言葉だと思った! ジェイミー、わしのステッキを持ってきて、この男を追っ払え！　とっと行け、消えちまえ！」

男は猛烈に腹を立て、悪態をつきながら急いで立ち去った。

「体調がよくない、健康がすぐれない……へん！」

ミスター・ウィルクスは口真似したが、言葉を切った。というのも背が高く、墓場から出てきたばかりの幽霊のように痩せこけた女が、いまカミリア・ウィルクスを指さしていたからだ。

「瘴気《しょうき》だね」女は抑揚をつけていった。

「瘴気」と満足げにミスター・ウィルクスが書きとめる。

「肺の出血」と女が唱えるようにいう。

「肺の出血！」満面の笑みでミスター・ウィルクスが書きとめた。「さて、それらしくなってきたぞ！」

「メランコリイを治す薬がいるね」と女が沈んだ声でいった。「でも、お宅に磨《す》りつぶして薬にするミイラがあるかね？　最上のミイラは――エジプト産、アラビア産、ヒラストファトス産、リビア産で、どれも磁気の乱れにはよく効《き》く。フロッデン・ロードへ訪ねておいで。このジプシーのところへね。売りものはセリや乳香《にゅうこう》や……」

「フロッデン・ロード、セリ――もっとゆっくり！」

「バルサム液に、黒海《こっかい》産のカノコソウに――」

「待ってください！　バルサム液、よし！　ジェイミー、その人に待ってもらえ！」

だが、女は薬の名前をあげながら、すべるように行ってしまった。

こんどはせいぜい十七歳くらいの少女が、歩み寄ってきて、カミリア・ウィルクスをまじまじと見た。

「この人は――」

「ちょっと待った！」ミスター・ウィルクスがあわてて走り書きした。「――磁気の乱れ――黒海産のカノコソウ――やれやれ！　さて、娘さん、お待たせしたね。うちの娘の顔になにが見えるんです？　あんた、娘をじっと見つめて、ろくに息もしてませんね。それで？」

「この人は――」見知らぬ少女はカミリアの目の奥を探り、顔を赤らめると、口ごもりながらいった。「この人の病気は――」

「はっきりいって！」

「この人は……この人は……ああ！」

そういうと少女は、心からの同情の眼差《まなざ》しを最後にくれて、群衆をかき分けて走り去った。

「ばかな小娘だ！」

「いいえ、パパ」カミリアが目をぱっちり開いて、つぶやいた。「ばかじゃないわ。あの娘《こ》には見えたのよ。あの娘にはわかったのよ。おお、ジェイミー、走ってあの娘をつかまえてきて、あの娘に話してもらうようにして！」

「だめだ、あの娘はなんにも教えてくれなかった！　それに引き替えジプシーのほうは――このリストを見てごらん」

「わかってるわ、パパ」一段と青ざめたカミリアが目をつむった。

だれかが咳払いした。

戦場のように真っ赤に染まったエプロンをつけた肉屋が、もじゃもじゃの口ひげを逆立たせて立っていた。

「こういう顔をした雌牛《めうし》は見たことがある」と彼はいった。「ブランディーと新鮮な卵を三つやると元気になった。冬には、同じ霊液《エリキサー》のおかげでこのおれも命拾い――」

「うちの娘は雌牛じゃありませんよ！」ミスター・ウィルクスは羽ペンを放りだした。「肉屋でもないし、いまは一月でもない！　お引きとり願います、ほかの方がお待ちなので！」

たしかに、人だかりに引き寄せられたのだろう、いまや膨大な数の群衆が騒いでいた。とっておきの療法を忠告しようとうずうずしている者、イングランドのどこよりも、南フランスのどこよりも雨がすくなく、陽射《ひざ》しがたっぷりの田舎《いなか》を推薦する者。年老いた男女、とりわけ高齢者ぞろいの医者たちが、ステッキをぶつけ合い、松葉杖をからみ合わせて押し合いへし合いした。

「さがって！」ミセス・ウィルクスが肝《きも》をつぶして叫んだ。「うちの娘が春のベリーみたいにつぶされる！」

「さがれ！」

ジェイミーがステッキと松葉杖をつかんで、暴徒の頭上に投げつけた。それらはひとりでに向きを変え、元の持ち主を探し求めた。

「父さん、気が遠くなる、気が遠くなるわ」とカミリアがあえぎ声でいった。

「父さん！」ジェイミーが叫んだ。「この騒ぎを鎮《しず》める方法はひとつしかない！　お金をとるんだ！　この病気にひとことといいたい人から、お金をとるようにして！」

「ジェイミー、それでこそわが息子だ！　急げ、息子や、看板を描《か》け！　聞いてください、みなさん！　二ペンスです！　並んでください、一列に！　療法を述べるには二ペンスかかります！　そう、お金を出してください！　そうです。あなたですよ、旦那。あなたですよ、奥さん。それにあなたです、旦那。さあ、羽ペンを持ちました！　はじめてください！」

群衆は暗い海のように沸きたった。

カミリアが片目をあけ、またしても気絶した。

陽が沈むころ、通りは人けがなくなり、いまや数人がぶらぶらしているだけ。聞き慣れたチリンチリンという音を耳にして、カミリアのまぶたが蛾《が》のようにパタパタと動いた。

「三百九十九、四百ペニーだ！」ミスター・ウィルクスが最後の一枚を数えて、にやにや笑っている息子のかかげる袋に入れた。「いやはや！」

「それだけあれば、立派な黒塗りの葬儀馬車を仕立てられるわね」と青白い顔をした娘。

「黙ってなさい！　これほど多くの人、二百人もが、金を払ってまで助言してくれるなんて想像したかね、みんな？」

「したわ」とミセス・ウィルクス。「妻も夫も子供も、おたがいに聞く耳を持たないものよ。だから、みんな、耳をかたむけてくれる人に喜んでお金を払うの。哀れな話ね、今日はひとりひとりがこう考えた――自分だけは扁桃膿瘍《へんとうのうよう》や水腫《すいしゅ》や鼻疽《びそ》のことを知っていて、発疹《ほっしん》とよだれを区別できるんだ、とね。そういうわけで、今夜あたしたちはお金持ちになったし、その二百人は医療の知識をうちのドアに降ろして、しあわせな気分でいるのよ」

「ちくしょう、騒ぎを鎮める代わりに、子犬みたいに嚙《か》みついて追い払うんじゃなかった」

「リストを読みあげてよ、父さん」とジェイミー。「二百通りの治療法か。どれか本当に効くんだろうか？」

「どうでもいいわ」カミリアが蚊《か》の鳴くような声でいい、ため息をついた。「暗くなってきたわ。名前の聞きすぎで、胃がむかむかする！　二階へ連れていってもらえない？」

「お安いご用だ。ジェイミー、持ちあげろ！」

「あのう」と声がした。

腰をかがめていた男たちが顔をあげた。

そこにゴミ屋が立っていた。中肉中背の体つき、煤《すす》におおわれた顔、キラキラ光る水色の目、笑うとのぞく象牙《ぞうげ》のように白い歯並び。その男が動くたびに、うなずきながら、静かにしゃべるたびに、袖《そで》やズボンからほこりが舞い落ちた。

「さっきは人ごみを抜けられなかったんです」男は汚れた帽子を両手で握っていた。「で、帰りぎわに寄らしてもらいました。お金を払わないといけませんかね？」

「いいえ、ゴミ屋さん、払わなくていいわ」とカミリアがやさしくいった。

「ちょっと待って――」ミスター・ウィルクスが抗議する。

だが、カミリアがそっとにらむと、父親は黙りこんだ。

「ありがとう、お嬢さん」ゴミ屋の微笑は、つのりゆく夕闇のなかで暖かな陽射しのように輝いた。「ひとつだけ忠告させてください」

彼はカミリアをじっと見つめた。カミリアは彼をじっと見つめた。

「今夜は聖ボスコの前夜《イヴ》ですよね、旦那さん、奥さん」

「さあね。わしは知りませんね！」とミスター・ウィルクス。

「聖ボスコの前夜《イヴ》なんですよ。それだけじゃなくて、満月の夜でもある。ですから」とゴミ屋はへりくだっていった。痩せ細った美しい娘から目を離すことができずに。「月が昇ったら、娘さんをその光のなかに置いておくんです」

「月の光に当てるですって！」とミセス・ウィルクス。

「そんなことしたら気が狂ってしまわない？」とジェイミーが訊く。

「ご心配はごもっとも」ゴミ屋はお辞儀した。「ですが、満月は病気の動物を癒《いや》すんです、人間だろうが、野のけものだろうが。満月の光は色がおだやかで、静けさが宿っていて、心と体のバランスをとるんです」

「雨が降ったら――」と母親が心配そうにいった。

「誓っていいますが」と、すかさずゴミ屋。「うちの妹が、これと同じくらいひどい貧血を患《わずら》ったんです。ぼくらは月の出ているある春の夜、鉢《はち》植えの百合《ゆり》のように妹を外へ出しました。妹はいまサセックスに住んでいます、すっかり健康をとりもどしてね！」

「健康をとりもどす！　月の光！　しかも今日集まった四百ペニーのうち一ペニーもかからないんだ、母さん、ジェイミー、カミリア」

「いけません！」とミセス・ウィルクス。「そんな真似はさせません！」

「母さん」とカミリアがいった。

彼女はゴミ屋を穴のあくほど見つめた。

煤だらけの顔でゴミ屋が見返した。そのほほえみは、暗闇のなかで小さな半月刀《はんげつとう》のようだった。

「母さん」カミリアがいった。「感じるのよ。月が治してくれる、きっと治してくれるって……」

母親はため息をついた。

「あたしの昼でも夜でもないからね。それなら、最後にキスをさせておくれ。じゃあね」

そして母親は二階へあがった。

こんどはゴミ屋が、全員に向かって丁寧にお辞儀しながら、あとずさりした。

「では、お忘れなく、ひと晩じゅう月のもとで。夜明けまですこしの邪魔もはいってはいけません。ぐっすりお眠りなさい、お嬢さん。夢を見てください。とびっきりの夢を。では、お休みなさい」

煤が煤にまぎれこみ、男はいなくなった。

ミスター・ウィルクスとジェイミーが、カミリアの額《ひたい》にキスをした。

「父さん、ジェイミー」彼女はいった。「心配しないで」

そして彼女はひとり残され、遠いところに目をこらした。暗闇のなかに笑顔が浮かび、チカチカと点滅したように思えたのだ。と思うと、その笑顔は角《かど》をまわって消えてしまった。

彼女は月が昇るのを待った。


ロンドンの夜、居酒屋では声が眠たげになり、ドアがバタンと閉まり、酔っ払いが別れを告げ、時計が時鐘《じしょう》を鳴らす。カミリアの前を、毛皮をまとった女のように猫が通りかかり、猫のように女が通りかかった。どちらも賢明で、どちらもエジプト的で、どちらもスパイスの香りをさせていた。およそ十五分毎《ごと》に、頭上から声が降ってきた――

「だいじょうぶかい？」

「ええ、父さん」

「カミリア？」

「母さん、ジェイミー、いい気分よ」

そしてとうとう。「お休み」

「お休みなさい」

最後の明かりが消えた。ロンドンは眠りに落ちた。

月が昇った。

そして月が高く昇れば昇るほど、横丁、袋小路、街路を見まもるカミリアの目は大きくなり、ついには真夜中となり、月が彼女の真上まで来て、彼女を古代墳墓《ふんぼ》の上に立つ大理石像のように見せた。

暗闇のなかで動くもの。

カミリアは耳をそばだてた。

かすかなメロディーが、あたりに流れだした。

袋小路の暗がりに男が立っていた。

カミリアははっと息を呑んだ。

男が月明かりのなかへ出てきた。かかえたリュートを静かにつま弾《び》きながら。りゅうとした身なりで、ハンサムなその顔は、とにかくいまは生真面目だった。

「吟遊詩人《ぎんゆう》だわ」とカミリアが声に出していった。

男は唇《くちびる》に指を一本当て、ゆっくりと進み出ると、まもなく彼女の寝台のわきに立った。

「こんなに遅くなにをしてるの？」と少女がたずねた。怖くはないが、理由がわからないのだ。

「あなたを元気にするため、友人に遣《つか》わされてきたのです」彼はリュートの弦《げん》に触れた。美しい音がこぼれた。銀色の光を浴びている彼は、惚《ほ》れ惚《ぼ》れするほどハンサムだった。

「そんなことあるわけないわ」と彼女はいった。「だって教えてもらったから、月があたしを治すのだと」

「そうなりますよ、娘さん」

「あなたはなんの歌を歌うの？」

「春の夜と、名前のないうずきと病《やまい》の歌です。あなたの熱病の名前を教えましょうか、娘さん？」

「知っているのなら、教えてちょうだい」

「まずは症状――体温が急にあがる。不意に寒気《さむけ》がする。鼓動が速くなったり遅くなったり、癇癪《かんしゃく》を起こしたかと思うと落ちついたり、井戸水を口にしただけで酔っ払ったり、触れられただけでめまいを起こしたり、そう、こんな風に――」

彼はカミリアの手首に触れ、快い忘却に溶けていきそうになる彼女を見て、身を引いた。

「ふさぎこんだり、陽気になったり」彼は言葉をつづけた。「夢見がちになって――」

「やめて！」彼女はぞくぞくして叫んだ。「あたしのことはお見通しなのね。さあ、あたしの病の名前を教えて！」

「教えましょう」彼の唇が彼女の手のひらに押しあてられ、彼女は不意に身震いした。「病名はカミリア・ウィルクスです」

「なんて奇妙なの」彼女はぶるっと身を震わせ、目を紅藤色の炎のようにきらめかせた。「それなら、病気の元は自分なの？　ひどい病気にかかったものね！　いまだって、心臓がドキドキいってるわ！」

「わたしの心臓もそうです」

「手足が、夏の熱気で焼けそう！」

「ええ。わたしの指も焦《こ》げそうです」

「でも、いまは、夜風が。ほら、あたし、こんなに震えてる、寒いわ！　あたしは死ぬのよ、きっと死ぬんだわ！」

「死なせはしませんよ」と男が静かな声でいった。

「じゃあ、あなたはお医者さまなの？」

「いいえ、ただの素人《しろうと》医者です。今日あなたの病を当てた、もうひとりと同じように。病名がわかったのに、人ごみのなかへ逃げこんだ少女がいたでしょう」

「ええ、彼女の目を見て、あたしの病気を知っているのがわかったわ。でも、いまは、あたしの歯がカタカタ鳴っている。それなのに余分な毛布がないなんて！」

「場所をあけてください。さあ。どれどれ——二本の腕、二本の脚、頭と胴体。全部はいりましたよ！」

「なにをするの！」

「もちろん、あなたを温めて、夜の寒さから守るんです」

「まあ、暖炉みたい！　ああ、どこかでお目にかかりました？　あなたのお名前は？」

彼の顔がすばやく彼女の顔に影を落とした。水のように澄んだ陽気な目が光ると同時に、彼はほほえんで、象牙のように白い歯並びをのぞかせた。

「もちろん、ボスコです」彼はいった。

「そういう名前の聖人がいなかったかしら？」

「一時間もすれば、ええ、あなたはぼくをそう呼ぶでしょう」

彼が頭をかたむけて寄せた。こうして煤のように黒い暗がりで、先ほどのゴミ屋がもどってきたのに気づいて、彼女は喜びの声をあげた。

「世界がくるくるまわる！　死んでしまうわ！　治療してください、すてきな先生、さもなければ、なにもかもなくなってしまいます！」

「治療しますよ」彼はいった。「これこそが治療です……」

どこかで猫が鳴いた。窓から靴が投げられ、猫たちは柵《さく》から飛びおりた。やがてあたりが静まりかえり、月が……

「しーっ……」

夜明け。爪先立ちで階段を降りながら、ウィルクス夫妻は中庭をのぞきこんだ。

「夜の冷えこみで石のように固く凍って死んでいるんだわ、きっと！」

「いいや、母さん、見なさい！　生きている！　頬が薔薇《ばら》色だ！　もう病気じゃない！　桃《もも》みたいだ、柿みたいだ！　体じゅうが薔薇色がかったミルク色に輝いているぞ！　かわいいカミリアが、ピンピンしている、元どおりになったんだ！」

ふたりはぐっすり眠っている少女のわきで身をかがめた。

「ほほえんでいるぞ、夢を見ているぞ。なんといっているんだろう？」

「特効薬」少女はため息をついた。

「なに、なんだって？」

少女は眠ったまま、もういちど笑みを、まっ白い笑みを浮かべた。

「薬」彼女はつぶやいた。「メランコリイに効く薬」

彼女が目をあけた。

「ああ、母さん、父さん！」

「娘や！　わが子や！　二階へ行こう！」

「いいえ」彼女はやさしくふたりの手をとった。「母さん？　父さん？」

「なんだい？」

「見る人なんていないわ。太陽が昇るだけ。お願い。あたしと踊って」

ふたりは踊りたくなかった。

しかし、なにを祝っているのか知らないまま、ふたりは踊った。

鉢《はち》の底の果物《くだもの》

ウィリアム・アクトンは立ちあがった。マントルピースの上の置き時計が、午前零時を刻んだ。

彼は自分の指を見て、周囲の大きな部屋に目をやり、床に横たわっている男を見た。その指でタイプライターのキーを叩き、女を愛撫《あいぶ》し、早い朝食のためにハムエッグをこしらえるウィリアム・アクトンは、その同じ渦状紋《かじょうもん》のある十本の指で、いまや殺人を犯したのだ。

自分を彫刻家だと思ったことはなかったが、それでも、磨かれた硬木《こうぼく》の床に横たわる死体を両手のあいだに見おろしているこの瞬間、彫刻家として人間という名の粘土《ねんど》をつかみ、こねくりまわして、ドナルド・ハクスリーという名前のこの男をこねあげ、その人相を、骨格そのものを変えてしまったのだと悟った。

手先をちょっとひねって、ハクスリーの灰色の目が放つ輝きをぬぐい消し、代わりに冷たく光沢のない盲人の目を眼窩《がんか》にはめこんだ。つねにピンクで肉感的だった唇《くちびる》は、ぱっくりと開いて馬のような歯、黄色い門歯《もんし》、ニコチンに染まった犬歯《けんし》、金をかぶせた臼歯《きゅうし》を見せている。やはりピンクだった鼻は、いまは青白いまだらで血の気がなく、それは耳も同じだ。ハクスリーの両手は床の上で開いており、生まれてはじめて人になにかを要求する代わりに助けを乞《こ》うていた。

そう、それは芸術作品を生みだすことだった。全体として、その変化はハクスリーをよくしたのだ。死んだおかげでつき合いやすい男になった。いまなら彼と話ができるし、彼のほうは耳をかたむけるしかない。

ウィリアム・アクトンは自分の手先を見つめた。

してしまったことだ。とり返しはつかない。だれかに音を聞かれただろうか？　耳をすます。戸外では、ふだんどおり、深夜の街路を行き交う車の音がつづいている。家のドアを叩く音はなく、玄関を破って焚《た》きつけに変えてしまう肩もなく、入れろと要求する声もない。殺人は、つまり粘土をこねあげ、温かいものから冷たいものへと変える作業は終わり、だれもそれを知らないのだ。

これからどうする？　置き時計は午前零時を刻んだ。彼はヒステリーを起こし、衝動に駆られてドアへ向かいそうになった。走りだせ、逃げろ、一目散に、家に帰るな、列車に乗れ、タクシーをつかまえろ、出ていけ、走れ、歩け、ゆったり歩け、だが、ここからずらかるんだ！

目の前に両手を持ってきて、ぶらぶらさせたり、まわしたりする。

その手をわざとゆっくりとひねった。羽毛《うもう》のようにふんわりと軽く感じられた。なぜこんな風に両手を見つめているのだろう？　彼は自問した。うまく人を絞め殺したいま、わざわざ立ち止まって、渦状紋のひとつひとつを丹念に調べたくなるほど興味をそそるものが、そこにあるのだろうか？

ありきたりな手だ。厚くもなく、薄くもなく、長くもなく、短くもなく、毛深くもなく、毛がないわけでもなく、マニュキュアはしていないが汚くもなく、やわらかくはないが胼胝《たこ》もなく、皺《しわ》はないが、なめらかでもなく。とにかく、人殺しの手ではまったくない――だが、罪を知らないわけでもない。まるで奇跡が現れるのを待つかのようだ。

彼が興味をいだいているのは、手そのものでもなければ、指そのものでもない。暴力をふるったあとの麻痺《まひ》状態が果てしなくつづくなか、興味深いとわかったのは、指先だけなのだ。置き時計がマントルピースの上で時を刻んだ。

彼はハクスリーの死体のわきにひざまずき、ハクスリーのポケットからハンカチをとりだすと、ハクスリーの喉を入念に拭《ふ》きはじめた。せっせと喉をこすり、マッサージし、顔と後頭部をぬぐう。それから立ちあがった。

喉に目をやる。磨かれた床を見る。彼はゆっくりと身をかがめ、ハンカチで床を二、三度軽く叩いてから、顔をしかめ、床をぬぐった。まず、死骸の頭のそば。つぎに、腕の近く。それから死体のまわりの床全体を磨いた。死体から一ヤードの距離まで四方の床を磨き、つぎに死体から二ヤードの距離まで四方の床を磨いた。つぎに死体から三ヤードの距離まで四方の床を磨いた。つぎに――

彼は手を止めた。

一瞬、家全体が目にはいったのだ。鏡のある廊下、彫刻のほどこされたドア、上等の家具が。

そして、一語一語くり返されているかのようにはっきりと、ほんの一時間前に話したとおり、ハクスリーと自分が話す声が聞こえた。

ハクスリーのドアベルに指をかける。ハクスリーのドアが開く。

「おや！」ハクスリーは愕然《がくぜん》とした。「きみか、アクトン」

「おれの女房はどこだ、ハクスリー？」

「教えると本気で思うのか？　そこに突っ立ってるんじゃない、このまぬけ。ちゃんと話をしたいなら、なかへはいれ。そのドアを通って。そっちだ。書斎にはいれ」

あのときアクトンは、書斎のドアにさわったのだ。

「なにか飲むか？」

「一杯くれ。リリーが行ってしまうなんて信じられん。あの女は――」

「バーガンディーがある、アクトン。あのキャビネットからとってきてくれないか？」

そう、とってきた。瓶《びん》をいじった。瓶に触れた。触れたのだ。

「そこに面白い初版本がある、アクトン。この装幀の手ざわり。さわってみろよ」

「本を見にきたわけじゃない――」

彼は本と書斎のテーブルにさわり、バーガンディーの瓶とバーガンディーのグラスにさわったのだ。

いま、ハクスリーの冷たい死体のわきの床の上でうずくまり、磨くのに使うハンカチを指でつまんだまま、身じろぎもせずに家を、壁を、周囲の家具をまじまじと見た。目をみはり、口を閉じ、唇を噛《か》み、歯を食いこませた。彼は目を閉じ、うなだれると、ハンカチを握りつぶし、小さく丸めて、唇を噛み、歯を食いこませた。

いたるところに指紋があるのだ、いたるところに、いたるところに！

「バーガンディーをとってくれないか、アクトン？　バーガンディーの瓶だよ。その指で。ぼくはひどく疲れてるんだ。わかるだろう？」

手袋がいる。

これ以上なにかする前に、別の箇所を磨く前に、手袋をしなければならない。さもないと、表面をきれいにしても、自分の身元を明かすものを意図せずに残すことになる。

彼はポケットに両手を突っこんだ。家を通りぬけ、玄関の傘立てと帽子掛けまで歩く。ハクスリーのオーヴァーコート。彼はそのコートのポケットを引っぱりだした。

手袋はない。

両手をまたポケットに突っこんで二階にあがり、とり乱すことなく、落ちついてすばやく行動した。最初に手袋をしなかったのは失敗だった（だが、けっきょくのところ、殺人を計画していたわけではないのだし、潜在意識はその犯罪をあらかじめ知っていたかもしれないが、夜が明ける前に手袋が必要になろうとは、夢にも思わなかったのだ）。そういうわけでいま、怠慢の罪のせいで汗をかかなければならない。この家のどこかに、すくなくともひと組は手袋があるにちがいない。急がなければならない。こんな夜更《よふ》けであっても、だれかがハクスリーを訪ねてこないとはかぎらないのだ。金持ちの友人たちが手酌で酒を飲みながらドアを出入りする。笑ったり、叫んだりしながら、こんにちは、さよならもろくにいわずに他人の家に出入りするのだ。朝の六時までには外へ出なければならない。六時になったらハクスリーの友人たちが、ハクスリーを迎えに来るのだ、空港まで送り、メキシコ・シティ行きの飛行機に乗せるために……。

アクトンは、ハンカチを使って指紋がつかないようにしながら、二階の引き出しを急いであけてまわった。六つの部屋で七十か八十の引き出しをかきまわし、いわば、舌を飛びださせたままにして、つぎの引き出しへと飛びついた。丸裸でいる気分で、手袋が見つかるまでは、なにもできない気がした。ハンカチで家全体をこすり、指紋がついていそうな表面をかたっぱしから磨きあげても、そのあといつどこで偶然壁に手を突くかもしれない。そうなったら、顕微鏡サイズの渦状シンボルが残って、命運が定まるかもしれないのだ！　殺人を認めます、とスタンプを押すようなものだ、そういうことなのだ！　そのむかしの封蠟《ふうろう》、つまりパピルスを広げ、インクをたっぷりと使って文字を書き、砂をふりかけてインクを乾かしてから、最後に熱した緋《ひ》色の獣脂《じゅうし》を垂らして認印《にんいん》指輪を押したようなものだ。したがって、ひとつでも指紋を残したら、いいか、ひとつでも指紋を現場に残したら、一巻の終わりだ！　封蠟を残さないかぎり、殺人を認めないですむ。

もっと引き出しを！　だが、静かに、念入りに、注意深く、と彼は自分にいい聞かせた。

八十五番目の引き出しの底に手袋が見つかった。

「ああ、よかった、助かった！」

彼はため息をついて、整理簞笥《だんす》に寄りかかった。試しに手袋をはめて、両手をかかげると、誇らしげに曲げて、ボタンをかける。やわらかく、灰色で、厚く、じょうぶだ。これさえあれば手でなにをしても、跡を残さずにすむ。彼は寝室の鏡に映る鼻を親指で押し、にんまりと笑った。

「よせ！」ハクスリーが叫んだ。

なんとも汚い手を使ったものだ。

ハクスリーは床に倒れたのだ、わざと！　ああ、なんと悪知恵の働く男だろう！　硬木の床にハクスリーは倒れた、アクトンを巻きぞえにして。ふたりは床をころがり、とっくみ合い、床を引っかいた。死にもの狂いで指先を床に押しつけ、押しつけながら！　ハクスリーが数フィート先へ体をずらし、アクトンは這《は》ってあとを追いかけ、首に手をかけて、チューブから歯磨きを絞りだすように、生命が絞りだされるまで首を絞めたのだ！

手袋をはめたウィリアム・アクトンはその部屋へもどり、床にひざまずくと、隅々まで汚染された床を猛然とこすりはじめた。一インチまた一インチと磨きたてるうちに、思いつめたような、汗にまみれた自分の顔が床に映るようになった。そのうちテーブルに行き当たり、その脚を磨いて、本体へあがり、引き出しの把手《とって》を磨いてから天板《てんばん》へあがった。蠟細工の果物《くだもの》を盛った鉢《はち》に行き当たると、まずは金銀線細工の本体を磨きあげてから、蠟細工の果物をとりだしてきれいに拭いたが、底にあった果物は磨かずにおいた。

「あれにさわらなかったのはたしかだ」

テーブルを磨きあげると、その上にかかっている絵の額縁《がくぶち》に行き当たった。

「あれにさわらなかったのもたしかだ」

額縁をじっと見つめる。

彼は部屋のドアすべてに視線を走らせた。今夜使ったのはどのドアだろう？ 憶《おぼ》えていない。それなら、ひとつ残らず磨くのだ。ドアノブからはじめ、ピカピカに磨きあげてから、念には念を入れて、ドアの上から下まで磨きたてた。それから部屋じゅうの家具にとりかかり、椅子の肘《ひじ》掛けをふいた。

「きみがすわっているその椅子は、アクトン、ルイ十四世時代のものだ。さわってみろよ」とハクスリーはいった。

「家具の話をしにきたんじゃない、ハクスリー！ リリーの話をしにきたんだ」

「まあ、落ちつけ、どうせ、それほど真剣な仲じゃなかったんだろう。彼女はきみを愛していない。明日ぼくといっしょにメキシコ・シティへ行くそうだ」

「きさまも、きさまの金も、きさまのろくでもない家具も呪われちまえ！」

「上等の家具だよ、アクトン。行儀よくして、その手ざわりを楽しむといい」

指紋というものは、織物《おりもの》にもつくかもしれない。

「ハクスリー！」ウィリアム・アクトンは死体をにらみつけた。「おれに殺されると思っていたのか？ おまえの潜在意識は、おれの潜在意識とまったく同じように、うすうす勘《かん》づいていたのか？　潜在意識に命じられて、おれが家じゅうを歩きまわり、本や、皿や、椅子をいじったり、さわったり、撫《な》でたりするように仕向けたのか？　おまえはそれほど悪知恵が働いて、それほど卑劣《ひれつ》だったのか？」

彼は折り返したハンカチで椅子を拭いた。そのとき、死体のことを思いだした——あれはまだ拭いていない。彼は死体のところへ行き、あちこちひっくり返して、表面を隅々まで磨きあげた。靴磨きまで無料《ただ》でしてやった。

靴を磨いているうちに、顔が心配でかすかに震えだし、ややあって彼は立ちあがると、さっきのテーブルに歩み寄った。

鉢の底にある蠟細工の果物をとりだし、磨く。

「念には念をだ」と彼は小声でいい、死体にもどった。

しかし、死体のわきでしゃがみこんだとたん、彼のまぶたがひくつき、顎《あご》が右から左へ動いた。彼は考えこんでから、立ちあがり、もういちどテーブルまで行った。

絵の額縁を磨く。

額縁を磨いているうちに発見した——

壁を。

「いくらなんでも」と彼はいった。「ばかげている」

「ああ！」ハクスリーが叫び、アクトンを押しのけた。

彼がアクトンを乱暴に押すと同時に格闘がはじまった。アクトンは倒れ、立ちあがり、壁にさわって、ふたたびハクスリーに飛びかかった。ハクスリーの首を絞めた。ハクスリーは死んだ。

アクトンは断固として壁に背を向けた。冷静沈着に、決意を固めて。粗暴な言葉と行動が心のなかで消えていった。彼は争ったことを忘れようとした。四面の壁に視線を走らせる。

「ばかばかしい！」と彼はいった。

目の隅に壁のなにかが映った。

「気にするもんか」彼は注意をそらすためにいった。「さあ、隣の部屋だ！　念入りにやろう。ええと――おれたちがいっしょにいたのは、玄関と書斎とこの部屋と、ダイニング・ルームとキッチンだ」

背後の壁にしみがある。

いや、ないのかもしれない。

彼は腹立たしげにふり返り、「わかった、わかった、たしかめるだけだ」というと、そこまで行ったが、しみは見つからなかった。いや、ある、小さいやつが、たしかに――あることはある。彼はそれを軽く叩いた。とにかく、これは指紋ではない。拭きおえると、手袋をはめた手で壁に寄りかかり、その壁と、その壁が上下左右へのび広がっているさまを見て、「だめだ」と小声でいった。上下左右に目をやり、「これは手にあまる」と静かな声でいった。何平方フィートだろう？　「手をつけはしないぞ」と彼はいった。しかし、目の知らないうちに、手袋におさまった指がリズムをつけて壁をこすりはじめていた。

彼は自分の手と壁紙をじっと見つめた。肩ごしに隣の部屋を見た。「あそこへ行って、肝心のものを磨かなければ」自分にそういい聞かせたが、手はそのまま動きつづけた。まるで壁や自分をささえるかのように。彼は顔をこわばらせた。

無言で壁をこすりはじめる。上下、左右、上下、手の届くかぎり高いところまで、かがめるかぎり低いところまで。

「ばかげている、ちくしょう、こんなのばかげている！」

だが、手抜かりがないようにしなければならない、と彼の思考が彼にいった。

「そうだ、手抜かりがないようにしなければならない」と彼は答えた。

ひとつの壁をこすり終えたところで……。

隣の壁に移った。

「いま何時だ？」

マントルピースの置き時計を見る。一時間がたっていた。一時五分だ。

ドアベルが鳴った。

アクトンは凍《こお》りつき、ドアを、置き時計を、ドアを、置き時計を見つめた。

だれかが大きな音でノックした。

長い瞬間が過ぎた。アクトンは息を殺していた。新しい空気が体にはいってこないので、気が遠くなり、ふらふらしはじめた。頭のなかで静けさが鳴りひびいた。冷たい波がどっしりした岩場に轟音《ごうおん》をあげて打ち寄せるようだ。

「おい、いるんだろう！」酔っ払いの声が叫んだ。「いるのはわかってるんだ、ハクスリー！　あけろよ、ちくしょうめ！　ビリーさまだよ、フクロウみたいに酔っ払ってるんだ、ハクスリー、友だちだろう、こっちは二羽のフクロウよりも酔っ払ってるんだ」

「行っちまえ」アクトンは声を殺していい、壁に張りついた。

「ハクスリー、いるんだろう、息をしてるのが聞こえるぞ！」と酔っ払いの声が叫ぶ。

「ああ、いるよ」アクトンは小声でいった。床に手足を広げて長々とぶざまに横たわっている気がした。ぶざまで、冷たく、音もたてずに。「いるよ」

「ちくしょう！」声が霧のなかへ尾を引くように消えていく。足音が遠ざかっていく。「ちくしょうめ……」

アクトンは目を閉じ、頭のなかで赤い心臓が鼓動しているのを感じながら、長いこと立っていた。とうとう目をあけると、まだ拭いていない壁が真正面にあり、彼はやっとの思いで口を開いた。

「ばかばかしい。この壁はしみひとつない。触れたりするもんか。急がないと。急がないといけない。時間がない、時間がないんだ。あのまぬけなやつらがやって来るまで、あと二、三時間しかない」彼は身をひるがえした。

目の隅に小さな蜘蛛《くも》の巣が映った。背中を向けているあいだに、小さな蜘蛛が木造部分から出てきて、壊れやすい半透明の小さな巣を張りめぐらしたのだ。すでに拭いた左の壁にはないが、まだ手つかずの三面は蜘蛛の巣だらけになっている。じかに目をやると、蜘蛛は木造部分へと引っこみ、目をそらしたときにかぎって巣を張るのだ。

「あの壁はだいじょうぶだ」彼はなかば叫ぶようにいった。「あれにはさわらないぞ！」

先ほどハクスリーがついていた書きもの机まで行く。引き出しをあけ、探していたものをとりだす。ハクスリーがときどき本を読むのに使っていた小型の虫眼鏡《むしめがね》だ。虫眼鏡を手にして、不安げに壁に近づく。

指紋がついていた。

「でも、おれのじゃない！」彼はうつろな笑い声をあげた。「あそこには指紋をつけなかった！　絶対につけなかった！　召使いか、執事か、メイドかもしれん！」

壁は指紋だらけだった。

「ここの指紋を見ろ」彼はいった。「長く先細りで、女の指紋だ。賭けたっていい」

「賭けるか？」

「賭けるとも！」

「本気だな？」

「本気だ！」

「まちがいないな？」

「ああ――まちがいない」

「絶対に？」

「ああ、そうだよ、絶対にだ！」

「とにかく、拭いても損はないぞ」

「わかったよ、ちくしょう！」

「ろくでもないしみを消したらどうだ、アクトン？」

「ついでにこっちのこいつもな」アクトンは嘲《あざけ》った。「こいつは太った男の指紋だ」

「たしかだな？」

「くどいぞ！」彼は噛みつくようにいい、それをこすって消した。片方の手袋を脱ぎ、震えている手をギラギラする光にかざす。

「ほら見ろ、まぬけ！　渦状紋の形がちがうだろう？　わかるか？」

「そんなのは、なんの証明にもならん！」

「ああ、そうかい！」

激昂《げっこう》した彼は、手袋をはめた手で壁を上下左右とこすった。汗を垂らし、うめき声をあげ、汗を垂らし、身をかがめ、のびあがり、顔を真っ赤にしながら。

彼は上着を脱ぎ、椅子に置いた。

「二時だ」壁を拭き終え、置き時計をにらんで彼はいった。

鉢のところまで行き、蠟細工の果物をとりだして、底の果物を磨いてから、果物をもどし、絵の額縁を磨いた。

シャンデリアをじっと見あげる。

体のわきで指が引きつった。

口をあんぐりとあけ、舌を唇にそって動かし、彼はシャンデリアを見て、目をそらし、シャンデリアに目をもどして、ハクスリーの死体を見てから、長い真珠《しんじゅ》のような虹色のガラスのついたクリスタルのシャンデリアを見あげた。

椅子をつかんで、シャンデリアの真下まで運んできて、片足を椅子に載せ、足を降ろし、ゲラゲラ笑いながら、その椅子を乱暴に隅へ放った。それから、まだ拭いていない壁はそのままにして、部屋から走り出た。

ダイニング・ルームでテーブルに行き当たった。

「グレゴリオ十三世時代のナイフとフォークを見せたいんだ、アクトン」ハクスリーがいったのだった。ああ、あのさりげない、あの催眠術をかけるような声！

「時間がないんだ」とアクトンはいった。「リリーに会わなければ――」

「ばかいうな、この銀食器を見てくれ、この絶妙の職人技《わざ》を」

アクトンは、ナイフとフォークの箱が置かれたテーブルのところで立ち止まった。ハクスリーの声がもういちど聞こえてきて、その身ぶり手ぶりのすべてを思いだした。

アクトンはフォークとスプーンを拭き、飾り皿と特別な陶器《とうき》の皿をひとつ残らず壁からはずして……。

「ガートルードとオットー・ナッツラー作の美しい陶器があるんだ、アクトン。彼らの作品に通じているかい？」

「なるほど、美しい」

「手にとってくれ。裏返してみろ。恐ろしく薄い鉢だろう。ろくろを使った手作業だ。卵の殻《から》なみに薄いんだから、信じられないよ。それに驚くような釉薬《ゆうやく》。思う存分さわってくれ。遠慮なく。かまわないから」

思う存分さわってくれ。遠慮なく。手にとってくれ!

アクトンは肩を震わせてすすり泣いた。陶器を壁に投げつけた。それは粉々に砕けて、床に散らばった。

つぎの瞬間、彼はひざまずいた。かけらのひとつひとつを見つけなければならない。愚か者、愚か者、愚か者! 首をふり、目をしばたたき、テーブルの下に潜りこみながら、彼は自分に向かって叫んだ。ひとつ残らず破片を見つけろ、まぬけ、ひとつの破片もあとに残すな。愚か者、愚か者! 彼はかけらを集めた。これで全部だろうか? 目の前にあるテーブルに破片を載せて見つめる。テーブルの下をもういちどのぞき、椅子と整理簞笥の下をのぞき、マッチの明かりでもうひとつ破片を見つけて、まるで宝石であるかのように、小さな破片のひとつひとつを磨きはじめた。ピカピカに磨かれたテーブルの上にきちんと並べていく。

「美しい陶器だろう、アクトン。遠慮なく――思う存分さわってくれ」

彼はリンネルの布をとりだして陶器を拭き、椅子とテーブルとドアノブと窓ガラスと棚とカーテンを拭き、床を磨き、肩で息をしながらキッチンを見つけ、ヴェストを脱いで、手袋をはめ直し、光り輝くクロムの流し台を拭いた。「……家を見せたいんだよ、アクトン」とハクスリーがいった。「こっちだ……」そして彼は台所用品と銀色の蛇口とサラダ・ボウルを拭いた。

というのも、なにに触れて、なにに触れなかったのか、いまではすっかり忘れていたからだ。ハクスリーと彼はここに、キッチンに長くいた。ハクスリーは整然と並んだ台所用品を自慢し、人殺しになりかねない者を前にしている不安を隠していた。ひょっとしたら、必要になったら、ナイフがそばにあってほしかったのかもしれない。ふたりはいろいろなものにべたべたとさわった――なににさわったのか、どの程度さわったのか、いくつのものにさわったのかは憶えていない――そしてキッチンを拭きおえて、玄関を通りぬけ、ハクスリーが倒れている部屋にはいった。

彼は悲鳴をあげた。

その部屋の四つ目の壁を拭くのを忘れていたのだ！　そして部屋を離れているあいだに、小さな蜘蛛たちが掃除の終わっていない四つ目の壁から出てきて、すでに拭いた壁に群がり、ふたたび汚していたのだ！　天井にも、シャンデリアからも、部屋の隅にも、床の上にも、小さな渦《うず》状の蜘蛛の巣が無数に張られており、彼の悲鳴で揺れたのだ！　ちっぽけな、ちっぽけな蜘蛛の巣、皮肉にも大きさは、せいぜい――おまえの指くらいだ！

蜘蛛の巣はみるみるうちに絵の額縁、果物の盛られた鉢、死体、床の上に張られていった。指紋がペーパーナイフをふるい、引き出しをあけ、テーブルの天板にさわり、いたるところで、あらゆるものにべたべたとさわった。

彼は猛然と床を磨きたてた。死体を裏返し、泣きながら拭いた。そして立ちあがり、鉢のところまで歩いていくと、底にある果物を磨いた。それからシャンデリアの下へ椅子を置いて、その上に立つと、クリスタルのタンバリンのように揺れて音をたてるまで、シャンデリアを空中で鐘《かね》のようにかたむかせながら、その垂れさがった小さな火屋《ほや》をひとつひとつ磨いた。それから椅子を飛び降り、ドアノブをつかむと、別の椅子に乗り、壁をどんどん上までこすり、キッチンへ走って、箒《ほうき》を手にすると、天井から蜘蛛の巣を払い、鉢の底の果物を磨き、死体とドアノブと銀食器を拭き、廊下の手すりに気がついて、手すりをたどって二階へあがった。

三時だ！　いたるところで、機械に特有のしつこさで時計がカチカチいっている！　一階には十二部屋、二階には八部屋ある。彼はその総面積と作業に必要な時間を計算した。百の椅子、六つのソファ、二十七のテーブル、六台のラジオ。その裏側と表面と背面。彼は壁から家具を引き離し、すすり泣きながら、たまった数年分のほこりを拭きとり、よろめき、手すりにすがって階段を登り、いじりまわし、ぬぐい、こすり、磨きあげた。なぜなら、小さな指紋ひとつでも残したら、それが複製され、百万に増えるからだ！――したがって、仕事を一からやり直さなければならないのに、もう四時だ！――腕はうずき、目は腫《は》れあがり、血走っている。そして彼はのろのろと動きまわる、足もとがおぼつかず、うなだれ、腕を動かし、こすったり拭いたりしながら、寝室をひとつずつ、クローゼットをひとつひとつ……。

朝の六時半に彼は見つかった。

屋根裏部屋で。

家全体がピカピカに磨きあげられていた。花瓶はガラスの星のように輝いていた。椅子は光沢を放っていた。青銅、真鍮《しんちゅう》、銅はキラキラ光っていた。床は閃光《せんこう》を発していた。手すりは燦《さん》然《ぜん》ときらめいていた。

なにもかもが光を放っていた。なにもかもが輝き、なにもかもがまばゆく光っていたのだ！　見つかったとき、彼は屋根裏部屋で古いトランクや、古い額縁や、古い椅子や、古い乳母車《うばぐるま》や、おもちゃや、蓄音機や、花瓶や、ナイフとフォークや、木馬《もくば》や、ほこりまみれの南北戦争時代の硬貨を磨いていた。屋根裏部屋を半分ほど拭き終えたとき、銃を持った警察官が彼の背後に歩み寄った。

「終わったぞ！」

家から出しなにアクトンは、ハンカチで玄関のドアノブを磨き、勝ち誇ったようにドアを叩き閉めた！

イラ

彼らの家は水晶の柱にささえられ、火星の干《ひ》あがった海のほとりにあり、毎朝ミセスKが、水晶の壁になった黄金《きん》色の果物《くだもの》を食べたり、磁力塵《じん》を撒《ま》いて家を掃除したりする姿が見受けられた。その塵《ちり》に汚れを付着させ、熱風に乗せて吹き飛ばす仕組みなのだ。午後になると、化石の海が暖まり、動きを失って、中庭に生えたワインの木はこわばり、すこし遠くにある火星人の骨の街はすっかり閉ざされて、だれも戸外へ出なくなる。そんなときミスターKは自室にこもり、ハープを奏《かな》でるように、浮きあがった象形文字《ヒエログリフ》を撫《な》でながら、金属の本を読む。そして指でなぞるにつれ、本から歌声が、静かな太古の声が流れだし、海が岸辺で赤い蒸気となり、古代人たちが無数の金属の昆虫や電気蜘蛛《ぐも》を闘わせていたころの物語をするのだった。

K夫妻は二十年にわたり、その死んだ海のほとりに住んでいた。彼らの祖先も同じ家に住んできた。その家は十世紀にわたり、花のように向きを変えて太陽を追いかけてきたのだった。

K夫妻は年老いてはいなかった。真正な火星人の明るい茶色がかった肌、黄色い硬貨のような目、やわらかい音楽的な声をそなえていた。かつては化学薬品の火で絵を描《か》いたり、ワインの木が緑の液体で運河を満たす季節には運河で泳いだり、談話室の青い燐光《りんこう》を放つ肖像画のかたわらで語り明かしたりすることが好きだった。

いま彼らはしあわせではなかった。

今朝、ミセスKは立ち並ぶ柱のあいだにたたずみ、砂漠の砂が熱せられる音に耳をすましていた。砂は溶けて黄色い蠟《ろう》となり、地平線を流れていくように思われた。なにかが起きようとしていた。

彼女は待った。

まるでいまにも火星の青空が引きつり、収縮し、輝く奇跡を砂上に放出するかのように、空を見つめていた。

なにも起こらなかった。

待ちくたびれた彼女は、霧のかかりはじめた柱のあいだを歩いた。縦溝の彫られた柱のてっぺんからこぬか雨が降りだし、焼け焦《こ》げたような空気を冷まして、彼女にそっと降り注《そそ》いだ。暑い日には小川のなかを歩くようだった。家の床は冷たい流れできらめいた。遠くで夫が絶え間なく本を奏《かな》でている音が聞こえた。彼の指は古い歌に飽きることがないのだ。いつかまた夫が、そのすばらしい本を愛《め》でるように、自分を小さなハープのように抱きかかえ、たっぷりと時間をかけて撫でまわしてくれないだろうか、と彼女は心ひそかに願った。

でも、そんなことはないだろう。彼女はほんのすこしだけ首をふり、あきらめたように肩をすくめた。そのまぶたが、黄金《きん》色の目の上にそっとかぶさった。結婚というものは人を若いまま老いこませ、ありふれたものにするのだ。

彼女は、動きに合わせて形を変える椅子に深くもたれかかった。目を不安げにしっかりとつむった。

夢がはじまった。

彼女の茶色い指が小刻みに震え、ひとりでに持ちあがり、宙をつかんだ。一瞬後、彼女ははっとして、あえぎながら上体を起こした。

すばやく周囲に視線を走らせる。まるで目の前にだれかいると思っているかのように。彼女はがっかりした顔をした。柱と柱とのあいだの空間はからっぽだったのだ。

夫が三角形のドアのところに姿を現し、「呼んだかい?」と、いらだたしげに訊いた。

「いいえ!」彼女は叫んだ。

「きみの大声が聞こえたような気がした」

「あたしの声が? うたた寝して、夢を見たのよ!」

「まっ昼間にかい? 珍しいね」

まるで夢に顔をはたかれたかのように、彼女は上体を起こし、「おかしな夢、ものすごくおかしな夢」と、つぶやいた。

「へえ」夫は見るからに本のもとへもどりたがっていた。

「男の人の夢を見たの」

「男だって?」

「背の高い人よ。六フィート一インチもあったわ」

「ばかばかしい。巨人じゃないか、不格好な巨人だ」

「どうしてか」――彼女は言葉を探した――「その人は正常に見えたの。そんなに背が高いのに。しかも——ええ、ばかげていると思われるのはわかっているわ——青い目をしていたのよ！」

「青い目だって！　まったく！」ミスターKが叫んだ。「夢のつづきはどうなるんだい？　まさか、髪が黒いんじゃないだろうね？」

「どうしてわかったの？」彼女は興奮した口調でいった。

「いちばん突拍子《とっぴょうし》もない色を選んだんだ」彼はそっけなく答えた。

「とにかく、黒かったのよ！」彼女は叫んだ。「それにまっ白い肌をしていたわ。ええ、どこもかしこもふつうじゃなかった！　見慣れない制服を着ていて、空から降りてきて、感じよく話しかけてきたの」彼女は口もとをほころばせた。

「空からだって。ばかばかしいにもほどがある！」

「その人は、陽射《ひざ》しを浴びてキラキラ光る金属のものに乗ってきたの」彼女は記憶を探った。目を閉じて、もういちどその形を思い浮かべようとする。「夢に空が出てきて、硬貨みたいに光るものがポンと空中に放りこまれたかと思うと、それがみるみる大きくなって、そっと地面に舞い降りたのよ。細長い銀色の乗り物。丸っこくて、見たことも聞いたこともない形なの。そうしたら銀色の物の横腹でドアが開いて、その背の高い男の人が出てきたのよ」

「もっと仕事に精を出せば、そんなばかげた夢は見なかっただろうに」

「でも、楽しい夢だったわ」また横になりながら彼女は答えた。「あんな想像力が自分にあるなんて、思いもしなかった。黒い髪、青い目、白い肌！　すごく奇妙な男の人、それなのに

――すごくハンサムなのよ」

「願望的思考ってやつだね」

「意地悪ね。わざわざ考えだしたわけじゃないの。うとうとしているうちに、ひょいと心に浮かんできたのよ。夢とはすこしちがっていた。あまりにも突然で、変わっていた。あたしを見て、その人はこういったの、『わたしは船に乗って第三惑星から来ました。名前はナサニエル・ヨーク――』」

「くだらない名前だ。そもそも名前じゃない」と夫が異を唱えた。

「もちろんくだらないわ、夢なんだから」彼女はやんわりと説明した。「そして彼はいったの、『これがはじめての宇宙旅行です。船に乗ってきたのはふたりだけで、わたし自身と友人のバートです』」

「またしてもくだらない名前だ」

「そして彼はいったの、『わたしたちは地球のある都市から来ました。それがわれわれの惑星の名前です』」ミセスKは言葉をつづけた。「そういったのよ。『地球』という名前を口にしたの。それに別の言葉をしゃべっていた。なぜか意味がわかったの。心で。テレパシーじゃないかしら」

ミスターKはきびすを返した。彼女は彼を呼び止めた。

「イル?」静かに声をかける。「ねえ、考えたことはない――そう、第三惑星に人が住んでいるだろうかって?」

「第三惑星は生命を維持できない」と夫は辛抱強い口調でいった。「科学者によれば、大気に酸素があまりにも多すぎるそうだ」

「でも、人がいたとしたら、すてきじゃない？　その人たちが船みたいなもので宇宙を旅してきたとしたら」

「ねえ、イラ、ぼくはこういう感情的なたわごとが大嫌いなんだよ。ふたりとも仕事にかかろうじゃないか」


その日の夕刻、ささやくように雨を降らす柱のあいだを歩きながら、彼女はその歌を口ずさみはじめた。何度もくり返して歌った。

「その歌はいったいなんだ?」とうとう夫が部屋にはいってきて、火炎テーブルにつきながら、嚙《か》みつくようにいった。

「さあ」

自分でも驚いて彼女は顔をあげた。信じられないという表情で片手を口に当てる。陽は沈みかけていた。家は巨大な花のように、光が消えるのに合わせてすぼみつつあった。柱のあいだを風が吹きぬけ、火炎テーブルは銀色の溶岩だまりをグツグツと煮えたたせていた。風が彼女の赤褐色の髪をそよがせ、耳もとでそっと歌った。彼女は無言でたたずみ、まるでなにかを思いだそうとしているかのように、黄ばんだ遠くの海底をじっと見つめていた。その黄色い目はなごやかで、潤《うる》んでいた。

「きみの瞳もて、われにのみ乾杯せよ。されば、われもまた瞳もて返杯《へんぱい》せん」彼女はそっと、静かに、ゆっくりと歌った。「さもなくば、杯《さかずき》に口づけを残せよ。さればわれ、もはや酒を求めず」

いま彼女は目を閉じて、吹くか吹かないかのそよ風のなかで両手を動かしながらハミングしていた。歌が終わった。

とても美しい歌だった。

「そんな歌は聞いたことがない。きみが作ったのかい?」鋭い目つきで夫がたずねた。

「いいえ。そう。いいえ、わからないわ、本当に!」彼女はひどく口ごもった。「言葉の意味さえわからないの。別の言葉なのよ!」

「どこの言葉なんだ?」

彼女は明滅する溶岩のなかへ肉片をぽとりと落とした。

「わからないわ」ややあって肉片を引きあげ、味つけしてから、皿に載せて夫にさし出し、「たぶんおかしな歌を思いついただけなんだわ。どうして思いついたのかはわからないけど」

夫はなにもいわなかった。シューシューうなっている火《ひ》だまりに肉片を浸す彼女を見つめていた。陽が沈んだ。夜がひたひたと寄せてきて部屋を満たし、天井まで注がれた暗色《あんしょく》のワインのように、柱やふたりを呑みこんだ。銀色の溶岩の輝きだけが、ふたりの顔を照らしていた。

彼女はまた奇妙な歌をハミングした。

たちまち彼が椅子から飛びだし、憤然と部屋から出ていった。

あとになって、彼はひとりきりで夕食をすませた。

立ちあがり、のびをすると、ちらっと彼女に視線を走らせ、あくびをしながら、「今夜、炎の鳥に乗って街へくり出さないか？」といった。

「まさか、本気でいってるの？　気分がいいらしいわね」

「どこがそんなにおかしいんだい？」

「でも、遊びに行くなんて六カ月ぶりよ！」

「いい考えだと思うけど」

「なんだか急に気を遣《つか》ってくれるようになったのね」

「そんないい方はよせ」彼は不機嫌そうな声でいった。「行きたいのか、それとも行きたくないのか？」

彼女は青ざめた砂漠を見渡した。双子の白い月が昇ろうとしていた。冷たい水が彼女の爪先のまわりをそっと流れた。彼女はほんのすこしだけ震えはじめた。本音をいえば、あのこと——一日じゅう期待していたこと、起きるはずがないのに起きるかもしれないこと——が起きるまで、ひっそりと、身動きしないでここにすわっていたかった。歌の一節が彼女の心をかすめ過ぎた。

「あたしは——」

「きみのためだよ」彼がうながした。「さあ、行こう」

「疲れてるの」彼女はいった。「またの夜にしましょう」

「ほら、スカーフだ」彼はガラス瓶《びん》を妻に渡した。「出かけるなんて何カ月ぶりだろう」

「あなたは出かけてるわ、週に二度、第十一都市へ」彼女は夫を見ようとしなかった。

「仕事だよ」

「そうかしら？」彼女は小声でひとりごちた。

ガラス瓶から液体が流れだし、青い霧に変わると、小刻みに震えながら、彼女の首に巻きついた。

炎の鳥たちは、冷たくなめらかな砂の上で、石炭の燠《おき》のように光を放ちながら待っていた。白い天蓋《てんがい》が千本の緑のリボンで鳥たちに結びつけられ、夜風をはらんでふくらみ、そっとはためいていた。

イラは天蓋の下で横になった。夫がひとこと合図すると、鳥たちは暗い空へ向かって燃えながら飛び立った。リボンがピンと張り、天蓋が浮きあがった。砂がむずかるような音をたてすべり落ちる。青い丘陵《きゅうりょう》がつぎつぎと流れ過ぎ、家も、雨を降らせる柱も、籠《かご》にはいった花も、歌う本も、ささやく床の小川も背後に去った。彼女は夫に目をやらなかった。彼がなにか叫ぶと、鳥たちは無数の熱い火の粉《こ》のようにもっと高く昇り、おびただしい数の赤黄色の花火を天空にはじけさせ、花びらのような天蓋を引きながら、風に乗って燃えあがった。

彼女は眼下を流れていく死滅した古代の骨チェスの都市も、むなしさと夢を満たした古い運河も見ていなかった。月の落とす影のように、燃える松明《たいまつ》のように、干あがった川と干あがった湖を飛び過ぎていく。

彼女は空だけを見ていた。

夫がなにかいった。

彼女は空を見ていた。

「ぼくのいったことが聞こえたのか?」

「えっ?」

彼は息を吐きだし、「ちゃんと聞いてなかったんだな」

「考えごとをしていたの」

「きみが自然を愛しているとは思わなかった。でも、今夜はやけに空に興味があるようだ」

「とてもきれいだわ」

「考えていたんだが」夫が言葉を選ぶようにしていった。「今夜ハルレを呼ぼうと思う。〈青い山脈〉で、そうだな、ほんの一週間くらい、のんびり過ごすのはどうかって相談したいんだ。ただの思いつきだけど――」

「〈青い山脈〉ですって!」彼女は片手で天蓋のへりをつかみ、さっと夫のほうに体を向けた。

「いや、ちょっと考えてみただけだよ」

「いつ出かけるの?」彼女は体を震わせながら訊いた。

「明日の朝がいいんじゃないかな。ほら、善《ぜん》は急げというじゃないか」彼はひどくさりげなくいった。

「でも、こんなに早い時期に行ったことがないわ！」

「こんどだけだよ、たぶん――」彼はにっこりした。「たまには逃げだすのもいい。平和で静かなところへ。そういうことさ。ほかに計画があったわけじゃないんだろう？　行こうよ」

彼女は深呼吸し、間を置いてから答えた。

「いやよ」

「なんだって？」

その叫び声で鳥たちが驚いた。天蓋がガクンと揺れた。

「いやよ」彼女はきっぱりといった。「決めたの。あたしは行かない」

彼は妻を見つめた。そのあと、ふたりは口をきかなかった。彼女は顔をそむけていた。

鳥たちは飛びつづけた。一万の燃え木が風に乗っているかのように。

夜が明け、水晶の柱のあいだから射しこむ陽光が、眠っているイラをささえていた霧を溶かした。ひと晩じゅう彼女は床の上に浮かんでいた。休もうとして身を横たえたとき、壁から霧が湧きだして、ふかふかのカーペットとなって、浮かせてくれていたのだ。ひと晩じゅう、彼女は静まりかえった波間に浮かぶ小舟のように、この音をたてない川の面《おもて》で眠っていた。いまその霧が焼き払われ、しだいに下がっていき、やがて彼女はめざめの岸へと降ろされた。

彼女は目をあけた。

夫がそばに立っていた。まるで何時間も立ったまま、こちらを見おろしていたかのようだ。なぜかはわからないが、彼女は夫の顔をまともに見られなかった。

「また夢を見ていたんだな!」夫がいった。「きみが寝言をいうから、眠れなかった。本気でいうんだが、医者に診《み》てもらったほうがいい」

「だいじょぶよ」

「盛んに寝言をいっていたぞ!」

「あたしが?」彼女は驚いた顔をした。

明け方の部屋は冷えこんでいた。灰色の光が横たわる彼女をつつんでいた。

「どんな夢を見ていたんだ?」

彼女は思いだそうとして、ちょっと考えた。

「船よ。また空から降りてきて、着陸し、背の高い男の人が出てきて、あたしと話をするの。ちょっとしたジョークを飛ばしたり、笑い声をあげたりしながら。楽しかったわ」

ミスターKは柱に触れた。温水が湯気をあげながら噴水となってほとばしった。冷気が部屋からかき消えた。ミスターKの顔に表情はなかった。

「それから」彼女はいった。「ナサニエル・ヨークという聞き慣れない名前を名乗ったその人が、あなたは美しいといって——あたしにキスをしたの」

「はっ!」夫は叫び、顎《あご》をわななかせながら、荒々しくそっぽを向いた。

「ただの夢よ」彼女は面白がっていた。

「そんな愚かで女らしい夢は、自分の胸にしまっておきたまえ！」

「あなた、子供みたいな真似をしてるわよ」彼女は化学霧のなごりにまた身を横たえた。ややあって静かに笑い声をあげ、「たしか夢にはつづきがあったわ」と秘密を打ち明けるようにいった。

「へえ、どんな夢だ、どんな夢だったんだ？」彼は叫んだ。

「イル、なにをそんなに怒っているの」

「教えろ！」彼は語気を強めた。「ぼくらのあいだに隠しごとはないんだ！」彼女を見おろすように立つその顔は暗く、こわばっていた。

「こんなあなたを見るのははじめてよ」なかば呆然とし、なかば面白がりながら彼女は答えた。「そのナサニエル・ヨークとかいう人があたしにこういっただけ——ええと、あなたを船に乗せて、いっしょに空へ連れていき、わたしの惑星へ連れ帰ります、と。本当にばかげてるわ」

「たしかにばかげてるよ！」彼は叫びだしそうだった。「ああ、ちくしょう、きみはひと晩じゅうそいつにへつらい、そいつと話して、そいつと歌っていたんだ。その声を聞かせたかったよ。どうにかして聞かせたいもんだ！」

「イル！」

「そいつはいつ着陸するんだ？　そのろくでもない船はどこへ降りてくるんだ？」

「イル、声が大きいわ」

「声なんてどうでもいい！」彼はこわばった顔で妻にかがみこんだ。「その夢のなかでは」

――彼女の手首をつかみ――「船は〈緑の谷〉に着陸したんじゃないのか？　答えろ！」

「ええ、そうだけど――」

「そして今日の午後、着陸したんじゃないか？」彼は妻に質問を浴びせつづけた。

「ええ、そうよ、そうだと思うわ、たしかに。でも、夢のなかの話じゃない！」

「そうか」――彼はこわばった顔で彼女の手をふり払った――「嘘をつかないのはいい心がけだ！　きみの寝言は残らず聞こえたんだ。谷のことも、時間のことも口にした」

彼は荒い息をつきながら、稲光《いなびかり》に目がくらんだかのように柱のあいだを歩きまわった。呼吸がゆっくりと元にもどる。まるで夫の頭が完全に狂ってしまったかのように、彼女は夫を見つめた。しまいに起きあがり、夫のところへ行った。

「イル」彼女はささやいた。

「だいじょうぶだ」

「あなた、病気なのよ」

「いいや」彼は疲れた顔に作り笑いを浮かべた。「子供じみてただけだ。許してくれ」彼女を強めにポンと叩き、「このところ働きすぎだったんだ。すまない。しばらく横になって――」

「ひどく興奮していたわ」

「もうだいじょうぶだ。よくなった」息を吐きだし、「忘れよう。ねえ、昨日《きのう》ウエルのことでジョークを聞いたよ。話してあげよう。きみが朝食を作り、ぼくがジョークを教えるってのはどうだ。この件はこれっきりにしよう」

「ただの夢だったのに」

「もちろんだ」彼は妻の頬におざなりなキスをした。「ただの夢だったんだよ」

正午、太陽は高く熱くかかり、丘陵は陽射しを浴びてきらめいていた。

「ねえ、街へ行かないの？」とイラがたずねた。

「街へ？」夫はかすかに眉毛を吊りあげた。

「今日はあなたが街へ行く日よ」彼女は台座に載った花籠をととのえた。花が身じろぎし、飢《う》えた黄色い口をあける。

彼は本を閉じた。

「いや。暑すぎるし、もう遅い」

「そう」彼女は餌《えさ》をやり終えると、ドアに向かった。「じゃあ、すぐにもどるわ」

「ちょっと待ってくれ！　どこへ行くんだい？」

彼女はすばやく出入口まで行った。

「パオのところまで。招待されたの！」

「今日？」

「長いこと会ってないわ。すぐ近くなのに」

「〈緑の谷〉の向こうにあるんだよね」

「ええ、ちょっと歩くだけ、遠くないし、たぶん——」彼女は急いで出ていこうとした。

「すまない、本当にすまない」彼は妻を連れもどしに走った。大事なことを忘れていたのを悔《く》やんでいる顔つきだ。「うっかり忘れていたよ。今日の午後、ドクター・ヌレを招待してあったんだ」

「ドクター・ヌレですって！」彼女はじりじりとドアへ向かった。

彼は妻の肘《ひじ》をつかみ、有無をいわせずに引き寄せた。

「そうだ」

「でも、パオが――」

「パオは待ってくれるよ、イラ。ヌルをおもてなししないと」

「ほんのちょっとのあいだなら――」

「だめだ、イラ」

「だめなの？」

彼は首をふった。

「だめだ。それに、パオのところまではかなり長く歩かないといけない。〈緑の谷〉を抜けてから、大きな運河を渡った先だろう？　暑くてたまらないだろうし、ドクター・ヌレはきみに会えれば喜ぶよ。いいね？」

彼女は返事をしなかった。夫の手をふり切って走りだしたかった。叫びだしたかった。しかし、罠《わな》にかかったように椅子にすわりこみ、ゆっくりと指をまわしながら、無表情にその指を見つめただけだった。

「イラ?」夫がつぶやいた。「ここにいてくれるね?」

「ええ」長い間を置いてから彼女は答えた。「ここにいるわ」

「午後じゅうずっと?」

彼女の声は生気がなかった。

「午後じゅうずっと」


その日遅くなっても、ドクター・ヌレは姿を見せなかった。イラの夫はそれほど意外でもないようだった。すっかり遅くなると、なにかつぶやき、クローゼットまで行って、凶悪な武器を持ちだした。黄色の長い筒で、両端にふいごと引き金がついている。夫がふり向くと、その顔は仮面におおわれていた。銀色の金属から鍛造《たんぞう》された表情のない仮面、夫が感情を隠したいときにかならずかぶる仮面、夫の瘦《や》せた頬や顎や額《ひたい》に合わせて絶妙の弧を描き、へこんでいる仮面。その仮面をギラリと光らせ、凶悪な武器を手にして、彼はそれをしげしげと見た。その武器は絶えずブーンとうなっていた。昆虫の羽音《はおと》だ。黄金色の蜂《はち》の群れが、かん高い音をたてて飛びだしてくる仕組みなのだ。黄金色の恐ろしい蜂は、針を刺して、毒を注入し、命を失って、種子のように砂の上に落ちる。

「どこへ行くの?」彼女はたずねた。

「えっ?」彼はふいごの邪悪なブーンという音に耳をすました。「ドクター・ヌレが遅くなるなら、待っていても仕方ないからね。ちょっと狩りに出てくる。すぐに帰るよ。きみはずっとここにいてくれるね？」銀色の仮面がきらめいた。

「ええ」

「ドクター・ヌレにはすぐに帰るといっといてくれ。ちょっと狩りに出るだけだ」

三角形のドアが閉まった。足音が丘を下って遠ざかった。

夫が陽射しのなかを歩いていき、見えなくなるまで、そのうしろ姿を目で追った。それから磁力塵で掃除をし、水晶の壁から新しい果物をもいだ。一心不乱に働いたが、ときおり体が痺《しび》れたようになり、ふと気がつくと、あの奇妙な忘れがたい歌を口ずさんだり、水晶の柱の向こう側に広がる空を眺めていたりした。

彼女は息を殺し、身じろぎひとつせずに待った。

それは近づいてきていた。

いつ起きても不思議はない。

雷雨の近づく音が聞こえ、嵐の前の静けさが垂れこめ、やがて気圧がかすかに変化するときのようだった。気象が移り変わり、影と蒸気が地上を吹きすぎる季節のようだった。その変化が耳を圧迫し、あなたは迫り来る嵐を待つ時間のなかで宙吊りになる。体が震えはじめる。空にしみが現れ、色がつく。雲は厚くなり、山は鉄の色合いを帯びる。籠にはいった花が、かすかな警告のため息をもらす。あなたは髪がそよぐのを感じる。家のなかのどこかで音声時計が「時間です、時間です、時間です、時間です……」とビロードにしたたる水と変わらないほど静かに歌う。

そして嵐の到来。電光、暗い波が押し寄せ、鳴りひびく暗黒が落ちてきて、永久にあたりを閉ざす。

いまがそういう風だった。空は明るいのに、嵐が迫っていた。雲はないのに、稲妻《いなづま》が走りそうだった。

イラは息づまるような夏の家のなかを歩きまわった。いまにも稲妻が空から降ってくるだろう。雷鳴がとどろき、煙があがり、静寂が降りて、小道に足音がし、水晶のドアがノックされ、自分は走っていき、そのノックに応《こた》えるのだ……。

頭のおかしなイラ！　彼女は自分を嘲《あざ》笑《わら》った。だらけた頭で、なぜそんなやくたいもないことを考えるの？

とそのとき、それが起こった。

巨大な火が空を通過したかのように温かくなった。くるくるまわりながら突進してくる音。空にキラリと光る金属。

イラは大声をあげた。

立ち並ぶ柱のあいだを走りぬけ、ドアをあけ放つ。目の前には丘。しかし、もうなにもなかった。

丘を駆けおりようとして、彼女は思いとどまった。自分はここにいることになっている。どこへも行かないことになっている。ドクターが訪ねてくるのだ。もし自分が出ていったら、夫は腹を立てるだろう。

彼女は息をはずませ、片手を突きだしながら、ドアのところで待った。

〈緑の谷〉のほうを見ようと目をこらしたが、なにも見えなかった。

ばかな女ね。彼女は家のなかへはいった。あなたとあなたの想像力、と彼女は思った。あれはただの鳥か木の葉か風か、そうでなければ運河の魚にすぎなかった。すわりなさい。休みなさい。

彼女はすわった。

銃声がした。

くっきりと、明瞭に、凶悪な昆虫銃の音が。

彼女の体がビクッと動いた。

銃声ははるか彼方《かなた》から聞こえてきた。一発。遠くで蜂がブンブンうなる。一発。と思うと二発目が、正確無比で冷酷に、はるか遠くで。

彼女はまたしてもビクッとし、なぜか悲鳴をあげながら立ちあがると、悲鳴をあげつづけた。悲鳴を止めたいとは思わなかった。半狂乱で家を走りぬけ、いまいちどドアをあけ放った。

こだまが遠ざかって消えていく。

消えた。

彼女は青ざめた顔で五分ほど中庭で待った。

とうとう、うなだれて、家具に手を置き、唇《くちびる》をわななかせながら、柱の立ち並ぶ部屋をのろのろと歩きまわり、ついには暗くなったワイン部屋にひとりすわって待った。スカーフのへりで琥珀《こはく》のグラスを拭《ふ》きはじめる。

やがて、遠くのほうから、薄い小さな石を踏む足音が聞こえてきた。

彼女は静まりかえった部屋の中央で立ちあがった。グラスが指から落ちて、粉々に割れた。

足音はドアの外でためらった。

話しかけるべきだろうか？「どうぞ、さあ、おはいりになって」と声をはりあげるべきだろうか？

彼女は数歩進み出た。

足音が斜路をあがった。手がドアの掛け金をひねった。

彼女はドアにほほえみかけた。

ドアが開いた。ほほえみが消えた。

夫だったのだ。銀色の仮面が鈍《にぶ》く光った。

彼は部屋にはいり、一瞬だけ妻を見つめた。それから武器のふいごをあけ、二匹の死んだ蜂をふりだし、床に落ちる音がすると同時に蜂を踏みつぶすと、からになったふいご銃を部屋の隅に置いた。いっぽうイラは身をかがめ、割れたグラスの破片を何度も何度も拾おうとしたが、うまくいかなかった。

「なにをしてたの？」彼女はたずねた。

「なにも」彼は背中を向けたままいった。仮面をはずす。

「でも、銃が——銃声が聞こえたわ。二発」

「ただの狩りだよ。きみだって狩りをしたくなるときがあるだろう。ドクター・ヌレはお見えになったかい？」

「いいえ」

「ちょっと待てよ」彼は自分に嫌気《いやけ》がさしたという顔で指をパチンと鳴らした。「しまった、いま思いだした。先生が訪ねてくるのは、明日の午後だった。なんてばかなんだ、ぼくは」

ふたりは食事をしようと腰を降ろした。妻は自分の食べものを見つめるだけで、手を動かさなかった。

「どうした？」泡立つ溶岩に浸した肉から顔をあげずに夫が訊いた。

「さあ。お腹がすいてないの」

「どうして？」

「わからないわ。ただすいてないの」

空を渡る風が強くなってきた。陽は沈みかけていた。部屋は小さく、急に冷えてきた。

「ずっと思いだそうとしていたの」

ひっそりした部屋のなかで彼女はいった。冷ややかな顔で背すじをのばし、黄金色の目をした夫と向かいあいながら。

「思いだすって、なにを？」彼はワインに口をつけた。

「あの歌を。あのすばらしく美しい歌を」彼女は目を閉じ、ハミングしたが、それは歌ではなかった。「忘れたわ。どういうわけか、忘れたくないの。いつまでも憶《おぼ》えていたいのよ」まるでリズムの助けを借りれば、すべてを思いだせるかのように手を動かす。それから椅子にもたれかかり、「思いだせないわ」彼女は泣きはじめた。

「どうして泣いてるんだい？」彼がたずねる。

「さあ、わからないわ。でも、泣かずにはいられないの。悲しくて、でも、理由はわからない。涙は出るけれど、理由はわからない。でも、涙が出るのよ」

彼女は両手で顔をおおった。肩が何度も震えた。

「明日にはよくなるよ」と夫。

彼女は夫を見あげなかった。からっぽの砂漠と、いまや黒い空から浮かび出てきたまばゆい星々だけを見た。そしてはるか彼方で風が起こり、長大な運河で冷たい水がさざ波立つ音がした。彼女は身をわななかせながら目を閉じた。

「ええ」彼女はいった。「明日にはよくなるわ」

小ねずみ夫婦

「えらく変わった人たちだね」と、ぼくはいった。「あの小柄なメキシコ人の夫婦は」

「どういう意味?」と妻が訊いた。

「物音ひとつたてない」と、ぼく。「耳をすましてごらん」

ぼくらの家は共同住宅に囲まれた、奥まったところにある一軒家で、もう半分だけ家がくっついていた。妻とぼくがこの家を買ったとき、その建て増しの部分を貸すことにした。うちの居間とは壁ひとつへだてた造りだ。いま、問題の壁に耳をすますと、聞こえるのは自分たちの心臓の鼓動だった。

「家にいるのはわかっているんだ」と、ささやき声でぼく。「でも、三年もここに住んでいるのに、鍋《なべ》を落とす音も、話し声も、電灯のスイッチを入れる音も聞いたことがない。いったいぜんたい、あそこでなにをしてるんだろう?」

「考えたこともなかったわ」と妻がいった。「たしかに変わってるわね」

「明かりはひとつきり。いつも薄暗くて小さな青い二十五ワットの電球が、居間につくだけ。通りがかりに玄関からのぞけば、たしかに旦那がいる。ひとこともいわずに、手を膝《ひざ》に載せて、肘《ひじ》掛け椅子にすわっているんだ。奥さんのほうは、別の肘掛け椅子にすわって、なにもいわずに、旦那を見つめている。ふたりとも身動きしない」

「ちょっと見には、いつも留守だなって思うのよ」と妻がいった。「あのうちの居間はまっ暗でしょう。でも、長いこと見ていると、目が慣れてきて、すわっているふたりが見分けられるようになるの」

「いつか飛びこんでいって、明かりをかたっぱしからつけて、叫んでやりたいもんだ！　おい、こっちが耐えられないのに、どうしてあんたたちは平気で黙っていられるんだ、ってね。あのふたり、口はきけるんだろう？」

「毎月家賃を払いに来るとき、旦那さんは『こんちは』っていうわ」

「ほかには？」

「さよなら」

ぼくはかぶりをふった。

「路地で会うと、旦那はにっこり笑って逃げていくよ」

妻とぼくはすわって本を読んだり、ラジオを聞いたり、おしゃべりして夕べを過ごす。

「ラジオはあるのかな？」

「ラジオもＴＶも電話もないわ。本も雑誌も新聞もあの家にはなし」

「そんなばかな！」

「そういきり立たないで」

「わかってる。でも、二年も三年も暗い部屋にすわって、話もせず、ラジオも聞かず、本も読まず、それどころかなにも食べないなんてできるわけがない。ステーキや卵焼きのにおいはいっぺんもしなかった。おいおい、あのふたりがベッドにはいる音だって聞こえたためしがないぞ！」

「あたしたちを不思議がらせるためにやってるのよ」

「大成功ってわけだ！」

ぼくは近所をひとまわりしようと散歩に出た。気持ちのいい夏の晩だった。帰り道、例の夫婦の家の玄関になんとなく視線を走らせた。暗くひっそりしていて、どっしりした人影がすわっており、小さな青い明かりが灯《とも》っていた。ぼくは煙草《たばこ》を吸い終えるまで、長いこと立っていた。そろそろ行こうと向きを変えたとき、はじめて戸口に立つ彼に気がついた。おだやかで、ふっくらした顔をしてこちらを見ていた。彼は身動きしなかった。ただそこに立ち、ぼくを見つめていた。

「こんばんは」と、ぼくはいった。

沈黙。つぎの瞬間、彼はくるりと背を向け、暗い部屋のなかへはいっていった。

朝になると、小柄なメキシコ人は七時にひとりで家を出る。部屋のなかと同じように沈黙を守り、急ぎ足で路地を進む。女房のほうは八時に家を出て、ずんぐりした体を黒っぽいコートにつつみ、美容院で縮《ちぢ》らせた髪に黒い帽子をちょこんと載せて、慎重に歩いていく。ふたりはこうして仕事に出かけた。よそよそしく、口をきかずに、何年も。

「どこで働いているんだろう？」朝食のときぼくが訊いた。

「ご主人はこの街のUSスチールで溶鉱炉の作業員をしてるわ。奥さんのほうは、どこかの洋裁店でお針子《はりこ》をしてるのよ」

「そいつはきつい仕事だね」

ぼくは自作の長編小説を何ページかタイプで叩きだし、推敲《すいこう》して休憩をとり、もう何ページか叩きだした。午後五時に小柄なメキシコ人女性の帰宅するところが見えた。ドアの鍵をあけ、急いでなかへはいり、網戸《あみど》の鉤《かぎ》をかけて、ドアをしっかりと施錠《せじょう》するところが。

旦那のほうは六時きっかりに大急ぎで帰ってきた。とはいえ、いったん裏のポーチに立つと、かぎりなく忍耐強くなった。太った小ねずみが引っかくように、ひっそりと、網戸を軽くこすって待ったのだ。ようやく女房が旦那をなかへ入れた。ふたりの口が動くところは見えなかった。

夕食の時間はこそりとも音がしなかった。油のジュージューいう音も、皿のカチャカチャ鳴る音も、なにひとつしなかった。

小さな青い電灯がついた。

「家賃を払いに来るとき、旦那さんはいつもあの調子」と妻がいった。「すごく静かにノックするものだから、聞こえないのよ。窓の外にたまたま目をやると、あの人がいるの。ドアを『そうっとかじる』ようにして、どれくらいのあいだそこで待っていたのやら、見当もつかないわ」

ふた晩あとのある麗らかな七月の夕方、小柄なメキシコ人の男が裏《うら》のポーチに出てきて、庭いじりをしているぼくを見て、「あんた、頭がおかしい！」といった。妻のほうに向きなおり、「あんたも頭がおかしい！」肉づきのいい手を静かにふり、「あんたたちは気にくわない。うるさすぎる。あんたたちは気にくわない。頭がおかしい」

そういうと自分の小さな家へ引っこんだ。

八月、九月、十月、十一月。〝小ねずみ夫婦〟——と、いまではあだ名をつけていた——は暗い巣でひっそりとしていた。いちど妻が、家賃の領収書といっしょに古雑誌を何冊か旦那に渡したことがあった。彼はにっこりしてお辞儀し、丁重に受けとったけれど、ひとこともいわなかった。一時間後、中庭の焼却炉に雑誌を突っこみ、マッチを擦《す》る彼の姿を妻が見かけた。

あくる日、彼は三カ月分の家賃を前払いした。こうすれば、ぼくらと顔を突きあわすのが十二週間にいちどですむと考えたのはまちがいない。通りで彼を見かけると、いもしない友人にあいさつしようと、さっさと反対側へ渡っていった。女房のほうもたまたまぼくと行きあうと、ぎこちない笑みを浮かべ、うろたえながら会釈《えしゃく》した。彼女の二十ヤード以内に近づけたためしがない。もし彼らの家の水道管を修理することになれば、ぼくらには断りなく黙って出かけていき、鉛管工《えんかんこう》を連れてきた。その鉛管工は懐中電灯を頼りに作業をするらしかった。

「忌々《いまいま》しいったらありゃしない」路地で出会ったとき、その鉛管工がぼくにこぼした。「あのイカレた家じゃ、ソケットに電球ひとつはまってないんでさあ。どこにあるのかって訊いたら、ちくしょうめ、にっこり笑うだけでいやがる！」

夜中ぼくは横たわって、小ねずみ夫婦についてつらつらと考えた。どこから来たのだろう？もちろん、メキシコだ。どの地方だろう？　川ぞいのどこか、小さな村の農場だろうか？　都会や町でないのはたしかだ。そうではなくて、星がまたたき、ふつうの昼と夜が来て、月の出や月の入り、日の出や日の入りに生まれてからずっとなじんでいた場所だ。それなのに彼らはここにいる。故郷からはるか遠く離れた、どうしようもない大都会に。旦那のほうは一日じゅう地獄のような溶鉱炉で汗水垂らし、女房のほうは裁縫部屋《さいほう》で背中をかがめて、せっせと針を動かしている。そのあとこの界隈《かいわい》へ帰宅する。途中で騒々しい街中《まちなか》を抜け、ガタガタいう路面電車や、赤いオウムのように叫びたてる酒場を避けながら。無数の金切り声をかいくぐって、自分たちの居間、自分たちの青い明かり、自分たちのすわり心地のいい椅子、自分たちの沈黙へと駆けもどってくるのだ。ぼくはしばしばこう思った。夜更《よふ》けに自分の寝室の暗闇のなかで手をのばしたら、指先が日干《ひぼ》し煉瓦《れんが》にさわり、コオロギの鳴き声や、月のもとで流れる川のせせらぎや、かすかなギターの音に合わせてだれかがそっと歌う声が聞こえるかもしれない、と。

十二月下旬のある晩、お隣の共同住宅が火事になった。炎が轟々《ごうごう》と空に噴きあげ、煉瓦が雪崩《なだれ》を打って落下し、静かな小ねずみたちの住む家の屋根に火の粉《こ》が飛び散った。

ぼくは彼らの家のドアを叩いた。

「火事だ！」と叫ぶ。「火事だ！」

ふたりは青い光に照らされた部屋でじっとすわっていた。

ぼくはドアを乱打した。

「聞こえないのか？　火事だ！」

消防車が到着した。共同住宅に放水をはじめた。煉瓦がさらに崩落《ほうらく》した。そのうちの四つが、小さな家に穴をあけた。ぼくは屋根によじ登り、そこの小さな火事を消し止めると、あわてて降りた。顔は煤《すす》だらけ、両手に切り傷ができていた。小さな家のドアが開いた。無口な小柄なメキシコ人とその妻が戸口に現れた。かたくなに顔をこわばらせ、身じろぎもせずに。

「入れてくれ！」ぼくは叫んだ。「お宅の屋根に穴があいたんだ。寝室に火の粉が落ちたかもしれない！」

ぼくはドアを大きく引いて、ふたりを押しのけた。

「いけない！」と小柄な男がうなるようにいった。

「ああ！」小柄な女は、壊れたおもちゃのようにその場でぐるぐるまわった。

ぼくは懐中電灯を手にしてなかへはいった。小柄な男がぼくの腕をつかんだ。

彼の吐く息のにおいがした。

とそのとき、懐中電灯の明かりが家じゅうの部屋に射しこんだ。光は廊下に立っている百本のワインの瓶《びん》、キッチンの棚に並ぶ二百本の瓶、居間の壁ぎわに並ぶ六ダース、寝室の整理箪《だん》笥《す》やクローゼットに並ぶさらに多くの瓶に反射してきらめいた。寝室の天井にあいた穴と、おびただしい数にのぼる瓶の果てしない輝き――そのどちらが、より強く心に刻まれたのだろう。瓶は数えきれなかった。まるで大むかしに光り輝く巨大な甲虫《こうちゅう》が侵入してきて、疫病で死に絶え、放置されているかのようだった。

寝室にはいると、背後の出入口に小柄な男女の気配を感じた。ふたりの荒い息づかいが聞こえ、ふたりの視線が感じられた。ぼくは懐中電灯の光線をきらめく瓶から上にずらし、そのあとは最後まで黄色い天井の穴に注意深く当てていた。

小柄な女が泣きはじめた。彼女はさめざめと泣いた。だれも動かなかった。

あくる朝、ふたりは出ていった。

午前六時、出ていくと知ったときには、スーツケースをさげて、路地のなかばまで進んでいた。スーツケースは軽そうで、完全にからであっても不思議はなかった。ぼくは思いとどまらせようとした。ふたりに話しかけた。あなたたちは友だちだ、とぼくはいった。なにも変わっていない。おふたりは火事とも屋根とも関係がない。罪のない傍観者だ、と声を大にしていったのだ！　修理はこちらでする、費用はこちら持ちだから負担はかけない、と！　でも、ふたりはぼくを見なかった。ぼくがしゃべっているあいだ、家を見たり、行く手にある路地の出口を見たりしていた。やがて、ぼくがしゃべるのをやめると、もう行く時間だといわんばかりに路地に向かってうなずき、歩きだした。そのあと、ぼくから逃げるように——と思えたのだ——駆けだして、路面電車とバスと自動車が行き交い、多くの騒々しい通りが迷路となってのびている街中《まちなか》へ向かった。もっとも、誇らしげに頭をもたげた急ぎ足で、ふり返りはしなかった。

ふたりに再会したのはまったくの偶然だった。クリスマスの時期のある夕方、たそがれの通りをひっそりと走っている小柄な男を前方に見かけたのだ。気まぐれを起こして、あとをつけた。彼が角《かど》を曲がると、ぼくも曲がった。とうとう、前に住んでいた界隈から五ブロック離れたところで、彼は小さな白い家のドアをそっと引っかいた。ドアが開いて閉じ、鍵がかかった。夜のとばりが住宅街に降りるころ、前を通りかかると、ちっぽけな居間に小さな明かりが青い霧のように灯った。ふたつのシルエットが見えるような気がしたが、たぶん想像の産物だろう。暗闇のなか、亭主は部屋の片側で自分専用の椅子にすわり、女房はその反対側にすわっている。そして椅子のうしろの床には、瓶が一本か二本集まりはじめている。だが物音はせず、ふたりのあいだで言葉は交わされない。沈黙だけがある。

立ち寄ってノックはしなかった。そのまま通り過ぎた。オウムのようにわめきたてる酒場の喧噪《けんそう》に耳をかたむけながら、街路を歩いていった。新聞を買い、雑誌を買い、二十五セント版の本を買った。それから家へ帰った。すべての明かりが灯り、温かな食事がテーブルに載っているわが家へ。

小さな暗殺者

いつのころからかわからないが、自分は殺されるという考えが頭から離れなかった。このひと月というもの、些細《ささい》な徴候、かすかな疑惑があったのだ。いってみれば、彼女のなかに海の潮《しお》のように深いところがあって、波ひとつなく凪《な》いだ熱帯の海原《うなばら》を見て、水浴びをしたくなり、潮の流れに身をゆだねたちょうどそのとき、海面のすぐ下に怪物を――目立たない、ふくれあがった体で、たくさんの腕と鋭いひれをそなえ、悪意をたぎらせ、狙われたら逃《のが》れられない怪物を――見つけたようなものだった。

ヒステリーの発作でも起こったのか、周囲の部屋は浮かんでいるようだった。鋭利な器具が宙にとどまり、人の声がして、殺菌した白いマスクをつけた人々が立ち働いている。

あたしの名前は、と彼女は思った。なんだったかしら？

アリス・ライバー。その名前が浮かんできた。デイヴィッド・ライバーの妻。しかし、安心感は生まれなかった。このもの静かで、声をひそめて話す白衣の人々に囲まれていても、彼女はひとりぼっちであり、激しい痛みと吐き気と死への恐れが、彼女の内に巣くっていたのだ。

あたしはこの人たちの目の前で殺されかけている。お医者さんたちも、看護師さんたちも、このあたしの身にひそかに起きたことを知らないのだ。デイヴィッドも知らない。知っているのはこのあたしと――殺人者、小さな人殺し、小さな暗殺者だけ。

あたしは死にかけているけれど、いまこの人たちにいうわけにはいかない。笑われて、錯乱しているのだといわれるのがオチだろう。この人たちが人殺しを目にすれば、そいつを抱きあげて、あたしを殺した犯人だとは夢にも思わないだろう。でも、あたしはここで、神さまと人間の前で死にかけていて、話を信じてもらえそうにない。だれもがあたしを疑い、気休めをいってなぐさめ、なにも知らずにあたしを埋葬し、あたしの死を悼《いた》んで、あたしを殺した者の命を救うのだ。

デイヴィッドはどこかしら？　待合室でひっきりなしに煙草《たばこ》をふかし、のろのろと動く時計がのんびりと時を刻む音に耳をすましているのだろうか？

体じゅうからいっせいに汗が噴きだし、それといっしょに苦悶《くもん》の叫びがほとばしった。いまよ！　殺せるものなら殺してごらん、と彼女は絶叫した。やってごらん、やってごらん。いま。でも、あたしは死なない！　死ぬものか！

ぽっかりと空洞が生じた。真空。突如として痛みが退《ひ》いた。精根つきはて、周囲に薄闇が垂れこめる。終わったのだ。ああ、神さま！　彼女はすとんと落下し、黒い虚無にぶつかった。それはつぎの虚無に席をゆずり、またつぎの虚無、さらにつぎの虚無へと……。

足音。静かな足音が近づいてくる。

はるか彼方《かなた》で声がした。

「眠っておられます。起こさないでください」

ツイードの服のにおい、パイプの香り、ある銘柄《めいがら》のシェーヴィング・ローションの残り香《が》。デイヴィッドがかたわらに立っているのだ。そして彼の向こう側にドクター・ジェファーズの消毒薬のにおい。

彼女は目をあけなかった。「起きてるわ」と静かにいった。自分が死んでいないのは意外だった。口をきけたのでほっとした。

「アリス」だれかがいった。それは閉じた目の向こう側にいるデイヴィッドで、彼女の疲れた両手を握っていた。

人殺しに会いたいの、デイヴィッド？　見せてくれと頼むあなたの声が聞こえるわ。だったら、そいつを見せてあげるしかないじゃない。

デイヴィッドは彼女のかたわらに立っていた。彼女は目をあけた。部屋がくっきりと焦点を結ぶ。弱った手を動かして、彼女はベッドカヴァーをどかした。

人殺しが、小さな赤ら顔と青い瞳でおだやかにデイヴィッド・ライバーを見あげた。その目は深く、キラキラと光っていた。

「よし！」デイヴィッド・ライバーが満面の笑みで叫んだ。「すばらしい男の子だ！」

退院の日、妻と新生児を迎えに来たデイヴィッド・ライバーをドクター・ジェファーズが待っていた。彼はオフィスでライバーに椅子を勧め、葉巻を渡し、自分も葉巻に火をつけると、デスクのへりに腰を降ろし、険《けわ》しい顔で長いこと紫煙《しえん》をくゆらせていた。やがて咳払いし、デイヴィッド・ライバーをまっすぐ見つめると、「奥さんが子供を嫌っているんだ、デイヴ」といった。

「なんですって！」

「彼女にはつらいことつづきだった。これからの一年、たっぷりの愛情が必要なんだよ。あのときはくわしい話をしなかったが、分娩室《ぶんべんしつ》で奥さんはヒステリーを起こしたんだ。妙なことを口走った――それをここでくり返すつもりはない。いえるのは、奥さんは子供に異質なものを感じているということだけだ。まあ、ひとつかふたつ質問をすれば、解決できる問題にすぎないかもしれないがね」彼はまたすこし葉巻をふかしてからいった。「この子は『待望の』子供なのかね、デイヴ？」

「どうしてそんなことを訊くんです？」

「大事なことなんだ」

「ええ。そうです、『待望の』子供ですよ。ふたりで計画しました。アリスはとてもしあわせでした、一年前、この子が――」

「ふーむ――それだとますます厄介だ。子供が予定外にできたのなら、女性が母親になりたがらないという単純なケースになるからね。アリスには当てはまらないわけだ」ドクター・ジェファーズは口から葉巻を離し、手で顎《あご》をこすった。「そうすると、ほかに原因があるにちがいない。ひょっとしたら、幼年期に埋もれたなにかが、いまになって表《おもて》に出てきたのかもしれん。そうでなければ、アリスのように異常なほどの苦痛を味わい、死にかけた母親にありがちな一時的な疑いと不信にすぎないのかもしれん。もしそうなら、治るのにさほど時間はかからないはずだ。もっとも、きみに話しておくべきだと思ったんだ、デイヴ。そうすれば、奥さんが――そうだな――子供は死産ならよかったのにとかなんとか口走っても、我慢しやすくなるはずだからね。困ったことがあれば、家族三人でオフィスに寄ってくれたまえ。むかしなじみに会えれば、いつだってうれしいものじゃないかね？　さあ、葉巻をもう一本やりたまえ――あ――――赤ちゃんのために」

うららかな春の午後。車は快音をひびかせて幅広い並木道を走った。青空、花々、暖かな風。デイヴィッドはしゃべりつづけ、葉巻に火をつけ、さらにしゃべった。アリスは低声《こごえ》でそっけなく答えたが、車が進むにつれ、すこしだけリラックスしてきた。しかし、赤ん坊をしっかりと抱くことも、やさしく抱きしめることも、母親らしく抱きかかえることもなく、デイヴィッドの心は奇妙にうずきつづけた。陶器《とうき》の人形でも運んでいるようなのだ。

「ところで」とうとう彼は笑みを浮かべていった。「名前はどうしよう？」

アリス・ライバーは、わきを流れすぎる緑樹《りょくじゅ》を見ていた。

「まだ決めなくてもいいでしょう。特別な名前を思いつくまで待ちたいの。この子の顔に煙を吹きつけないで」彼女の口調は変わらなかった。最後の言葉には母親らしい叱責《しっせき》も、関心も、いらだちもこもっていなかった。ただ口にしただけだった。

心を乱された夫は、窓から葉巻を捨て、「悪かった」といった。

赤ん坊は母親の腕に抱かれていた。太陽と木の影がその顔を変化させた。青い瞳は、新鮮な青い春の花のように開いていた。そのちっぽけなピンクの柔軟な口から、湿った音がもれていた。

アリスが赤ん坊にさっと視線を走らせた。その体に震えが走ったのを夫は感じた。

「寒いのかい?」夫がたずねた。

「寒気《さむけ》がするの。窓を閉めたほうがいいわ、デイヴィッド」

ただの寒気ではなかった。夫はゆっくりと窓を巻きあげた。

夕食時。

デイヴィッドは子供部屋から赤ん坊を連れてきて、買ったばかりの小児用食事椅子にすわらせた。枕をたくさん使って体をささえてやったが、見るからに危なっかしい角度だった。

アリスは自分のナイフとフォークの動きを見ていた。

「その子の大きさじゃ椅子は無理よ」

「とにかく、この子がいてくれて楽しいんだよ」上機嫌のデイヴィッドがいった。「なにもかも楽しいんだ。会社でもそうさ。注文が鼻先まで積みあがってる。その気になれば、今年はあと一万五千は稼げるだろう。ねえ、ジュニアを見てくれよ。よだれで顎がべとべとだ!」

彼は手をのばし、ナプキンで赤ん坊の口を拭《ふ》いた。横目で見ると、アリスがこちらを見てもいないことがわかった。彼はよだれを拭き終えた。

「たいして面白くもないんだろうね」食事にもどって彼はいった。「でも、母親っていうものは、自分の子供にすこしは関心をいだくものじゃないのか！」

アリスがぐいっと顎をあげた。

「そんないい方はしないで！　この子の前ではやめて！　どうしてもというのなら、あとにして」

「あとにしてだって？」彼は叫んだ。「この子の前だろうが、うしろだろうが、なんのちがいがある？」彼は不意に落ちつきをとりもどし、唾を飲みこんで、いいすぎたことを後悔した。「いいよ。もうやめよう。事情はわかるよ」

夕食のあと、彼女は夫に赤ん坊を二階へ連れていかせた。そうしろといったわけではない。自然とそうなったのだ。

夫が降りてくると、妻はラジオのわきに立っていた。音楽が鳴っていたが、聞こえている風ではなかった。目を閉じたその姿は、疑問にとらわれ、自問する者のそれだった。夫が姿を現したとき、彼女ははっとわれに返った。

気がつくと、彼女はすばやく夫に体をすり寄せていた。以前と同じように。彼女の唇《くちびる》が夫の唇を見つけ、離そうとしなかった。彼は呆然とした。赤ん坊が二階へ連れていかれ、部屋からいなくなったので、妻はまた呼吸をはじめ、生きかえったのだ。解放されたのだ。彼女は早口に、とめどなくささやいていた。

「ありがとう、ありがとう、あなた。変わらずにいてくれて。頼りになるわ、すごく頼りになるわ!」

夫は笑いださずにはいられなかった。

「親父にいわれたんだ、『息子よ、自分の家族をちゃんと養《やしな》え!』ってね」

彼女は艶《つや》やかな黒髪を大儀《たいぎ》そうに夫の首にあずけた。

「あなたはそれをやりすぎたのよ。ときどき思うんだけど、新婚当時のままだったらどんなにいいことか。責任がなくて、自分たちがいるだけ。もちろん——赤ん坊はいない」

彼女は夫の手をぎゅっと握った。その顔は不気味なほど白かった。

「ああ、デイヴ、むかしはあなたとあたしだけだった。おたがいを守っていた。いまは赤ん坊を守っているけど、赤ん坊のほうは守ってくれない。わかる? 病院で伏せっていたとき、いろいろと考える時間があったの。この世は悪いことだらけで——」

「そうかな?」

「ええ。そうよ。でも、法律が守ってくれる。法律がなければ、愛が保護してくれる。あたしがあなたを愛しているから、あなたはあたしに傷つけられずにすんでいる。あたしからすれば、あなたはだれよりも無防備だけど、愛のおかげで保護されているわけ。あたしがあなたを怖く思わないのは、あなたのいらだちや、残酷な本能や、憎しみや、未熟さを愛がやわらげてくれるから。でも——赤ん坊はどうなの? 幼すぎて愛も知らない、愛の法則も知らない。教えるまでは、なにひとつ知らないのよ。そのあいだ、あたしたちはあれに対して無防備なんだわ」

「赤ん坊に対して無防備って?」夫は妻を押しやり、そっと笑い声をあげた。

「赤ん坊に正しいことと正しくないことの区別がつくかしら?」

「いいや。でも、そのうち学ぶだろう」

「でも、赤ん坊は生まれたばかりで、道徳とも良心とも無縁なのよ」彼女はいったん言葉を切った。夫から腕を離し、すばやくふり向いて、「いまの音。なんだったの?」

ライバーはぐるっと部屋を見まわした。

「なにも聞こえなかったけど――」

妻は書斎のドアをじっと見つめ、「あそこよ」と、ゆっくりといった。

ライバーは部屋を横切り、ドアをあけると、書斎の明かりをつけて消した。

「なにもなかったよ」妻のもとへもどり、「きみは疲れているんだ。ベッドへ連れていくよ――いますぐ」

いっしょに明かりを消して、ふたりは口をきかずに、静まりかえった玄関ホールの階段をゆっくりと昇った。階段を昇りきったところで妻が謝った。

「わけのわからないことをいってしまって。許してちょうだい。へとへとに疲れているのよ」

夫は理解を示し、そうだね、といった。

妻は子供部屋のドアのわきで、心を決めかねて立ち止まった。それから真鍮《しんちゅう》のノブを急にひねって、なかへはいった。夫が見ていると、妻はひどく用心深くベビーベッドに近づき、見おろして、まるで顔をなぐられたかのように体をこわばらせた。

「デイヴィッド!」

ライバーは進み出て、ベビーベッドのところまで行った。その小さなピンクの口が開いては閉じ、開いては閉じていた。その目は青く燃えていた。

赤ん坊の顔がまっ赤になり、汗まみれになっていた。その手が空中を跳ねまわった。

「おやおや」とライバーがいった。「泣いているだけだよ」

「泣いていたの？」アリス・ライバーはベビーベッドの手すりをつかんで体をささえた。「聞こえなかったわ」

「ドアが閉まっていたからね」

「だからこんなに荒い息をしているの？　だから顔が赤いの？」

「もちろんだ。かわいそうなやつ。暗闇のなか、ひとりぼっちで泣いていたなんて。また泣きだすといけないから、今夜はぼくらの部屋で寝かせよう」

「甘やかしたら、この子がだめになるわ」

ライバーは妻の視線を背中に感じながら、ベビーベッドを自分たちの部屋まで押していった。彼は無言で服を脱ぎ、ベッドの端に腰かけた。と、いきなり顔をあげ、小声で悪態をつくと、指をパチンと鳴らして、

「しまった！　いい忘れていたけど、金曜にシカゴへ出張なんだ」

「まあ、デイヴィッド」その声が部屋のなかで消えた。

「二カ月も先延ばしにしてきたんだ。こんどこそ行かないと、まずいことになる」

「ひとりになるなんて怖いわ」

「金曜までに新しい家政婦さんが来るよ。彼女が一日じゅういてくれる。ぼくは留守にするけど、ほんの二、三日のことだ」

「心配だわ。なにが心配なのかわからないけど。話したところで、信じてもらえそうもないし。きっと、頭がおかしくなりかけているんだわ」

彼はもうベッドにはいっていた。妻が部屋を暗くした。彼女がベッドをまわりこみ、上掛けをめくって、すべりこむ音がする。妻の温かな女のにおいが、すぐ隣でした。彼はいった。

「二、三日待ってほしいのなら、なんとかして――」

「いいえ」妻は心もとなげに答えた。「行ってちょうだい。大事な用事なんでしょう。あなたに話したことをずっと考えていただけ。法律と愛と保護の話よ。愛があるから、あなたはあたしから守られている。でも、赤ん坊は――」息を吸いこみ、「あなたをあの子から守ってくれるものはなにかしら、デイヴィッド?」

答える暇もなかった。乳飲《ちの》み子についてそんな話をするのが、どれほどばかげているかを教え諭《さと》す暇もなかった。妻がベッドに横たわったまま、唐突に明かりをつけたのだ。

「見て」と指さす。

赤ん坊はベビーベッドのなかでぱっちりと目を開き、深く、鋭い青い目でまっすぐ彼を見つめていた。

明かりがまた消えた。妻は震えながら夫に身を寄せた。

「おかしいと思われるわね、自分で産んだものを怖がるなんて」彼女のささやき声が小さくなり、口調が激しく、早くなった。「あの子はあたしを殺そうとしたの！　あそこに横たわって、あたしたちの話に耳をすまし、あなたが出かけている隙《すき》に、もういちどあたしを殺す機会をうかがっているのよ！　まちがいないわ！」彼女の口からすすり泣きがもれた。

「お願いだから」夫は彼女をなだめながら、「泣きやんでくれ、泣きやんでくれよ。お願いだから」といいつづけた。

彼女は暗闇のなかで長いこと泣いていた。夜も更《ふ》けたころ落ちつきをとりもどし、震える体を夫に寄せた。呼吸が静かに、温かく、規則的になり、疲れきった体をピクピクと引きつらせて、彼女は眠りについた。

彼もうとうとした。

そしてまぶたがだるそうに閉じて、彼が深い海へ、さらに深い海へと沈みこむ寸前、部屋のなかで起きて意識を保っている者がたてる、聞き慣れない小さな音が聞こえた。

小さく、湿った、ピンクの柔軟な唇のたてる音。

赤ん坊だ。

とそのとき——眠りが訪れた。

朝が来ると、陽《ひ》がさんさんと輝いた。アリスは笑みを浮かべた。

デイヴィッド・ライバーはベビーベッドの上で腕時計をだらりと垂らし、

「ほら、見えまちゅか？　ピカピカ光るものですよ。きれいなものですよ。ほら。ほら。ピカピカ光るものですよ。きれいなものですよ」

アリスはにっこりした。出かけてちょうだい、シカゴへ飛んで、あたしならだいじょうぶ、心配はいらないわ、と夫に告げた。赤ちゃんの世話をするわ。ええ、もちろん、世話をするわ、心配しないで。

飛行機は東へ向かった。見渡すかぎりの空、たくさんの陽射しと雲があり、シカゴが地平線上に姿を現した。デイヴィッドは注文を出し、計画を練《ね》り、接待を受け、電話をかけ、会議で討論する多忙な身となった。しかし、毎日アリスと赤ん坊に手紙を書き、電報を打った。

家を留守にして六日目の晩、長距離電話がかかってきた。ロサンジェルスからだった。

「アリスかい？」

「いや、デイヴ。ジェファーズだ」

「先生！」

「気をしっかり保《も》つんだよ。アリスが病気なんだ。つぎの飛行機で帰ったほうがいい。肺炎だ。できるかぎりの手当はする。せめて出産の直後でなければよかったのに。彼女には体力が必要なんだ」

ライバーは受話器を架台にガチャンと置いた。立ちあがったが、体の下に足がなく、手も胴体もなかった。ホテルの部屋がかすんで、バラバラに崩れた。

「アリス」彼はそういうと、やみくもにドアへ向かった。

プロペラがぐるぐるまわり、回転が遅くなって止まった。時間と空間が背後へ押しやられた。デイヴィッドは手の下でドアノブがまわるのを感じた。足の下で床が現実となり、周囲で寝室の壁が流れ、遅い午後の陽射しを浴びて立っているドクター・ジェファーズが窓辺からこちらを向き、いっぽうアリスはベッドに横たわって待っていた。冬に降った雪で作りあげた彫像のように。気がつくと、ドクター・ジェファーズがしゃべっていた。途切れなく、やさしい声でしゃべっており、その音が電灯の光を通って上下した。やわらかなざわめき、白いつぶやき声。

「きみの奥さんはいい母親すぎるんだ、デイヴ。自分のことよりも赤ん坊の心配をして……」

アリスの青白い顔のどこかで、不意に収縮が起こり、収縮が起きたとわかる前に元にもどった。ついで、口もとをほころばせながら、彼女がゆっくりとしゃべりはじめた。母親があれやこれやについてしゃべる口調で、人形の家の世界と、その世界のミニチュアの生活に関心をいだく母親が分刻みの報告をするように語った。しかし、彼女の話は終わらなかった。バネはきつく巻かれており、その声には怒りと、恐れと、かすかな嫌悪がにじむようになった。それを聞いてもドクター・ジェファーズの表情は変わらなかったが、デイヴィッドの心臓はこのおしゃべりとリズムを合わせるようになり、そのリズムはとめどなく速まった——

「赤ん坊が眠ろうとしなかったの。病気だと思ったわ。ベビーベッドにただ横たわって、目をあけっぱなしにしてるの。で、夜が更けると泣くのよ。けたたましい声で泣くの。夜通し泣きつづけるのよ。静かにさせられなくて、あたしも休めなかった」

ドクター・ジェファーズがゆっくり、ゆっくりとうなずいた。

「疲労が重なって肺炎になったんだよ。でも、いまはサルファ剤をたっぷりあたえたから、峠《とうげ》は越えた」

デイヴィッドは気分が悪くなった。

「赤ん坊は、赤ん坊の具合はどうなんです？」

「ピンピンしてるよ。健康そのものだ！」

「ありがとう、先生」

医者は歩み去り、一階へ降りると、玄関ドアをそっとあけて帰って行った。

「デイヴィッド！」

妻がおびえた声でささやき、彼はふり向いた。

「また赤ん坊のせいだったの」彼女は夫の手を握った。「自分に嘘をついて、思いちがいだといおうとしたけど、あたしが退院したてで弱っているのを赤ん坊は知っていて、だから毎晩、朝まで泣き通しで、泣いてないときは、静かすぎるくらい静かだったの。もし明かりをつけたら、あの子があたしをじっと見あげているのがわかったでしょうね」

デイヴィッドは、体が握りこぶしのように固まるのを感じた。赤ん坊を目にし、赤ん坊を感じた夜を思いだす。暗闇のなかで目をさましていた。赤ん坊が眠っているはずの真夜中に目をさましていた。目をさまして、音もなく横たわっていたのだ。泣くのではなく、ベビーベッドから見張っているかのように。彼はその考えをわきに押しやった。頭がどうかしている。

アリスが言葉をつづけた。

「赤ん坊を殺そうとしたの。ええ、殺そうとしたのよ。あなたが出張して一日しかたっていなかったとき、あの子の部屋へ行って、首に手をかけたの。長いことそこに立ったまま考えていた。怖かった。それからあの子の顔に上掛けをかぶせて、うつぶせにして、ぐっと押してから、そのままにして、部屋から走り出たのよ」

彼は妻の話をやめさせようとした。

「いいえ、最後まで話をさせて」壁を見ながら、かすれ声で妻がいった。「あの子の部屋から出たとき思ったわ、なんだ、簡単じゃないかって。窒息して死ぬ赤ん坊は毎日出ているわ。だれにもわかりっこない。でも、あの子が死んでいるのをたしかめにもどったら、デイヴィッド、生きていたのよ！　ええ、生きていたの、仰向けになって、生きていて、にこにこしながら息をしていたのよ。そのあとは二度とあの子に触れられなかった。置き去りにして、もどらなかった。ミルクもやらなければ、目を向けることもせず、なにひとつしなかった。もしかしたら家政婦さんが面倒を見てくれたのかもしれない。わからないけど。わかっているのは、あの子の泣き声で眠れなかったことだけ。で、夜通し考えて、部屋から部屋へと歩きまわって、いまは病気ってわけ」話は終わりかけていた。「赤ん坊はあそこに横たわって、あたしの殺し方を考えてる。簡単な方法を。だって、あたしがあの子のことを知りすぎてるって知ってるから。あの子に愛情なんか持てないわ。あたしたちのあいだに保護の関係はないのよ。これから先もないわ」

話が終わった。彼女は体を丸め、とうとう眠りに落ちた。デイヴィッド・ライバーは長いこと彼女を見おろしていた。身動きひとつできなかった。体のなかで血が凍《こお》っていたのだ。どこかで細胞がうごめくこともなかった。ひとつとしてなかった。

あくる朝、やるべきことはひとつだけだった。彼はそれをした。ドクター・ジェファーズのオフィスにはいっていき、洗いざらいぶちまけて、ジェファーズの辛抱強い返事に耳をかたむけたのだ。

「こういう問題にはじっくり時間をかけよう。母親が自分の子供を憎むのは、ときにはきわめて自然なことだ。その現象に名前もついている——愛憎併存《アンビヴァレンス》だ。愛していながら憎む能力のことだよ。恋人はしばしば憎みあっている。子供は母親をうとましく思い——」

ライバーが口をはさんだ。

「ぼくは母親を憎んだことなどありませんよ」

「当然ながら、自分では認めないだろう。愛する者を憎んでいると認めるのを愉快に思う人はいないからね」

「そうすると、アリスは赤ん坊を憎んでいるんですね」

「強迫観念にとらわれているといったほうがいい。ごくありきたりなアンビヴァレンスより一歩先へ進んでしまっているんだ。子供は帝王切開で生まれたが、アリスは危うく命を落とすところだった。彼女は自分が死にかけたことや、肺炎にかかったことを子供のせいにしている。自分の苦しみを投影し、手っ取り早く責められる対象を責めているわけだ。みんながすることだよ。椅子につまずけば、不器用な自分にではなく、椅子に当たりちらす。ゴルフのストロークを打ちそこなえば、芝かクラブ、さもなければボールのメーカーをののしる。事業に失敗すれば、神か天気か運のせいにする。わたしにいえるのは、前にもいったことだけだ。彼女を愛したまえ。世界でいちばん効《き》く薬だよ。なにごとにつけ愛情を示し、彼女に安心感をあたえるんだ。機会を見つけて、子供がどれほど無害で罪のないものかを示してやるんだ。赤ん坊には危険を冒してまで育てる価値がある、とアリスに感じさせるんだ。しばらくすれば、彼女も落ちついて、死にかけたことを忘れ、子供を愛しはじめるだろう。来月になっても改善しなければ、相談してくれ。優秀な精神科医を紹介するよ。さあ、元気を出して、そんな顔をするのはやめるんだ」

夏が来ると、ものごとは落ちつき、順調になったように思えた。デイヴィッドは仕事に打ちこみ、オフィスの些事《さじ》に没頭したが、妻のためにたっぷりと時間を割《さ》くことも忘れなかった。妻のほうは長い散歩をして体力を回復し、ときおりバドミントンの軽いゲームをするようになった。いきなり泣きだすことは、もうめったになかった。不安を追い払ったかと思われた。

とはいえ、ある真夜中にこんなことがあった。暖かい夏の突風が家のまわりを吹き荒れ、おびただしい数のタンバリンのように木々を揺らした。アリスは目をさまし、ガタガタ震えながら、夫の腕のなかにすべりこんだ。夫は彼女をなぐさめ、どうかしたのかと訊いた。

彼女は「この部屋になにかがいて、あたしたちを見張ってるのよ」と答えた。

夫は明かりをつけた。

「また夢を見たんだよ。でも、きみはよくなっている。長いこと平穏無事で来た」

夫がまた明かりを消すと同時に、彼女はため息をつき、たちまち眠りについた。夫は妻のことを、なんとかわいい生きものなのだろうと思いながら、三十分ほど抱きしめていた。

寝室のドアが数インチ開く音がした。

ドアのところにはだれもいなかった。ドアがひとりでに開くはずがない。風はやんでいるのだ。

彼は待った。暗闇のなかで、一時間も息を殺して横になっているように思えた。

やがて、はるか彼方で、宇宙空間の広大な漆黒《しっこく》の深淵《しんえん》で小型の流星が断末魔のむせび泣きをもらすかのように、赤ん坊が子供部屋で泣きはじめた。

星々と暗闇と、腕のなかの妻の寝息と、またしても木《こ》の間《ま》を吹きはじめた風のただなかで、それは小さく、寂しげな音だった。

ライバーはゆっくりと百まで数えた。泣き声はつづいた。

彼はアリスの腕を慎重にふりほどき、ベッドからすべり出ると、スリッパをはき、ローブをはおって、静かに部屋から出た。

一階へ降りよう、と彼は思った。ミルクを温め、持ってあがり――

暗黒が足もとから抜け落ちた。足がすべり、体が前にのめった。やわらかいものを踏んですべったのだ。前のめりになって虚空へ。

彼は両手を突きだし、必死に手すりをつかんだ。体の落下が止まった。転落を免《まぬが》れたのだ。

彼は悪態をついた。

足をすべらせる原因となった〝やわらかいもの〟が、ガタンガタンと二、三段落ちていった。

頭がガンガン鳴った。喉の付け根で心臓が早鐘《はやがね》のように打ち、痛みが全身に走った。

家じゅうにものをまき散らすなんて、不注意で困るな。彼は、階段をまっさかさまにころげ落ちそうになった原因である物体を慎重に指で探った。

その手が愕然《がくぜん》として凍りついた。息を呑む。心臓が一拍か二拍止まった。

探りあてたものはおもちゃだった。大きくて、不格好なパッチワーク人形で、彼が冗談のつもりで買ったものだ――

赤ん坊のために。

あくる日、アリスが出勤する夫を車で送った。

繁華街の途中で速度をゆるめ、縁石《えんせき》に寄せて車を止める。それからすわったまま体をまわし、夫を見つめた。

「夏休みには出かけたいわ。いますぐ決められることじゃないでしょうけど、あなたがだめなら、あたしひとりで行かせて。赤ん坊の世話をしてくれる人は、きっと見つかるわ。とにかく、あたしはどうしても逃げなけりゃいけないの。そのうちこの――この感情を追い払えると思っていた。でも、追い払えなかった。あの子と同じ部屋にいるのは耐えられない。あの子もあたしを憎んでいるみたいな目で見あげるのよ。あれには指一本触れられない。あたしにわかるのは、なにかが起きる前に逃げだしたいってことだけ」

夫は助手席から降りて車をまわりこむと、妻に席を移るよう身ぶりで伝え、車に乗りこんだ。

「優秀な精神科医に見てもらうしかないようだね。休暇をとるほうがいいと医者がいうなら、よし、そうしよう。でも、この話はここまでだ。ぼくの胃袋は四六時中ねじれっぱなしだよ」

彼は車を出した。「あとはぼくが運転する」

彼女はうつむいた。涙をこらえようとしているのだ。夫のオフィスがある建物に着くと、顔をあげた。

「わかったわ。予約をとって。あなたのいうだれとでも話をするわ、デイヴィッド」

夫は彼女に口づけした。

「やっとわかってくれたね。ちゃんと運転して帰れるかい？」

「もちろんよ、ばかね」

「じゃあ、夕食のときに。気をつけて」

「いつも気をつけてるでしょう。バイ」

夫は縁石に立って、走り去る車を見送った。彼女の黒光りする長い髪が、風になびいていた。

一分後、彼は二階でジェファーズに電話をかけ、信頼の置ける神経精神病学者との面会を手配した。

その日の仕事はすんなりとはいかなかった。頭に霧がかかったようで、その霧のなかでアリスが迷子になり、彼の名前を呼ぶところが目に浮かびつづけた。怯《おび》えきった彼女の気持ちが伝わってきた。あの子供にはどこか不自然なところがある、とたしかに納得させられた。

彼は気が乗らないまま長文の手紙を口述した。階下で出荷状況を確認した。助手たちに何度も同じことを訊いた。その日の終わりには疲れ果て、頭がズキズキしたので、家に帰れるのがうれしくてたまらなかった。

エレヴェーターで降りる途中、ふと思った。おもちゃの件をアリスに話したらどうなるだろう——昨夜、階段で足をすべらせる原因になった、あのパッチワーク人形のことを話したら？ああ、そんなことをしたら、彼女の病状はぶり返すだろう。だめだ、彼女には絶対に話さない。けっきょく、事故は事故なのだ。

タクシーで帰宅するあいだ、陽の光は空に残っていた。家の前で運転手に料金を払い、夕映えと木々を眺めながら、セメントの私道をゆっくりと歩いた。白いコロニアル様式の前面は不自然に静まりかえり、人けがないように見えた。とそのとき、今日が木曜だと思いだして不安がおさまった。時間決めで雇《やと》っている家政婦は、終日休みなのだ。

彼は大きく深呼吸した。家の裏手で鳥が歌っていた。一ブロック離れた大通りで車が行き交っている。彼はドアの鍵をひねった。ノブが指の下ですんなりと、音もなくまわった。

ドアが開いた。なかにはいると、ブリーフケースといっしょに帽子を椅子の上に置き、上着を脱ぎはじめる。そのとき、ひょいと顔をあげた。

玄関ホールの天井に近い窓から、夕陽が階段吹き抜けへ射しこんでいた。夕陽が落ちたところでは、パッチワーク人形があざやかな色を帯びていた。その人形は、階段を降りきったところで手足を広げていた。

しかし、彼はそのおもちゃに目もくれなかった。身動きできず、もういちどアリスを見ることしか見ることしかできなかった。


アリスは階段を降りきったところに横たわっていた。痩《や》せた体をグロテスクにねじり、壊れて、血の気を失って。ちょうど、くしゃくしゃになって、もうだれも遊ぼうとしない人形のように。

アリスは死んでいた。

家はひっそりとしたままだった。彼の心臓の鼓動を別にすれば。

彼女は死んでいた。

彼は妻の頭を抱きかかえ、彼女の指にさわった。彼女の体を抱きしめた。しかし、彼女は生きかえらなかった。生きかえろうとさえしなかった。彼は妻の名を大声で、何度も口に出した。そしてもういちど抱きかかえることで、彼女が失った温もりを多少なりともとりもどそうとした。しかし、うまくいかなかった。

彼は立ちあがった。電話をかけたにちがいない。憶《おぼ》えてはいなかったが。ふと気がつくと二階にいた。子供部屋のドアをあけ、なかにはいると、ぼんやりとベビーベッドを見つめる。胃のあたりがムカムカした。はっきりと見ることができなかった。

赤ん坊の目は閉じていたが、顔は赤く、汗で湿っていた。まるで激しく泣きつづけていたかのように。

「死んだよ」ライバーは赤ん坊にいった。「彼女が死んだ」

それから低い静かな声でとめどなく笑いはじめ、やがてドクター・ジェファーズが夜の闇から歩み出て、何度も彼の顔を平手打ちした。

「しっかりしろ！　気をたしかに持て！」

「彼女は階段をころげ落ちたんです、先生。パッチワーク人形につまずいて、倒れたんですよ。おとついの晩、ぼくも危うく足をすべらせるところでした。そうしたらこんどは――」

医師が彼を揺さぶった。

「先生、先生、先生」デイヴィッドが放心したようにいった。「おかしいじゃありませんか。おかしな話ですよ。ぼくは――ようやく赤ん坊の名前を思いつきました」

医師はなにもいわなかった。

ライバーは震える手で頭をかかえ、その言葉を口にした。

「つぎの日曜にあの子の命名式をとり行います。なんて名前にするかわかりますか？　ルシファーと名づけるんです」

夜の十一時。大勢の見知らぬ人々が家を出入りし、永遠の炎を持ち去った――アリスを。

デイヴィッド・ライバーは書斎で医師と向かいあってすわっていた。

「アリスは狂っていませんでした」言葉を選ぶようにして彼はいった。「赤ん坊を恐れる理由がちゃんとあったんです」

ジェファーズが息を吐きだして、

「奥さんの二の舞になってはいかん！　彼女は自分の病気を子供のせいにした。こんどはきみが奥さんの死を子供のせいにする。いいかい、彼女はおもちゃにつまずいたんだ。子供のせいにしてはいかん」

「ルシファーのことですか？」

「そんな呼び名はやめやたまえ！」

ライバーはかぶりをふった。

「アリスは夜中に物音を聞いたんです、玄関ホールで動く音を。なにがその音をたてたか知りたいですか、先生？　赤ん坊がたてたんですよ。生後四カ月で、暗闇のなかを動きまわり、ぼくらの話に耳をかたむけていたんです。ひとことひとことに耳をかたむけていたんですよ！」椅子の側面をつかみ、「明かりをつけたとしても、赤ん坊はとても小さいんです。家具やドアの陰に隠れたり、壁に張りついたりできます――目の届かない下のほうにね」

「そんな話はやめてもらいたいね！」とジェファーズ。

「頭にあることをいわせてください。さもないと、気が変になってしまいます。ぼくがシカゴへいったとき、あれはアリスを眠らせずにおき、疲れて肺炎にかかるようにしませんでしたか？　赤ん坊がですよ！　で、アリスが死ななかったので、ぼくを殺そうとしました。単純な方法でした。階段におもちゃを置きっ放しにして、夜中に泣くんです、父親がミルクをとりに一階へ降りようとして、つまずくまで。単純な罠《わな》ですが、効果覿面《てきめん》です。ぼくは罠にはまりませんでした。でも、アリスは殺されたんです」

デイヴィッド・ライバーは長い間を置き、煙草に火をつけた。

「気づくべきだったんです。真夜中に明かりをつけたら、赤ん坊がぱっちり目を開いていることがたびたびありました。たいていの赤ん坊は四六時中眠っています。こいつはそうじゃありませんでした。ずっと目をさましていたんです、考えをめぐらせながら」

「赤ん坊は考えたりしない」

「じゃあ、なんだか知らないけど、あいつの脳でできることをしながら起きていたんです。赤ん坊の頭のなかが、いったいどうしたらわかります？　あいつにはアリスを憎む理由がいくらでもありました。彼女はあいつの正体をうすうす勘《かん》づいていました——たしかに、ふつうの子供じゃない。なにか——ちがったものだ、と。赤ん坊についてなにを知っています、先生？　そう、一般的にいって、わかっていません。もちろん、生まれるときに赤ん坊が母親を殺す手口はご存じでしょう。なぜでしょうか？　ひょっとして、こんな騒々しい世界へ無理やり出されるのを恨《うら》んでいるからじゃないですか？」

ライバーは大儀そうに医師のほうへ身を乗りだした。

「すべてがつながるんです。数百万人のうち二、三人の赤ん坊は、生まれてすぐに動いたり、見たり、聞いたり、考えたりできるとしましょう。ちょうど多くの動物や昆虫のように。昆虫は生まれつき自分で自分を養っていけます。たいていの哺乳類や鳥類は二、三週間でそうなります。でも、人間の子供は、しゃべったり、弱々しい脚でよちよち歩きすることを憶えるのに何年もかかります。

でも、十億人にひとりの子供が——変わっているとしましょう。生まれつき完全に意識を持ち、本能的に考えることができるとしましょう。赤ん坊がなにをしたがるにしろ、完璧な目くらましになりませんか？　そいつは平凡で、弱々しく、泣くばかりで、なにも知らないふりができます。ほんのわずかなエネルギーを消費するだけで、暗い家じゅうを這《は》いまわり、聞き耳を立てられます。階段のいちばん上に障害物を置くなんてのは朝飯前。夜通し泣いて、母親を疲れさせ、肺炎にさせるなんてのは朝飯前。生まれるとき、母親のすぐそばにいるので、器用な手を使って腹膜炎を起こさせるのも朝飯前なんです！」

「よしたまえ！」ジェファーズが立ちあがった。「そんなことをいってはいかん、胸が悪くなる！」

「ぼくがいいたいのは、胸が悪くなるようなことなんです。いったい何人の母親が、子供を産むときに命を落としたんでしょう？　いったい何人の母親が、命とりになりかねない奇妙な小さい怪物に授乳してきたんでしょう？　奇妙な、赤い小さな生きものが、血まみれの闇のなかで頭脳を働かせているのに、ぼくらには想像もつかないんです。原始的な小さな頭脳には種族的な記憶や、憎しみや、むきだしの残酷さがぎっしり詰まっていて、考えることといったら自己保存だけ。そしてこの場合、自己保存は、恐ろしいものを産んでしまったと悟った母親を排除することから成っていました。ねえ、先生、赤ん坊より身勝手なものがこの世にありますか？　ありません！」

ジェファーズは顔をしかめ、処置なしといいたげに首をふった。

ライバーが煙草を落として、

「あの子に大きな体力があるといってるわけじゃありません。ふつうよりすこしだけ、ほんの二、三カ月早く這いまわれるだけでいいんです。四六時中耳をすましていられるだけで。深夜に泣けるだけで。それだけでいいんです、それだけで足りるんです」

ジェファーズはその話を一笑《いっしょう》に付そうとした。

「それなら、殺人と呼びたまえ。しかし、殺人には動機がなければならない。子供にどんな動機があるんだね？」

ライバーはその答えを用意していた。

「生まれる前の子供よりも平和で、夢見るような満足を味わい、安らかで、くつろぎ、腹が減ることもなく、心地よく、わずらわされないものがあるでしょうか？　ありません。そいつは滋養と静寂という驚異のなかに浮かび、時間というものを知らずにまどろんでいます。やがて、不意にその寝台をあきらめろと迫られ、立ち退《の》きを強制されて、騒々しくて、だれもかまってくれない、身勝手な世界へ押しだされます。そこでは独力で移動し、狩りをして、その狩りで食料を手に入れ、かつては当然の権利だったのに、いまや消えてしまった愛を探し求め、内なる静寂と変わることのないまどろみの代わりに、混乱に直面するしかなくなるんです！　そして子供はそれを恨みに思うんです！　冷気を恨み、だだっ広い空間を恨み、慣れ親しんだものから不意に引き離される事態を恨みます。そして頭脳のちっぽけな繊維のなかで、子供が知っているのは身勝手さと、魔法が乱暴に破られたことから生じた憎しみだけです。この幻滅を引き起こしたのはだれか、魔法を乱暴に打ち破ったのはだれか？　母親です。したがって、新生児には、不合理な心の底から憎む相手ができるわけです。母親がそいつを放りだし、拒絶したのです。そして父親も五十歩百歩です。あいつも殺せ！　あいつにもあいつなりの責任があるんだ、というわけです」

　ジェファーズが口をはさんだ。

「きみのいうとおりだとしたら、世界じゅうの女性が、自分の赤ん坊を恐れるべきもの、疑ってかかるものとして見ているはずだろう」

「とんでもない。子供には完璧なアリバイがありませんか？　千年も受け入れられてきた医学的な信念に守られているんです。当然のごとく、無力で、なんの責任もないとみなされますから。じつは、子供は生まれつき憎悪のかたまりなんです。そして事態は改善するどころか悪化します。最初のうち赤ん坊は、かなりの注目を集め、世話をされます。でも、時がたつにつれ、事態が変わります。生まれたてのころは、赤ん坊が泣いたり、くしゃみをするだけで両親はおろおろし、騒音をたてれば飛びあがります――それだけの力があるわけです。しかし、歳月がたつにつれ、そのささやかな力さえ急速に失われて、永久に消えて二度ともどらないのを赤ん坊は感じとります。ありったけの力を握っていればいいじゃないか。有利なうちに有利な力をふるえばいいじゃないか。あとになれば、憎しみを表わしても手遅れだ。攻撃するならいまだ、というわけです」

ライバーの声はひどく静かで、ひどく低かった。

「ぼくのかわいい男の子は、夜中にベビーベッドに横たわり、赤い顔を汗まみれにして、息を切らしています。泣いているからでしょうか？　いいえ。ベビーベッドからのろのろと這いおりて、暗い廊下を遠くまで這っていったからです。ぼくのかわいい男の子。あいつを殺してやりたい」

医師は水のはいったグラスと錠剤をライバーに手渡した。

「きみはだれも殺さない。二十四時間眠るんだ。眠れば考えも変わる。これを呑みたまえ」

ライバーは錠剤を呑みくだし、泣きながら、二階の寝室へ連れていかれた。ベッドに押しこまれるのを感じる。医師は、ライバーが深い眠りにつくまで待ち、それから家を出た。

ライバーはひとりぼっちでゆらゆらと降りていった。

物音が聞こえた。

「なんだ――なんだ、い、い、いまのは？」彼は弱々しく問いかけた。

なにかが廊下で動いた。

デイヴィッド・ライバーは眠った。

あくる朝、まだひどく早いうちに、ドクター・ジェファーズの車がその家までやってきた。うららかな朝で、ライバーを田舎《いなか》で休ませるため連れにきたのだった。ライバーはまだ二階で眠っているだろう。すくなくとも十五時間は眠りこけるだけの鎮静剤をあたえたのだから。

ドアベルを鳴らす。返事はない。おそらく召使いたちも起きていないのだろう。ジェファーズは玄関のドアを押してみて、あいているのに気づき、なかへはいった。手近の椅子の上に診察鞄《かばん》を置く。

階段を登りきったところで、なにか白いものが視界から消えた。なにかがわずかに動いたのだ。危うく見逃すところだった。

家じゅうにガスのにおいがたちこめていた。

ジェファーズは二階へ駆けあがり、ライバーの寝室へ飛びこんだ。

ライバーはベッドの上にぴくりともせずに横たわっており、部屋にはガスが充満していた。ドア付近の壁の根元にある栓《せん》があけっぱなしになり、そこからシューシューとガスが吹きだしているのだ。ジェファーズは栓をひねって閉めると、全部の窓をあけはなして、ライバーのところへ駆けもどった。

その体は冷たかった。死後数時間がたっていた。

激しく咳こみながら、医師は目に涙をにじませ、急いで部屋を出た。ライバーが自分でガス栓をあけたのではない。そんなことはできたはずがない。鎮静剤で意識を失っていたのだから、正午まで目をさまさなかっただろう。自殺ではない。それとも、ほんのわずかでもその可能性があるのだろうか？

ジェファーズは五分ほど廊下に立っていた。それから子供部屋のドアまで歩いた。ドアは閉まっていた。ドアをあける。なかにはいり、ベビーベッドまで歩く。

ベビーベッドはからだった。

彼は三十秒ほど、ベビーベッドのわきでふらふらしていた。それから、だれにともなくいった。

「子供部屋のドアが風で閉まったんだな。それで、おまえは安全なベビーベッドへもどれなかった。ドアが風で閉まることは、計算にはいってなかったのだろう。たかがドアが閉まったくらいで、最高の計画もぶち壊しだ。おまえは家のどこかに隠れていて、自分でないもののふりをしているんだろうが、きっと見つけてやる」医師はめまいを起こしたように見えた。片手を頭にやり、青白い顔でほほえむ。「いまのわたしの口ぶりは、アリスやデイヴィッドにそっくりだ。でも、危険は冒せない。確信はないが、危険を冒すわけにはいかない」

彼は階下へ降り、椅子の上の診察鞄をあけると、なにかをとりだし、両手で握った。

なにかが廊下の先でコソリと音をたてた。非常に小さく、非常に静かなものが。ジェファーズはさっとふり向いた。

おまえをこの世に連れだすために、わたしは手術をしなければならなかった、と彼は思った。こんどはこの世から消す手術をするはめに……。

彼はゆっくりと、たしかな足どりで六歩ほど廊下を進んだ。手をあげて陽射しにかざす。

「見てご覧、赤ちゃん！　ピカピカ光るものですよ――きれいなものですよ！」

手術用のメス。

国歌演奏短距離走者

「文句あるのかよ？　コネマラ・ランナーズがいちばんだ！」

「いいや！　ゴールウェイ・シネマ・ランブラーズだ！」

「ウォーターフォード・シューズだ！」

紫煙《しえん》が濛々《もうもう》とたちこめ、話し声が盛んに飛び交うなか、これらの言葉が湧きだして、酒場の鏡にぶつかってはね返り、樽《たる》の栓《せん》がシュッと抜かれる音、グラスがチリンと鳴る音、硬貨がジャラジャラと鳴る音にもかき消されず、人ごみの反対側の端にいるわたしのところまで届いた。

わたしは油断なく耳をそばだてた。

「それをいうなら、ディアー・ペイトリオッツの連中が――」

「クィーンズ・オウン・イヴェイダーズだよ！　あんなに速く坂を駆けあがるやつらはいねえ。反射神経だって――この世のもんじゃねえ。もちろん、ここダブリンじゃ、最高の男はドゥーンだ」

「ドゥーンだって、ばかいえ！　フーリハンだ！」

ダブリン中心、グラフトン・ストリートの坂を登ったところ、〈四県〉亭のなかでは議論が白熱し、テノールの歌声よりも大きくなって、アコーディオンの音も聞こえなくなった。議論がそこまで激しくなったのは、夜も更《ふ》けてきたからだった。時計の針が10に近づき、なにもかもがいっせいに閉まる事態が迫ってきたのだ。つまり、エールの栓、アコーディオンやピアノのふた、独奏、三重奏、四重奏、パブ、菓子屋、映画館のことだ。そうなればダブリン住民の半分が、最後の審判の日を迎えたかのように、裸電灯の光のもとへわんさと放りだされ、ガムの自動販売機の鏡に映った自分に気づく。呆然とするあまり、道徳心をむしりとられ、肉体はささえを失い、魂《たましい》がつかのま、痛めつけられた蛾のようにさまよったかと思うと、ぐるっとまわって家へ向かう。それだからこそ、議論がますます熱を帯びるのだ。白熱した議論は、寒さにそなえて血を温めるのだから。

「ドゥーンだ！」

「ドゥーンだと、阿呆《あほ》らしい！　フーリハンだ！」

ちょうどこのとき、いちばん小柄で、いちばん声の大きな男がふり向いて、好奇心も露《あら》わに聞きいっているわたしの顔を目にして、こう叫んだ――

「やあ、あんた、アメリカ人だな！　でもって、なんの騒ぎだろうと思ってるね？　ものは試しだ、ある謎めいた地元のスポーツ行事の結果に賭けてみないか？　いっぺんうなずいて、こっちへおいで！」

わたしはうなずき、にっこりして、ギネス片手に騒々しい人ごみを通りぬけた。そのとたんヴァイオリン弾《ひ》きは下手くそな演奏をやめ、ピアノを弾いていた老人は、並んだ歯のような鍵盤から手を引っこめ、あわてて仲間に加わった。

「ティマルティって者《もん》だ！」小男がわたしの手を握った。

「ダグラスです」と、わたし。「映画の脚本を書いています」

「えいぎゃだって！」だれもが息を呑んだ。

「映画です」わたしは慎《つつ》ましく認めた。

「信じられん！」ティマルティは、わたしの手をさらにきつく握った。「あんたは史上最高の審判になるよ。さて、スポーツの話だが、クロスカントリーとか、四四〇ヤード競争とか、そういう走りっこのことを知ってるかね？」

「オリンピックの競技を二回、はじめから終わりまで見たことがあります」

「えいぎゃだけじゃなくて、世界大会も知ってなさるのか」ティマルティは友人たちにもたれかかる真似をした。「それなら、話は早いってもんだ。きっと映画館に関係がある特別な全アイルランド十種競技のことを聞いてるはずだ」

「チームの名前らしいものを耳にしただけです、それも今夜」

「じゃあ、もっと聞かせてやるよ！　フーリハン！」

ひとまわり小柄な男が、唾で濡れたハーモニカをポケットにしまいながら、満面の笑みでピョンと飛びだした。

「フーリハン。そいつがおれだ。アイルランドきっての国歌演奏短距離走者よ！」

「何短距離走者ですって？」と、わたし。

「こ・っ・か」注意深いうえにも注意深くフーリハンがいった。「え・ん・そ・う。国歌演奏。短距離走者。いちばん足が速いやつ」

「あんた、ダブリンの映画館へ行ったことは？」とティマルティ。

「きのうの晩」と、わたし。「クラーク・ゲーブルの映画を見ました。おとついの晩は、古いチャールズ・ロートン主演のやつ。その前の晩は――」

「そこまで！　あんた、頭がどうかしてるね、アイルランド人とおんなじように。映画館とパブがなかったら、貧乏人や失業者は通りをほっつき歩いて、酒に溺《おぼ》れることにならあ。このふたつがなかったら、わしら、とっくのむかしに栓を抜いて、こんな島は沈めてただろうね。さてと！」彼は両手を打ちあわせた。「毎晩、映画が終わるとき、この民族のおかしなところを観察したかい？」

「映画の終わるときですか？」わたしは考えこんだ。「ちょっと待って。まさか、国歌のことじゃないでしょうね？」

「そのまさかだよな、みんな？」とティマルティが叫ぶ。

「そのまさかだ！」全員が叫びかえした。

「もう何十年ものあいだ、来る夜も来る夜も、ろくでもないえいぎゃが終わるたんびに、あのいやらしい曲を聞いたことがないだろうって調子で」とティマルティがこぼした。「オーケストラがアイルランドの国歌を演奏しやがるんだ。するってえと、つぎになにが起きる？」

「そりゃあ」と、わたしは調子を合わせた。「いやしくも一人前の男だったら、映画の**終わり**の文字が出たときから国歌がはじまるまでの、わずかな貴重な瞬間に映画館を出ようとするでしょうね」

「ヤンキーさんに一杯おごりだ！」

「とにかく」と、わたし。「ダブリンに来てかれこれ四カ月になります。あの国歌が鼻につきはじめているんですよ。悪くいうつもりはないんですが」

「ちっとも悪くないさ！」とティマルティ。「でも、同じ空気を一万回も吸ったら、気が変になるってもんだ。そんなわけで、あんたが気づいたとおり、正気の客なら神さまのくだすった三秒か四秒のあいだに、尻に帆をかけて逃げだすのさ。そのなかでいちばん速いのが――」

「ドゥーン」と、わたし。「でなければ、フーリハン。あなた方の国歌演奏短距離走者ってわけか！」

みんながわたしに笑顔を見せた。わたしもみんなに笑顔を返した。

わたしの勘《かん》のよさをだれもが誇らしく思ってくれたので、わたしがみんなにギネスを一杯おごった。

「では、乾杯しましょう」――わたしは自分のグラスをかかげた――「コネマラ・ランナーズに――かな？」

「そのとおり！」

「ゴールウェイ・シネマ・ランブラーズは？　ウォーターフォード・シューズは？」

「ディアー・ペイトリオッツを忘れなさんな。それと国外で最強のチーム、クィーンズ・オウン・イヴェイダーズを」とティマルティ。

「どうやら」と、わたし。「そんな名前がついているところを見ると、イヴェイダーズというのはロンドンに住んでるアイルランド人にちがいない。『女王陛下万歳』が演奏されるとき、映画館のなかにいなくてすむように、めっぽう足が走いんでしょう！」

ビールの泡を唇《くちびる》からなめとって、わたしたちは好意のこもった眼差《まなざ》しを交わした。

「さて」ティマルティがいった。感情が高ぶっているせいか、声はかすれており、あたりを見まわす目は細められていた。「いまこの瞬間、坂を百ヤードくだったグラフトン・ストリート劇場の暗闇のなか、中央四列目にすわっているのが――」

「ドゥーンだ」と、わたし。

「このお人、気味が悪いね」フーリハンがわたしに向かって脱帽した。

「たしかにドゥーンがそこにいて、要望に応《こた》えて再上映されたディアナ・ダービンのえいぎゃを見ておる。あと十分ちょうどで、客が映画館からぞろぞろと出てくるな。さて、ここにいるフーリハンを送りこんで、速さと機敏さの勝負を挑めば、即座にドゥーンは挑戦を受けるだろう」

「国歌演奏短距離走のためだけに映画を見にいったんじゃないでしょうね」

「まさか。お目当てはディアナ・ダービンの歌さ。ドゥーンはこの店でピアノを弾いて暮らしを立てておるんだ。でも、好敵手のフーリハンがはいってきたのに気づけば――遅れて通路をはさんだ反対側にやってきたんだから、いやでも目立つだろうが――ドゥーンにも先の展開は読めるはずだ。あいさつを交わして、すてきな音楽に耳をかたむけるだろうが、それも**完**の文字があらわれるまでの話」

「よっしゃ――」フーリハンは爪先で軽やかに踊り、両肘《ひじ》を曲げ伸ばしした。「やらせてくれ、あいつと競争させてくれ！」

ティマルティがわたしの顔をのぞきこんだ。

「旦那、どうにも信じられないって顔だね。いいおとなが、よくそんなばかな真似をする暇があるなっておっしゃるのかい？　まあ、時間ならアイルランド人にゃ腐るほどあるんだよ。仕事がないから、あんたのお国じゃつまらないことでも、この国じゃ大きく見えるってわけだ。わしらは象を見たことはないけど、顕微鏡で見りゃあ、虫けらだって地上でいちばんでっかい怪物になるってことは知ってる。だから、アイルランドにかぎっての話だけど、国歌演奏短距離走は血湧き肉躍るスポーツなんだ。さて、順番に紹介といこう。こいつはフォガティ、出口を監視する審判長だ！」

フォガティがピョンと飛びだし、黒い目で左右を射抜くように見渡した。

「ノーランとクラナリー、通路担当の審判だ！」

名前を呼ばれたふたりの男が、腕を組んでお辞儀した。

「クランシー、時計係。そして一般の観客役――オニール、バニオン、ケリー兄弟、何人いるか数えろ！　さあ、行くぞ！」

まるで巨大な道路清掃車――ひげと洗浄ブラシをむやみに生やした、あの棘《とげ》だらけの怪物――の一台につかまり、飛ぶように坂を下っている気がした。行く先には無数の小さな光がまたたいており、映画館がわたしたちをおびき寄せていた。

「さあ、ルールを聞いてもらおう！」わたしと並んで急いで進みながら、ティマルティが叫んだ。「もちろん、必要不可欠なのは映画館だ！」

「当然だ！」わたしは怒鳴りかえした。

「まず開明的で、自由思想に基づく映画館ってものがある。通路が広くて、ロビーと出口も広くて、トイレまで豪華で広々としてるってやつだ。便器がたくさんありすぎて、こだまが返ってくるだけでぎょっとするほどさ。それからしみったれたネズミ捕《と》りみたいな映画館があって、通路が狭いもんだから息は詰まるし、膝《ひざ》を席にぶつけるし、いちばんいいドアだって、通路の奥の売店のなかにある**男子用**まで行こうと思ったら、途中で横歩きしなけりゃならん始末だ。それぞれの映画館は短距離走の前と、まっさいちゅうと、あとで念入りに審査されるから、カーペットがすり切れていてつまずいたのかどうか判断されるわけだ。客をかき分けて走るんだから、男が多かったか女が多かったか、男女比だって考慮される。もちろん、最悪なのは割引料金の昼興行《マチネー》を見に来る子供たちだ。子供がいると、わっと襲いかかって、干し草を刈りとるときみたいに右へ左へと投げとばし、一列に並べたくなるからな。そういうわけで、その種目はとりやめになった。いまはもっぱら夜にやるわけだ、ここグラフトンでな！」

群衆が止まった。入口のひさしでチカチカ光っている照明がわたしたちの目を照らし、頬を薔薇《ばら》色に染めた。

「これこそ理想的な映画館だ」フォガティがため息をつく。

「なんでかっていうと……」クラネリーが説明した。「通路は広からず狭からず、出口はちょうどいい位置にあり、ドアの蝶番《ちょうつがい》には油がさしてある。観客は運動神経のいい連中と、全力疾走で通路を駆けあがってくる走者を跳《と》んで避けようとする連中が、ほどよく混ざりあっているんだ」

わたしは、あることをふと思いついた。

「あのう――走者にハンディはつけるんですか？」

「訊くまでもないさ。ときどき出口を変えるんだ。古いのが知られすぎたときにはな。でなけりゃ、片方を六列目に、もう片方を三列目にすわらせる。もし速すぎて困る男がいれば、知れるかぎり、いちばん大きなハンディをつける――」

「飲ませるんですね……？」と、わたし。

「それしかなかろう。韋駄天《いだてん》のドゥーンはハンディ二杯だ。ノーラン！」ティマルティは酒瓶《さかびん》をふりまわした。「こいつを持っていけ。ドゥーンにふた口飲ませろ。景気よくな」

ノーランは走っていった。

ティマルティが指さして、

「かたやこのフーリハンは、今夜もうパブの〈四県〉亭ですっかりできあがってるから、どっさりと重りをつけられた状態だ。これでイーヴンってもんだよ！」

「さあ、行け、フーリハン」とフォガティ。「おれたちの賭け金が荷物を軽くしてくれるさ。五分たったら、あの出口から飛びだしてこい。一等賞でな！」

「時計を合わせとこう！」とクランシー。

「おれの尻とでも合わせるんだな」とティマルティ。「汚い手首以外に見るものがあるやつなんて、どこにいる？　クランシー、おまえだけだよ、時計をはめてるのは。フーリハン、なかへはいれ！」

フーリハンは世界一周の旅にでも出るかのように、全員と握手した。そして手をふりながら、映画館の暗闇のなかへ姿を消した。

ノーランが、からになった酒瓶を手にして駆けもどってきた。

「ドゥーンにハンディをつけてやったぞ」

「よし！　じゃあ、クラナリー、ノーラン、走者が四列目の両わきにすわっているか、たしかめてこい。ちゃんと帽子をかぶって、上着のボタンを半分かけて、スカーフを巻いてるかどうかもな」

ノーランとクラナリーは館内にはいった。

「あと二分！」クランシーが大声でいった。「あと二分で——」

「出走予定時刻だ」と、わたし。

「うまいこというねえ」とティマルティが褒めてくれた。

ノーランとクラナリーが大急ぎで出てきた。

「準備よし！　席も、なにもかもＯＫだ！」

「もうすぐ終わりだ！　わかるもんだよ。どんなえいぎゃも終わりにさしかかれば」とクラナリーが打ち明けるようにいった。「音楽がぐっと盛りあがるからな」

「音がでかくなるな」とノーランが同意し、「女性歌手のバックにフル・オーケストラと合唱隊だ。明日、はじめから見に来ないといかんな。すばらしい曲だよ」

「そんなにいいのか？」と、だれもが訊いた。「なんて曲だ？」

「おいおい、曲の話なんかしてるときか！」ティマルティが叫んだ。「あと一分で出走だっていうのに、曲名を訊いてどうする？　さっさと賭けろ。ドゥーンに賭けるのはだれだ？　フーリハンに賭けるのは？」

ガヤガヤとおしゃべりがはじまり、紙とシリング硬貨がまわされるなか、わたしは五ペンス硬貨を四枚さしだした。

「ドゥーンに」と、わたしはいった。

「本人を見たこともないんだろう？」

「ダークホースですよ」と小声でわたし。

「よくいった！　クラナリー、ノーラン、なかへはいって、完の前に走りださないかどうかよく見張れ」

クラナリーとノーランが、子犬みたいに喜び勇んでなかへはいった。

「通路を作ろう。ヤンキーさん、あんたはわしといっしょにこっちだ！」

男たちが走っていき、二カ所ある主要出口の閉まったドアの両わきに並んで通路らしきものを作った。

「フォガティ、ドアに耳をくっつけろ！」

フォガティはいわれたとおりにした。目を見開き、

「うひゃあ、音楽がえらくでかい音で鳴ってるぞ！」

ケリー兄弟の片割れが、もうひとりを肘でこづき、

「もうじき終わるな。死ぬのがだれにしろ、いま死んでるさいちゅうなんだ。生き残るのがだれにしろ、それを看《み》とってるとこなんだよ」

「ますます大きくなった！」目を閉じて、頭を羽目板《はめいた》に押しつけているフォガティが、まるでラジオを調節するかのように手をピクピクと動かした。「ほら！　例の大きなター・ターっていう音がはじまった。ちょうど完だか終わりだかがスクリーンに出るとこだ！」

「出てくるぞ！」わたしはつぶやいた。

「さがれ！」ティマルティが叫ぶ。

全員がドアに目を注《そそ》いだ。

「国歌がはじまったぞ！　気をつけぇー！」

全員が直立不動の姿勢をとったが、目はドアから離さなかった。

「走ってる足音が聞こえるぞ！」とフォガティがあえぎ声でいった。

「だれだか知らんが、国歌がはじまる前にうまくスタートを切ったな——」

ドアがはじけるように大きく開いた。

フーリハンが視界に飛びこんできた。息を切らした勝者だけが知っている、会心の笑みを浮かべながら。

「フーリハンだ！」賭けに勝った者たちが叫んだ。

「ドゥーンめ！」負けた者たちがうめく。「ドゥーンはどこだ？」

というのも、フーリハンが一等賞をとったのに対し、その競争相手は、もうじき解散して霧消する人ごみのどこにも姿がなかったからだ。

「あのばか、ドアをまちがえたんじゃないだろうな――？」ティマルティが、だれもいなくなったロビーにはいった。

「ドゥーン？」

返事はない。

だれかが男子用手洗いのドアを大きくあけた。

「ドゥーン？」

こだまは返ってこない。

「やれやれ」ティマルティがあきれた声を出した。「脚を折って、どっかその辺に倒れちまって、死ぬほど痛がってるのかもしれんぞ」

「きっとそうだ！」

島のようにかたまった男たちが重心を変え、こんどは内側のドアのほうへ押し寄せて、ドアを抜け、通路を進んだ。わたしは二度もジャンプして、群れの頭ごしに目をやった。広大な館内は薄暗かった。

「ドゥーン！」

わたしたちは群がったまま通路を進み、とうとう四列目の近くに来た。そこで目にした光景に大声が出た。

ドゥーンが席についたまま、両手を重ね、目を閉じていたのだ。

死んでいるのか？

とんでもない。

キラキラと輝く、美しい大粒の涙が、彼の頬を伝い落ちた。彼の顎《あご》は濡れていた。しばらく前から泣いていたのはまちがいない。

男たちはドゥーンをとり囲み、身を乗りだして、顔をのぞきこんだ。

「ドゥーン、具合でも悪いのか？　どうした？」

「ああ、神さま」ドゥーンが叫んだ。体を揺すって、しゃべる力をどこかから奮《ふる》い起こす。

「ああ、神さま」とうとう彼はいった。「彼女は天使の声の持ち主だ」

「天使だって⁉」

「あそこにいたんだ」彼はうなずいた。

全員が頭《こうべ》をめぐらせ、空白になった銀幕をまじまじと見た。

「ディアナ・ダービンのことか……？」

ドゥーンはすすり泣いた。

「おれの死んだ祖母《ばあ》さんの懐《なつ》かしい声——」

「おまえの祖母さんだって！」ティマルティが大声をあげた。「あんな声じゃなかったぞ！」

「つまり、こういうことかな」と、わたしが割ってはいった。「きみが走らなかったのは、ダービン嬢のせいだ、と」

「そのとおりだ！」ドゥーンが洟《はな》をかみ、目をぬぐった。「そのとおりだよ！　だってそうだろう、あんな歌を聞いたあとで、映画館から飛びだすなんて冒瀆《ぼうとく》ってもんだ。結婚式で祭壇を飛び越えるとか、葬式にワルツを踊るようなもんじゃないか！」

「せめて出走はとりやめだと、いってくれりゃあよかったのに」とティマルティ。

「そいつは無理ってもんだ。知らないうちに神さまの病気にかかっちまったんだ。彼女が歌った、あの最後の曲。『麗《うるわ》しの島イニスフリー』だったけな、クラナリー？」

「ほかになにを歌ったんだ？」とフォガティ。

「ほかになにを歌ったか、だと？」ティマルティが怒鳴った。「あいつのせいで、こっちは一日の稼ぎの半分をすっちまったとこなのに、彼女がほかになにを歌ったのかと訊きやがるのか！　出てけ！」

「たしかに、世の中をまわしてるのは金だ」ドゥーンが同意した。すわったまま、目をつむっている。「でも、摩擦を減らしてくれるのは音楽だ」

「下でなにが起きてるんだ？」上のほうでだれかが叫んだ。

煙草をふかしながら、男が張り出しから身を乗りだした。

「いったいなんの騒ぎだ？」

「映写技師だ」とティマルティが小声でいった。声をはりあげ――「よお、フィル！　いつもの連中だよ！　ちょっと問題が起きてるんだ、フィル、審美《アシックス》の面はもちろんのこと、倫理《エシックス》の面でもな。どうだね、もういっぺん国歌をかけてもらえんかな？」

「もういっぺんかけるって？」

勝った者たちがブツブツいいながら動きまわった。

「いい考えだ」ドゥーンが口もとをほころばせた。

「つまり、その」と狡猾《こうかつ》を絵に描《か》いたような顔でティマルティ。「神さまがドゥーンを失格にされてな――」

「十回目の上映で、むかしの映画がやつを骨抜きにしちまっただけの話さ」とケリー兄弟の片割れ。

「だけの話だと！」ドゥーンが抗議した。

「どうも、あいつにハンディをつけすぎたようだ」とノーランが思いだしながらいった。

「だったら、公平にするには――」ティマルティは落ちつき払って天を見あげた。「フィル、すまんが、ディアナ・ダービンの最後のリールもまだそこにあるかね？」

「女子用にはねえよ」と、あいかわらず紫煙をくゆらせながらフィル。

「気のきいたことをいうじゃねえか！　ところで、フィル、ちょっと巻きもどして、もういっぺん完を映してもらえんかな？」

「お望みはそれだけかい？」とフィルがたずねた。

競争をやり直すという考えは、名案すぎて無下《むげ》にできなかった。だれもがゆっくりとうなずいた。

「よしきた!」フィルは叫んだ。「フーリハンに一シリングだ!」

勝った者たちが笑い声をあげ、はやしたてた。もういちど勝つつもりなのだ。負けた者たちは自分が賭けた男に向きなおり、

「いまの侮辱《ぶじょく》が聞こえたか、ドゥーン? おい、目をさませ! 女が歌いだしたら、ちくしょう、耳をふさぐんだ!」

「お客がいないぞ!」ティマルティが周囲に視線を走らせた。「お客がいないと、選手を邪魔するものがないわけだから、本物の競争とはいえん!」

「だったら」と、フォガティが目をしばたたかせ、「おれたちみんなでお客になろうや」

「それがいい!」だれもが満面の笑みで席についた。

「すみませんが」と、わたし。「外にだれもいませんよ、審判をする人が」

全員が身をこわばらせ、頭《こうべ》をめぐらせると、驚き顔でわたしを見つめた。

「ああ?」とティマルティ。「そうか。ノーラン、外へ出ろ!」

ノーランは悪態をつきながら、通路を歩いていった。

フィルが頭上の映写室から首を突きだした。

「そっちは用意できたか?」

「女と国歌の用意ができたんならな!」

照明が消えた。

気がつくと、わたしはドゥーンの隣にすわっていた。彼は熱心にささやいていた。

「兄さん、おれをつついてくれ。映画に見とれたりせず、走りっこに集中していられるように。な?」

「黙ってろ!」だれかがいった。「神秘のはじまりだ」

たしかにはじまった、いうなれば、歌と芸術と人生の神秘が。若い娘が時を超越したスクリーンで歌っている。

「ああ、見ろよ、きれいだろう?」ドゥーンが前を見ながらほほえんだ。「聞こえるか?」

「賭けだよ、ドゥーン」わたしはささやいた。「きみに賭けたんだ。準備はいいかい?」

「仕方ねえな」彼はブツブツいった。「足慣らしさせてくれ。しまった、神よ、助けたまえ!」

「なんだって?」

「試してみようなんて思わなかった。右脚だよ。死んでるんだ!」

「痺《しび》れてるってことかい?」わたしは愕然《がくぜん》としてたずねた。

「死んでるにしろ痺れてるにしろ、おれは沈没だ! 兄さん、兄さん、おれの代わりに走ってもらわんといかん! 帽子とスカーフをやる!」

「帽子だって――」

「あんたが勝ったら、そいつを連中に見せな。そうしたら、このおれのまぬけな脚の代わりをあんたが務めたってことがわかる」

彼はわたしに帽子をかぶせ、スカーフを結んだ。

「でも、待ってくれ！」わたしは抗議した。

「勇気を出せ。いいか、忘れるな、完が出るまでは走っちゃいかんぞ！　彼女の歌がもうじき終わるな。緊張してるか？」

「ちくしょう、してるとも！」と、わたし。

「こけの一念だ、それで勝てるぞ、坊や。まっすぐ突っ走れ。だれかにぶつかっても、ふり返るな。よし！　歌が終わった！　男が女にキスしてる――」

「完だ！」わたしは叫び、通路へ飛びだした。

通路を駆けあがる！　勝ってるぞ、とわたしは思った。こっちが先頭だ！

ドアにぶつかると同時に、国歌がはじまった。

そのまま突きぬけてロビーへ――無事に！

勝った！　信じられない。ドゥーンの帽子とスカーフを身に着けて、勝利の月桂冠《げっけいかん》をいただき、首に巻いて！　勝った！　チームのために勝ったのだ！

手を突きだし、敗者たちにあいさつしようとふり返る。

だが、ドアは勢いよく閉まって、そのままだった。

そのときになってようやく、なかの叫び声とわめき声が聞こえた。

なんてこった、とわたしは思った。退場する群衆のふりをしていた六人が、どういうわけかつまずいて倒れ、フーリハンの道をふさいでしまったのだ。さもなければ、どうしてわたしが一着になれる？　いまこのときもあちらでは大乱闘が起きているのだ、勝者と敗者が座席の上と下で猛烈に取っ組み合っているのだ。

勝ったぞ！　と叫びたかった。ドアを大きく押し開く。やめろ！

深淵《しんえん》に目をこらすが、こそりとも動くものはなかった。

ノーランがわたしの肩ごしにのぞきに来た。

「あれがアイルランド人ってもんだよ」彼はうなずいた。「レースよりも、詩の女神《ミューズ》のほうが好きなのさ」

暗闇のなかで、あの声はなにをわめいているのだろう？

「かけてくれ！　もういっぺん！　あのおしまいの歌を！　フィル！」

口笛。足踏み。拍手喝采《かっさい》。

「だれも動くなよ。おれは天国にいるんだ、ドゥーン、おまえのいうとおりだった！」

ノーランはわたしのわきを通りすぎ、席につきに行った。

わたしは長いこと突っ立って、列の先まで見渡していた。そこでは国歌演奏短距離走者のチームが、身じろぎひとつせずにすわったまま、目尻をぬぐっていた。

「フィル、おーい……？」正面のどこかでティマルティが声をはりあげた。

「そしてこんどは」ティマルティがつけ加えた。「国歌抜きでな」

拍手喝采。

薄暗い照明がパッと消えた。スクリーンが、大きな暖炉のように輝いた。

ふり返ると、グラフトン・ストリート、〈四県〉亭、パブ、ホテル、商店、夜歩きの人々から成る明るい正気の世界が見えた。わたしはためらった。

それから、「なんとかの島イニスフリー」の調べに合わせて、帽子を脱ぎ、スカーフをはずして、その勝利の月桂冠を座席の下に隠し、世界じゅうのすべての時間をかけて、わたしも悠然と腰を降ろしたのだった……。

すると岩が叫んだ

陽射《ひざ》しのなか、熱気に揺らぎ、緑のジャングルの空気のなかで赤色をきわだたせて、吊された生《なま》の死骸がみるみる迫ってきて、去っていった。腐肉の悪臭が、車の窓からどっと流れこんできて、レオノーラ・ウェブはすばやくボタンを押した。助手席の窓が小さく音をたてて閉まった。

「たまらないわね」彼女はいった。「ああいった露天《ろてん》の肉屋ときたら」

においはまだ車のなかに残っていた。戦争と恐怖のにおい。

「あの蠅《はえ》を見た？」彼女がたずねた。

「ああいう市場で肉のたぐいを買うときは」とジョン・ウェブ。「肉を手でピシャリとやるんだ。そうすると蠅が肉から舞いあがるから、肉が見られるようになる」

車は緑のしたたる熱帯雨林の道路で、青草の茂った曲がり角《かど》をまわった。

「ファアタラへ着いたら、入れてくれるかしら？」

「さあね」

「危ない！」

路上にピカピカ光るものが見えたが、手遅れだった。よけようとしたが、ぶつかった。右のフロント・タイヤからぞっとするようなため息がもれ、車はガタガタと上下動して止まった。

彼は運転席のドアをあけ、車を降りた。ジャングルは暑く、静まりかえり、幹線道路はがらんとしていた。猫の子一匹見当たらず、昼下がりの静けさにつつまれていた。

彼は車のフロントまで歩き、かがみこんだ。そのあいだずっと、腋《わき》の下のホルスターにおさまっているリヴォルヴァーに手をそえていた。

助手席の窓がキラキラ光りながら下がった。

「タイヤはひどくやられたの？」

「だめだ、使いものにならない！」彼はタイヤに突き刺さり、切り裂いたピカピカ光るものを拾いあげた。

「折れた山刀《マチェーテ》の破片が、日干《ひぼ》し煉瓦《れんが》の容《い》れものにはいってる。これが車輪のほうを向いていたんだ。タイヤを全部やられずにすんで助かったくらいだ」

「でも、なぜなの？」

「きみだってわかってるだろう、ぼくと同じくらい」ジョンは彼女のかたわらにある新聞を顎《あご》で示した。日付と見出しを――

一九六三年十月四日。アメリカ合衆国

ヨーロッパ沈黙！

アメリカ合衆国、ならびにヨーロッパとの無線途絶。大いなる沈黙が広がる。

戦争はみずからを消尽。

アメリカ合衆国の人口の大部分は死亡したものと信じられる。ヨーロッパ、ロシア、シベリアの大部分も同様に死滅した模様。地上における白人の時代は終焉《しゅうえん》を迎えたのである。

「あっという間だったな」とウェブがいった。「一週間前にまた旅行に出た。長い休暇をとって故郷から離れた。つぎの週には——これだ」

ふたりとも黒い見出しからジャングルに視線を移した。

広大なジャングルが見返してきた。苔《こけ》と葉が息づく沈黙とともに。十億のダイヤモンドとエメラルドのような昆虫の目とともに。

「気をつけて、ジャック」

彼はボタンをふたつ押した。前輪の下の自動ジャッキがシューシュー音をたて、車が空中にせりあがった。彼は右輪のプレートにそわそわと鍵をさしこんだ。ポンと音をたてて、タイヤがフレームごと車軸からはずれた。スペアを所定の位置にはめこみ、ズタボロになったタイヤを荷物室にしまうには、数秒しかかからなかった。そのあいだ、彼はずっと銃をかまえていた。

「お願いだから、開《ひら》けたところに立たないで、ジャック」

「それじゃ、もうはじまってるんだ」彼は頭のてっぺんで髪の毛がチリチリとあぶられるのを感じた。「ニュースが伝わるのは早いもんだ」

「後生《ごしょう》だから」とレオノーラ。「聞かれるかもしれないわ！」

彼はジャングルに視線を注《そそ》いだ。

「そこにいるんだろう！」

「ジャック！」

静まりかえったジャングルに狙いをつけ、「見えるぞ！」四発、五発、と銃をたてつづけに荒っぽく発砲する。

ジャングルは小揺るぎもせずに銃弾を呑みこんだ。銃弾が穴をうがったところでは、絹《きぬ》を裂くような音がつかのまあがり、緑の葉、木々、静寂、湿った土から成る百万エーカーの密林のなかに銃弾は消えた。銃声の短いこだまがやんだ。あとは車だけが、ウェブのうしろで排気音をつぶやいていた。彼は車をまわりこみ、乗りこむと、ドアを閉めてロックした。

運転席にすわったまま、銃弾をこめ直す。それからふたりは、その場から走り去った。


車はひたすら走った。

「だれか見かけた？」

「いや。きみは？」

彼女はかぶりをふった。

「スピードの出しすぎよ」

スピードを落とすのが、かろうじて間にあった。あるカーヴをまわりこんだとたん、またしても道の右側をふさいでいる、ピカピカ光るもののかたまりが現れたのだ。彼は左へよけて、通り過ぎた。

「人でなしどもめ！」

「彼らは人でなしじゃないわ。ただの人間で、こんな車、いえ、そもそもどんな車も持ったことがないのよ」

なにかが窓ガラスにカチンと当たった。

無色の液体がツーッとガラスを伝い落ちる。

レオノーラがちらっと顔をあげ、

「雨になるのかしら？」

「いいや、虫がガラスにぶつかったんだ」

またしてもカチン。

「ほんとに虫かしら？」

カチン、カチン、カチン。

「窓を閉めろ！」彼はそういうと、スピードをあげた。

なにかが彼女の膝《ひざ》に落ちてきた。彼女はそれを見おろした。ジョンが手をのばして、それに触れる。

「早く！」

彼女はボタンを押した。窓がピシャリと閉まった。

それから彼女はもういちど膝に目をやった。

ちっぽけな吹き矢が、そこで鈍《にぶ》く光っていた。

「その液体を体につけるんじゃない」とジョン。「ハンカチでくるんで――あとで投げ捨てよう」

彼は時速六十マイルまでスピードをあげていた。

「また道路封鎖にぶつかったら、おしまいだわ」

「ここら辺のことだけだよ」とジョン。「さっさと抜けだそう」

窓ガラスはのべつ幕なしにカチンと鳴っていた。吹き矢の驟雨《しゅうう》が窓に吹きつけ、あっという間に去っていった。

「なぜなの」レオノーラ・ウェブがいった。「わたしたちのことを知りもしないのに！」

「どうせなら、知っておいてほしかったな」彼はステアリングを握る手に力をこめた。「知っている人間を殺すのはむずかしい。でも、赤の他人を殺すのはむずかしくない」

「死にたくない」彼女はそこにすわったまま、あっさりといった。

彼は上着の内側に手をさしこんだ。

「ぼくの身になにかあったら、ここに銃がある。頼むから、使ってくれ。時間を無駄にするな」

彼女は夫のほうに身を寄せた。車は時速七十五マイルでジャングルの道をまっしぐらに進んだ。ふたりとも無言だった。

窓を閉めきっているので、車内の熱気はオーヴンなみだった。

「あまりにもばかげてるわ」とうとう彼女がいった。「ナイフを道路に植えるなんて。吹き矢でわたしたちを撃とうとするなんて。つぎの車に乗っているのが白人だって、どうしたらわかるの？」

「連中に論理的になれといっても無理だよ」とジョン。「車は車だ。大きくて、金持ちのもの。一台の車を買う金で、連中は一生食っていける。とにかく、道路を封鎖して車を止めれば、十中八九アメリカ人の旅行者か、まあまあ裕福なスペイン系のどちらかがつかまるだろう。スペイン系の御先祖さまは、お行儀が悪かったからね。それにたまたまほかのインディオの車を止めたとしても、出ていって、タイヤ交換を手伝えばいいだけの話だ」

「いま何時？」

これで千回めだろうか、ジョンはなにもない手首にちらっと目をやった。表情ひとつ変えず、驚きもせずに、上着のポケットからキラキラ光る金の腕時計を音もなくとりだす。一年前、ある原住民がこの時計をじろじろと、飢《う》えともいえそうな表情を浮かべてじろじろと見ているのを目にしたのだ。それから原住民は彼をしげしげと見た。顔をしかめもせず、憎悪を露《あら》わにすることもなく、悲しそうでも、うれしそうでもなく。ただとまどっているだけだった。

その日彼は腕時計をはずし、それ以来いちどもはめていない。

「正午だ」

正午。

国境が行く手にあった。それを目にして、ふたりは同時に叫び声をあげた。笑みを浮かべながら車を寄せる。笑みを浮かべる理由もわからないまま……。

ジョン・ウェブは窓から身を乗りだし、国境の検問所にいる警備兵に合図しかけて、思いとどまり、車を降りた。検問所まで歩いていくと、ひどく小柄で、よれよれの制服に身をつつんだ三人の若者が立ち話をしていた。彼らは目の前に止まったウェブに視線を向けなかった。彼を無視して、スペイン語で会話をつづけた。

「すみません」とうとうジョン・ウェブがいった。「国境を越えてファタラへはいれますか?」

男たちのひとりがちょっとふり向いた。

「悪いね、旦那《セニョール》」

三人はまた話をはじめた。

「わかってないな」口をきいた男の肘《ひじ》に触れてウェブがいった。「ぼくらは国境を越えなくちゃいけないんだ」

男はかぶりをふった。

「パスポートはもう役に立たないよ。とにかく、なんでおれたちの国から出ていきたがる?」

「ラジオで告知されたんだ。すべてのアメリカ人はすみやかに出国するように、と」

「ああ、そうだった《シ》、そうだった《シ》」三人の兵士がそろってうなずき、光る目で視線を交わした。

「さもないと罰金をとられるか、牢屋にぶちこまれるか、その両方だ」とウェブ。

「国境を越えさせてやってもいいけど、ファタラでも二十四時間以内に退去させられるぞ。信用しないんだったら、まあ聞きな！」警備兵は向きを変え、国境の向こう側に声をかけた。「おーい、そっちのやつ！　おーい！」

炎天下、四十ヤード離れたところで行ったり来たりしていた男がふり向いた。ライフルをかかえている。

「よお、パコ、このふたりを受け入れたいか？」

「いや、せっかくだが《グラシアス》——せっかくだが《グラシアス》、いらないよ」と男が笑みを浮かべて答えた。

「ほらな」警備兵はジョン・ウェブに向きなおった。

兵士がそろって笑い声をあげた。

「金ならある」とウェブ。

男たちが笑うのをやめた。

口をきいた警備兵がジョン・ウェブににじり寄った。その顔はいまくつろいでおらず、気安げでもなかった。茶色い石のようだった。

「なるほどね」彼はいった。「連中はいつも金があるんだ。知ってるさ、この国へやって来て、金があればなんでもできると思ってやがる。でも、金がなんだっていうんだ？　ただの約束ごとだよ、セニョール。本で読んだから知ってる。それなら、あんたの約束をもうだれも気に入らなくなったら、どうなるんだい？」

「きみがほしいといえば、なんでもあげるよ」

「くれるのかい？」警備兵は友人たちのほうを向いた。「この人は、おれがほしいといえば、なんだってくれるそうだ」ウェブに向かって――「冗談だったんだろう。おれたちは、あんたたちにとっていつも冗談だったんだろう?」

「そんなことはない」

「また明日《マニャーナ》、あんたたちはおれたちを笑った。また明日《マニャーナ》、おれたちの昼寝《シエスタ》とマニャーナを笑ったんじゃないのか?」

「ぼくじゃない。ほかのだれかだ」

「いいや、あんただ」

「この検問所にはいっぺんも来たことがないんだ」

「とにかく、おれはあんたを知ってる。こっちへ来て、あれをしろ、これをしろ。ほら、一ペソあるから、家でも買え。あっちへ行って、あれをしろ、これをしろ」

「ぼくじゃない」

「とにかく、あんたにそっくりだった」

　陽射しのなか、立っている彼らの影が足もとに黒く落ちており、汗が腋の下を染めていた。兵士がジョン・ウェブに近づいた。

「もうあんたのためになにもしなくていいんだ」

「これまでもしなくてよかったんだ。頼んだことはない」

「震えてるね、セニョール」

「だいじょうぶだ。陽射しのせいだよ」

「いくらあるんだい？」と警備兵。

「通してくれれば千ペソ、あっちの男にも千ペソ」

警備兵はまた向きを変えた。

「千ペソで足りるかい？」

「いいや」と別の警備兵。「おれたちのことを報告しろといってやれ！」

「わかった」警備兵はウェブに向きなおった。「おれのことを報告しな。おれをクビにするといい。何年も前に、いっぺんクビを切られたんだ、あんたにな」

「ほかのだれかだ」

「おれの名前を憶《おぼ》えとけ。カルロス・ロドリゲス・イストルだ。さあ、もう行け」

「わかった」

「いいや、わかっちゃいない」とカルロス・ロドリゲス・イストル。「さあ、二千ペソよこしな」

ジョン・ウェブは札《さつ》入れをとりだし、金を渡した。カルロス・ロドリゲス・イストルは親指をなめ、彼の国の青い釉薬《ゆうやく》を塗ったような空のもとで、ゆっくりと金を数えた。そのあいだ午後は深まり、どこかから汗が噴きだしてきて、人々は自分たちの影の上でハアハアと息をあえがせた。

「二千ペソ」兵士は札をたたみ、ポケットにそっと押しこんだ。「さあ、車をまわれ右させて、別の国境へ向かうんだ」

「おい、ちょっと待て！」

警備兵は彼を見つめた。

「車をまわれ右させるんだ」

ふたりは長いこと無言でにらみ合っていた。警備兵の握るライフルに陽射しがギラギラと照りつけていた。やがてジョン・ウェブがきびすを返し、片手を顔に当ててのろのろと歩きだし、車へもどって、運転席にすべりこんだ。

「これからどうするの？」とレオノーラ。

「野垂《のた》れ死ぬのさ。でなければ、ポルト・ベロへたどり着こうとするかだ」

「でも、ガソリンがいるし、スペアを直さないと。それにこの街道を引き返したら……。こんどは丸太を落とされるかもしれないし――」

「わかってる、わかってるよ」彼は目をこすり、つかのま頭をかかえた。「ぼくらはふたりぼっちだ、ちくしょう、ふたりぼっちなんだ。こんなに心細い思いをしたのははじめてだ。どこでも安全だった。大きな街へ行けば、かならずアメリカ領事と連絡がとれた。こんなジョークを憶えてるかな？『きみの赴《おもむ》く先々で、鷲《わし》の翼のはばたきが聞こえるだろう！』それとも、札びらを切る音だったかな？　忘れたよ。ちくしょう、ちくしょう、世界はあっという間にからっぽになっちまった。いまはだれを頼りにすればいいんだ？」

彼女は一瞬の間を置いてからいった。

「わたしだけだと思うわ。頼りないけど」

彼は妻に腕をまわした。

「きみはよくやってるよ。ヒステリーも起こさないし、冷静だった」

「今夜ベッドにはいったら、わめき出すかもしれないわよ。またベッドが見つかればの話だけど。朝食をとってから、百万マイルも走ってきたみたい」

彼は妻にキスをした。その乾いた唇《くちびる》に二度。それからゆっくりとすわり直した。

「とりあえずガソリンを探そう。ガソリンが手にはいれば、ポルト・ベロへ向かう用意ができる」

彼らが走り去ったとき、三人の兵士は冗談をいい合っていた。

一分ほど走ったあと、ジョンは忍び笑いをもらしはじめた。

「なにを考えていたの？」と妻が訊いた。

「古い黒人霊歌を思いだしてね。こんな歌詞だ――

『顔を隠しに岩まで行った
　すると岩が叫んだ、「ここは隠れる場所じゃない、
　ここらに隠れる場所なんかないぞ」と』」

「憶えてるわ」

「いまのぼくらにぴったりの歌だ。歌詞を全部思いだせたら、きみのために最後まで歌ってあ

げるんだが。歌う気分になればの話だけど」

彼はアクセルをぐっと踏みこんだ。

あるガソリン・スタンドで車を止めた。係員がいっこうに姿を見せないので、ジョン・ウェブは警笛を鳴らした。と、愕然《がくぜん》として、警笛リングからパッと手を離した。まるでレプラ患者の手であるかのように自分の手を見つめる。

「まずいことをした」

ガソリン・スタンドの影になった戸口に係員が姿を現した。ほかにふたりの男が、そのうしろに姿を見せた。

三人は出てくると、車をまわりこんだ。じろじろと見たり、さわったり、手ざわりをたしかめたりしながら。

白昼の光のもと、彼らの顔は焼けた銅のようだった。三人は弾力のあるタイヤにさわり、新しい金属と詰めものの豊潤《ほうじゅん》なにおいを嗅《か》いだ。

「セニョール」とうとうガソリン・スタンドの係員がいった。

「すこしガソリンを入れたいんだ、頼むよ」

「ガソリンは売り切れなんですよ、セニョール」

「でも、タンクの目盛りは満タンじゃないか。ガラス容器の上のほうまではいっているのが見える」

「ガソリンは売り切れなんです」と男。

「一ガロン当たり十ペソ出そう！」

「せっかくですが《グラシアス》、だめです」

「ガソリンが足りないんで、どこへも行けないんだ」ウェブは燃料計をあらためた。「四分の一ガロンも残っていない。車をここに置いて町へ行き、なにができるか調べたほうがよさそうだ」

「車なら見張ってといてあげますよ、セニョール」とガソリン・スタンドの係員。「キーをあずけてくれれば」

「そんなことはできないわ！」とレオノーラ。「できるわけない」

「選択肢はなさそうだ。路上で立ち往生して、やって来るだれかにまかせるか、この男にまかせるかだ」

「おれにまかせたほうがいいですよ」と男。

　ふたりは車を降り、じっと目を注いだ。

「いい車だった」とジョン・ウェブ。

「すごくいい車だ」と男。キーを受けとろうと手をさしだし、「ちゃんと見ときますよ、セニョール」

「でも、ジャック――」

　彼女は後部ドアをあけ、荷物を降ろしはじめた。彼女の肩ごしに、色あざやかな旅行ステッカーが見えた。旅行に明け暮れた歳月《さいげつ》、二十数カ国で最高のホテルに泊まった歳月のあと、いまやすり切れた革にベタベタと貼られて、表面をおおった色彩の嵐だ。

彼女は汗だくになってスーツケースを引っぱった。夫が妻の手を止め、ふたりはしばらく開いたドアと車体のあいだに立って、息をあえがせていた。視線の先には豪華なスーツケースがあり、そのなかには彼らの人生そのものである美しいツイードとウールとシルク、一オンス四十ドルの香水、ひんやりした手ざわりの黒っぽい毛皮、銀色に光るゴルフ・クラブがおさまっていた。二十年の歳月が、それぞれのケースに詰めこまれていた。二十年と、リオ、パリ、ローマ、上海《シャンハイ》で演じてきた五十近い役柄。だが、ふたりがいちばん頻繁に演じてきて、いちばん出来のいい役柄は、裕福で楽天的で、驚くほど幸福なウェブ夫妻、ほほえむ人、サハラという名で知られる、めったにないほどバランスのとれたマティーニをこしらえる人々だった。

「全部は町へ運んでいけない」とジョンがいった。「あとでとりに来よう。あとで」

「でも……」

彼は妻の体をまわして黙らせると、彼女を促《うなが》して道路を歩きはじめた。

「でもあれを置いてはいけないわ。あの荷物を置いてはいけないし、あの車も置いてはいけない！　ねえ、わたしが窓を閉めて車に閉じこもるから、そのあいだ、あなたがガソリンを探しに行くわけにはいかないの？」

彼は足を止め、車のわきに立っている三人の男をちらっとふり返った。車は黄色い陽射しを浴びてまばゆく光っていた。男たちは目をギラギラさせて、女を見つめていた。

「あれが答えだ」彼はいった。「行こう」

「でも、ただ歩き去って、四千ドルの自動車を置いていくなんてだめよ！」彼女は叫んだ。

彼は妻の肘をしっかりとつかみ、静かな決意をみなぎらせて先へ進ませた。

「車は乗って移動するためのものだ。移動できなくなったら、役に立たない。いま、ぼくらは移動しなけりゃいけない。それしかないんだ。ガソリンがなければ、あの車には十セントの価値もない。しっかりした強い二本の脚は、車百台分の値打ちがある。脚を使えばの話だがね。ぼくらはいろんなものを投げ捨てはじめたところなんだ。運ぶものが自分たちの皮しか残らなくなるまで、バラストを捨てつづけるんだよ」

彼は妻をひとりで行かせた。妻はいましっかりとした足どりで歩いており、夫と歩調を合わせるようになった。

「すごく奇妙だわ。すごく奇妙。こんな風に歩くのは何年ぶりかしら」彼女は体の下で動く足を見まもった。過ぎ去っていく道路を見まもり、左右へ動いていくジャングルを見まもり、すたすたと歩く夫を見まもった。やがてその着実なリズムのために催眠術にかかったようになった。「でも、なにごとも一から学びなおせるんだわ」とうとう彼女はいった。

太陽が空を移動し、ふたりは長いこと炎天下の路上を移動した。頭のなかですっかり組み立ててから、夫が考えを口にしはじめた。

「ある意味できみは知っているんだ、芯《しん》まで切りつめればいい、とぼくが考えているのを。いまはたくさんのことを心配する代わりに、たったふたつのことを心配すればいい——きみとぼくのことを」

「気をつけて、車が来るわ——よけたほうが……」

彼らはふり向きかけ、悲鳴をあげて跳《と》びのいた。街道からころがり落ち、身を伏せたまま、時速七十マイルで走り去る自動車を見まもる。歌声がひびき、男たちが笑い声をあげ、手をふりながら絶叫した。車は土ぼこりを巻きあげてみるみるうちに去っていき、カーヴをまわって見えなくなった。何度もダブル・ホーンを鳴らしながら。

彼は妻を助け起こし、ふたりはひっそりとした路上に立った。

「いまのを見た？」

ふたりは、ゆっくりとおさまる土ぼこりを見まもった。

「せめてオイル交換と、バッテリーの点検を忘れないでくれるといいんだけど。ラジエーターに水を入れようと思ってくれるといいんだけど」妻がいって、いったん言葉を切り、「歌っていたわよね？」

彼はうなずいた。ふたりは濛々《もうもう》と巻きあがった土ぼこりに目をしばたたいた。土ぼこりは黄色い花粉のように頭や腕に降りかかった。妻がまばたきすると、そのまぶたからキラキラ光るしずくが何滴か飛ぶのが見えた。

「よせよ」彼はいった。「けっきょく、ただの機械だったんだ」

「あの車、大好きだった」

「ぼくらはいつも、なにごとも好きになりすぎるんだ」

ふたりは歩きだし、割れたワインの瓶を通り過ぎた。またいで越えるとき、それは盛んに湯気をあげていた。

町からそう遠くないところを、妻が前、夫がうしろの縦並びで、うなだれて歩いていると、ブリキがぶつかり、蒸気が吹きだし、水が沸騰《ふっとう》する音がした。ふたりはふり返って、背後の道路を見た。老人の運転する一九二九年型のフォードが、そろそろと路上をやって来るところだった。車のフェンダーはなくなっており、日焼けした塗装はひどく剝《は》がれていたが、老人は威厳たっぷりに運転席についており、汚いパナマ帽の下のその顔は、浅黒く、思慮深げだった。ふたりを目にすると、老人は蒸気をあげる車を寄せた。フードの下でエンジンがガタガタいった。きしむドアをあけながら、老人はいった。

「散歩には向いてない日よりだね」

「助かります」

「なんでもないさ」老人は年季がはいって黄ばんだ白のサマースーツを着て、かなり脂《あぶら》じみたネクタイを、しわだらけの喉にゆるく結んでいた。優雅にお辞儀をして、後部座席に乗る妻に手を貸し、「われわれ男性陣は前に乗ろう」といったので、夫は助手席にすわり、車は蒸気を吹きあげながら走りだした。

「さて。わしの名前はガルシアだ」

ひとしきり紹介と会釈《えしゃく》があった。

「車が故障したのかね？ 助けを求めに行くところかね？」とセニョール・ガルシア。

「ええ」

「それなら、きみたちと修理工を乗せてもどってあげようか」と老人が申し出た。

ふたりは礼を述べ、その申し出を丁重に断ったが、老人はもういちど申し出た。だが、自分の気づかいでふたりが困惑しているとわかると、非常に礼儀正しく話題を変えた。

膝の上にある、折りたたんだ新聞紙の小さな山に触れ、

「きみたちは新聞を読むのかな？　もちろん、読むだろう。でも、わしが読むように新聞を読むかな？　たぶん、わしのやり方に出会ったことはないだろうな。いや、正確にいえば、わしがそのやり方に出会ったわけじゃない。そのやり方が、わしにそうさせたんだ。でも、それがじつに賢明なことだったと、いまではわかっておる。わしはいつも新聞を一週間遅れで手に入れるんだよ。わしらみんな、世間の出来事に関心がある者は、一週間遅れで首都から新聞を手に入れる。こうなると、人はものごとをはっきり考えられるようになるんだ。一週間遅れの新聞をとりあげるとき、人は自分の考えにとても用心深くなるもんだ」

夫妻は話をつづけてくれとせがんだ。

「そうさな」と老人がいった。「そのむかし、首都にひと月ほど住んで、毎日新聞を買っていたころは、愛や、怒りや、いらだちや、欲求不満でいきり立ったものだ。すべての感情が、わしのなかで沸騰していた。わしは若かった。目にはいる記事すべてに怒りをぶつけておった。しかし、そのうち自分のしていることがわかってきた。自分が読むものを鵜呑《うの》みにしているのだ、と。気がついているかね？　きみは買ったその日に印刷された新聞を信じるのではないか

ね？　これはほんの一時間前に起こったことだ――きみはそう考える。真実にちがいない、と」かぶりをふり、「そういうわけで、わしは一歩さがって、新聞を熟成させることをおぼえた。ここ、コロニアみたいな僻地《へきち》じゃ、見出しは縮んで無になっちまう。一週間遅れの新聞――ほら、そうしたければ、唾を吐くことだってできる。かつて愛した女みたいなもんだ。二、三日たったいま見れば、思っていたのとはちょっとちがう。かなり平凡な顔立ち。コップの水くらいの深みしかない」

彼の運転ぶりはおだやかだった。自慢の子供たちの頭に手を載せるように、注意力と愛情をこめてステアリングに手を置いていた。

「そういうわけで、わしは故郷へもどってきて、週遅れの新聞を読んでおる。横目でのぞいて、もてあそぶために」彼は膝の上の一枚を広げ、運転しながらちらちらと目を落としていた。「この新聞はなんと白いのだろう。まるで白痴の子供の心のようだ。かわいそうに、まっ白だよ。こういうからっぽの場所にはなんだって押しこめる。ほら、見えるかね？　この新聞によれば、世界じゅうの明るい色の肌をした人間が死んだそうだ。ばかばかしいにもほどがある。まさにいまこの瞬間、何億という白人男女が昼食なり、夕食なりをとっているだろう。大地は震え、町は崩壊し、人々は『なにもかも失った！』と叫びながら町から逃げだす。隣の村では、いったいなにを叫んでいるのだろう、と住民は首をひねる。なぜかというと、この人たちはこのうえなくすばらしい夜の休息をとったのだから。ああ、なんとずる賢い世界だろう。どんなにずる賢いか、人々にはわからない。彼らにとっては夜か昼かのどちらかだ。噂《うわさ》が飛ぶように広まる。まさに今日の午後、この街道ぞいの小さな村すべてで、わしらのうしろでも前でも、お祭り騒ぎだ。白人は死んだ、と噂はいう。それなのに、ピンピンした白人ふたりといっしょに、このわしは町へはいろうとしている。こんなしゃべり方を気にしないでくれるといいんだがね。きみに話しかけなかったら、フロントのエンジンに話しかけていて、そいつがでっかい音でしゃべり返していただろうよ」

車は町はずれにさしかかった。

「お願いですから」とジョン・ウェブ。「今日、ぼくらといるところを見られると、あなたのためになりません。ここで降ります」

老人は気の進まぬようすで車を止め、「気をつかってくれて、ありがたいかぎりだよ」といった。美しい妻をふり返り、

「若かったころ、わしは突拍子《とっぴょうし》もないアイデアではち切れそうだった。ジュール・ヴェルヌという男が書いた本をフランスからとり寄せて、残らず読んだよ。ほお、彼の名前を知ってるね。夜中に、おれは発明家になるんだと何度も思ったものだ。すべてはむかしの話さ。わしは、しようと思ったことをいちどもしなかった。でも、作りたかった機械のひとつははっきりと憶えておる。あらゆる人間が、一時間のあいだ、ほかの人間のようになるのを助ける機械だ。その機械には色とにおいが詰まっていて、映画館みたいにフィルムを内蔵しているんだ。形は棺《ひつぎ》に似ている。人はそのなかに横たわる。ボタンに触れる。すると一時間のあいだ、寒風に吹きまくられるエスキモーか、馬に乗ったアラブの紳士になれる。ニューヨークの男が感じるものは

なんでも感じられる。スウェーデンの男が嗅ぐにおいはなんでも嗅げる。中国の男が味わうものは、なんでも舌で味わえる。その機械は別の人間のようなものだ――わしの狙いがわかるかね？　ボタンをいろいろと試せば、わしの機械にはいるたびに、人は白人にも、黄色人種にも、黒人にもなれる。ちょっと変わったものになりたければ、子供にも、女にもなれるんだよ」

　夫妻は車を降りた。

「その機械を発明しようとなさったんですか？」

「遠いむかしの話だ。今日まで忘れていた。で、今日考えていたんだ。わしらはそれを役立てられる、わしらにはそれが必要だ、とね。作ろうとしなかったのが残念でならん。いつか、ほかの男が作るだろう」

「いつか」とジョン・ウェブ。

「きみたちと話ができて楽しかった」と老人。「神のご加護を」

「さようなら《アディオス》、セニョール・ガルシア」ふたりはいった。

　車は蒸気を吐きながら、のろのろと走り去った。ふたりは丸々一分間、そのうしろ姿を見送った。それから、なにもいわずに、夫が手をのばし、妻の手を握った。

　ふたりはコロニアという小さな町に徒歩ではいった。小さな商店を通り過ぎる――肉屋、写真屋。人々は立ち止まり、通り過ぎるふたりを見て、見えなくなるまで目を離さなかった。歩きながら、数秒おきに、ウェブは上着の下に手をさし入れ、隠してあるホルスターに触れた。

ひそかに、おずおずと、刻一刻と大きくなるちっぽけな腫《は》れものを手探りする人間のように……。

ホテル・エスポサの中庭《パティオ》は、青い滝の陰にある岩屋《いわや》なみに涼しかった。その庭で籠《かご》にはいった鳥が歌い、足音は小さなライフルの銃声のようにこだました。はっきりと、なめらかに。

「憶えてますか？　何年か前にここに泊まったんですが」ウェブは妻に手を貸して階段を昇らせた。ふたりは涼しい岩屋のなかに立った。青い日陰がうれしかった。

「セニョール・エスポサ」太った男がデスクから出てきて、ふたりに目をすがめたとき、ジョン・ウェブがいった。「ぼくをお忘れですか――ジョン・ウェブを？　五年前――ひと晩カードで遊びました」

「もちろん、憶えておりますとも」セニョール・エスポサは妻にお辞儀し、短く握手した。気まずい沈黙が降りた。

ウェブは咳払いして、

「ちょっと困ったことになりまして、セニョール。今夜だけ泊めてもらえませんか？」

「お宅さまのお金は、ここではいつも歓迎されます」

「つまり、本当に泊めてもらえるんですね？　喜んで前払いしますよ。助かった、ぼくらには休息が必要なんです。でも、それよりも、ガソリンが必要です」

レオノーラが夫の腕を引っぱった。

「忘れたの？　車はもうないのよ」

「ああ、そうか」彼は一瞬黙りこみ、それからため息をついた。「よし。ガソリンのことは気にしないでください。近いうちに首都へ行くバスはありますか？」

「すぐになにもかもご用意します」と支配人がそわそわといった。「こちらへ」

階段をあがっているとき、騒音が聞こえた。庭の外に目をやると、彼らの車が広場をぐるぐると八周するのが見えた。はみ出るほど乗った男たちが、叫んだり、歌ったり、フロント・フェンダーにつかまったり、笑ったりしていた。子供たちと犬たちが車を追いかけて走っていた。

「あんな車を持ってみたいものです」とセニョール・エスポサがいった。

彼はホテル・エスポサの三階にある部屋のなかに立ち、三人分の冷えたワインを注いだ。

「『変化』に」とセニョール・エスポサ。

「それに乾杯」

三人はワインを飲んだ。セニョール・エスポサは唇をなめ、上着の袖《そで》でぬぐった。

「世界の変化を目にすれば、つねに驚かされ、悲しくなるものです。正気の沙汰《さた》ではない、われわれは裏切られた、と人はいいます。信じられない、と。そしていま、そう――あなた方は今夜は安全です。シャワーを浴びて、おいしい夕食をとりなさい。でも、ひと晩以上はお泊めできません。五年前のご親切に報《むく》いるのが精いっぱいです」

「では、明日は？」

「明日ですか？　お願いですから、首都へ行くバスには乗らないでください。あちらの通りでは暴動が起きています。北から来た少数の人々は殺されました。それはなんでもありません。二、三日でおさまるでしょう。しかし、その二、三日が過ぎ、ほとぼりが冷めるまで、あなた方は用心しなければなりません。今日の弱みにつけこもうとするよこしまな人間がたくさんいるんです、セニョール。とにかく四十八時間は、国粋主義の復活を大々的にいい立てて、この人々が権力を掌握しようとするでしょう。利己主義と愛国主義です、セニョール。今日はどちらがどちらか区別がつきません。したがって――あなた方は隠れなければなりません。それが問題です。あなた方がここにおられることは、あと数時間で町じゅうに知られるでしょう。わたしのホテルにとっても危険かもしれません。なんともいえませんが」

「わかります。これだけ助けてもらっただけでも、ありがたいかぎりです」

「ご用があれば、電話してください」セニョール・エスポサはグラスのワインを飲みほした。「この瓶《びん》はあけてしまってください」と彼はいった。

その晩、九時に花火がはじまった。流星花火がつぎつぎと夜空へ舞いあがり、風に乗って炸《さく》裂《れつ》して、炎の建築を作りあげた。それぞれの流星花火は、最高点に達したところで破裂し、赤と白の炎でできた吹き流しを何枚も吐きだした。それは美しい大聖堂のドームに似た形になった。

レオノーラとジョン・ウェブは、明かりのついていない部屋のなか、開いた窓のそばに立って、花火を見物し、喧噪《けんそう》に耳をかたむけていた。夜が更《ふ》けるにつれ、道路という道路、小道という小道から人々が続々と町へ流れこみ、腕を組んで広場をうろつきまわりはじめた。歌ったり、犬のように吠えたり、雄鶏《おんどり》のように時を作ったりしてから、タイル敷きの歩道へ倒れこみ、そこにすわって、笑ったり、首をのけぞらしたりした。いっぽう流星花火が炸裂し、仰向けた顔を極彩色に染めあげた。ブラスバンドが鼓笛《こてき》の演奏をはじめた。

「さて」ジョン・ウェブがいった。「上流の暮らしを数百年つづけたあと、こうなったわけだ。つまり、これが白人の覇権のなごりってわけだよ——お祝いに浮かれる国の三百マイルも内陸のホテル、その暗い部屋にいるきみとぼくが」

「あの人たちの立場からも見なきゃいけないわ」

「ああ、高みにいたときからずっと見てきたよ。ある意味で、彼らがしあわせになったのがうれしいんだ。たっぷりと待たされたんだから。でも、そのしあわせはいつまでつづくんだろう。スケープゴートがいなくなったいま、抑圧をだれのせいにするんだろう？　きみや、ぼくや、ぼくらの前にこの部屋に泊まっていた男ぐらい手ごろで、罪が明らかな人間がいるだろうか？」

「わからないわ」

「ぼくらはとても都合がよかった。先月この部屋に泊まった男、そいつは都合がよかった。そいつは目立っていた。現地人の午睡《シエスタ》の習慣について声高にジョークを飛ばした。片言のスペイン語さえおぼえようとしなかった。おいおい、連中に英語を習わせて、人間みたいにしゃべらせろ、とそいつはいった。飲みすぎたし、この国の女を買いすぎた」彼は言葉を切り、窓辺からさがった。部屋をしげしげと見る。

　ここの家具、と彼は思った。そいつが汚い靴でソファを踏んだところ、そいつが煙草《たばこ》でカーペットを焦《こ》がし、穴をあけたところ。ベッドのそばの壁にある濡れた染み、そいつがなにをしたのか、どうやってしたのかは神のみぞ知るだ。椅子は傷だらけで、蹴とばされた跡がある。ここは彼のホテルでも彼の部屋でもない。借りものなのだ。だから、なにをしてもいいわけだ。そうやって、そのろくでなしは過去百年にわたりこの国を歩きまわった。行商人、商工会議所。そしていま自分たちがここにいる。そいつの兄弟や姉妹に見えるくらいよく似た者たちが。いっぽう彼らは、あちらで使用人パーティーの夜を満喫している。彼らは知らない、あるいは、知っていても考えようとしない。明日には前と変わらず貧しく、抑圧されていることを。機械全体はギアを切り替えたにすぎないことを。

　いまでは眼下のバンドが演奏をやめていた。ひとりの男が、なにか叫びながら、演壇に跳び乗った。空中で山刀《マチエーテ》がひらめき、半裸の体の褐色がきらめいた。

演壇の男はホテルのほうを向き、いまジョンとレオノーラ・ウェブが点滅する閃光《せんこう》からさがった暗い部屋を見あげた。

　男が叫んだ。

「なんといったの？」とレオノーラ。

　ジョン・ウェブが通訳した。

「『いまや世界は解放された』そうだ」

男はわめいた。

ジョン・ウェブがもういちど通訳した。

「『われわれは自由だ！』そうだよ」

男は爪先立ちになり、手枷《てかせ》を打ち壊す仕草をした。

「『われわれを所有する者はない、世界じゅうのどこにもいない』そうだ」

群衆が歓声《かんせい》をあげ、バンドが演奏をはじめた。そして演奏がつづくあいだ、演壇の男は部屋の窓をにらみつけていた。宇宙にありったけの憎悪を目にこめて。


夜通し喧嘩があり、なぐり合いがあり、怒声《どせい》があがり、いい争いがあって、銃声がとどろいた。ジョン・ウェブは目をさましたまま横になり、下でセニョール・エスポサが静かに、きっぱりと、道理をいい聞かせている声を聞いていた。やがて喧噪が退《ひ》いていき、最後の花火が打ち上げられ、最後の瓶が石畳で割られた。

午前五時には空気が暖まってきて、新しい日が明けようとしていた。寝室のドアにかすかなノックがあった。

「わたしです、エスポサです」と声がいった。

ジョン・ウェブはためらった。服を半分だけ着て、睡眠不足でふらつく足で立ちあがると、ドアをあける。

「ひどい夜だ、ひどい夜でした！」セニョール・エスポサが首をふり、静かに笑いながらはいってきた。「あの騒ぎが聞こえましたか？　聞こえた？　あなた方の部屋へあがって来ようとしたんです。わたしが食い止めました」

「ありがとう」まだベッドにいるレオノーラがいって、壁を向いた。

「みんな古い友だちでした。とにかく、彼らとある取り決めをしました。彼らは酒をきこしめし、いい気分だったので、待ってくれることになりました。あなた方おふたりに、ある提案があります」彼は急に決まり悪くなったようだった。窓辺へ行く。「だれもが寝坊しています。起きているのはひと握り。ほんの数人です。広場の反対側にいるのが見えますか？」

ジョン・ウェブは広場を見渡した。褐色の男たちが静かに言葉を交わしているのが見えた。話題は天気、世界、太陽、この町、ひょっとしたらワインだろう。

「セニョール、生まれてからこのかた飢えたことはありますか？」

「いちどだけ、丸一日」

「たったの一日ですか。住む家と乗る車はいつもありましたか？」

「昨日《きのう》までは」

「失業されたことは？」

「ありません」

「兄弟姉妹はみんな二十一歳まで生きられましたか？」

「全員が」

「わたしでさえ」とセニョール・エスポサ。「このわたしでさえ、いまはちょっとだけあなたが憎らしく思えます。なぜなら、家がなかったことがあるからです。飢えたことがあるからです。町の向こうの丘にある墓地に、三人の兄弟とひとりの姉が埋められているからです。みんな九歳になる前に結核で死にました」

セニョール・エスポサは広場の男たちにちらっと目をやった。

「いま、わたしはもう飢えてはいませんし、貧しくもありません。車を持っていますし、元気に生きています。でも、わたしは千人のうちのひとりです。今日、外にいる彼らにあなたはなにがいえますか?」

「なにか考えてみます」

「ずっと前に、わたしは考えるのをやめました。セニョール、われわれはつねに少数派でした、われわれ白人は。わたしはスペイン系ですが、生まれはここです。彼らは大目《おおめ》に見てくれます」

「自分たちが少数派だなんて、考えたこともありませんでした」とウェブ。「いまもその事実になかなか慣れません」

「あなた方のふるまいは立派でした」

「それが美徳ですか?」

「闘牛場でなら、そうです。戦場なら、そうです。こういう事態にあっては、まちがいなくそうです。あなた方は不平をもらさず、いいわけもしない。逃げたり、人に笑われたりするようなことはしない。おふたりとも、とても勇敢だと思います」

ホテルの支配人はのろのろと、力なく腰を降ろした。

「あなた方にここで暮らすチャンスを提供しに来ました」と彼はいった。

「できるものなら、移動しつづけたいんですが」

支配人は肩をすくめた。

「あなた方の車は盗まれました。わたしにはとりもどす手立てがありません。あなた方はこの町を出られない。それなら残って、わたしのホテルで働かないかという申し出を受けなさい」

「ぼくらが旅をする手段はないと思うんですか？」

「二十日後にはあるかもしれません、セニョール。さもなければ二十年後。金も、食べものも、寝泊まりするところもなければ生きていけませんよ。ホテルの仕事をあげますから、そのことを考えなさい」

支配人は立ちあがり、憂鬱《ゆううつ》そうにドアまで歩くと、椅子のわきに立ち、その椅子にかけられたウェブの上着にさわった。

「どんな仕事です？」とウェブがたずねる。

「厨房《ちゅうぼう》の雑用です」支配人はそういうと、目をそらした。

ジョン・ウェブは無言でベッドに腰を降ろした。妻は身動きしなかった。

セニョール・エスポサがいった。

「それが精いっぱいです。それ以上どうしろとおっしゃるんです？　昨日の晩、広場にいる連中はおふたりを出せといいました。山刀《マチエーテ》が見えませんでしたか？　わたしが取り引きしたんです。あなた方は幸運でした。これから二十年間、あなた方をわたしのホテルに雇う。わたしの雇い人だから、わたしが保護するのは当然だ、といってやったんですよ！」

「そんなことをいったんですか！」

「セニョール。セニョール、感謝しなさい！　考えてみなさい！　どこへ行くつもりです？　ジャングルですか？　二時間もしないうちに蛇《へび》に嚙《か》まれて死んでしまいますよ。それに歓迎してくれない首都まで五百マイルも歩けますか？　無理です――あなた方は現実に直面しなければなりません」セニョール・エスポサはドアをあけた。「わたしはまっとうな仕事を提供し、日給二ペソ、プラス食事の標準的な賃金を支払います。わたしのところにいたいですか、それとも正午に友人たちと広場にいたいですか？　よく考えなさい」

ドアが閉まった。セニョール・エスポサは行ってしまった。

ウェブは長いあいだ突っ立って、ドアを見つめていた。

それから椅子まで歩き、ひだのついた白シャツの下にあるホルスターを手探りした。ホルスターはからだった。彼はそれを両手でかかえ、からっぽであることに驚いて目をしばたたき、セニョール・エスポサが通りぬけたばかりのドアにもういちど目をやった。足を運び、ベッドの上、妻のかたわらにすわりこむ。彼女の隣で体をのばし、妻を腕に抱いてキスをした。そしてふたりはそこに横たわったまま、新たな日を迎えて明るくなっていく部屋を眺めていた。

午前十一時、ふたりは部屋の窓にはまった大きな扉をあけ放ち、着替えをはじめた。バスルームには石鹸《せっけん》があり、タオルがあり、ひげ剃《そ》り用具があり、香水さえあった。ミスター・エスポサの用意してくれたものだった。

ジョン・ウェブは入念にひげを剃り、身支度をした。

十一時半、ベッドのそばにある小さなラジオをつけた。こういうラジオなら、ふつうはニューヨークか、クリーヴランドか、ヒューストンの放送がはいる。しかし、空電がはいるだけだった。ジョン・ウェブはラジオを消した。

「帰るところがない——帰ってもなにもない——なにひとつ」

妻はドアの近くの椅子に腰かけ、壁を見つめていた。

「ここに残って、働いてもいい」と夫がいった。

妻はようやく身じろぎした。

「いいえ。そんなことはできないわ、絶対に。できると思う?」

「いや、無理だろう」

「わたしたちにできっこない。とにかく、わたしたちは自分を曲げたりしない。甘やかされているけれど、自分を曲げたりはしないの」

彼はちょっと考えて、

「ジャングルへ逃げてもいい」

「姿を見られずにホテルから出られるとは思えない。逃げようとして、つかまりたくはないわ。そのほうがひどい目にあうから」

夫はうなずいた。

　ふたりともしばらくすわっていた。

「ここで働くのも、そう悪くないかもしれない」と夫。

「なんのために生きるというの？　みんな死んでしまった――あなたのお父さん、わたしの父、あなたのお母さん、わたしの母、あなたの兄弟、わたしの兄弟、友だち全員、なにもかも消えてしまった、わたしたちに理解できるなにもかもが」

　彼はうなずいた。

「でなくとも、その仕事につけば、そう遠くないいつか、男たちのひとりがわたしに手を出して、あなたがその男をつけ狙うようになる。自分でもわかってるでしょう。でなければ、だれかがあなたになにかをして、わたしが仕返しをする」

　彼はまたうなずいた。

　ふたりは静かに言葉を交わしながら、十五分ほどすわっていた。それから、とうとう、彼が受話器をとりあげ、指で架台をカチャカチャやった。

「もしもし《ブェノ》」と回線の向こう側で声がいった。

「セニョール・エスポサですか？」

「はい《シ》」

「セニョール・エスポサ」いったん言葉を切り、唇をなめる。「ぼくらは正午にホテルを発《た》つ、とお友だちに伝えてください」

電話はすぐには答えなかった。やがてため息とともに、セニョール・エスポサがいった。

「仰《おお》せのとおりに。本気なんですね――?」

丸一分のあいだ、電話は沈黙していた。それからまた受話器がとりあげられ、支配人が静かな声でいった。

「広場の反対側でおふたりを待っているそうです」

「そこで彼らに会います」とジョン・ウェブ。

「するとセニョール――」

「そうです」

「わたしを憎まないでください。わたしたちを憎まないで」

「だれも憎んだりしません」

「悪い世の中です、セニョール。どうしてこんなことになったのか、自分たちがなにをしているのか、だれも知りません。あの男たちは、自分たちがなにを怒り狂っているのかわからないんです。自分たちが怒り狂っているということしかわかっていない。あの男たちを許して、憎まないでやってください」

「その人たちのことも、あなたのことも憎みませんよ」

「ありがとう、ありがとう」ひょっとしたら、回線の向こう側の男は泣いているのかもしれなかった。わかるすべはなかった。話し声が大きくとぎれ、呼吸が大きくとぎれた。しばらくしてから彼はいった。「わたしたちは、わけもわからずやっているのです。腹の虫の居所が悪いという以外に理由がなくても、人はなぐり合います。それをお忘れなく。わたしはあなた方の友人です。できるものなら、おふたりを助けたでしょう。しかし、できません。町じゅうを敵にまわすことになります。さようなら、セニョール」電話が切れた。

ジョン・ウェブは沈黙した受話器を握ったまま、椅子にすわっていた。ややあって、ちらっと顔をあげた。すぐ目の前にある物体に目が焦点を結ぶまで、一瞬の間があった。それがはっきりと見えたとき、彼はあいかわらず身動きせず、それにじっと目をこらした。やがて疲れきって皮肉っぽくなった表情が口もとに現れた。

「ここをご覧」とうとう彼はいった。

レオノーラは指さす彼の動きを追った。

ふたりとも彼の煙草を見つめた。彼が電話をしているあいだ、テーブルの端に放置されていたそれが燃えつきて、きれいな木の表面にまっ黒い焦げ跡を作っていた。


正午、太陽が真上にあり、影が足もとに釘づけにされたとき、ふたりはホテル・エスポサの階段を降りはじめた。背後では、竹籠《たけかご》のなかで鳥がさえずり、小さな噴水槽《そう》で水が流れていた。

ふたりはできるだけこぎれいにしていた。顔と手を洗い、爪を掃除して、靴を磨いたのだ。

広場をはさんで二百ヤードのところに、商店のひさしの日陰にはいって、男たちの一団が立っていた。なかにはジャングル地帯から来た原住民もおり、腰にさした山刀《マチエーテ》を光らせていた。全員が広場のほうを向いていた。

ジョン・ウェブは長いあいだ彼らを見つめた。あれは全員じゃない、と彼は思った。あれが国全体というわけじゃない。ただの上っ面だ。肉をおおう薄い皮膚にすぎない。肉体ではまったくないのだ。卵の殻《から》でしかない。故郷の群衆を、暴徒を、暴動を憶えているか？　つねに同じだ、あちらでもこちらでも。数人の狂った顔役が前面に出て、穏健な者たちははるか後方にいる。かかわり合いを避け、成り行きにまかせ、巻きこまれたくないと思っている。多数派は動かない。だからひと握りの者たちがしゃしゃり出て、彼らに代わって動くのだ。

彼はまばたきしなかった。もしあの殻を突き破れたら――きっと薄いぞ！　あの暴徒を説得して通りぬけ、その向こう側にいる穏健な人々のところまで行ければ……できるだろうか？正しいことをいえるだろうか？　声をうわずらさずにいられるだろうか？

彼はポケットを手探りし、くしゃくしゃになった煙草のパッケージと数本のマッチをとりだした。

やるだけやってみよう、と彼は思った。あのフォードの老人ならどういう風にやるだろう？彼のやり方でやってみよう。広場を渡ったら、話しはじめるのだ。必要なら、ささやき声で。もし暴徒のあいだをゆっくりと進めば、ほかの人々のところまで行く道が見つかるかもしれない。そこまで行けば、もう安全だ。

レオノーラが彼と並んだ。あれやこれやにかかわらず、彼女は颯爽《さっそう》としていて、身だしなみがよく、古い服を新しく着こなして、あまりにもはっとさせるので、彼の心は尻ごみし、ひるんだ。気がつくと、彼女をまじまじと見ていた。まるで彼女がその肌の白さと、きれいに櫛《くし》を入れた髪と、きれいにマニキュアをほどこした爪と、まっ赤な口で彼を裏切ったかのように。

いちばん下の段に立ち、ウェブは煙草に火をつけると、二、三回長々と吸いこんでから、煙草を投げ捨て、踏みつぶし、ぺしゃんこになった吸い殻を通りへ蹴り落として、いった。

「さあ行こう」

ふたりは段を降り、広場の反対側へまわりこみはじめた。まだ開いている二、三の商店を通り過ぎる。ふたりは静かに歩いた。

「礼儀正しく相手をしてくれるかもしれないわ」

「そうだといいね」

写真屋の前を通り過ぎる。

「新しい一日。なにが起きても不思議じゃない。そう信じるわ。いいえ——本当は信じちゃいない。口先だけ。しゃべっていないと、歩けなくなるから」

菓子屋の前を通り過ぎる。

「じゃあ、しゃべりつづけるんだ」

「怖いわ」彼女はいった。「わたしたちの身にこんなこと起きるはずがない！　わたしたちは世界で最後の白人なの？」

「最後から二番目かもしれないいな」

ふたりは露天の肉屋《カルネセリア》に近づいた。

ちくしょう！　彼は思った。地平線がどんどん狭くなった。どうしてこうなったのか。一年前、向かう先は四つではなかった。百万の方向があった。昨日それが四つに減った。ファアタラ、ポルト・ベロ、サン・フアン・クレメンタス、ブリオコンブリアに行けた。車があることに満足していた。それからガソリンが手にはいらなくなると、衣服があることに満足し、衣服をとられると、寝泊まりする場所があることに満足した。楽しみをひとつとりあげられるたびに、別のものにすがりついて、慰《なぐさ》めを得たわけだ。ぼくらがひとつのものを手放し、すぐに別のものを握りしめるさまを見たか？　それが人間というものだろう。そうやって連中はいっさいを奪った。もうなにひとつ残っていない。残っているのは自分たちだけ。並んでここを歩き、自分の利益をいやというほど考えている、きみとぼくだけになるまで煮詰められたのだ。そして最後に大事なことは、ぼくからきみを奪うか、きみからぼくを奪うかのどちらかだ、リー。そして連中にはそのどちらもできないだろう。連中はほかのいっさいを手に入れたが、責めるつもりはない。いまとなっては、連中にだってなにもできないのだ。服や装飾品をすべて剝ぎとられれば、残るのはふたりの人間。いっしょにいてしあわせだろうと、不しあわせだろうと、ぼくらは泣きごとをいわない。

「ゆっくり歩くんだ」とジョン・ウェブ。

「そうしてるわ」

「ゆっくりすぎてもいけない。気が進まないように見られる。速すぎてもいけない。さっさと終わらせたがっているみたいに見られる。あいつらを満足させるな、リー、これっぽっちも満足させるな」

「させないわ」

ふたりは歩きつづけた。

「ぼくにさわってもいけない」静かな声で夫がいった。「手を握るのもだめだ」

「ねえ、それくらいは！」

「いや、それもだめだ」

夫は妻から数インチ離れると、しっかりした足どりで歩きつづけた。その目はまっすぐ前を向き、ふたりの歩調は乱れなかった。

「涙が出てきたわ、ジャック」

「だめだ！」わきに目をやらず、食いしばった歯の隙間から、彼はあわてずにいった。「我慢するんだ！　ぼくに逃げてほしいのか？　それがきみの望みなのか？　きみを連れてジャングルへ逃げこみ、あいつらに狩りだされてほしいのか。それがきみの望みなのか、ちくしょう、この通りで倒れこみ、這《は》いつくばって、悲鳴をあげてほしいのか。黙るんだ、ちゃんとやろう。あいつらにはなにもやるな！」

「わかったわ」彼女はこぶしをきつく握り、頭をもたげていった。「もう泣いてないわ。泣いたりしない」

「よし、よし、それでいいんだ」

奇妙なことに、肉屋《カルネセリア》をまだ通り過ぎていなかった。赤い恐怖の光景を左に見ながら、ふたりは熱いタイル敷きの歩道を着実に前進していった。鉤《かぎ》からぶらさがっているものは、蛇行と罪悪のように、良心の呵責《かしやく》と悪夢のように、血まみれの旗と虐殺《ぎやくさつ》された約束のように見えた。ああ、その赤さ、ぬめぬめと赤く、悪臭を放つぶらさがったもの。鉤にかけられ、高く吊された死骸。見慣れないもの、見慣れない肉塊《にっかい》。

その店を通りしな、ジョン・ウェブはなにかに突き動かされて片手を突きだした。高いところに吊された牛のわき腹肉をピシャリとやる。肉の表面をおおい、ブンブンうなっていた青蠅どもが、腹立たしげに舞いあがり、肉の上をぐるぐるまわって色あざやかな円錐《えんすい》を形作った。

前を見据えて歩きながら、レオノーラがいった。

「見ず知らずの他人ばかり！　ひとりも知らないわ。せめてひとりくらい知っていたらよかったのに。せめてひとりくらい、わたしのことを知ってくれていたらよかったのに！」

ふたりはカルネセリアの前を通り過ぎた。ふたりが通ったあと、見るからに不快な赤い牛のわき腹肉が、暑い陽射しを浴びて揺れていた。

肉の揺れが止まったとたん、蝿が舞い降りてきて、マントのように表面をおおい、食事を再開した。

見えない少年

彼女は大きな鉄のスプーンと干《ひ》からびた蛙《かえる》を手にすると、思いきり叩いて蛙を粉々にし、その粉に話しかけながら、ごつごつしたこぶしのなかですばやく擂《す》りつぶした。丸く小さな、鳥を思わせる灰色の目をさっと小屋に向ける。そのたびに小さな細い窓の奥で、まるで散弾銃で撃たれたかのように、頭が引っこんだ。

「チャーリー！」老婆が叫んだ。「出ておいで！　トカゲの魔法をかけて、そんな錆《さ》びたドアの鍵なんかはずしちまうよ！　いますぐ出てくりゃ、地面を揺らしたり、森を火事にしたり、真っ昼間に太陽を沈めたりはしないよ！」

聞こえてくるのは、暖かい山の陽射《ひざ》しが高い針葉樹に当たり、毛のふさふさしたリスが、緑の苔《こけ》におおわれた丸太の上を鳴きながら走りまわり、青い血管の浮き出た老婆の裸足《はだし》のもとで、蟻が細く茶色い列を作って移動している音だけだ。

「二日もそこにいて、腹ぺこなんだろう、まったく！」彼女は荒い息をして、平らな岩をスプーンで叩いた。その拍子《ひょうし》に、ぱんぱんにふくらんだ灰色の魔法袋が腰のところで揺れた。すえたにおいのする汗を流しながら、彼女は立ちあがり、粉々にした蛙の肉を持って小屋まで歩く。「さあ、出ておいで！」ひとつまみの粉を鍵穴にふりかけて、「これでよし、つかまえに行くからね！」と、あえぐようにいった。

クルミ色の手でノブをまわす。まずは右へ、ついで左へ。

「おお、主《しゅ》よ」彼女は抑揚をつけていった。「このドアを大きく開かせたまえ！」

びくともしないので、魔法の粉をもうひとつまみ加え、息を殺した。鱗《うろこ》の生えた怪物でもはいっていないかどうか、こういう万が一のときにそなえて何カ月も前に殺した蛙よりましな魔法の道具がはいっていないかどうか、たしかめようと袋の暗闇をのぞきこんだ。その拍子に、青いしわくちゃのロング・スカートがサラサラと音をたてた。

ドアの向こうに張りついているチャーリーの息づかいが聞こえた。今週のはじめ、家族のみんなは彼を残してオザークとかいう町へ行ってしまったのだ。それで彼は仲間を求め、六マイル近く走って老婆のもとへ来たのだった——彼女はチャーリーのおばだか、いとこだか、なんだかに当たっているのだが、チャーリーは彼女がだれであっても気にしなかった。

だが、二日前、少年がそばにいるのに慣れてしまった老婆は、手ごろな同居人として彼を手もとに置いておこうと決めた。自分の瘦《や》せた肩の骨を針《はり》で突き、三滴の真珠《しんじゅ》のような血を抜きとると、右の肘《ひじ》に吐きかけ、コオロギを踏みつぶすと同時に、「おまえはあたしの息子だ、あたしの息子だ、永久《とこしえ》に！」と叫びながら、左手でチャーリーを引っかいた。

チャーリーは、仰天したウサギのように跳《と》びはねて藪《やぶ》へ逃げこみ、家へ向かった。

しかし、老婆はギンガム模様のトカゲなみにすばしこく動いて、彼を行き止まりに追いつめた。するとチャーリーはこの古い隠者《いんじゃ》の小屋へ逃げこんで、彼女が琥珀《こはく》色のこぶしでドアや窓や節穴《ふしあな》をどんなに叩いても、魔法の儀式の火を焚《た》いて、おまえはもうあたしの息子になったんだといい聞かせても、出てこようとしなかった。

「チャーリー、そこにいるんだろう？」ずる賢そうに光る小さな目でドアの厚板《あついた》に穴をうがちながら、彼女はたずねた。

「ずっといるよ」疲れ切った声で彼がとうとう返事をした。

チャーリーはいまにも地面にぶっ倒れるかもしれない。彼女は希望に胸をふくらませてノブと格闘した。ひょっとしたら、蛙の粉がひとつまみ多すぎて、錠《じょう》がどうかしてしまったのかもしれない。あたしはいつも奇跡をやりすぎるか、やり足りないかなんだ、と彼女は腹立たしげに思った。ちょうどいい具合にいった試しはいちどもない、ああ、いやになる！

「チャーリー、あたしは夜におしゃべりしたり、いっしょに手を火にかざしてくれる仲間がほしいだけなんだよ。朝には薪《たきぎ》をとってきてくれて、忍び寄る朝霧を火口《ほくち》から追い払ってくれる仲間が！　別にとって食おうってわけじゃない。ただいっしょにいてほしいだけなんだよ」音をたてて唇《くちびる》を離し、「ねえ、チャールズ、出てくれば、いろんなことを教えてあげるよ！」

「どんなことを？」と疑わしげな声。

「安く買って高く売る方法を教えてあげる。雪イタチをつかまえて、首を切りおとし、それを尻ポケットに入れて温めておくのさ。わかったかい！」

「へえ」とチャーリーはいった。

彼女は急いで先をつづけた。

「弾丸《たま》をはね返す方法を教えてあげる。そうすりゃ、鉄砲で撃たれても平気だよ」

チャーリーが黙ったままでいるので、彼女はかん高い震えがちなささやき声で秘密を明かした。

「満月の金曜日にワスレナグサの根っこを掘って縫《ぬ》いあわせ、白い絹《きぬ》でつつんで首に巻きつけるんだよ」

「イカレてる」とチャーリー。

「血を止める方法や、動物を身動きできなくさせる方法や、目の見えない馬が見えるようになる方法を教えてあげる、いろんなことを教えてあげるよ！　体の腫《は》れあがった雌牛《めうし》を治したり、山羊《やぎ》の魔法を解く方法を教えてあげる。姿が見えなくなる方法を教えてあげるよ！」

「えっ」とチャーリー。

老婆の心臓は、救世軍のタンバリンのように高鳴った。

ドアノブが向こう側からまわった。

「どうせからかってるんだ」とチャーリー。

「いいや、からかってなんかいないよ」老婆は声をはりあげた。「ああ、チャーリー、おまえを窓ガラスみたいにしてあげる、透《す》かして見えるようにしてあげる。ねえ、チャーリー、自分でもびっくりするよ！」

「ほんとに見えなくなるの？」

「ほんとに見えなくなるよ！」

「ぼくが出ていっても、つかまえない？」

「髪の毛一本さわらないよ」

「じゃあ」彼はしぶしぶいった。「わかったよ」

ドアが開いた。裸足のチャーリーがうなだれて立っていた。

「ぼくを見えなくしてよ」

「まずはコウモリをつかまえないとね」老婆はいった。「探しておいで！」

腹をすかせているチャーリーに老婆はビーフジャーキーをあたえ、彼が木に登るところを見まもった。どんどん高く登っていく。彼の姿を眺めるのはいいことだったし、彼がそばにいるのもいいことだった。もう長いこと、おはようをいう相手は、鳥の糞《ふん》やカタツムリが這《は》った銀色の跡しかなかったのだから。

すぐに翼の折れたコウモリが、ひらひらと木から落ちてきた。老婆はそれをひっつかみ、温かい体をなぐり、磁器のような白い歯のあいだから金切り声をあげさせた。コウモリのあとから握ったこぶしに手を重ね、歓声《かんせい》をあげながら、チャーリーが降りてきた。

その夜、月が香辛料のきいた松笠《まつかさ》をかじるころ、老婆はぶかぶかの青いドレスの下から長い銀色の針をとりだした。興奮とひそかな期待を嚙《か》み殺しながら、死んだコウモリに狙いを定め、冷たい針をしっかりと、しっかりと握る。

どんなに汗を流し、塩と硫黄《いおう》を使っても、奇跡など起きないことは、とっくのむかしにわかっていた。けれども、いつの日か、魔法がききはじめ、真紅《しんく》の花が咲き、銀色の星が輝きはじめるかもしれない。神さまが許してくださって、若い娘のようなピンクの体とピンクの心、温かい体と温かい心をあたえてくれたとわかるかもしれない――むかしからそう夢見てきたのだ。しかし、これまでのところ、神さまは御《み》しるしを示してくださらず、御言葉もかけてくださらなかった。けれど、そのことを知る者は老婆だけだ。

「用意はいいかい?」彼女はチャーリーにたずねた。少年は膝《ひざ》を組んでうずくまり、鳥肌の立った長い腕でかわいい脚を抱きかかえ、口をあけて歯を鳴らしていた。

「いいよ」ぶるっと身震いしながら、チャーリーがささやき声でいった。

「そら!」彼女はコウモリの右目に針を深々と突き刺した。「これでよし!」

「わあ!」チャーリーが悲鳴をあげ、顔を手でおおった。

「さあ、ギンガムでくるんでやるから、ほら、ポケットに入れて、しまっておくんだよ。コウモリやらなにやらをね。やってごらん!」

彼はお守りをポケットにしまった。

「チャーリー!」彼女はおびえたように、かん高い声で叫んだ。「チャーリー、どこにいるんだい? 見えないよ!」

「ここだよ!」彼は跳びあがった。光が赤い縞《しま》となってその体を駆けあがる。「ここだよ、お婆さん!」彼は自分の腕と脚、胸と爪先をじろじろと見まわした。

彼女の目は、まるで戸外の夜気《やき》のなかで飛び交う無数の蛍《ほたる》を眺めているようだった。

「チャーリー、ああ、さっさと行ってしまったのかい! ハチドリなみのすばしっこさだね!

ああ、チャーリー、もどっておいで！」

「でも、ここにいるよ！」彼はべそをかいた。

「どこに？」

「火のそばだよ、火のそば！　それに——自分が見える。どこも見えなくなってないよ！」

老婆は痩せたわき腹をよじった。

「もちろん、自分には見えるさ！　どんな透明人間だって、自分の姿は見えるんだよ。さもなきゃ、食べたり、歩いたり、動きまわったりできないじゃないか。チャーリー、さわっておくれ。さわってくれれば、おまえがいるとわかるから」

チャーリーはおそるおそる手をのばした。

さわられて、彼女はびくっと驚いたふりをした。

「あっ！」

「ぼくを見つけられないってこと？」彼はたずねた。「ほんとに？」

「尻っぺたの半分も見えないよ！」

彼女は目をこらすのに都合のいい木を見つけ、チャーリーに視線が向かないように注意しながら、目を光らせてその木を見つめた。

「おやまあ、こんどばっかりは魔法がききすぎたね！」驚きのため息をつき、「ふー。こんなに速く見えなくなったことははじめてだよ！　チャーリー、チャーリー、どんな気分だい？」

「小川の水みたい——さんざんかきまわされた」

「じきにおさまるよ」

すこし間を置いてから、彼女はつけ加えた。

「さて、これからどうするんだい、チャーリー、姿が見えなくなったからには？」

ありとあらゆる考えが、少年の脳裏をかすめるのがわかった。冒険がつぎつぎと立ちあがり、チャーリーの目のなかで地獄の業火《ごうか》のように躍る。ぽかんとあいた口は、山を吹きわたる風のような自分を想像しているしるしだ。冷たい夢に浸《ひた》ったまま彼はいった。

「小麦畑を突っ走り、雪山に登って、農場から白い鶏《にわとり》を盗むんだ。隙《すき》を見て、ピンクの豚を蹴っ飛ばす。かわいい女の子が寝てたら、脚をつねって、教室でガーターをパチンとやるんだ」

チャーリーは老婆に目をやった。彼女はキラキラ光る目の端で、少年の顔によこしまな考えが浮かぶのをとらえた。

「ほかにもいろんなことをするよ。きっとする、絶対にやるんだ」と彼はいった。

「あたしにはなにもしないでおくれ」と老婆が釘を刺した。「あたしは春の氷みたいにもろいから、手荒にあつかわれると壊れちまうんだ」それから――「おまえの家の人たちはどうするんだい？」

「家の人って？」

「そんな見かけじゃ、家へ帰れないだろう。みんな震えあがっちまう。おまえの母ちゃんなんか、木が倒れるみたいに気絶しちゃうよ。考えてごらん、おまえが家のなかをうろついたら、ぶつかっちまうし、部屋のなかですぐそばにいたって、おまえの母ちゃんは三分置きにおまえを呼ばないといけないんだよ」

チャーリーはそこまで考えていなかった。興奮がおさまったらしく、小声で「ちぇっ」というと、注意深く自分の手足の骨にさわった。

「寂しくてたまらなくなるだろうよ。みんな、おまえを水のはいったグラスみたいに透かして見るし、おまえが足もとにいるなんてわからないから、押しのけちまう。それに女たちは、チャーリー、女たちは――」

彼はごくりと唾を飲んだ。

「女たちがどうしたの?」

「おまえをふり返って見はしないだろうね。それに、姿も見えない男の子にキスされたいなんて思わないだろうよ!」

チャーリーはむきだしの爪先で土を掘りながら考えこんだ。口をとがらせ、

「まあ、とにかく、しばらくは見えないままでいるよ。すこしは楽しまなきゃ。用心すればいいだけの話さ。荷車や馬や父ちゃんの前には出ないようにする。父ちゃんは近くで音がすると鉄砲をぶっ放すから」チャーリーはまばたきした。「ねえ、ぼくが見えないとしたら、いつか父ちゃんに鹿弾《しかだま》をしこたまくらうかもしれないね。庭先に山のリスが来たと思って。うへ……」

老婆は木に向かってうなずいた。

「ありそうなこった」

「まあいいや」彼はゆっくりと心を決めた。「今夜は見えないままでいるよ。明日になったら元どおりにしてね、お婆さん」

「それは身勝手というもんじゃないかね」と老婆が丸太の上の甲虫に向かってこぼした。

「どうして?」とチャーリー。

「だってさ」彼女は説明した。「おまえを見えなくするのは、そりゃあそりゃあ大仕事だったんだよ。術が解けるには、ちょっとばかり時間がかかるんだ。ペンキが剝がれるみたいにね」

「ひどいや!」彼は叫んだ。「あんたがやったんじゃないか! 元にもどしてよ、見えるようにしてよ!」

「お黙り」老婆はいった。「いまに剝げてくるよ、手が一本とか、足が一本とか、いちどにひとつずつ」

「丘のあたりで手が一本だけ見えてたら、どんな風に見えるんだろう!」

「翼が五枚ある鳥が、石やキイチゴの上を飛びまわってるみたいだろうね」

「じゃあ、足が一本だけ見えてたら!」

「小さいピンクの兎が藪を跳び越えるみたいだろうね」

「じゃあ、頭だけ宙に浮いてたら!」

「カーニヴァルの風船に毛が生えたみたいだろうね!」

「全体が元どおりになるのに、どれくらいかかるの?」

丸一年はかかっても不思議はない、と彼女は考えた末に答えた。

彼はうめき声をあげた。すすり泣きはじめ、唇を噛み、こぶしを固めた。

「あんたが魔法をかけたんだ、あんたの仕業《しわざ》だ、あんたのせいだ。もう家に帰れないじゃないか！」

彼女はウインクした。

「でも、ここにいられるよ、坊や、あたしのところで、居心地よくしてられるよ。そしたら、丸々と太らせてあげる」

チャーリーは飛びあがった――

「わざとやったな！　このクソばばあ、ぼくをここに置いときたいんだな！」

彼はたちまち茂みの奥へ走り去った。

「チャーリー、もどっておいで！」

返事はなく、やわらかな黒い芝土に足跡が残り、めそめそと泣く声が聞こえたが、それもすばやく遠ざかっていった。

彼女は待った。それから自分で火を起こした。

「もどって来るさ」と小声でいう。そして内心ではこういった。「これで春から夏の終わりまでいっしょにいる仲間ができた。あの子に飽きて、静かに暮らしたくなったら、家へ帰してやろう」

灰色の曙光《しょこう》が射しそめるころ、チャーリーは音もなくもどってきて、霜《しも》の降りた芝土をそうっと越え、散らばった灰の前で老婆が枯れ枝のように寝ているところまでやってきた。

小川の石に腰を降ろし、彼女をまじまじと見る。

彼女はチャーリーも、その向こうも見ないようにした。彼は音をたてなかったのだから、どうしたら居場所がわかるというのだ？　わかるわけがない。

彼はそこにすわっていた。頬に涙の跡があった。

たったいま目がさめたふりをして——だが、ひと晩じゅうまんじりともできなかったのだ——老婆は立ちあがり、ブツブツいいながら、あくびをして、ぐるっと朝陽のほうを向いた。

「チャーリー？」

視線が松の木から地面へ、空へ、遠くの丘陵へと移った。老婆は彼の名前を何度も呼んだ。まっすぐ彼のほうを見たくてしかたなかったが、思いとどまった。

「チャーリー？　おお、チャールズ！」声をはりあげると、そっくりそのまま、こだまが返ってきた。

彼は急ににやにやしはじめた。自分がそばにいるのに、彼女のほうはひとりきりだと思っているらしい、とわかってきたのだ。ひょっとしたら、秘密の力が大きくなったような気がするのかもしれない。外界から切り離されて安全になった気がするのかもしれない。姿が見えなくなって、ご満悦なのはまちがいない。

彼女は声に出していった。

「あの子はいったいどこにいるんだろう? せめて音をたててくれたら、居場所がわかるから、朝ご飯を作ってやれるのに」

少年が黙ったままなのに痺《しび》れを切らして、彼女は朝食の用意をした。ヒッコリーの枝にベーコンを刺して、焚き火であぶった。

「このにおいがあの子の鼻を引きつけるさ」と彼女はつぶやいた。

老婆が背中を向けている隙に、チャーリーは焼けたベーコンをひとつ残らずくすねて、あわてて貪《むさぼ》りはじめた。

彼女はくるっとふり向いて、「あれま!」と叫んだ。

疑わしげに空き地を見まわし、

「チャーリー、おまえなのかい?」

チャーリーは手首で口のまわりをきれいにぬぐった。

彼女は足早に空き地をまわり、彼を探しているように見せかけた。とうとう、いいことを思いついた。目が見えないふりをして、手探りしながら、まっすぐ彼のほうへ向かったのだ。

「チャーリー、どこにいるんだい?」

稲妻《いなづま》がひらめくように、彼はひょいひょいと頭を動かして、彼女の手を避けた。

追いかけないようにするには、ありったけの意志の力が必要だった。しかし、見えない少年を追いかけるわけにはいかないので、彼女はしかめ面《づら》をし、ブツブツいいながらすわりこみ、ベーコンをもっとあぶろうとした。しかし、焼きあがるたびに、チャーリーが焚き火に忍びより、盗んで遠くへ逃げていく。とうとう、頬をまっ赤にして彼女は叫んだ。

「居場所はわかってるんだよ！　ほら、そこだ！　足音が聞こえるよ！」彼のほうを指さすが、すこしだけ狙いをそらしておく。チャーリーはまた走った。「こんどはそこだ！」彼女は叫んだ。「そこだ、そこだ！」つぎの五分にわたり、彼がいる場所をかたっぱしから指さした。「聞こえるんだよ。ほら、草の葉を踏んだ。花にぶつかった。小枝を折った。あたしの耳は貝殻《かいがら》みたいによく聞こえて、薔薇《ばら》のように繊細なんだ。星が動く音だって聞こえるよ！」

彼は無言で松林のなかへ走っていった。その声が尾を引くように遠ざかっていく。

「岩にすわったら、なんにも聞こえないよ。すわってるだけならね！」

おだやかな風のなか、身動きせずに口をつぐんだまま、チャーリーはその見晴らしのいい岩の上に一日じゅうすわっていた。

老婆は深い森にはいって薪を集めた。彼の視線が背すじを這いまわっているのが感じられた。彼女はこう口走りたかった——「ああ、見えるよ、見えるよ！　姿が見えないなんて、おまえをだましてただけさ！　おまえはそこにいるよ！」と。だが、苦いものを飲みくだし、その言葉をしっかりと封じこんだ。

あくる朝、彼は意地の悪いことをはじめた。木陰からパッと飛びだしては、ヒキガエルの顔、蛙の顔、蜘蛛《くも》の顔を真似てみせたのだ。唇を指で押しさげ、ぎょろ目をむき、鼻の穴を押しあげて、そのなかをのぞけ、考えている脳味噌が見えるようにしたのだ。

いちど彼女は焚きつけを落とした。しかし、カケスに驚かされたふりをした。

彼は老婆の首を絞める真似をした。

彼女は身をわななかせた。

彼はつぎに老婆の向こうずねを叩いて、頬に唾を吐きかける真似をした。

そんなことをされても、彼女はまぶたをぴくりともさせず、口を引きつらせもしなかった。

彼は舌を突きだし、下品な音をたてた。やわらかい耳をぴくぴく動かした。それで老婆は吹きだしそうになり、とうとう笑い声をあげて、「イモリの上にすわっちまった！　うひゃあ、くすぐったい！」と、あわてていいわけした。

昼ごろ、彼の常軌《じょうき》を逸《いっ》した行動は頂点に達した。

というのも、まさにそのとき、チャーリーが素っ裸で谷を駆けてきたからだ！

老婆はショックのあまり、ばったりと倒れそうになった！

「チャーリー！」危うく叫ぶところだった。

チャーリーは丸裸で丘の斜面を駆けのぼり、丸裸で反対側をくだった——昼間のように丸裸、月のように丸裸、太陽と生まれたてのひよこのように丸裸。ちらちらと光る足は、低く飛ぶハチドリの翼のようにすばしこい。

老婆の舌は口のなかで固まった。いったいなにがいえるだろう？　チャーリー、服を着なさい、か？　恥ずかしいでしょう、か？　やめなさい、か？　いえるだろうか？　ああ、チャーリー、チャーリー、やめなさい！　いまそんなことをいえるだろうか？　ああ。

大きな岩の上で踊っている彼が見えた。生まれた日のままに一糸《いっし》もまとわず、むきだしの足を踏み鳴らし、両手で膝をぴしゃりと叩いて、サーカスの風船をふくらませたりしぼませたりするように、白いお腹《なか》を突きだしたり、引っこめたりしている。

彼女は目をぎゅっとつむって、祈った。

三時間もこれがつづくと、彼女は泣いて頼んだ。

「チャーリー、チャーリー、ここへおいで！　話があるんだ！」

落ち葉のように彼はやってきた。ありがたいことに、また服を着て。

「チャーリー」松の木立を見ながら、彼女はいった。「右の爪先が見えるよ。ほら、そこに」

「見えるの？」

「ああ」老婆はひどく悲しげにいった。「角《つの》のあるヒキガエルが草の上にいるみたいだ。それにほら、左の耳が、ピンクの蝶々みたいに宙に浮いてるよ」

チャーリーは小躍りした。

「元にもどってる、元にもどってるんだ！」

老婆はうなずいた。

「ほら、こんどは足首だ！」

「両足とも見えるようにしてよ！」チャーリーが命じる。

「もう見えてるよ」

「手はどうなのさ？」

「片方の手が、おまえの膝の上をガガンボみたいに這ってるね」

「もう片方は？」

「そっちも這ってるね」

「胴体は元にもどった？」

「ちゃんと元どおりになったよ」

「頭がないと家へ帰れないよ、お婆さん」

家へ帰るだって、と彼女は気弱に思った。

「いいや」意固地になり、腹を立てて彼女はいった。「いいや、頭は元にもどってない。頭はすこしも見えてないよ」彼女は叫んだ。これだけは最後までとっておくのだ、「頭はもどってない、もどってないよ」彼女はいいはった。

「頭は見えないの？」彼はべそをかいた。

「あれま、なんてこった、見える、見えるよ、カボチャ頭が見えてきたよ！」彼女は嚙みつくようにあきらめの言葉をいった。「さあ、目に針を刺したコウモリを返しておくれ！」

チャーリーはコウモリを彼女に投げつけた。

「ヒャッホー！」喜びの声が谷間にひびき渡り、彼が家へ向かって走っていったあとも、こだまがいくつも行き交っていた。

やがて彼女は疲れきった体で焚きつけを拾いあげ、ため息をつき、ひとりごとをいいながら、自分の掘っ立て小屋にもどりはじめた。するとチャーリーがずっとあとをついてきた。いまは本当に見えなくなっているので、姿は見えず、音がするだけだった。松笠が落ちる音や、深い地下水流がちょろちょろと流れる音や、リスが木の枝をよじ登る音に似た音が。そして夕暮れどきに彼女とチャーリーが火のそばにすわり、彼はまったく目に見えず、ベーコンをやっても食べようとしないので、彼女が自分で食べ、それからいくつか魔法をかけて、チャーリーといっしょに眠りに落ちた。棒切れとボロと小石でできているが、それでも温かい彼女自身の息子が、母親の腕に揺られて、すやすやと眠っていた……そしてふたりは眠たげな声で楽しいことを語りあった。やがて夜明けが近づき、焚き火がゆっくりと、ゆっくりと衰えていった……。

夜の邂逅《かいこう》

青い山々へはいる前に、トマス・ゴメスは給油のため、人里離れたガソリン・スタンドに寄った。

「この辺はずいぶんと寂しそうだね、おやっさん」とトマスはいった。

老人は小さなトラックのフロントガラスを拭《ふ》き、

「そう悪くないよ」

「火星は好きかい、おやっさん？」

「申し分ないね。いつも目新しいものがある。去年ここへ来たとき、わしは心を決めたんだ。もうなにも期待しない、なにも求めない、なんにも驚かない。地球や、むかしのことは忘れなきゃいかん。自分たちがここにいて、むかしとはちがうってことに向きあわなきゃいかん、とね。天気ひとつとっても、面白いことはたくさんある。なにしろ火星の天気なんだから。昼間は恐ろしく暑いのに、夜は恐ろしく寒いんだ。地球とはちがう花やら、ちがう雨やらが面白くて仕方がないんだ。わしは隠居しようと思って火星へ来た。なにもかもがちがう場所で隠居したかったのさ。年寄りにはちがったものが必要なんだ。若い連中は年寄りと話したがらないし、年寄り同士はおたがいに飽き飽きしてる。だから、いちばんいいのは、なにからなにまでちがっているので、目をあけるだけで楽しいって場所へ行くことだと思ったんだよ。それで、このガソリン・スタンドを手に入れた。商売繁盛ってことになったら、どっかそんなに忙しくない、ほかの古い街道へ引っこむつもりだよ。食い扶持《ぶち》くらいは稼げるけど、ここのちがってるものを感じる暇があるところへね」

「そいつはいい考えだね、おやっさん」

褐色の手をなんとなくステアリングに置いてトマスがいった。彼は上機嫌だった。新しい入植地のひとつで十日間ぶっ通しで働いて、ようやく二日の休みをとり、あるパーティーへ出かける途中だったのだ。

「わしはもうなんにも驚かん」と老人。「眺めるだけ。経験するだけさ。もしありのままの火星を受け入れられないんなら、地球へ帰ったほうがいい。こっちじゃなにもかもがイカレてる。土も、空気も、運河も、原住民も（そうはいっても、まだ会ったことはないんだ。この辺にいるそうだが）、時計も。わしの時計さえおかしなふるまいをするんだ。こっちじゃ時間さえイカレてるんだよ。ときどきひとりぼっちになった気がする、この惑星のどこを探しても、ほかにだれもいないんだ、ってね。本気でそう思うんだよ。ときどき八歳くらいの子供になった気がする。体が縮んで、ほかのなにもかもが大きくなったみたいに。いやはや、ここは年寄りにはうってつけの場所だよ。いつも気が張っていて、しあわせな気分でいられる。火星がなにか、知ってるかい？　七十年前のクリスマスにもらったプレゼントに似てるんだ――あんたが持ってたかどうかは知らんが――そいつは万華鏡と呼ばれてた。ガラスと、布きれと、ビーズと、きれいなガラクタでできてててね。陽にかざして、なかをのぞくと、息を呑むことになる。いろんな模様が現れるんだよ！　そう、それが火星さ！　火星を楽しみな。火星は火星だ。ほかのものになってくれなんて頼んじゃいけない。ほら、火星人の作ったその街道は、千六百年もたったのに、まだどこも傷《いた》んじゃいないだろう？　はい、お代は一ドル五十セント。毎度あり、ついでにお休み」

トマスは忍び笑いをもらしながら、古代の街道を走り去った。

道は蜿蜒《えんえん》と暗闇と丘陵のなかへのびており、彼はステアリング・ホイールを握りながら、ときおりランチ・ボックスに手を入れて、キャンディーをつまんだ。一時間ほどひたすら進んできたが、路上にはほかの車も明かりもなく、車体の下を流れていく道路と、ブーンという低い音や轟音《ごうおん》、ひっそりと静まりかえった火星があるだけだった。火星はつねに静かだが、今夜はいつにもまして静かだった。砂漠と干《ひ》あがった海がわきを過ぎていき、山々が星空を背に浮かびあがった。

今夜は空気に時間のにおいがあった。彼は笑みを浮かべ、心のなかの空想に向きあった。こんな考えが浮かんだ。時間はどんなにおいがするのだろう？　塵《ちり》や時計や人々のようなにおいだろうか。時間はどんな音がするのだろう？　暗い洞窟《どうくつ》を流れる水や、泣き叫ぶ声や、からっぽの箱のふたに落ちる土や、雨の音に似ているのだろうか。そして、さらにいえば、時間はどんな風に見えるのだろう？　黒い部屋に音もなく降りこむ雪のように見えるのだろうか、大むかしの映画館にかかったサイレント映画のように見えるのだろうか、新年を祝う風船のようにひたすら無へと落ちていく、千億の顔のように見えるのだろうか。時間はそんな風なにおいがして、そんな風に見え、そんな風に聞こえるのだ。そして今夜——トマスはトラックの外に手を出して風に当てた——今夜は時間に触れられそうだ。

彼は時間の山々を縫《ぬ》ってトラックを走らせた。首がチクチクと痛み、すわり直して、前方に目をこらした。

死滅した火星人の小さな町に乗り入れ、エンジンを止めた。すると周囲に静寂がたれこめた。彼は息を殺してすわったまま、月明かりを浴びた白い建物を見渡した。何百年も住民がいないのだ。完璧で、欠点ひとつない廃墟。そう、廃墟だが、にもかかわらず完璧なのだ。

エンジンをかけ、さらに一マイルほど走ってから、もういちど車を止めて、ランチ・ボックスをさげて車を降り、小さな崖まで歩いていく。そこから、先ほどのほこりまみれの町をふり返ることができた。彼は魔法瓶《びん》をあけ、コーヒーをカップに注《つ》いだ。夜の鳥が一羽、飛んでいった。とてもいい気分で、心安らかだった。

五分ほどあとだろうか、物音がした。丘陵の彼方《かなた》、古代の街道がカーヴしているあたりに動くものがあり、ほの暗い光が現れ、ついでつぶやくような音。

トマスはコーヒー・カップを手にしたまま、ゆっくりとふり向いた。

すると丘陵からおかしなものが出てきた。

それは翡翠《ひすい》の緑色をした昆虫、祈っているカマキリに似た機械だった。冷たい空気をかき分けて、そろそろと進んで来る。無数の緑のダイヤモンドが胴体一面でぼんやりとまたたいており、複眼の目には赤い宝石が輝いている。六本の脚が古代の街道を踏むたびに、やみかけた雨がまばらに落ちるような音がして、その機械の背中から、目の代わりに溶けた黄金をそなえた火星人が、まるで井戸をのぞきこむようにして、トマスを見おろした。

トマスは片手をあげ、無意識のうちに「ハロー!」と思ったが、唇《くちびる》は動かさなかった。なにしろ、相手は火星人なのだから。しかし、トマスは地球で見知らぬ者たちと川で泳いだことがあり、路上では見知らぬ者たちとすれちがい、見知らぬ人々と見知らぬ青い川で食事をしたことがあり、武器はつねに笑顔だった。銃は持っていなかった。そしていま、銃が必要だと感じなかった。たとえいまこの瞬間は、心臓のまわりにかすかな不安が集まっていても。

火星人の手もからっぽだった。一瞬、ふたりは冷たい空気をはさんで見つめあった。

先に行動に出たのはトマスのほうだった。

「ハロー!」と声をかける。

「ハロー!」火星人も自分の言葉で声をかけた。

ふたりとも、おたがいの言葉がわからなかった。

「ハローといったのかい?」両者がたずねた。

「なんといったんだい?」それぞれが異なる言葉でいった。

ふたりは顔をしかめた。

「きみはだれだい?」トマスが英語でいう。

「ここでなにをしている?」と火星語で。見知らぬ者の唇が動いた。

「どこへ行くんだ？」ふたりはいい、途方に暮れた。

「トマス・ゴメスって者だ」

「わたしはムーへ・カ」

どちらも相手の言葉がわからなかったが、そういいながら胸を叩くと、意味が明らかになった。

そのとき火星人が笑いだした。

「待ってくれ！」

トマスは頭に触れられたような気がした。ところが、触れた手はなかった。

「よし！」と火星人が英語でいった。「これで話が通じる！」

「おれの言葉をまたえらく早くおぼえたな！」

「おぼえてないよ！」

新たな沈黙にまごつきながら、ふたりはトマスが握っている湯気の立つコーヒーカップを見た。

「ちがうものかな？」トマスとコーヒーに目を向けながら火星人がいった。おそらく両方のことをいったのだろう。

「一杯どうだい？」とトマス。

「遠慮なく」

火星人は機械からするりと降りた。

ふたつ目のカップがとりだされ、湯気をたてるコーヒーが注《つ》がれた。トマスがそれをさしだした。

ふたりの手が出会い――霧のように――おたがいをすり抜けた。

「イエス・キリストさま！」トマスは叫び、カップを落とした。

「神々の名にかけて！」火星人が自分の言葉でいった。

「いま起きたことを見たか？」ふたりともささやき声でいう。

彼らはぞっとして震えあがった。

火星人が身をかがめてカップに触れようとしたが、どうしても触れられない。

「なんてこった！」とトマス。

「たしかに」火星人は何度もカップをつかもうとしたが、つかめなかった。背すじをのばし、一瞬考えてから、ナイフをベルトからはずす。

「おい！」トマスが叫んだ。

「誤解しないで。ほら、つかんでくれ！」火星人はそういうと、ナイフを放った。トマスは両手で椀《わん》を作って受けとめようとした。ナイフは彼の肉体をすり抜け、地面に当たった。トマスは身をかがめて拾おうとしたが、ナイフに触れることができず、ぶるっと身震いしながらあとずさりした。

と、空を背にした火星人に目をやり、

「星だ！」といった。

「星だ！」火星人のほうもトマスを見ていった。

火星人の肉体の向こう側で、星々がくっきりと白く輝いていた。そしてゼラチン質の海魚《かいぎょ》の薄い、燐光《りんこう》を放つ膜に呑みこまれた火花のように、火星人の肉体に縫いこまれていた。火星人の下腹部や胸のなかに、スミレ色の目のようにまたたく星々が見え、手首を透《す》かして宝石のような星々が見えた。

「透けて見える！」トマスがいった。

「きみも透けて見える！」と、あとずさりしながら火星人。

トマスは自分の体にさわり、温もりを感じて安心した。おれは現実だ、と彼は思った。

火星人が自分の鼻と唇にさわった。

「わたしには肉体がある」彼はなかばひとりごとのようにいった。「わたしは生きている」

トマスは見知らぬ者をまじまじと見た。

「このおれが現実なら、あんたは死んでるにちがいない」

「いや、きみのほうだ！」

「幽霊！」

「亡霊！」

ふたりはおたがいを指さした。その手足のなかで星明かりが、短剣か氷柱《つらら》か蛍《ほたる》のように輝いていた。やがてふたりは、またしても自分の手足にさわってたしかめ、自分は無傷だし、体は温かく、興奮し、唖然とし、恐れおののいているのに気づいた。それに引き替え、あっちのもうひとりは、そう、現実のものではない。遠い星々の光をためて光っている亡霊のようなプリズムなのだ。

おれは酔っ払ってるんだ、とトマスは思った。明日になっても、この話はだれにもしないぞ、そう、話すもんか。

ふたりは大むかしの街道に立っていた。どちらも身動きしなかった。

「どこから来たんだい？」とうとう火星人が訊いた。

「地球だよ」

「それはなんだい？」

「あそこだよ」トマスは顎《あご》で空を示した。

「いつ？」

「一年ちょっと前に着陸した。憶《おぼ》えてるだろう？」

「いいや」

「それに、あんたたちは死に絶えたんだ。ほんのひと握りをのぞいて。あんたは数すくない生き残りなんだ、知らないのか？」

「そんな話は嘘だ」

「いや、死に絶えたんだ。死体を見た。部屋のなかで、家のなかで、まっ黒になって死んでいた。何千人も」

「ばかげている。われわれは生きているぞ！」

「ミスター、あんたたちは侵略された。あんたが知らないだけだ。あんたは逃《のが》れたにちがいない」

「逃れたことなどない。逃れる必要がない。なにをいいたいんだ？　わたしはいま、エミオール山脈の近くにある運河の祭りへ行く途中だ。昨夜《ゆうべ》もそこへ行った。あそこの都市が見えないのか？」火星人は指さした。

トマスが目をやると、廃墟が見えた。

「なあ、あの都市は何千年も前に滅んだんだ」

火星人が笑い声をあげ、

「滅んだだって？　わたしは昨日《きのう》あそこで眠ったんだ！」

「一週間前も、その前の週もあそこへ行ったし、ついさっき通りぬけてきたけど、瓦礫《がれき》の山だ。折れた柱が見えるだろう？」

「折れただって？　おやおや、わたしには申し分ないように見える。月明かりのおかげでよく見えるんだ。柱はちゃんと立っているよ」

「通りは土ぼこりがたまってる」とトマス。

「通りはきれいだ！」

「運河は干あがってる」

「運河はラヴェンダー・ワインがあふれている！」

「死んでるよ」

「生きている！」火星人は笑い声を大きくしながら反論した。「ああ、きみはまるっきりまちがっている。あのお祭りの明かりが見えないのかね？　女性のようにすらりとした美しいボートがあり、ボートのようにすらりとした美しい女性、砂の色をした女性、火の花を手にした女性がいる。あそこの通りを走っている姿が小さく見える。これからあそこへ行くんだ、お祭りへ。ひと晩じゅう舟遊びをするつもりだ。歌って、飲んで、愛を交わすんだ。それが見えないのかね？」

「ミスター、あの都市は干からびたトカゲなみに死んでるよ。うちの連中のだれにでもいいから訊いてみな。おれのほうは、今夜グリーン・シティへ行く途中なんだ。おれたちがイリノイ・ハイウェイの近くに築いたばかりの新しい入植地だよ。あんたはこの町と混同してるんじゃないか。おれたちは百万ボード・フィート分のオレゴン産材木と、二十四トンの上等の鉄釘《てつくぎ》を持ちこんで、見たことがないほどすてきな小さな町をふたつ、ハンマーで組みあげたんだ。今夜はその片方でお祝いでね。二台のロケットが地球からやって来るところなんだよ。女房やガールフレンドを運んでね。ダンスをして、ウィスキーを飲んで――」

火星人はいまや胸騒ぎをおぼえていた。

「その町はあっちにあるというのかね？」

「ロケットがある」トマスは丘の端まで火星人を連れていき、下を指さした。「見えるだろう？」

「いいや」

「おいおい、あそこだよ！　あの長い銀色のもの」

「見えないな」

こんどはトマスが笑い声をあげた。

「あんた、目が見えないんだ！」

「とてもよく見えるよ。見えないのはきみのほうだ」

「でも、新しい町は見えないんだろう？」

「海しか見えないな。ちょうど引き潮《しお》だ」

「ミスター、その海は四千年前に蒸発しちまったんだよ」

「ああ、いい加減にしたまえ、もうたくさんだ」

「本当なんだ、本当なんだってば」

火星人はひどく真剣な顔つきになった。

「もういちど教えてくれ。きみには、わたしがいうようには都市が見えないんだね？　まっ白な柱、すらりとしたボート、祭りの明かり――ああ、あんなにはっきりと見えるのに！　そして耳をすましてごらん！　歌声が聞こえる。すぐそばで」

トマスは耳をすまし、かぶりをふった。

「聞こえないね」

「いっぽうわたしは」と火星人。「きみのいうものが見えない。さて」

ふたたび彼らは寒気《さむけ》をおぼえた。氷が体にはいりこんでいた。

「まさか、そんなことが……？」

「というと？」

「きみは『空から』といったね？」

「地球からだ」

「地球、それはただの名前だ」と火星人。「だが……一時間前、峠《とうげ》にあがったとき……」彼は自分のうなじに触れた。「感じたんだ……」

「寒気を？」

「そうだ」

「で、いまは？」

「また寒気がする。奇妙だ。明かりに、山々に、道路におかしなところがあった」と火星人。「異様なものを感じた。道路にも、明かりにも。そして一瞬、この世界に生きている最後の人間になった気がした……」

「おれもだ！」とトマス。旧友に打ち明け話をするようだった。その話題で、温かいものが通《かよ》いあったのだ。

火星人は目を閉じてから、また開いた。

「とすれば、意味するところはひとつしかない。それは時間に関係がある。そう。きみは過去の幻影なのだ！」

「いいや、そっちこそ過去から来たんだ」と地球人。いまになって思いあたる節《ふし》があったのだ。

「きみは自信たっぷりだね。だれが過去から来て、だれが未来から来たか、どうすれば証明できるのだね？　いまは何年なんだ？」

「二〇〇一年だ！」

「それがわたしにとってなんの意味がある？」

　トマスは考えこんで、肩をすくめた。

「なにも」

「わたしがきみに、今年はSEC四四六二八五三年だというようなものだ。意味がないなんてものじゃない！　星々の位置を示す時計はどこにあるんだ？」

「でも、廃墟が証明してる！　このおれは生きていて、あんたは死んでいるってことの証《あかし》だ！」

「わたしの全身全霊が、それを否定する。わたしの心臓は鼓動し、胃袋は空腹を訴え、口は渇きをおぼえるのだ。いや、いや、死んではいないし、生きてもいない、ふたりとも。強《し》いていえば生きているのだが、生と死のあいだにとらわれている、といったほうが近いだろう。夜、ふたりの見知らぬ者がすれちがう、そういうことだ。ふたりの見知らぬ者がすれちがう。廃墟といったね？」

「ああ。怖いのかい？」

「未来を見たがる者がいるかね、そんなことをしたがる人間が？　人は過去に向きあえる。だが、考えてみたまえ——柱が崩壊しているといったね？　そして海はからっぽで、運河は干あがり、乙女《おとめ》たちは亡くなり、花は萎《しお》れたと?」火星人は黙りこんだが、やがて前方を見つめ、「だが、それらはあるんだ。わたしには見える。わたしにはそれでじゅうぶんではないだろうか? いまわたしを待っている。きみがなんといおうと」

そしてトマスにすれば、はるか彼方でロケットが、そして町と地球から来た女たちが彼を待っているのだ。

「意見が一致しそうにないな」と彼はいった。

「意見が一致しないという点で意見を一致させよう」と火星人。「ふたりとも生きているのなら、どちらが過去で、どちらが未来かは重要ではない。起きることは、明日か一万年後にはかならず起きるのだから。その神殿が、いまから百世紀あとの、きみたち自身の文明の崩壊した神殿ではないとどうしてわかる? きみにはわからない。それなら、なにも訊かないことだ。しかし、夜はとても短い。空には花火があがり、鳥が飛んでいる」

トマスは手をさしだした。火星人も真似して同じようにした。

ふたりの手は触れあわなかった。おたがいをすり抜けた。

「また会えるかな?」

「さあね。ひょっとしたら、また別の夜に」

「あんたといっしょにその祭りへ行きたいな」

「そしてわたしは、きみの新しい町へ行き、きみが話してくれたその船とやらを見て、その男たちに会い、いろいろな話を聞いてみたいものだ」

「さよなら」とトマス。

「お休み」

火星人は緑の金属の乗りものにまたがり、静かに丘陵の奥へ去っていった。地球人はトラックを方向転換させ、音もなく反対方向へ進ませた。

「いやはや、なんて夢だったんだ」トマスはため息をついた。ステアリングを握り、ロケットや、女たちや、生《き》のウィスキーや、フォークダンスや、パーティーのことを考えながら。

なんと奇妙な幻だったのだろう、と先を急ぐ火星人は思った。祭りや、運河や、ボートや、金色の目をした女たちや、歌に思いをはせながら。

夜は暗かった。月は沈んでいた。星明かりが、いまや音もなく、車もなく、人影もなく、なにもない、がらんとした街道の上できらめいていた。そして冷たく暗い夜が明けるまで、その光景は変わらなかった。

狐と森

着いたその日の夜に花火があがった。もっと恐ろしい別のものを連想させるので、怖がって当然だったのかもしれない。だが、このロケットは美しく、古くからつづくメキシコの夜空へするすると昇っていき、星々を揺さぶって青や白の破片に変えた。なにもかもがため息が出るほどすばらしく、あたりは死者と生者《せいじゃ》のにおい、雨と土ぼこりのにおい、教会の薫香《くんこう》と野外ステージのチューバが放つ真鍮《しんちゅう》のにおいが入り交じっていた。そのチューバは「ラ・パロマ」の悠然たるリズムを打ちだしている。教会のドアはあけ放たれ、あたかも巨大な黄色い星座が十月の空から降りてきて、教会の壁に張りついて炎を吐きだしているかのようだ。無数の蠟燭《ろうそく》が、色づいた煙を周囲に送りだしているのである。つぎつぎと趣向の変わる花火が、綱渡りをする彗星のように冷たいタイル敷きの広場を急いで横切り、日干《ひぼ》し煉瓦《れんが》造りのカフェの壁にぶつかったかと思うと、熱い電線を駆けのぼって、教会の高い塔に打ちかかった。その塔のなかに見えるのは少年たちの素足だけで、途方もなく大きな鐘《かね》を蹴りまくり、左右にかたむけては、途方もない音楽を奏《かな》でていた。火のついた雄牛《おうし》が広場をのし歩き、哄笑《こうしょう》する男たちや、悲鳴をあげる子供たちを追いまわしている。

「一九三八年か」笑いさざめく人ごみの端に妻と並んで立っているウィリアム・トラヴィスが、ほほえみながらいった。「いい年だ」

雄牛がふたりめがけて突進してきた。夫婦は身をかわし、火の粉《こ》を浴びて走りだした。音楽と人だかりの前を過ぎ、教会と楽隊の前を過ぎ、星空のもと、手をとり合い、笑い声をあげながら。雄牛が追い越していった。それは竹造りのハリボテに硫黄《いおう》火薬の松明《たいまつ》をつけたもので、突進するメキシコ人が軽々と担いでいるのだった。

「こんなに楽しいのは生まれてはじめて」スーザン・トラヴィスは立ち止まって息をととのえていた。

「まったくだ」とウィリアム。

「まだつづくんでしょう？」

「ひと晩じゅうさ」

「ううん、わたしたちの旅のことよ」

彼は眉間《みけん》にしわを寄せ、胸ポケットを軽く叩いた。

「生きているうちに使いきれないほどのトラヴェラーズ・チェックがある。楽しむんだ。忘れるんだよ。見つかりっこないさ」

「絶対に？」

「絶対に」

いまはだれかが大きな爆竹《ばくちく》に火をつけて、巨大な鐘楼《しょうろう》から放り投げていた。教会はパチパチいう煙につつまれ、いっぽう下にいる群衆は降ってくる脅威から退《しりぞ》き、その踊る足や揺れる体のあいだで、爆竹がすさまじい勢いで炸裂《さくれつ》した。トルティーヤを揚《あ》げる、よだれの出そうなにおいが周囲にたちこめており、カフェではテーブルについた男たちが、褐色の手にビールのジョッキを握って外を眺めていた。

雄牛が死んだ。竹筒の火が消えて、力つきてしまったのだ。担ぎ手がハリボテを肩からはずした。みごとな紙張り子の頭や、本物の角《つの》にさわろうと、小さな男の子たちが群がった。

「あの牛を見にいこう」とウィリアムがいった。

カフェの入口を通りしな、スーザンはこちらを見ている男に気がついた。純白のスーツをまとい、青いネクタイを締め、青いシャツを着た白人だ。痩《や》せぎすで、陽《ひ》に焼けた顔。髪は癖のないブロンドで、目は青い。そして歩いているふたりを目で追っていた。

その男の染みひとつない肘《ひじ》のあたりに瓶《びん》が並んでいなかったら、スーザンは気づかなかっただろう。クレーム・ド・マントの太い瓶、ヴェルモットの透明な瓶、コニャックの細口瓶、その他いろいろな酒を入れた七本の瓶。そして男の指先には、半分ほど満たされた小さなグラスが十個。男は通りから目を離さずに、すこしずつグラスに口をつけ、ときおり目をすがめては、薄い口にぐっと押しつけて風味を楽しんでいる。あいているほうの手では細いハヴァナ葉巻が煙を立ちのぼらせていて、椅子の上にはトルコ煙草《たばこ》が二十カートン、葉巻が六箱、包装したコロンがいくつか並んでいる。

「ビル――」スーザンがささやいた。

「落ち着いて」とウィリアム。「あの男はなんでもないさ」

「今朝、あの男を広場で見かけたわ」

「ふり返らないで、歩きつづけて。ここで紙張り子を見せてもらおう。さあ、質問してくれ」

「捜索局の人間だと思う？」

「追いかけてこれるわけがない！」

「これるかもしれないわよ！」

「じつにみごとな牛ですね」ウィリアムが持ち主にいった。

「二百年もさかのぼって追いかけてはこられないわよね」

「言葉に気をつけてくれ、頼むよ」とウィリアム。

スーザンはふらついた。ウィリアムが彼女の肘をきつく握り、彼女をその場から連れだした。

「気絶しないでくれ」彼はにっこりして、上機嫌をよそおった。「だいじょうぶだ。あのカフェに乗りこんで、あの男のまん前で飲んでやろう。あの男がぼくらの思っているとおりの人間なら、疑いを捨てるさ」

「だめ、無理よ」

「やるしかないんだ。さあ、行こう。だからデイヴィッドにいったんだよ、そんなのばかげてるってね！」最後のところで声をはりあげながら、カフェの階段を昇った。

わたしたちはここにいる、とスーザンは思った。そのわたしたちは何者？　どこへ行くの？　なにを恐れているの？　はじめからはじめよ（『不思議の国のアリス』より。王の言葉）、正気にしがみつきながら、彼女は自分にいい聞かせた。そのとき、足もとに日干し煉瓦を感じた。

わたしの名前はアン・クリステン。夫の名前はロジャー。生まれは二一五五年。そして住んでいる世界は邪悪。巨大な黒い船のような世界で、正気と文明の岸辺から船出し、夜空に不吉な汽笛を鳴りひびかせながら、二十億の人間を乗せていく。望むと望まざるにかかわらず行き先は死。大地と海のへりを越えて落っこちるのだ、放射能の炎と狂気のなかへ。

ふたりはカフェにはいった。男はこちらをじっと見つめていた。

電話が鳴った。

その音でスーザンはぎくっとした。二百年先の未来、二一五五年のあの憂鬱《ゆううつ》な四月の朝、電話が鳴ったのを思いだしたのだ。そして自分が電話に出たのを——

「アン、レーネよ！　もう聞いた？　ほら、時間旅行株式会社のこと。紀元前二一年のローマへの旅、ナポレオン時代のワーテルローへの旅——いつでも、どこへでも行けるのよ！」

「レーネ、冗談でしょう」

「いいえ。今朝、クリントン・スミスが一七七六年のフィラデルフィアへ出かけたの。時間旅行株式会社がなにもかも手配してくれるのよ。お金はかかるわ。でも、考えてみて——ローマの大火《たいか》や、フビライ・ハンや、紅海《こうかい》のモーゼをじっさいに見られるのよ！　きっといまごろはそっちにも気送郵便《チューブ・メイル》で広告が届いてるわ」

気送郵便管をあけると、金属箔の広告があった——

ローマとボルジア家！

キティ・ホークのライト兄弟！

時間旅行株式会社におまかせください。当社のご用意する衣裳《いしょう》をまとえば、リンカーンやシーザーの暗殺現場で群衆に交じることができます！　いかなる年、いかなる文明においても支障なく行動するために必要な、いかなる言語の習得も保証いたします。ラテン語、ギリシア語、古代アメリカ口語。休暇旅行のさいには、〈場所〉はもちろんのこと〈時間〉もお選びください！


レーネの声が電話からもれてきていた。

「トムとあたしは明日、一四九二年へ出かけるわ。トムがコロンブスといっしょに航海できるようにしてくれたのよ。それってすてきじゃない！」

「そうね」アンは呆然としてつぶやいた。「そのタイム・マシン会社について、政府はなんといってるの？」

「そりゃあ、警察は目をつけてるわ。みんなが徴兵逃《のが》れで〈過去〉へ逃げこんで、隠れるといけないから。だれもが家やら家財道具やらを担保にして、帰ってくる保証にしないといけないの。けっきょく、戦争はつづいてるんだから」

「そう、戦争」とアンはつぶやいた。「戦争」

受話器を握ったまま突っ立って、彼女は考えたのだ。これは千載一遇《せんざいいちぐう》のチャンスだ、夫とわたしが長年のあいだ話しあい、祈ってきたチャンスだ、と。わたしたちはこの二一五五年の世界が好きではない。夫は爆弾工場での仕事から逃げだしたいし、わたしは疫病培養施設での職務を放棄したい。ひょっとしたら逃れるチャンスがあるかもしれない。何百年という時を超えて、素朴なむかしの国へ逃げこむチャンスが。そこならけっして見つからず、本を燃やし、思想を検閲《けんえつ》し、恐怖でわたしたちの精神を煮沸《しゃふつ》し、わたしたちを行進させ、ラジオでがなりたてる世界へ連れもどされることはないだろう……。

ふたりがいるのは一九三八年のメキシコ。

彼女は染みの浮いたカフェの壁に目をやった。

〈未来国家〉の優秀な労働者は、疲労回復のため〈過去〉へ休暇旅行に出ることが許されている。そこで彼女と夫は一九三八年にさかのぼり、ニューヨーク市で宿をとると、芝居を楽しみ、湾にまだみずみずしく立っている自由の女神を見物した。そして三日目に服を変え、名前を変え、メキシコに隠れようと高飛びしたのだ!

「まちがいない、あの男よ」テーブルについている見知らぬ男を見つめながら、スーザンがささやいた。「あの煙草に、葉巻に、お酒。あれで正体がバレるのよ。わたしたちが〈過去〉で過ごした最初の夜を憶《おぼ》えてる?」

ひと月前、逃亡に先立つニューヨークでの最初の夜、飲み慣れない飲みものをかたっぱしから飲み、変わった食べものや香水、十ダースもの稀少な銘柄《めいがら》の煙草を買いこんで、味わったのだった。戦争一色に塗りつぶされた〈未来〉では、めったにお目にかかれないものだから。だから彼らはばかな真似をした。商店、サロン、煙草店を駆けめぐり、心地よい疲労をおぼえて部屋にあがったのだった。

そしていまここで、あの見知らぬ男が同じことをしている。長いあいだ酒や煙草に飢《う》えていた、〈未来〉から来た男しかやりそうにないことを。

スーザンとウィリアムは腰を降ろし、飲みものを注文した。

見知らぬ男はふたりの服や、髪や、宝飾品をしげしげと見ていた――ふたりの歩き方やすわり方を。

「楽にするんだ」ウィリアムが小声でいった。「生まれてからずっとこの服装だったように見せるんだ」

「逃げだそうなんてするんじゃなかった」

「おい！」ウィリアムがいった。「こっちへ来るぞ。話はぼくにまかせてくれ」

見知らぬ男はふたりの前でお辞儀した。踵《かかと》がカチンと打ちあわされる。スーザンは身をこわばらせた。あの軍隊調の音！――まぎれもなく、真夜中にドアが乱打される、あの忌《い》まわしい音だ！

「ミスター・ロジャー・クリステン」と見知らぬ男がいった。「すわるときに、ズボンをつまみあげませんでしたね」

ウィリアムはぴたりと動きを止めた。罪のないようすで両脚に載っている手を見つめる。スーザンの心臓は早鐘のように打っていた。

「人ちがいですよ」ウィリアムが早口でいった。「ぼくの名前はクリスラーじゃありません」

「クリステンです」と見知らぬ男が訂正した。

「ぼくはウィリアム・トラヴィスです」とウィリアム。「それに、ぼくのズボンとあなたになんの関係があるんです！」

「失礼しました」見知らぬ男は椅子を引き寄せた。「つまり、あなたがズボンをつままなかったから、わたしの知っている人物だと思ったのです。ここではだれもがズボンをつまみます。そうしないと、すぐにズボンがたるみますから。わたしは故郷から遠く離れています、ミスター――トラヴィス。だから話し相手がほしいんですよ。シムズと申します」

「ミスター・シムズ、寂しいのはお気の毒ですが、ぼくらは疲れているんです。明日にはアカプルコへ発《た》ちますし」

「いいところですな。先日行きました、友人を探しに。どこかにいるんですよ。そのうち見つけてみせます。おや、奥さんはご気分がお悪いのですか？」

「お休みなさい、ミスター・シムズ」

ウィリアムがスーザンの腕をしっかりと握り、ふたりはドアへ向かった。ミスター・シムズが声をはりあげたときも、ふり返りはしなかった。

「おっと、あとひとつだけ」シムズはいったん言葉を切ってから、ゆっくりとその言葉を口にした――

「二一五五年」

スーザンが目を閉じた。足もとの大地がぐらりと揺れる。彼女はわき目もふらず、火明かりに照らされた広場へと歩きつづけた。

ホテルの部屋のドアに鍵をかけた。それから彼女は泣きだした。ふたりは暗闇のなかに立ちつくし、部屋が足もとでかたむいた。はるか彼方《かなた》で爆竹《ばくちく》がはじけ、広場で笑い声が湧き起こった。

「ちくしょう、なんて図々《ずうずう》しいんだ」ウィリアムがいった。「あそこにすわって、動物でも見るみたいにぼくらをじろじろ見て、煙草をふかし、酒を飲んでいやがった。あのとき殺しておけばよかった！」その声はヒステリーすれすれだった。「平気で本名を名乗りさえした。捜索局の主任だよ。それにぼくのズボンがどうのこうの。ちくしょう、すわるとき、つままなくちゃいけなかったんだ。この時代の無意識の仕草なんだから。そうしなかったから、目立ってしまったんだ。で、あいつはこう思った。ズボンをはいたことのない男がいるぞ。半ズボンの制服に、つまり〈未来〉の様式に慣れた男が、とね。うかつな自分を殺してやりたいよ！」

「いいえ、そうじゃないわ、わたしの歩き方よ——このハイヒール——そのせいよ。髪型だって——いかにも新しくて板についていない。わたしたちのなにもかもが、なんとなくしっくりこないのよ」

彼は明かりをつけた。

「あいつはまだぼくらをテストしている。確信はないんだ——完全には。それなら、あわてて逃げだしたりしてはまずいな。確信させるわけにはいかない。アカプルコ行きはのばそう」

「確信はあるけれど、遊んでいるだけかもしれないわ」

「あの男ならやりかねないな。あいつにはいくらでも時間がある。その気になれば、ここでぶらぶらしていて、ぼくらが発った六十秒後に、〈未来〉へ連れもどすことだってできるんだ。何日もぼくらをやきもきさせて、笑っているのかもしれない」

スーザンはベッドに腰を降ろし、顔から涙をぬぐった。むかし懐《なつ》かしい木炭《もくたん》と香《こう》のにおいがした。

「手荒な真似をしないわよね」

「しないだろうな。ぼくらをふたりきりにして、例のタイム・マシンに押しこみ、送りかえせばいいんだから」

「それならいい手があるわ。ふたりきりにならないようにするのよ。いつも人ごみのなかにいる。友だちを大勢作って、市場を訪ね、どの町でも役場に泊まり、警察署長にお金を払って護衛してもらうの。そのうちシムズを殺して逃げる方法が見つかるわ。新しい服を着て、メキシコ人にでも変装するのよ」

施錠《せじよう》したドアの外で足音がした。

ふたりは明かりを消し、無言で服を脱いだ。足音が遠ざかった。どこかでドアが閉まった。

スーザンは窓辺に立ち、闇につつまれた広場を見おろした。

「じゃあ、あの建物が教会なの?」

「ああ」

「教会ってどんな形をしているんだろう、とよく思ったものだわ。ずいぶん前から、だれも見たことがないんだもの。明日、見にいけるかしら？」

「もちろん行けるさ。もう寝よう」

ふたりは暗い部屋のなかに横たわった。

半時間後、電話が鳴った。スーザンが受話器をとった。

「もしもし？」

「兎《うさぎ》が森に隠れても」と声がいった。「狐はかならず見つけだす」

彼女は受話器を置き、背すじをのばして、冷たいベッドの上で仰向けになった。

外の一九三八年では、男がギターで三つの旋律をかわるがわる弾《ひ》いていた。


夜中にスーザンが手を突きだすと、もうすこしで二一五五年に触れそうになった。しわになったシーツを撫《な》でるように、指が冷たい時空を撫でるのを感じ、行進する足の執拗なザッザッという音、百万の楽隊が百万の軍楽を演奏する音が聞こえた。〈未来〉の巨大な工場のなかで、疫病培地《ばいち》のおさまった試験管五万本がずらりと並び、仕事についている自分の手がそちらへのびるのが見えた。レプラ、腺《せん》ペスト、チフス、結核の試験管。と、そのとき大爆発。自分の手が焼けただれ、しわだらけのプラムに変わるのが見え、すさまじい衝撃でそれがはね返るのを感じた。世界が浮いたかと思うと落下し、建物はすべて壊れ、出血した人々が無言で横たわった。巨大火山、機械、風、雪崩《なだれ》が静寂へすべり落ち、彼女が泣きながら目をさますと、そこはベッドのなか、メキシコで、何百年もへだたっていた……。

　早朝、ようやく訪れた一時間の眠りから寝ぼけ眼《まなこ》でめざめると、けたたましい自動車の音が街路にひびいていた。スーザンが鉄製のバルコニーから見おろすと、八人から成る小さな一隊が、しゃべったり、歓声《かんせい》をあげたりしながら、赤い文字の書かれたトラックや車からちょうど出てきたところだった。メキシコ人の人だかりが、トラックについてきていた。

「どうしたの《ケ・パセ》？」スーザンは幼い少年に声をかけた。

　少年が返事をした。

スーザンは夫に向きなおった。

「アメリカの映画会社。ここでロケをするんですって」

「面白そうだ」ウィリアムはシャワーを浴びていた。「見物に行こう。今日は発たないほうがいい。シムズを刺激しないようにしよう。映画の撮影を見学するんだ。原始的な映画作りってやつは、なかなかの見ものだそうだ。気晴らしになる」

　気晴らし、とスーザンは思った。まばゆい陽射しのもと、つかのま忘れていたのだ、ホテルのどこかで、千本の煙草をふかしながら、機をうかがっているらしい男のことを。眼下に見える八人の騒々しい、陽気なアメリカ人に声をかけたかった――「助けて、かくまって、助けてちょうだい！　髪と目を染めて。風変わりな服を着せて。あなた方の助けが必要なの。わたしは二一五五年から来たのよ！」と。

　しかし、その言葉は喉でつかえた。時間旅行株式会社の社員たちだってばかではない。旅に出る前に、旅行者の頭脳に心理的なブロックを設けるのだ。そのため本当の生年や出生地をだれにも告げられないし、〈未来〉の事情を〈過去〉の人間に明かすこともできない。〈過去〉と〈未来〉はおたがいから保護されなければならないのだ。この心理的ブロックがあるからこそ、人々は監視の目がなくても時代を超える旅を許されるのだ。〈過去〉へ旅した者がどんな変化を引き起こすにしろ、〈未来〉は守られなければならない。たとえ彼女が心の底から望んだとしても、眼下の広場にいる、この陽気な人々に自分が何者で、どんな苦境におちいっているかを明かすことはできないのだ。

「朝食にしようか？」とウィリアムがいった。

　朝食は広大な食堂に用意されていた。献立は一律にハムエッグ。食堂は観光客でいっぱいだった。映画のロケ隊がはいってきた。総勢八名――男が六人で女がふたり。クスクス笑いながら、椅子を押して並べ替える。スーザンは彼らの近くに席をとり、彼らの発散する温もりを感じ、保護されている気分に浸《ひた》った。ミスター・シムズがトルコ煙草をスパスパふかしながら、ロビーの階段を降りてきたときでさえ。彼は遠くからふたりに会釈《えしゃく》し、スーザンは笑顔で会釈を返した。ここでは、八人のロケ隊と二十人のそれ以外の観光客の前では、手を出せないのだから。

「あの俳優たちだけど」ウィリアムがいった。「ふたり雇《やと》えないかな。ジョークだといって、ぼくらの服を着せ、シムズには顔が見えないところで、ぼくらの車に乗って走り去ってもらうんだ。ぼくらのふりをしたふたりが、二、三時間でもシムズをおびき出せれば、メキシコ・シティへ行きつけるかもしれない。そこなら見つかるまで何年もかかるはずだ！」

「やあ！」

息が酒臭い太った男が、ふたりのテーブルに身を乗りだした。

「アメリカ人観光客だ！」男は叫んだ。「メキシコ人は見飽きたよ。あんたたちにキスしたっていい！」ふたりと握手し、「こっちへ来て、いっしょに食べないか。みじめな境遇ってやつは仲間づきあいが大好きでね。おれは〈みじめな境遇〉。こっちはミス〈憂鬱〉と、〈メキシコなんてうんざり〉夫妻だ！　みんなうんざりしてるんだよ。でも、ろくでもない映画の試し撮《ど》りで来てるんでね。撮影班の残りは明日到着だ。おれの名前はジョー・メルトン。監督だよ。ここがこんな国じゃなけれ ばなあ！　通りで葬式をやってるし、人がばたばた死んでいる。さあ、こっちへ来いよ。パーティーに加わるんだ。元気出せって！」

スーザンもウィリアムも笑っていた。

「なにかおかしなことをいったかな？」ミスター・メルトンがまわりの者たちにたずねた。

「じゃあ、遠慮なく！」スーザンが席を移った。

ミスター・シムズが食堂の反対側で彼らをにらんでいた。

彼女は顔をしかめてみせた。

ミスター・シムズがテーブルのあいだを縫《ぬ》ってやってきた。

「トラヴィス夫妻」と声をはりあげる。「三人だけで朝食をとるつもりだったのですが」

「あいにくだね」とウィリアム。

「すわりなよ、あんたも」とミスター・メルトン。「おふたりさんの友だちはおれの友だちだ」

ミスター・シムズは腰を降ろした。ロケ隊は大声でしゃべり、彼らがしゃべっているなかで、ミスター・シムズが静かにいった。

「昨夜《ゆうべ》はよく眠られましたか」

「あなたは？」

「スプリングのきいたマットレスに慣れていなくて」とミスター・シムズがしかめ面《づら》で答えた。「でも、埋め合わせもあります。夜中の半分は起きていて、新しい煙草や食べものを味見していました。風変わりで、魅力的です。新しい感覚のスペクトルが一気に開けるようなものですな、この大むかしの悪徳は」

「なんの話か、さっぱりわかりませんわ」とスーザン。

「いつも演技をしておられる」シムズが笑い声をあげた。「無駄ですよ。人ごみにまぎれるというこの策略もね。そのうちふたりきりにしてみせます。わたしはえらく気が長いんですよ」

「おいおい」ミスター・メルトンが顔をまっ赤にして割ってはいった。「こいつが迷惑をかけてるのかい？」

「なんでもありません」

「ひとことといってくれりゃ、おれが叩きだしてやる」

メルトンはふり返り、仲間に大声で話しかけた。笑い声が湧くなか、ミスター・シムズが言葉をつづけた――

「要点にはいりましょう。あなた方を追いかけて、町や都会をめぐり、探しだすのにひと月かかりました。そしてようやく昨日《きのう》になって確信が持てたのです。おとなしくいっしょに来れば、罰を受けずに放免してあげられるかもしれません。水素プラス爆弾の仕事にもどるといってくだされぱの話ですが」

「この男、朝飯の席で科学の話をしてるぞ！」彼らの会話を小耳にはさんだのだろう、ミスター・メルトンがいった。

シムズは意に介さず言葉をつづけた。

「よく考えなさい。逃げられはしない。わたしを殺しても、ほかの者が追いかける」

「なんの話か、さっぱりわかりません」

「もうよせ！」シムズがいらだたしげに叫んだ。「頭を使ったらどうだ！　きみたちをこのまま逃がしたら、しめしがつかないのはわかるだろう。二一五五年のほかの連中も同じことを考えて、きみたちの真似をするかもしれん。われわれには人材がいるんだ」

「あんたたちの戦争をつづけるために」とうとうウィリアムがいった。

「ビル！」

「いいんだ、スーザン。しらを切るのはやめよう。逃げられっこないんだ」

「いい心がけだ」とシムズ。「じっさい、ふたりとも度しがたいほどロマンティックでしたよ。責務から逃れようとするなんて」

「恐怖から逃げたんだ」

「ばかばかしい。たかが戦争じゃありませんか」

「いったいなんの話だい？」とミスター・メルトン。

スーザンは彼に本当のことを告げたかった。しかし、口にできるのは一般的なことだけ。精神に設けられた心理ブロックは、それしか許してくれないのだ。いまシムズとウィリアムが話しているような一般的なことしか。

「たかが戦争だと」ウィリアムがいった。「世界の半分がレプラ爆弾で死んだんだぞ！」

「にもかかわらず」とシムズが指摘した。「〈未来〉の住民は、あなた方ふたりに憤《いきどお》りをおぼえるでしょう。自分たちが崖から地獄へ落ちこもうというときに、いわば常夏《とこなつ》の島で隠れているのですから。死が愛するのは死であって、生ではありません。死にかけた人々は、他人が道連れになって死ぬのを知るのが大好きなのです。ひとりぼっちで火葬の炉に、墓場にいるわけではないとわかれば、慰《なぐさ》めになるのでしょう。わたしは、あなた方ふたりに憤りをおぼえている彼らの総意の代弁者なのですよ」

「憤りをおぼえる者の代弁者だってさ！」ミスター・メルトンが仲間にいった。

「わたしを待たせれば待たせるほど、あなた方にとって不利になりますよ。われわれは爆弾プロジェクトにあなたが必要なのです、ミスター・トラヴィス。いまもどれば――拷問はありません。あとになれば、あなたに無理やり仕事をさせ、爆弾が完成した暁《あかつき》には、あなたの身で新開発の複雑な装置をいろいろと試すことになります」

「提案がある」とウィリアム。「家内がここに残れるなら、あの戦争から離れたここで元気で無事にいられるなら、あんたといっしょにもどろう」

ミスター・シムズは考えこんだ。

「いいでしょう。では、十分後に広場で。あなた方の車で拾ってください。人けのない田舎《いなか》まで行きます。そこへトラヴェル・マシンが迎えに来るようにします」

「ビル！」スーザンが夫の腕をきつく握った。

「いい合いっこはなしだ」彼は妻に目をやった。「話は決まったんだ」シムズに向かって――

「ひとつ訊きたいことがある。昨夜、ぼくらの部屋に押し入って、さらって行くことだってできたはずだ。なぜそうしなかった？」

「わたし自身も楽しんでいた、とでもいいましょうか」と新しい葉巻をふかしながら、ミスター・シムズがものうげに答えた。「わたしだってこのすばらしい空気、この陽射し、この休暇旅行が惜しいんです。ワインと煙草を置いていくなんて、残念でなりません。ええ、じつに残念です。では広場で、十分後に。奥さんは保護されます。好きなだけ、ここにいてかまいません。さようならをいってください」

ミスター・シムズは立ちあがり、歩み去った。

「やあ、ミスター〈大口《おおぐち》〉が行くぞ！」出ていく紳士にミスター・メルトンが大声を浴びせた。

向きなおり、スーザンに目をやって、「おや、泣いてる人がいるな。朝飯は泣くときじゃないぜ。どうしたんだい?」

九時十五分、スーザンは部屋のバルコニーにたたずみ、広場をじっと見おろしていた。ミスター・シムズがすらりとした脚を組み、繊細な造りの青銅のベンチにすわっていた。葉巻の端を嚙《か》みちぎり、そっと火をつける。

エンジンの爆音があがり、通りのはるか先にあるガレージからウィリアムを乗せた車が出てきて、石畳の坂道をゆっくりと下りはじめた。

車がスピードをあげた。時速三十マイル、四十、五十。その前で鶏《にわとり》たちが逃げまどう。ミスター・シムズは白いパナマ帽を脱ぎ、赤く上気した額《ひたい》をぬぐって、帽子をかぶり直した。とそのとき、車が目にはいったらしい。

それは時速六十マイルで突進していた。まっしぐらに広場へ向かって。

「ウィリアム!」スーザンが絶叫した。

車は轟音《ごうおん》をあげて広場の低い縁石《えんせき》にぶつかった。歩道に乗りあげ、タイルの上を疾走して緑のベンチへ向かう。そこではいまミスター・シムズが葉巻をとり落とし、悲鳴をあげて、両手をふりまわしていた。と、車にはねられた。その体が空中高く舞いあがり、みるみる落ちてきて、通りに叩きつけられた。

広場の反対側で、片方の前輪がはずれた車が止まった。人々が走っていた。

スーザンは屋内にはいり、バルコニーのドアを閉めた。

正午、ふたりは腕を組み、青ざめた顔をして役場の階段を並んで降りた。

「さようなら《アディオス》、旦那さん《セニョール》」背後で町長がいった。「奥さん《セニョーラ》」

ふたりは広場に立った。野次馬が血痕《けっこん》を指さしていた。

「もういちど取り調べがあるかしら？」とスーザンが訊いた。

「いや、何度も同じ話をした。事故だったんです。車の運転を誤りました、とね。涙を流してみせたんだ。いやはや、ほっとしたのが顔に出そうで困ったよ。じっさい、泣きたい気分だった。あの男を殺したくはなかった。あんなことをしたいなんて、生まれてからいちども思ったことがない」

「起訴はされないわよね？」

「話には出るだろう。でも、起訴はないな。ぼくは証言を変えなかった。信じてもらえたはずだ。あれは事故だった。一件落着だ」

「これからどこへ行くの？　メキシコ・シティ？　ウルアパン？」

「車は修理工場にはいってる。今日の午後四時には直るだろう。そうしたら、さっさと出ていこう」

「追われないかしら？　シムズはひとりで動いていたの？」

「どうだろう。すこしは連中の先を行ってると思うんだが」

ふたりがホテルへ近づいていくと、ロケ隊が出てきた。ミスター・メルトンが顔をしかめ、急ぎ足で寄ってきた。

「やあ、聞いたよ。災難だったな。もういいのかい？　気晴らしをしたくないか？　通りで試し撮りをするんだけどね。見学したければ、歓迎するよ。さあ、元気出して」

ふたりはついて行った。

カメラが設置されるあいだ、ふたりは石畳の通りに立っていた。スーザンが蜿蜒《えんえん》とのびている道路に目をやった。その幹線道路はアカプルコの海へ通じている。ピラミッドや、遺跡や、日干し煉瓦造りの小さな町のわきを通って。その町には黄色い塀、青い塀、紫の塀があって、燃えるようなブーゲンビリアが咲いている。そして彼女は思った。わたしたちはその道を行くことにしよう。人ごみにまぎれて旅をし、市場やロビーにいるようにして、警察に袖《そで》の下をつかませて近くで寝てもらい、鍵は二重にかけ、でも、かならず人ごみのなかにいて、二度とふたりきりにはならず、つぎにすれちがう人間は、別のシムズかもしれないとつねに恐れるのだ。捜索局を出しぬいて、行方をくらませられたかどうかはけっしてわからない。そしてつねに行く手では、〈未来〉では、わたしたちを連れもどそうと彼らが待ちかまえている。彼らの爆弾でわたしたちを焼き焦《こ》がし、疫病で腐らせる機をうかがっている。そして彼らの警察がわたしたちに、ころがれ、まわれ右しろ、ジャンプして輪をくぐれと命じるのだ！　だからわたしたちは森のなかを逃げつづけ、死ぬまで二度と止まったり、ぐっすり眠ったりすることはないだろう。

映画の撮影を見物しようと、野次馬が集まってきた。スーザンは野次馬と通りを見張っていた。

「怪しいやつがいたかい？」

「いいえ。いま何時？」

「三時。もうじき車の修理が終わるはずだ」

試し撮りは三時四十五分に終わった。一行は言葉を交わしながら、ホテルまで歩いた。ウィリアムがガレージに立ち寄り、「修理が終わるのは六時だそうだ」といいながら、顔を曇らせて出てきた。

「でも、それより遅くはならないんでしょう？」

「修理は終わるよ、心配ない」

ホテルのロビーで、ふたりは単独で旅行しているほかの男を探した。ミスター・シムズに似ている男、髪型が新しく、やたらに煙草を吸い、コロンの香りを盛大にまき散らしている男を。だが、ロビーはがらんとしていた。階段を昇りながら、ミスター・メルトンがいった。

「長くてきつい一日だった。一杯やってかないか？　あんたたちはどうする？　マティーニ？　ビール？」

「一杯だけなら」

一同はミスター・メルトンの部屋にはいり、酒盛りがはじまった。

「時間に気をつけていてくれ」とウィリアムがいった。

時間、とスーザンは思った。せめて時間さえあれば。わたしがしたいのは、十月の晴れた長い日に、朝から晩まで広場にすわっていることだけ。心配ごとも考えごともなく、陽射しを顔と腕に浴び、目を閉じて、暖かさに笑みを浮かべ、けっして動かない。メキシコの陽射しのもとでただ眠り、ぬくぬくと、気楽に、のんびりと、何日もしあわせに眠ることだけ……。

ミスター・メルトンがシャンパンをあけた。

「とびきりお美しいご婦人に。そんなにきれいなんだから、映画に出られるよ」彼はスーザンに乾杯した。「テストしてやってもいい」

彼女は笑い声をあげた。

「本気だよ」とメルトン。「あんたはすごくいかしてる。映画スターにしてやれる」

「それでハリウッドへ連れていってくださるの？」とスーザン。

「メキシコからとんずらさ、それはたしかだ！」

スーザンがウィリアムにちらりと視線を走らせると、彼は眉毛を吊りあげて、うなずいた。景色も、服も、場所も、ひょっとしたら名前も変えられるかもしれない。しかも、ほかの八人といっしょに旅をすることになる。彼らは、〈未来〉からの干渉を防ぐいい楯《たて》になるだろう。

「悪い話じゃないみたい」とスーザン。

そろそろシャンパンがまわってきたようだ。午後はすべるように過ぎていく。酒盛りをする人々が、彼女の周囲をぐるぐるまわっていた。数年ぶりに安心感に浸り、生きている実感があり、心の底から愉快だった。

「家内はどういう映画が似合いますかね？」グラスに酒を注《つ》ぎ足しながら、ウィリアムが訊いた。

メルトンがスーザンを値踏みするように見た。笑い声がやみ、一同は聞き耳を立てた。

「そうだな、サスペンスものがいいね」とメルトン。「ある夫婦の話だ、あんたたちみたいな」

「なるほど」

「一種の戦争ものってところかな」監督はそういうと、飲みものを陽にかざして色を調べた。

スーザンとウィリアムはつづきを待った。

「小さな通りの小さな家に住む夫婦の話だ。時代は二一五五年ってとこかな」とメルトン。

「こいつは即興の筋立てだよ、お忘れなく。でも、この夫婦は恐ろしい戦争に、スーパー・プラス水爆に、検閲に、その年の死に直面している。で――ここが話の仕掛けなんだが――ふたりは〈過去〉へ逃げこみ、ひとりの男が追ってくる。ふたりはこの男のことを悪人だと思うが、義務のなんたるかをふたりに教えようとしているだけなんだ」

ウィリアムはグラスを床にとり落とした。

ミスター・メルトンは言葉をつづけた――

「で、この夫婦はある映画のロケ隊に身を寄せる。信用できるとわかったからだ。大勢のなかにいれば安全だ、ふたりは自分たちにそういい聞かせる」

スーザンの体がずるずるとすべって椅子に沈みこんだ。だれもが監督を見つめていた。彼はワインに口をつけ、

「ああ、上等のワインだ。さて、この男と女だが、どうやら自分たちが〈未来〉にとって、どれほど重要かわかっていないらしい。とりわけ男のほうは、新型爆弾の金属開発には欠かせない人材だ。捜索局は――そう呼ぶとしようや――その夫婦を見つけだし、つかまえて連れもどすためなら、どんな苦労も費用もいとわない。いちどだけホテルの部屋でふたりきりにすればいいんだ。そこならだれにも見られない。策略だよ。捜索局は単独で動くこともあれば、八人のグループで動くこともある。どっちかの策がうまくいくはずだ。すばらしい映画になると思わないか、スーザン？　どうだい、ビル？」彼は酒を飲みほした。

スーザンはまっすぐ前方に目を据えていた。

「一杯やるかい？」

ウィリアムが銃をとりだし、三発撃った。男たちのひとりが倒れ、ほかの者は飛びかかった。スーザンが悲鳴をあげた。その口をだれかの手がふさぐ。いまや銃は床にあり、ウィリアムは組み伏せられてもがいていた。

ミスター・メルトンが、元の場所に立ったまま、指の血を見せながら、「頼むよ」といった。「ことを荒立てないでくれ」

だれかが廊下のドアを乱打した。

「入れてください！」

「支配人だ」と、そっけなくミスター・メルトン。頭をぐいっと動かして、「みんな、移動するぞ！」

「入れてください！　警察を呼びますよ！」

スーザンとウィリアムはすばやく視線を交わし、それからドアに目をやった。

「支配人がはいりたがってる」とミスター・メルトン。「急げ！」

カメラが持ちだされた。そのカメラから青い光がほとばしり、たちまち部屋をつつみこむ。光が広がると、一行がひとりずつ消えていった。

「急げ！」

スーザンが消える寸前、窓の外に見えた——緑の土地、紫と黄色と青と真紅《しんく》の塀、川のように流れる石畳、ロバに乗って、ぽかぽかと暖かい丘陵へはいっていく男、オレンジ・ジュースを飲む少年。広場の涼しい木陰でギターをかかえて立っている男。その弦《げん》に自分の手が触れるのを感じる。その甘い液体を喉に感じる。そしてはるか彼方に海があり、それが押し寄せてきて、自分を呑みこむのを感じる。青くおだやかな海があり、と、つぎの瞬間、彼女は消えた。夫も消えた。

ドアが勢いよく開かれた。支配人と従業員が飛びこんできた。

部屋はもぬけの殻《から》だった。

「でも、ついさっきまでいたんだ！　はいるのを見た。それなのにいまは——いなくなった！」支配人が叫んだ。「窓には鉄格子がはまっている。あそこから逃げられたはずがない！」

午後遅くに司祭が呼ばれ、部屋がもういちど開かれて、空気が入れ換えられた。そして司祭が四隅《よすみ》に聖水をふりかけ、祈りを捧げた。

「これをどうすればいいんです？」と掃除婦がたずねた。

彼女はクローゼットを指さした。そこにはシャルトルーズ、コニャック、クレーム・ド・カカオ、アブサン、ヴェルモット、テキーラの瓶が六十七本、トルコ煙草が百六カートン、一本五十セントもする純正ハヴァナ・フィラー葉巻の黄色い箱が百九十八個……。

骨

もういちど医者に診《み》てもらうには時間が遅すぎた。ミスター・ハリスは青白い顔をして階段吹き抜けのところで曲がった。階段を昇る途中、金文字で書かれたドクター・バーリーの名前が目にはいった。その下には矢印がある。はいっていったら、ドクター・バーリーはため息をつくだろうか? なにしろ、今年になって十回目の診察になるのだ。でも、ドクター・バーリーに文句をいわれる筋合いはない。ちゃんと診察料は払っているのだ!

看護師がミスター・ハリスを目にとめて、にっこりした。ちょっと面白がっているようだ。爪先立ちで曇りガラスのドアまで行き、ドアをあけると、頭を突っこむ。ハリスは「だれが来たと思います、先生」という彼女の声が聞こえるような気がした。それに「やれやれ、またかい?」という医者の返事が、かすかに聞こえなかっただろうか? ハリスは不安に駆られて唾を飲みこんだ。

ハリスがはいっていくと、ドクター・バーリーが鼻を鳴らした。

「また骨が痛むのかね! いやはや!!」顔をしかめ、眼鏡をととのえ、「ねえ、ハリス、きみは医学界に知られている最高の手当てを受けているんだ。いわば歯ブラシと細菌のブラシをかけられているんだよ。きみは神経質すぎるんだ。指を見せてごらん。煙草《たばこ》の吸いすぎだね。息を嗅《か》がせてもらおう。タンパク質のとりすぎ。目を見せてごらん。睡眠不足。処方かね? 睡眠をとり、タンパク質の摂取をやめ、禁煙する。十ドルいただきます」

ハリスはふくれっ面《つら》で立っていた。

医師は書類から顔をあげ、

「まだいたのかね？　きみは心気症だよ！　さあ、これで十一ドルだ！」

「でも、なぜわたしの骨は痛むんです？」とハリスが訊いた。

ドクター・バーリーは子供に話しかけるような口調で、

「きみは筋肉を痛めたことがある。それがずっと気になるので、いじったり、さすったりしているんじゃないかね？　さわればさわるほど、わずらわしくなる。だから、放っておけば痛みは消えるよ。つまり、痛みの大部分は自分が原因なんだ。そう、そういうことなんだよ。放っておくんだ。塩でもなめることだね。ここを出たら、何カ月も前から懸案だったフェニックス旅行をするんだ。旅行は体にいいよ！」

その五分後、ミスター・ハリスは角《かど》のドラッグストアで職業別電話帳をめくっていた。バーリーみたいなやぶ医者は、同情するくらいしか能がないのだ！　**骨格専門医**のリストを指でなぞっていくと、ムッシュー・ムニガンという名前が見つかった。ムニガンのあとには医学博士や、学歴を示すほかの肩書きはついていないながったが、その診療所は都合のいいことに近所にあった。三ブロック行って、一ブロック右へ……。

ムッシュー・ムニガンは、診療所と同様に、小さくて陰気だった。診療所と同様に、消毒液やヨードチンキや、なにやらのにおいがした。とはいえ、聞き上手で、目をくりくりと動かしながら、熱心に耳をかたむけてくれた。そしてハリスに話しかけるときは、ひとことというたびにヒューヒューと口笛を吹くような音をさせた。入れ歯が合ってないからにちがいない。

ハリスは洗いざらいぶちまけた。

ムッシュー・ムニガンはうなずいた。こういう症例は前にも見たことがあります。問題は骨にあります。人は自分の骨を意識しません。ええ、そうです、骨です。骨格です。じつに厄介だ。なにかのバランスがとれていないのです。魂《たましい》と肉体と骨格のあいだにずれが生じているのです。複雑きわまりない症例です、とムッシュー・ムニガンがそっと口笛を吹くようにいった。ハリスはうっとりと耳をかたむけた。やっと、わたしの病気を理解してくれる医者がいたぞ！　心理的なものです、とムッシュー・ムニガンがいった。薄汚れた壁まですばやく移動し、貼ってあったレントゲン写真のうち六枚を剝《は》ぎとる。写っているのは、太古の海に浮かんでいそうな見かけのもの。いやはや！　骸骨だ、驚いた！　長い骨、短い骨、大きな骨、小さな骨の光り輝く肖像写真。ミスター・ハリスもご自分の立場、ご自分の問題に気づかれるはずです！　ムッシュー・ムニガンがほの明るい星雲のような肉を叩き、さすり、ささやき、引っかいた。その星雲のなかには頭蓋、脊髄《せきずい》、骨盤、石灰、カルシウム、骨髄がぼんやりと浮かんでいる。ここです、そこです、これです、あれです、それ以外です！　見てください！

ハリスは身震いした。レントゲン写真と骨格図が、ダリやフューゼリの描く怪物たちが棲《す》む土地から、蛍光を発する緑の風を吹かせているのだ。

ムッシュー・ムニガンがヒューヒューと口笛を吹くようにいった。ハリスさんはお望みでしょうか――骨の処置を?

「こととしだいによります」とハリス。

なるほど、ハリスさんがその気にならないかぎり、わたしはハリスさんを助けられません。心理的に、人は助けを必要としなければならないのです。さもなければ、医者は無用の長物です。しかし(肩をすくめて)〝試しにやって〟みましょう。

ハリスは手術台の上に口をあけて横たわった。明かりが消され、ブラインドが降ろされた。ムッシュー・ムニガンは患者に近づいた。

なにかがハリスの舌に触れた。

顎《あご》の骨が無理やり引っぱられた。骨がきしみ、パキパキと鳴る。薄暗い壁に貼られた骨格図の一枚が、小刻みに震え、ジャンプするかと思えた。ハリスは激しい震えに襲われた。われ知らず、口をパチンと閉じる。

ムッシュー・ムニガンが叫んだ。危うく鼻を嚙《か》みちぎられるところでした! くわばら、くわばら! まだ時期尚早《しょうそう》のようです。ムッシュー・ムニガンは期待を裏切られた顔でブラインドをあげた。ミスター・ハリスが協力する気になったとき、心の底から助けを必要とし、わたしを信頼して力を借りようとしたとき、そのときならなにか手を打てるかもしれません。ムッシュー・ムニガンは小さな手をさし出した。ところで、お代はたったの二ドルです。持ち帰って、ミスター・ハリスはこう考えはじめるにちがいありません。ここに骨格図があるから、持ち帰って、ミスタ研究しようか。そうすれば、自分の体のことがよくわかるようになる。いやというほどわかるようになるにちがいない。自分の体は自分で守らなければ。骨格というのは奇妙で不格好なものだな。ムッシュー・ムニガンの目がきらりと光った。では、ごきげんよう、ミスター・ハリス。ところで、棒パンはいかがですか？　ムッシュー・ムニガンは、長くて堅い塩味のきいた棒パンが何本もさしてある壺をハリスにさしだし、自分でも一本とると、こういった。いつも棒パンをかじっているんですよ――あー――施術中は。では、ごきげんよう、ミスター・ハリス！　ミスター・ハリスは家に帰った。

あくる日曜日、ミスター・ハリスは体じゅうに新しいうずきや痛みを無数に発見した。午前中は、新たな興味を持って、ムッシュー・ムニガンにもらった解剖学的に正確な小さな骨格図を、穴のあくほど見つめて過ごした。

妻のクラリスが、昼食の席で彼をぎょっとさせた。そのすらりとした指の関節をひとつずつポキポキ鳴らしたのだ。しまいにハリスは両手で耳をふさいで、「やめてくれ！」と叫んだ。

そのあとは自分の部屋に閉じこもった。クラリスはほかに三人のご婦人と居間でブリッジをしながら談笑した。いっぽう閉じこもっているハリスは、好奇心をつのらせて、自分の手足をいじったり、重さを計ったりした。一時間後、不意に立ちあがると、大声をあげた――

「クラリス！」

彼女はどの部屋へも踊るような身のこなしではいっていく。体が柔軟で自由自在に動くので、絨毯《じゅうたん》のけばに足が触れるか触れないかでいられるのだ。彼女は友人たちに断りを入れて、ほがらかな顔で夫に会いにきた。その夫は遠いほうの隅でまた腰を降ろした。見れば、解剖図にじっと目をこらしている。

「まだ気に病《や》んでいるの、あなた？　やめてちょうだい」彼女は夫の膝《ひざ》の上にすわった。

妻の美しさも、いまは骨格図を夢中で見ている夫の気をそらすにはいたらなかった。夫は彼女の軽い体を巧みに動かし、疑わしげに膝のお皿にさわった。透《す》き通るように青く、輝くような肌の下で、それが動くように思われた。

「これはそういうことをするものなのかな？」息を吸いこみながら、ハリスが訊いた。

「なにがなにをするものなの？」妻は笑い声をあげた。「あたしの膝のお皿のこと？」

「そんな風に膝のまわりをぐるっと動くものなんだろうか？」

彼女は試してみた。

「あら、ぐるっとまわるわ」と驚きの声。

「きみの膝がちゃんと動いて、わたしもうれしいよ」夫はため息をついた。「心配になっていたんだ」

「なにが心配なの？」

夫は自分の肋骨《ろっこつ》を軽く叩き、

「ぼくの肋骨は下までつづいていない。ここで途切れてるんだ。しかも、宙ぶらりんになっている、けしからんやつまである始末だ！」

自分の小ぶりな乳房のふくらみの下に、クラリスは手を当てがった。

「当たり前じゃない、ばかね、だれだって肋骨は、あるところで途切れているもの。そのおかしな短い骨は、遊走肋骨《ゆうそう》というのよ」

「あんまり遊走してほしくないね」その冗談は、気楽なものとはほど遠かった。いま、なによりも、彼はひとりきりになりたかった。さらなる発見が、ますます新奇な考古学上の発掘物が、震える手の届くところにあるのだ。それを笑われたくはない。

「呼びたてですまなかったね」

「いつでもどうぞ」彼女は小さな鼻をそっと夫の鼻にこすりつけた。

「ちょっと待ってくれ！　ほら、ここだ……」夫は自分の鼻と妻の鼻に指でさわった。「わかったかい？　鼻骨《びこつ》はここまでしかのびていない。そこから先は、たくさんの軟骨組織が詰まっているんだ！」

クラリスは鼻にしわを寄せた。

「あたりまえよ！」そして踊るように部屋から出ていった。

いまやひとりきりとなったハリスは、顔のへこみやくぼみから汗が噴きだし、細い潮《しお》となって頬を流れ落ちるのを感じた。唇《くちびる》をなめ、目を閉じる。さて……こんどは……つぎのお題はなんだ……？　そうだ、脊髄だ。ここだ。彼はじっくりとそれを調べた。オフィスで多くのボタンを押し、秘書やメッセンジャーを呼びつけるのと同じように。しかし、いま、こうして脊《せき》柱《ちゅう》を押してみると、応《こた》えるのは不安と恐怖で、心のなかの無数のドアから飛びだしてきて、彼の前に立ち、震えあがらせるのだ！　背骨が恐ろしいものに感じられた――なじみのないものに感じられた。まるで食べ残しの魚のもろい破片、冷たい磁器の皿の上に散らばっている骨のように。彼は小さな丸い節々《ふしぶし》をつかんだ。

「なんてことだ！　なんてことだ！」

歯がカタカタ鳴りはじめた。なんてこった！　彼は思った。これだけの歳月、なんで気づかなかったんだ？　これだけの歳月――**骸骨**を――体のなかに入れて動きまわっていたなんて！　よくもまあ当然だと思っていられるものだ。よくもまあ自分の体や存在に疑いをいだかずにいられたものだ。

骸骨。関節でつながった、雪のように白い堅いもの。不浄で、乾燥していて、もろく、目が落ちくぼんだ髑髏《どくろ》の顔をしていて、指が震えるもの。打ち捨てられ、蜘蛛《くも》の巣の張ったクローゼットのなかで首に鎖《くさり》を巻かれ、ぶらぶらと揺れながらカタカタと鳴っているもの。サイコロのように砂漠に散らばっているところを見つけられるものだ！

彼は立ちあがった。もうすわっていられなかったからだ。いま自分の内側には――下腹部をつかみ、頭をつかむ――自分の頭の内側には――頭蓋骨がある。電気クラゲのような脳味噌をおさめている、あの丸みを帯びた甲殻《こうかく》が。双銃身の散弾銃に撃ちぬかれたかのように、正面に穴がふたつあいている、あのひび割れだらけの骨が！　その骨でできた岩屋《いわや》と洞窟《どうくつ》こそ、肉体、嗅覚、視覚、聴覚、思考の防壁であり、置き場所なのだ！　頭脳をつつみこみ、もろい窓を通して外界を眺めることを許された頭蓋骨が！

ブリッジの集《つど》いに乱入し、テーブルをひっくり返したかった。鶏《にわとり》小屋を襲う狐《きつね》のように、トランプをあたりにまき散らせば、鶏の羽毛《うもう》が濛々《もうもう》と舞いあがるように見えるだろう！　彼は体が震えるほどの激しい力をふるって、かろうじて思いとどまった。おいおい、落ち着けって。これは啓示だ。その値打ちを受け入れて、理解し、味わうんだ。**たかが骸骨じゃないか！**　潜在意識が叫んだ。耐えられない。それは不作法だ、恐ろしい、身の毛がよだつ。骸骨とは恐怖だ。古城で樫《かし》の梁《はり》からぶらさがり、風に吹かれて振り子のようにぶらぶらと揺れながら、カチン、カタンと音をたて……。

「あなた、みなさんに顔を見せてあげて」妻のよく通る甘い声が、はるか彼方《かなた》から呼びかけてきた。

ミスター・ハリスは突っ立っていた。自分は**骸骨**のおかげで立っていられるのだ。この内部の異物、この侵入者、この恐怖が腕と脚と頭を支えているのだ！　いるはずのないだれかが、すぐうしろにいるような感じだった。一歩踏みだすたびに、自分がこの〈他者〉にどれほど依存しているかを思い知らされた。

「ああ、すぐ行くよ」

彼は弱々しく声をあげた。自分にはこういい聞かせる。どうした、元気を出せ！　明日は仕事にもどらなくちゃいけない。金曜にはフェニックスへ行かなければならないんだぞ。長いドライヴだ。何百マイルと走るのだ。その旅にそなえて体調をととのえておかねばならない。さもなければ、ミスター・クレルドンは、おまえの陶器《とうき》ビジネスに投資してはくれないぞ。さあ、しゃんとしろ！

ややあってハリスはご婦人方に囲まれ、紹介を受けていた。ミセス・ウィザーズ、ミセス・アップルマット、ミス・カーシー。その三人とも内部に骸骨をおさめているのだ。しかし、平然とそれを受けとめていた。なぜなら、自然はむきだしの鎖骨《さこつ》や頸骨《けいこつ》や大腿骨《だいたいこつ》を、乳房や大腿やふくらはぎで、結《ゆ》い髪や描《か》いた眉や蜂《はち》に刺されたような唇で注意深くおおっているからだ。それでも──神よ！　ミスター・ハリスは内心で叫んだ──しゃべったり、食べたりするときに、骸骨の一部が姿をのぞかせる──つまり、歯だ！　それは考えたことがなかった。

「失礼します」

彼はあえぎ声でいった。部屋から飛びだすのが、かろうじて間に合った。庭の欄干《らんかん》にかぶさったペチュニアのあいだに昼食を吐きもどしてしまったのだ。

その夜、妻が着替えるあいだ、ハリスはベッドに腰かけて、足と手の爪を念入りに切っていた。これもまた、彼の骸骨が憤然とはみ出してきているところなのだ。この理論の一部をつぶやいたにちがいない。というのも、ふと気がつくと、ネグリジェ姿の妻がベッドの上におり、彼の首に腕をからませながら、あくびまじりに、「あら、爪は骨じゃないわよ。皮が固くなっただけなのよ！」といったからだ。

彼ははさみを放りだした。

「たしかかい？　そうだといいが。気分がよくなったよ」妻の曲線を感嘆の目で眺め、「みんながそんなふうな体つきだといいのに」

「あなた、ひどい心気症なのね！」彼女は夫をしっかりと抱きしめ、「ねえ。どうしちゃったの？　ママにいいなさい」

「体のなかのなにかのせいだ」彼はいった。「なにか——食べたもののせいだよ」

明くる日の午前と午後を通じて、ミスター・ハリスは繁華街のオフィスで、体じゅうのさまざまな骨の大きさ、形、構造を不愉快な思いで調べた。午前十時には、肘《ひじ》をちょっとさわらせてくれとミスター・スミスに頼んだ。ミスター・スミスは応じてくれたが、けげんそうに顔をしかめた。昼食のあと、肩甲骨《けんこうこつ》にさわらせてくれとミス・ローレルに頼むと、彼女はすぐさま背中を彼に押しつけ、子猫のようにゴロゴロと喉を鳴らし、目を閉じた。

「ミス・ローレル！」彼はぴしゃりといった。「やめたまえ！」

ひとりきりになると、彼は自分のノイローゼについて思い悩んだ。戦争は終わったばかり、仕事のプレッシャー、不安定な将来があいまって、神経に支障が出ているのだろう。会社を辞《や》めて、自分で事業を興《おこ》したい。陶器と彫刻には人並み以上の才能があるのだ。できるだけ早くアリゾナへ向かい、ミスター・クレルドンに資金を借りて、窯《かま》を築き、店をかまえる。それが心配の種《たね》なのだ。それが自分の症例なのだ。しかし、さいわいにも、自分を心から理解し、熱心に力を貸してくれそうなムッシュー・ムニガンとつきあいができた。とはいえ、やむにやまれぬかぎり、ムッシュー・ムニガンのもとへも、ドクター・バーリーのもとへももどらずに、自力でノイローゼに打ち勝つのだ。そのうち違和感は消えるだろう。彼は虚空をじっと見つめていた。

違和感は消えなかった。ますます大きくなった。

火曜日と水曜日には、表皮や毛髪をはじめとする付属物が混乱をきわめているのに対し、皮膚でおおわれた内部の骨格は、すべすべとして、清潔で、効率よく組織化された構造物であることが、気になって仕方がなくなった。口もとをへの字に結び、憂鬱《ゆううつ》に打ちひしがれていると、ある一定の光のもとでは、肉の裏側でにやにや笑っている頭蓋骨が見えるような気がするときもあった。

やめてくれ！　彼は叫んだ。よすんだ！　肺が！　やめるんだ！

彼は発作的にあえいだ。まるで肋骨が息を押しだしたかのように。

脳が――締めつけるのをやめろ！

と、すさまじい頭痛が脳を焼き、目の前が消し炭《ずみ》のように黒くなった。

わたしの内側にいるやつ、頼むからやめてくれ！　心臓に近づくな！

青白い蜘蛛がうずくまり、餌食《えじき》をもてあそぶように、扇形《おうぎ》に開閉する肋骨の動きで心臓が圧迫された。

ある晩、クラリスが赤十字の会合で外出しているあいだ、彼は汗みずくになってベッドの上で仰向けになっていた。気を落ち着かせようとしたが、自分の汚い外部と、内側におさまったこの美しく、ひややかで、清潔なカルシウムのものとのあいだの葛藤《かっとう》をますます意識するばかりだった。
顔の肌——脂《あぶら》ぎっていて、心配でしわが寄っていないだろうか？
《染みひとつない、純白で完璧な頭蓋骨を見よ》
鼻——大きすぎはしないか？
《それなら、あの怪物じみた鼻軟骨《びなんこつ》がいびつな鼻を形成しはじめる前の、ちんまりした頭蓋骨の鼻を見るがいい》
胴体——ぽっちゃりしていないか？
《それなら、骸骨を考えてみろ。すらりとしていて、洗練されていて、線と輪郭に無駄がない。精妙な彫刻の施された東洋の象牙《ぞうげ》！　白いカマキリのように完璧で、ほっそりしている！》
目——飛びだし気味で、凡庸《ぼんよう》で、鈍《にぶ》そうに見えないか？
《ここは百歩ゆずって、頭蓋骨の眼窩《がんか》に気づいてほしい。あまりにも深く、丸みを帯び、厳粛で、静謐《せいひつ》な池。永遠の全知。深みに目をこらしても、その暗い理解の底にはけっして触れられない。すべての皮肉、すべての生命、森羅万象《しんらばんしょう》がそのくぼんだ暗闇のなかにひそんでいる》
くらべてみろ。くらべてみろ。くらべてみろ。
彼は何時間も怒り狂った。いっぽう、つねにか弱く、生真面目な哲学者である骸骨は、ひとこともいわずに内部でひっそりとぶらさがり、さなぎのなかの繊細な昆虫のように宙吊りになって、ひたすら機をうかがっていた。
ハリスはのろのろと上体を起こした。

「ちょっと待て。待ってくれ！」彼は声をはりあげた。「おまえも無力なんだ。おまえだって囚《とら》われの身だ。わたしはおまえを思いどおりに動かせる！　おまえにはどうしようもない！　おまえの手根骨《しゅこんこつ》や中手骨《ちゅうしゅこつ》や指趾骨《ししこつ》を動かせとわたしがいえば――すーっと――動くんだ、わたしがだれかに手をふるように！」笑い声をあげ、「腓骨《ひこつ》と大腿骨を動かせと命令すれば、おいっちにい、三、四、おいっちにい、三、四――わたしたちはその辺を歩きまわるんだ。そうだ、そうなんだ！」

　ハリスはにやりとした。

「闘いは五分五分だ。半々なんだ。そして勝負がつくまで闘うんだ、わたしたちふたりは！　けっきょく、ものを考える部分はわたしだ。そうだ、そうだった！　おまえなんかなくたって、まだ考えることはできるんだ！」

　たちまち、虎のあぎとがパッと閉まり、彼の頭脳をまっぷたつに噛みちぎった。ハリスは絶叫した。頭蓋骨がぎりぎりと締めあげてきて、彼は悪夢を見せられた。それから、彼が悲鳴をあげているうちに、ゆっくりと寄り添ってきて、悪夢をひとつずつ食べ、やがて最後の悪夢がなくなり、光が消えた……。

　その週末、彼は健康上の理由からフェニックス行きを延期した。一セント体重計に乗ってみたところ、赤い矢印がゆっくりとすべって指したのは――一六五。

　彼はうめき声をもらした。おいおい、何年も体重は一七五ポンドだったんだぞ！　十ポンドも減らしたわけがない！　蠅《はえ》の糞《ふん》が点々とついた鏡で頬をしげしげと見る。冷たく、根源的な恐怖がこみあげてきて、全身に奇妙な震えが走った。きさま、きさまのせいだな！　きさまのたくらみなんぞお見通しだぞ！

彼は骨張った顔に向かってこぶしをふった。とりわけ上顎骨《じょうがくこつ》と下顎骨《かがくこつ》、頭蓋骨と頸椎骨《けいついこつ》に注意を向けながら。

「こんちくしょう！　わたしを飢《う》えさせて、目方《めかた》を減らせると思ってるな？　肉を剝ぎとり、骨と皮しか残らないようにできると思ってるな。わたしを弱らせて、支配しようと思ってるな。ちくしょう、そうはいくか！」

彼はカフェテリアへ逃げこんだ。

七面鳥、スタッフィング、ポテトクリーム、四種類の野菜、三種類のデザート。そのどれも食べられなかった。胃がむかむかしたのだ。無理やり食べようとすると、歯が痛みはじめた。歯が悪いのか？　彼は腹立たしげに思った。全部の歯がガチガチ鳴って、グレーヴィー・ソースのなかに落ちたって食べてやるぞ。

頭がかっかと燃え、締めつけられた胸を息がガクガクと出入りし、歯は痛みで怒り狂った。しかし、ひとつささやかな勝利をあげた。ミルクを飲みかけたとき、思いとどまって、ノウゼンハレンの花瓶《かびん》に注《そそ》いだのだ。カルシウムはやらないぞ、きさま、カルシウムはやるもんか。カルシウムなり、ほかの骨を強化するミネラルなりは金輪際《こんりんざい》口にしないぞ。わたしは自分たちの両方ではなく、片方のためだけに食べるんだよ、坊や。

「百五十ポンド」翌週、彼は妻にいった。「だいぶ変わったのがわかるだろう?」

「すっきりしたわ」とクラリス。「あなた、身長のわりに太り気味だったのよ」夫の顎を撫《な》で、

「この顔が好きよ。ずっとよくなったわ。いまは線がはっきりして、力強くなってるわ」

「それはぼくの線じゃない。あいつの線だ、ちくしょうめ! ぼくよりもあいつのほうが好きだっていいたいのか?」

「あいつですって?『あいつ』ってだれ?」

クラリスの向こう側、居間の鏡のなかで、憎悪と絶望に満ちた肉の渋面《じゅうめん》の裏で、頭蓋骨がにやりと笑いかけた。

頭に血を昇らせた彼は、麦芽《ばくが》錠剤を口に放りこんだ。ほかの食べものを呑みこめないとき、体重をふやす方法のひとつだ。クラリスが麦芽錠剤に気づいた。

「でも、あなた、あたしのために体重をもどさなくてもいいのよ、本当に」

ああ、黙れ! 彼はそういいたかった。

彼女は夫を膝枕して、「あなた」といった。「最近のあなたを見てきたわ。あなたはひどく——体調を崩してる。なにもいわないけれど、まるで——なにかにとり憑《つ》かれてるみたい。夜中にベッドでしきりに寝返りを打つわ。精神科医に診てもらったほうがいいかもしれない。でも、お医者さまがいいそうなことは、あたしにも全部いえそう。あなたがふともらしたヒントからまとめてみたの。あなたとあなたの骸骨は一心同体。『分割できないひとつの国家、その全体に自由と正義がある』というやつよ。団結すれば立っていられるし、分裂すれば倒れてし

まう。もしあなたたちふたりが、この先も長年連れ添った夫婦のように仲良くやっていけないのなら、またドクター・バーリーに会いにいって。でも、まずはリラックスしてちょうだい。あなたは悪循環におちいっている。心配すればするほど、骨が目立つようになり、ますます心配になるのよ。けっきょく、だれがこの喧嘩をはじめたの？——あなた、それとも消化管の裏にひそんでいるとあなたがいいはる、その匿名《とくめい》の存在？」

彼は目を閉じた。

「ぼくだよ。たぶんぼくだ。つづけてくれ、クラリス、話しつづけてくれ」

「もうお休みなさい」彼女はもの静かにいった。「休んで、忘れるのよ」

ミスター・ハリスは半日のあいだ上機嫌だったが、やがて気分がめいりはじめた。想像力のせいにするのはけっこうだが、なんと、この骸骨は反撃に出ているのだ。

その日の遅く、ハリスはムッシュー・ムニガンの診療所へ向かった。住所を見つけるまで三十分も歩いたが、建物の外側にあるガラス板に、古びて剝げかけた金文字で「M・ムニガン」と名前が記されているのが見えた。そのとたん、苦痛のあまり骨が繫留索《けいりゅうさく》を引きちぎって飛びだすかと思えた。目がくらみ、彼はよろよろと立ち去った。また目をあけたときには角を曲がっていた。ムッシュー・ムニガンの診療所は見えなくなっていた。

苦痛がおさまった。

ムッシュー・ムニガンこそ自分を助けてくれる男だ。その名前を見ただけで、これほどすさまじい反応が起きるのなら、ムッシュー・ムニガンこそ頼みの綱にちがいない。

だが、今日はやめだ。その診療所に引き返そうとするたびに、猛烈な痛みが襲ってきたのだ。脂汗を流しながら、あきらめて、ふらふらとカクテルバーへ寄るしかなかった。

ほの暗いラウンジを横切りながら、ハリスはふと疑問に思った。なにもかもがムッシュー・ムニガンのせいではないだろうか、と。けっきょく、特別な注意を骸骨に向けるきっかけを作り、その心理的な衝撃をもたらしたのはムニガンなのだ！　ムッシュー・ムニガンがなにか不《ふ》埒《らち》な目的のために自分を使っているということはないだろうか？　しかし、どんな目的で？　彼を疑うのはばかげている。ただの小柄な医者じゃないか。役に立とうとしているのだ。ムニガンと棒パンのはいった壺。ばかばかしい。ムッシュー・ムニガンはだいじょうぶ、だいじょうぶだ……。

カクテル・ラウンジのなかの光景が、彼に希望をいだかせた。バターボールのように丸々と太った大男が、バー・カウンターでビールをガブ飲みしていたのだ。ここに成功をおさめた男がいる。ハリスは近寄って、その男の肩を叩き、どうやって骨を閉じこめたのかと訊きたくなる気持ちを抑えた。そう、太った男の骸骨は肉の山に封じこまれている。こちらには脂肪の枕があり、あちらには弾力のある脂肪が盛りあがっている。顎の下には丸い脂肪のシャンデリアがいくつか。哀れな骸骨は負けたのだ。あの脂肪層と闘ったのでは勝ち目がない。かつては闘おうとしたのかもしれない——だが、いまはちがう。圧倒されて、太った男を支える骨は、なごりさえとどめていない。

羨《うらや》ましさを隠しきれず、遠洋定期船の舳先《へさき》を横切るように、ハリスは太った男に近づいた。飲みものを注文し、口をつけてから、思いきって太った男に話しかける——

「内分泌腺《せん》のせいですか？」

「おれに話しかけてるのかい？」と太った男。

「それとも、特別な食事療法ですか？」とハリス。「失礼は承知ですが、ご覧のとおり、わたしは痩《や》せるいっぽうです。すこしも目方がふえないんです。あなたのような胃があればいいのに。あなたもなにかが怖かったから、胃を大きくされたんでしょう？」

「あんた」太った男が大声でいった。「酔ってるね。でも——酔っ払いは好きだ」お代わりを注文し、「教えてやるから、耳の穴をかっぽじって聞きな」と太った男。「ガキのころから二十年かけて、一層また一層と、おれはこれを造りあげた」地球儀のような太鼓《たいこ》腹《ばら》をかかえ、聞く者に美食の地理学を教授する。「終夜興行《こうぎょう》のサーカスとはちがうんだ。演《だ》しものがくり広げられるテントは、夜明け前には張られない。おれは純血種の犬や猫や、そのほかいろんな動物みたいに内臓を養《やしな》ってきた。おれの胃袋は太ったピンクのペルシャ猫だ。眠ってばかりいるが、ある一定の間隔で目をさまし、喉を鳴らしたり、ニャーニャー鳴いたり、うなったり、チョコレートをくれと叫んだりする。たっぷりと食わせてやれば、こっちのいうことを聞くようになる。それにね、おれの内臓は世にも稀《まれ》な純血のインド産アナコンダで、つるつるしていて、とぐろを巻いていて、つやつやと赤くて健康そのものなんだ。こいつを最高の状態に保っておくために、おれはできるだけのことをする。なにかを怖がっていたんじゃないかって？　もしかしたら、そうかもしれん」

　これを聞いて、だれもがお代わりを注文した。

「体重をふやすって？」太った男はその言葉を舌で味わった。「こうすりゃいいのさ――女房と口喧嘩する。親類の十三人と口喧嘩する。モグラ塚のうしろから山ほどのトラブルを流せるやつらと。それに取引相手の一団を加える。いちばんの狙いは、あんたの金を最後の一セントまでまきあげるって連中だ。そうすれば、首尾よく肥満への道に乗ったことになる。どうしてかって？　じきに自分でも知らないうちに、自分自身とそいつらとのあいだに脂肪の壁を築きはじめるからさ。表皮の緩衝器、細胞の壁をね。地上でただひとつの楽しみは食べることだって、すぐにわかるようになる。でも、それには他人にわずらわされないといけない。世間には心配ごとの足りない人間が多すぎるんだよ。だから、自分にいちゃもんをつけて、体重を減らすんだ。できるだけろくでもない人間と会うようにするんだよ。そうすれば、じきに古きよき脂肪がつきはじめるさ！」

　そう助言すると、太った男は千鳥足《ちどりあし》で、息をゼイゼイいわせながら、暗い夜の潮のなかへ飛びこんでいった。

「いいまわしがちょっとちがうが、ドクター・バーリーのいったことと趣旨は同じだ」とハリスは考えこんでいった。「いまこそ例のフェニックス旅行に出るときかもしれん――」

ロサンゼルスからフェニックスへの旅は、暑熱《しょねつ》にさいなまれる旅だった。煮えたぎるような炎天下にモハーヴェ砂漠を横断するのだ。交通量は乏しく、延々と走っても、ほかの車は前にもうしろにも一台もいないということがよくあった。ハリスはステアリングにかけた指をぴくつかせた。フェニックスのクレルドンが、事業をはじめるのに必要な資金を貸してくれるにしろくれないにしろ、いったん逃げだして、問題と距離を置くのはやはりいいことだ。

車は砂漠の熱風の流れに乗って走った。ミスター・Hの内側にもうひとりのミスター・Hがすわっていた。ふたりともだらだらと汗をかいているのかもしれない。ふたりともみじめな思いをしているのかもしれない。

あるカーヴにさしかかると、内側のミスター・Hがいきなり外側の肉を締めつけ、外側のミスター・Hを前のめりにさせて、熱いステアリング・ホイールに押しつけた。

車は道路からそれて灼熱《しゃくねつ》の砂漠に飛びこみ、ひっくり返った。

夜のとばりが降り、風が出てきた。夜空は寂しく、静かだった。通りかかった数台の車はさっさと行ってしまった。視界がきかないのだ。ミスター・ハリスは意識を失ったまま横たわっていたが、ようやく深夜になって砂漠から吹いてくる風の音が聞こえ、小さな砂の針がチクチクと頬を刺すのを感じ、目をあけた。

夜が明けるころには、目に砂がはいって痛むなか、あてどなく堂々めぐりをしていた。錯乱しているうちに道路からはずれてしまったのだ。真昼には、ある灌木《かんぼく》の貧弱な木陰で大の字になった。陽射《ひざ》しが鋭い剣の刃で襲いかかり、彼を切り裂いた——骨まで。一羽の禿鷹《はげたか》が上空を旋回していた。

ハリスのひからびた唇に細い隙間ができた。

「そういうことか」赤い目をし、頬に無精髭《ぶしょうひげ》を生やした彼はささやいた。「なんとかしてわたしを歩かせ、飢えと渇《かわ》きに苦しませ、殺すつもりなんだな」砂ぼこりの乾いたいがを呑みこむ。「太陽にわたしの肉を料理させれば、おまえは顔を出せる。禿鷹がわたしを食いちぎれば、おまえはにやにや笑って横たわることになる。勝利の笑みを浮かべてな。漂白されたシロフォンみたいにまき散らされて、おかしな音楽の好きな禿鷹がそれを演奏するんだ。おまえはそれを気に入るだろう。自由というやつを」

彼は直射日光を浴びながら、ゆらゆらと揺れる風景のなかを歩きつづけた。つまずき、ばったりと倒れて、パクパクと火を貪《むさぼ》りながら横たわる。空気は青いアルコールの炎で、ぐるぐると弧を描いて飛びつづける禿鷹たちは、あぶられ、湯気をあげ、キラキラと光った。フェニックス。道路。車。水。安全。

「おーい!」

だれかが青いアルコールの炎につつまれた遠くのほうから呼んだ。

ミスター・ハリスは上体を起こした。

「おーい!」

その呼び声はくり返された。ジャリジャリとすばやく砂を踏む足音。

心の底から安堵の叫び声をあげて、ハリスは立ちあがったが、またくずおれただけだった。

バッジのついた制服を着ただれかが抱きとめてくれた。

車は延々と牽引《けんいん》され、修理され、フェニックスに到着し、気がつくとハリスは、商談などばかげたパントマイムだという不健全な精神状態にあった。融資を受けて、資金を手にしたときでさえ、意味がなかった。鞘《さや》におさまった硬い白刃《はくじん》のように自分の内部にいる〈もの〉が、事業を、食事を汚染し、クラリスへの愛に色をつけ、自動車への不信を植えつけた。ともあれ、この〈もの〉はいまの場所にとどめておかなければならない。砂漠での事故で命を落としかけたのだ。きわどいところで《ニア・ザ・ボーン》、と人は口もとを皮肉っぽくゆがめていうかもしれない。ミスター・クレルドンに融資の礼を述べる自分の声が、ハリスの耳にぼんやりと届いた。それから彼は車首をめぐらし、長い距離を引き返しはじめた。こんどはサンディエゴまで横断するのだ。そうすれば、エル・セントロとボーモントとのあいだに広がる砂漠を通らずにすむ。彼は沿岸の道を北上した。あの砂漠は信用ならない。だが——用心しろ！　磯波が轟音《ごうおん》をあげ、ラグーナの外側の海岸でシューシュー音をたてている。砂や魚や甲殻類が、禿鷹なみのすばやさで彼の骨をきれいにするだろう。波打ち際でのカーヴではスピードを落とせ。

ちくしょう、わたしは病気なんだ！

どこへ行く？　クラリスか？　バーリーか？　ムニガンか？　骨の専門家。ムニガン。そういうことか？

「お帰りなさい」クラリスが彼にキスをした。情熱的なキスの陰で、彼は歯と顎の硬さにたじろいだ。

「ただいま」彼は震えながら、手首で唇をゆっくりとぬぐった。

「痩せたわね。ああ、あなた、お仕事は——?」

「うまくいった。たぶん。ああ、うまくいったよ」

クラリスはもういちど夫にキスをした。ふたりは陽気なふりをして、ゆっくりと夕食をとった。クラリスは笑い声をあげ、夫をはげました。ハリスは電話ばかり見ていた。何度か迷ったようすで受話器をとりあげたが、すぐに降ろした。

上着と帽子で身支度した妻がやってきた。

「ねえ、悪いけれど、出かけないといけないの」夫の頬をつねり、「さあ、元気出して! 赤十字の会合だから、三時間でもどるわ。横になって、お昼寝でもしていて。どうしても行かないといけないの」

クラリスが出ていくと、ハリスはそわそわと電話のダイアルをまわした。

「ムッシュー・ムニガンですか?」

受話器を置いたあと、体内で爆発した吐き気は信じられないものだった。骨がありとあらゆる痛みに襲われたのだ。熱い痛み、冷たい痛み、考えたこともなければ、いちばんひどい悪夢のなかでも経験したことのない痛みだ。見つかるかぎりのアスピリンを呑みくだし、その攻撃を食い止めようとした。しかし、一時間後にようやくベルが鳴ったときには、身動きができなかった。息も絶え絶えに横たわり、頬に涙を伝わせていた。

「はいって！　頼むから、はいってください！」

ムッシュー・ムニガンがはいってきた。さいわいドアに鍵をかけていなかったのだ。

ああ、しかし、ミスター・ハリスのひどいざまといったら。小柄で浅黒いムッシュー・ムニガンは居間の中央で棒立ちになった。ハリスはうなずいた。苦痛が全身を走りぬけ、大きな鉄のハンマーと鉤《かぎ》でなぐりかかった。ハリスの浮きだした骨を見たとたん、ムッシュー・ムニガンの目がぎらりと光った。ああ、ミスター・ハリス、心理的に助けを求める準備がととのったのですね。そうではありませんか？　ハリスは弱々しくもういちどうなずき、すすり泣いた。ムッシュー・ムニガンは、あいかわらずヒューヒューと口笛を吹くような声でしゃべった。彼の舌と口笛の音はどこか妙だった。そんなことはどうでもいい。チラチラ光る目を通して見ているハリスには、ムッシュー・ムニガンがどんどん縮んで、小さくなるように思えた。もちろん、目の錯覚だ。ハリスは涙ながらにフェニックス旅行の件を語った。ムッシュー・ムニガンは同情してくれた。この骸骨が——裏切り者なんです！　永久に固定してやりましょう！

「ムッシュー・ムニガン」ハリスはいまにも消え入りそうなため息をついた。「前は——気づきませんでした。あなたの舌。丸くて、管《くだ》みたいですね。空洞なんですか？　目がどうかしているのかな。さて、どうすればいいんですか？」

ムッシュー・ムニガンが楽しそうにヒューヒュー音をたてながら近寄ってきた。ミスター・ハリス、楽な姿勢で椅子にすわって、口をあけてもらえませんか？　明かりが消された。ムッシュー・ムニガンは、ハリスがあけた顎の奥をのぞきこんだ。もっと広くあけてもらえますか？　最初の診察では、ミスター・ハリスを助けることは非常にむずかしかった。体と骨の両方が反抗したからです。いまは、とにかく、肉体が協力してくれています。たとえ骨格が抗議しても。暗闇のなかで、ムッシュー・ムニガンの声がどんどん小さくなっていく。ヒューヒューいう音がかん高くなる。さあ。体の力を抜いてください、ミスター・ハリス。**いまだ！**

ハリスは四方から激しく顎を圧迫されるのを感じた。スプーンを使ったかのように舌が押し下げられ、喉が詰まる。彼は必死にあえいだ。ヒューヒューいう音。息ができない。なにかが身をくねらせ、頬を螺旋《らせん》状にくりぬくと、顎を破裂させた。温水洗浄のように、なにかが副鼻腔《ふくびくう》に注ぎこまれ、耳に轟音がとどろいた。

「あううう！」ハリスは喉を詰まらせながら絶叫した。甲皮の割れた頭が砕け、だらりと垂れさがる。苦悶《くもん》が火となって肺を走りぬけた。

ハリスはほんの一瞬、また息ができた。涙のにじむ目がパッと見開かれる。彼は叫んだ。拾って束《たば》ねた棒のような肋骨が、体のなかでゆるんでいる。痛い！　彼は床に倒れ、熱い息をゼイゼイと吐きだした。

視覚を失った眼球のなかで光がちらつく。彼は手足が投げだされるのを感じた。涙を流している目を通して、居間が見えた。

部屋はもぬけの殻《から》だった。

「ムッシュー・ムニガン？　いったいどこにいるんです、ムッシュー・ムニガン？　助けにきてください！」

ムッシュー・ムニガンは消えていた。

「助けてくれ！」

そのとき聞こえた。

体の底にある亀裂の奥深く、かすかな信じがたい音がする。強く叩いたり、ねじったりする小さな音。削ったり、摺《す》りつぶしたり、鼻をすり寄せるような小さな音――ちょうど赤い血に染まった薄闇のなかで、腹をすかせたちっぽけなネズミが、水没した木であっても不思議はないが、そうではないものを熱心に、器用にかじっているように……！

クラリスは頭を高くもたげ、歩道を歩きながら、セント・ジェームズ・プレースにあるわが家《や》へまっすぐ向かっていた。赤十字のことを考えながら角を曲がったとたん、ヨードチンキのにおいをただよわせた浅黒い小柄な男と鉢合《はちあ》わせしそうになった。

すれちがいざま、ある事実に気づかなかったら、クラリスは気にもとめなかっただろう。男が上着から白くて長い、なんとなく見憶《おぼ》えのあるものをとり出し、ペパーミント棒のようにかじりはじめたのだ。端を食いきると、男はなみはずれて長い舌を白い糖菓《とうか》のなかにさし入れて、中身を吸いだし、満足げな音をたてた。彼女が家まで歩道を歩き、ドアノブをまわして、なかにはいったとき、男はあいかわらず糖菓をガリガリとかじっていた。

「あなた？」彼女は笑顔であたりに呼びかけた。「あなた、どこにいるの？」ドアを閉じ、廊下を歩いて居間へはいる。「あなた……」

彼女は二十秒ほど床を見つめた。理解しようとしたのだ。

悲鳴をあげた。

外のスズカケの木陰では、先ほどの小男が白く長い棒のところどころに穴をあけていた。それから、そっとため息をつくように、唇をすぼめ、その即席の楽器で哀調を帯びた曲を吹きはじめた。居間に立っているクラリスの、かん高くおぞましい歌声を伴奏にして。

幼い少女だったころ、クラリスは砂浜を走っていて、クラゲを踏んづけ、悲鳴をあげたことが何度もある。だから、居間でゼラチンの皮膚をした無傷のクラゲを見つけても、それほど怖がりはしなかったはずだ。あとずさればいいのだから。

そのときだった。クラゲに名前を呼ばれたのは……。

たんぽぽのお酒

イルミネーション

その朝、芝生を横切ったとき、ダグラス・スポールディングは蜘蛛《くも》の巣を顔に引っかけて破ってしまった。目に見えない糸が一本だけ空中に張られていて、それが額《ひたい》に触れ、音もなく切れたのだ。

このとるに足りない出来事のおかげで、今日はいつもとちがう日になるのがわかった。あんのじょう、ちがう日になりそうだった。ダグラスと十歳になる弟のトムを車に乗せて、町から郊外へ向かうあいだ父親が説明したように、においだけでできている日というものがあって、世界は片方の鼻の穴から吹きこみ、反対側から出ていくものでしかないからだ。ときには、と父親は言葉をつづけた。宇宙のあらゆるラッパの音や打楽器の顫音《トリル》の聞こえる日もある。味わうのにうってつけの日もあれば、触れるのにうってつけの日もある。さて、今日は、と父親はうなずいた。ありとあらゆる感覚を、いっぺんに味わうのにうってつけの日もある。まるで丘の向こう側で名もない果樹《かじゅ》の大きな林が、一夜にして生長し、そのさわやかで暖かい香りが、見渡すかぎりの土地にたちこめているようだ。雨が降りそうな感じだが、空には雲ひとつない。

いまにも、見知らぬ人が森のなかで笑い声をあげそうだが、あたりは静寂につつまれている……。

ダグラスは車窓の外を流れていく風景を眺めていた。果樹のにおいはしなかったし、雨の気配もなかった。リンゴの木も雲もないのだから、どちらもあるわけがないのだ。それだったら、森の奥であがるという、見知らぬ人の笑い声は……？

それでも事実は残る——ダグラスはぶるっと身震いした——これといった理由はないが、今日は特別の日なのだ。

静かな森のどまんなかで車は止まった。

「こら、おまえたち、行儀よくしなさい」

兄弟はずっと肘《ひじ》で小突《こづ》きあっていたのだ。

「はい」

三人は車を降り、青いブリキのバケツをさげて、人里離れた未舗装の道から、降った雨のにおいのなかへはいった。

「蜜蜂《みつばち》を探すんだ」父さんがいった。「蜜蜂は葡萄《ぶどう》のまわりをうろうろしているもんだ。男の子がキッチンのまわりをうろうろするみたいにな。ダグ？」

ダグラスははっとして顔をあげた。

「百万マイルも遠くにいるみたいだな」と父さん。「ぼんやりするな。いっしょに歩け」

「はい」

三人は森のなかを歩いていった。父さんはとても背が高く、ダグラスはその影のなかを歩き、ひどく小柄なトムは、兄の影法師のなかを小走りについてくる。地面がすこし盛りあがったところに行き当たり、前方を見やった。ほら、ここだ、見えるかい？　父さんが指さした。ここには夏のおだやかな大きな風が住んでいて、幻の鯨《くじら》みたいに、姿もなく緑の深みを通り過ぎるんだ。

ダグラスはすばやく目を向けたが、なにも見えなかったので、父親にだまされたような気がした。父さんは、お祖父《じい》ちゃんみたいに、謎かけなしでは生きられないんだ。でも、やっぱり……ダグラスはためらい、耳をすました。

そう、なにかが起ころうとしている、と彼は思った。ぼくは知ってるんだ！

「ここにホウライシダが生えてるんだ」手にさげたブリキのバケツを鐘《かね》のように鳴らしながら、父さんが歩きだした。「この感じがわかるかい？」地面を足でこすり、「よく肥《こ》えた腐葉土《ふようど》が百万年分も積もっているんだ。こうなるまでに、どれだけの秋が過ぎたか、考えてごらん」

「わあ、ぼくの歩き方はインディアンみたいだ」とトム。「音がしないよ」

ダグラスは感じたが、厚い腐葉土を感じたわけではなく、耳をすまし、あたりに気を配った。囲まれてるぞ！　彼は思った。いまに起きるんだ！　なにが？　足を止める。出てこい、どこにいるにしろ、なんであるにしろ！　彼は声に出さずに叫んだ。

前方ではトムと父さんが、静まりかえった大地を悠然と歩いている。

「ほら、飛びきり上等の透かし模様《レース》だ」静かな声で父さんがいった。

そして頭上の梢《こずえ》の隙間に手をのばし、梢が空に織《お》りこまれているさま、あるいは空が梢に織りこまれているさまを身振りで示した。どっちなのかは父さんにもわからなかった。でも、レースがあるだろう、と父さんはほほえんだ。緑と青の機織《はた》りはつづくんだ。目をこらせば、森がブンブンいう機織り機を縦横に動かすのが見えるだろう。父さんはくつろいでたたずみ、盛んにおしゃべりした。言葉はすらすらと口をついた。自分のいったことにしょっちゅう大笑いするものだから、ますますくつろいだ気分になるようだ。静寂に耳をすますのが好きだ、と父さんはいった。静寂に耳をすませればの話だがね。なぜかというと、と父さんは言葉をつづけた。静寂のなかなら、蜜蜂にジュージュー揚《あ》げられた空気のなかを、野の花の花粉が舞い落ちる音が聞こえるからだ。なんと、蜜蜂にジュージュー揚げられた空気だぞ！　耳をすましてごらん！　あの木立の向こうで鳥の歌が滝のように聞こえるだろう！

いまだ、とダグラスは思った。来るぞ！　走ってくる！　見えない！　走ってくる！　いまにもぶつかりそうだ！

「山ブドウだ」父さんがいった。「ついてるな、ほら、ここだ！」

やめて！　ダグラスはあえいだ。

しかし、トムと父さんは腰をかがめ、ガサガサいう茂みに手を深々と押しこんだ。魔法が砕け散った。徘徊《はいかい》する恐ろしいもの、堂々と走るもの、跳躍するもの、魂《たましい》を揺すぶるものは消えてしまった。

ダグラスは茫然《ぼうぜん》自失し、がっくりと膝《ひざ》をついた。自分の指が緑の影の奥へ沈んでいき、緑色に染まって出てくるのが見えた。どういうわけか森を切り裂き、その開いた傷口に手をいれてかきまわしたかのようだった。

「お昼にしようか、おまえたち！」

山ブドウと野イチゴで半分ふさがったバケツを持ち、蜜蜂をあとにしたがえて——蜜蜂というのは、小声でブンブンいっている世界そのものなんだぞ、と父さんがいった——彼らは緑の苔《こけ》におおわれた丸太にすわり、サンドイッチをほおばりながら、父さんと同じやり方で森の音に耳をかたむけようとした。父さんはなんとなく面白がってこっちを見ているな、とダグラスは感じた。父さんが心に浮かんだことをいいかけたが、代わりにサンドイッチをもうひと口かじって、その味に思いをめぐらせた。

「外で食べるサンドイッチはもうサンドイッチじゃない。家のなかで食べるのとはまるっきりちがう味がする。気づいたかい？　ずっと香辛料《こうしんりょう》がきいてるんだ。ミントやシャクジョウソウの味がする。食欲をそそること請《う》けあいだ」

ダグラスの舌は、パンと辛子《からし》のきいたハムの舌ざわりをたしかめた。いや……そんなことはない……ただのサンドイッチだ。

トムがサンドイッチを噛《か》んで、うなずいた。

「ほんとだ、パパのいうとおりだ！」

あとすこしで起こりそうだった、とダグラスは思った。正体がなんであるにしろ、そいつは大きかった、そうとも、大きかったんだ！　なにかに怯《おび》えたんだ。いまどこにいるんだろう？あの茂みの裏だ！　いや、ぼくのうしろにいる！　いや、ここだ……この辺だ……。彼はひそかに胃袋のあたりをもんだ。

待っていれば、あれはもどって来る。悪さはしない。悪さをしに来るわけじゃない——どういうわけか、それがわかる。じゃあなんだ？　なにをしに来るんだ？　なにをしに？

「今年と、去年と、おととしに野球の試合を何回やったか知ってる？」藪《やぶ》から棒にトムがいった。

すばやく動くトムの唇《くちびる》をダグラスは見つめた。

「書きとめといたんだ！　千五百六十八試合だよ！　じゃあ、ぼくが十年で歯を磨いた回数は？　六千回！　手を洗った回数は——一万五千回。寝た回数は——四千回ちょっと、昼寝を入れずにだよ。食べた桃《もも》は六百個、リンゴは八百個。梨《なし》は——二百個。梨はあんまり好きじゃないんだ。なんでもいいからいってよ、統計をとってあるんだ！　十年でやったことを足し合わせれば、一千兆になるよ」

おやっ、とダグラスは思った。また近づいてきているな。どうしてだろう？　トムがしゃべっているからかな？　でも、どうしてトムなんだろう？　トムはサンドイッチを口いっぱいにほおばりながら、しゃべりつづけている。父さんは山猫みたいに警戒して丸太にすわっている。トムの口のなかで言葉がソーダの泡みたいにブクブクと湧いてくる——

「読んだ本——四百冊。見たマチネーの映画——バック・ジョーンズもの四十本、ジャック・

ホクシーもの三十本、トム・ミックスもの四十五本、フート・ギブスンもの三十九本、猫のフェリックスの漫画、単発を百九十二本、ダグラス・フェアバンクス主演十本、『オペラの怪人』のロン・チェイニー八回、ミルトン・シルズ四本、アドルフ・マンジューの恋愛もの一本、このときは映画館のトイレに九十時間もいたよ。ふにゃけたのが終わって、『猫とカナリヤ』か『コウモリ』が見られるまで待ってたんだけど、この二本のほうはだれもが隣の人にしがみついて、二時間悲鳴をあげっぱなしだった。これだけの映画を見てるあいだに、たぶん四百個のロリポップと、三百個のトッツィー・ロールと、七百個のアイスクリーム・コーン……」

トムがさらに五分ほど静かな口調でしゃべりつづけたところで、父さんが「これまでイチゴをいくつ摘《つ》んだんだい、トム?」とたずねた。

「きっかり二百五十六個!」トムは即座に答えた。

父さんが笑い声をあげ、昼食は終わり、三人はふたたび木イチゴや小粒の野イチゴを探しに木陰へ移動して、三人とも腰をかがめ、手がせわしなく行き来し、バケツがどんどん重くなり、ダグラスは息をこらえて考えていた。そうだ、そうだ、また近いぞ！　ぼくの首に息がかかりそうだ！　見ちゃだめだ！　仕事をつづけるんだ。イチゴを摘んで、バケツに入れるだけにしろ。見たら、そいつは怯えて逃げてしまう。こんどは逃がさないぞ！　でも、どうやって、どうやって見えるところまで連れてこよう、しっかりと目をのぞきこめるところまで？　どうやって？　どうやって？

「ぼく、マッチ箱に雪をひとひら入れといたんだ」ワイン色に染まった手袋のような手を見てにんまりしながらトムがいった。

黙ってろ！　ダグラスは怒鳴りたかった。でも、だめだ、怒鳴ったら、こだまに怯えて、あの〈もの〉が逃げてしまう！

おっと、待てよ……トムがしゃべればしゃべるほど、あの大きな〈もの〉は近づいてくる。あれはトムを怖がっていない。トムの息があれを引きつけている。トムはあれの一部なんだ！

「今年の二月」トムがクスクス笑いながらいった。「吹雪《ふぶき》のなかでマッチ箱をさしだして、落ちてきた雪をひとひら入れて、ふたを閉めたあと、家のなかへ駆けこんで、冷蔵箱にしまったんだ！」

近い、すぐ近くだ。よく動くトムの口もとをダグラスは見つめた。彼は跳ねまわりたくなった。大きな津波が森の背後でせりあがっているような気がしたからだ。つぎの瞬間、津波が崩れて、自分たち三人を永久に押しつぶすだろう……。

「そうだよ」ブドウを摘みながらトムがいう。「夏に雪を持ってる人間なんて、イリノイじゅうにぼくひとりさ。うひゃあ、ダイヤモンドなみに貴重だね。明日その箱をあけるんだ。ダグ、兄さんにも見せてやるよ……」

これがほかの日だったら、ダグラスは鼻を鳴らし、トムをはたいて、嘘ばっかり、といったかもしれない。でも、あの大きな〈もの〉がどんどん近づいてきて、頭上の晴れた空から落ちてこようとしているいまは、目を閉じて、うなずくことしかできなかった。

トムはとまどい顔でイチゴ摘みをやめ、ふり向いて兄のほうをまじまじと見た。

背中を丸めているダグラスは、恰好の標的だった。トムは歓声《かんせい》をあげて飛びかかり、その背中の上に落ちた。ふたりは倒れ、手足をばたつかせながらころがった。

だめだ！　いいんだ！　ダグラスは心をぎゅっと締めつけた。よせ！　だが、不意に……。よし、これでいいんだ！　体がもつれ、触れあって、倒れてころがっても、津波は怖がって逃げたりしなかった。いまはつぶれて、洪水となり、森の奥にある草の岸辺にふたりを押し流している。こぶしが口に当たった。温かい血の錆《さ》びた味がして、彼はトムを強くつかまえ、ぎゅっと抱きしめた。ふたりはしじまのなかで、心臓をドキドキいわせ、鼻の穴からシューシュー息を吹きだしながら、そうやって横たわっていた。そしてとうとう、なにも見つからないのではと不安に駆られながら、ダグラスがゆっくりと片目をあけた。

するとなにもかもが、森羅万象《しんらばんしょう》がそこにあった。

世界はひときわ巨大な瞳の大きな虹彩《こうさい》に似ており、やはりいま開いたばかりで、森羅万象をつつみこもうと広がっていたのだが、それがじっと見かえしてきたのだ。

そして彼にはわかった——自分に飛びかかってきて、その場にとどまり、もう逃げていこうとしないものの正体が。

ぼくは生きている、と彼は思った。

血でまっ赤に染まった指が震えた。そして彼は思った——いま見つかった、これまでだれにも見られなかった奇妙な旗の切れっ端のように。いったいどこの国に、どんな忠誠の義務を自分は負っているのだろう、と。トムを押さえこみながら、それでいて彼がそこにいるのを知らず、あいているほうの手でその血に触れる。まるでそれをめくって剝《は》がし、高くかかげて、ひっくり返せるかのように。それからトムの体を離し、片手を空にのばして仰向けになると、彼はひとつの頭となり、そこから目が歩哨《ほしょう》のように、見慣れない城の落とし格子ごしに、橋である片腕にそって指をじっと見た。そこでは鮮血に染まった三角旗が、光を浴びて小刻みに震えていた。

「だいじょうぶ、ダグ?」トムがたずねた。

その声は水中のどこか、秘密を暴かれた、緑の苔むした井戸の底にあった。

体の下で草がささやいた。ダグラスは腕を降ろし、鞘《さや》のように腕をおおう産毛《うぶげ》にさわってみた。するとはるか彼方《かなた》の下のほうで、爪先が靴のなかでギシギシと鳴った。風がため息をついて貝殻《かいがら》のような耳を撫《な》でていく。水晶玉のなかで火花を散らす映像のように、色あざやかな世界が丸いガラス質の眼球をさっとかすめていく。花々は森じゅうにまき散らされた太陽と火のような空の点々。裏返しになった池のような広大な天空を、鳥が水切り石のようにピョンピョン渡っていく。息は歯をこすり、はいるときは氷で、出るときは火。昆虫が空気に透明な電気でショックをあたえる。頭では一万本の毛一本一本が、百万分の一インチのびる。双子の心臓が左右の耳で打っている音、第三の心臓が喉で打っている音、ふたつの心臓が手首で脈打っている音、本物の心臓が胸のなかで強く打っている音が聞こえる。体じゅうで百万の毛穴が開く。

ぼくは本当に生きているんだ! 彼は思った。いままで知らなかった。いや、知っていたとしても、忘れていたんだ!

彼はそれを大声で、だが口には出さずに叫んだ。十回も！　考えてみろ、考えてみろ！　十二歳になってようやくだ！　この世にも稀《まれ》な計時器をやっと見つけたのだ。七十まで動くことを保証された、金色に輝くこの時計。木の下に放っておかれ、取っ組みあいのあいだに見つかった時計を。

「ダグ、だいじょうぶ？」

ダグラスは歓声をあげ、トムをつかむと、ごろごろところがった。

「ダグ、気でも狂ったの！」

「狂ってるよ！」

ふたりは口に陽《ひ》を受けて、割れたレモン色のガラスのような陽を目に受けて、川岸に放りだされた鱒《ます》のように口をパクパクさせ、叫びだすまで笑いながら、斜面をころげ落ちていった。

「ダグ、気が狂ったんじゃないよね？」

「ちがう、ちがう、ちがう、ちがう、ちがう！」

ダグラスが目を閉じると、その闇のなかを歩く、斑点のあるヒョウが見えた。

「トム！」それから声を落として、「トム……世界じゅうのみんなが……自分は生きているのを知ってるのかな？」

「知ってるさ。あたりまえじゃないか！」

ヒョウたちは、さらに暗い土地へ音もなく走り去った。眼球をまわしても、そこまではついていけないところへ。

「そうだといいな」ダグラスはささやき声でいった。「ああ、みんな知ってるといいな」

ダグラスは目をあけた。手を腰に当てた父さんが、笑いながら、緑の葉でふちどられた空までのびあがるように立っていた。ふたりの目が合った。ダグラスはピンと来た。父さんは知ってるんだ、と彼は思った。みんな仕組まれたことだったんだ。父さんは目的があってぼくらをここへ連れてきた。これがぼくの身に起きるように！　父さんのたくらみだ。なにもかも知ってるんだ。そしていま、ぼくが知ったのを知っているんだ。

手が降りてきて、彼をつかんで引きあげた。ふらふらしながらトムと父さんと並んだダグラスは、打ち身だらけで、服はくしゃくしゃ、とまどい、畏怖《いふ》に打たれていたが、奇妙に骨張った肘をそっとかかえ、形のいい唇を満足そうになめた。それから父さんとトムに目をやった。
「バケツはぼくが全部運ぶよ」彼はいった。「こんどだけは、全部運ばせて」

ふたりはとまどいの笑みを浮かべながらバケツを渡した。

ダグラスはすこしふらふらした。森の収穫を集め、シロップでずっしりと重くなったバケツを、垂らした両手でしっかりと握っていたからだ。感じられるものはすべて感じたい、と彼は思った。さあ、疲れを感じさせてくれ、疲れてるってことを感じさせてくれ。忘れてはいけない、ぼくは生きている。そう、ぼくは生きているんだ。今夜も、明日も、あさっても、それを忘れてはいけない。

蜜蜂をしたがえ、山ブドウと黄色い夏のにおいをしたがえて、彼は重荷をさげ、半分酔っ払ったように歩いていった。指にすてきな胼胝《たこ》ができ、腕は痺《しび》れて、足はつまずいたので、父親がダグラスの肩を支えた。

「いいんだ」ダグラスは口のなかでいった。「だいじょうぶ。平気だよ……」

草や、根や、石や、苔むした丸太の樹皮の感触が、腕や脚や背中のあちこちに残っていたが、三十分かけてすこしずつ消えていった。彼がこのことについて思いをめぐらし、森のなごりがすこしずつ消えていくあいだ、弟と黙りこくった父親があとをついてきて、元の幹線道路へもどる森の道を探すのを彼ひとりにまかせてくれた。その道が三人を町へ連れもどしてくれるだろう……。

たんぽぽのお酒

その日、のちほど、町で。また別の収穫があった。

お祖父《じい》さんが幅広い玄関ポーチにたたずみ、真正面に広がる、べた凪《なぎ》を思わせる季節の風景を船長のように見渡していた。風と、手の届かない空と、ダグラスとトムが立っている芝生に問いかけているのだが、ふたりは祖父にだけ問いかけるのだ。

「お祖父ちゃん、用意はできた？　もういいんじゃない？」

お祖父さんが顎《あご》をつまんだ。

「五百、千、二千は軽いな。よし、よし、豊作だ。焦《あせ》らずに摘《つ》むんだよ、残らず摘んでくれ。絞り器にひと袋運ぶたびに十セントだ！」

「わあっ！」

少年たちはにっこり笑って身をかがめた。ふたりが摘むのは黄金《きん》色の花。世界にあふれ、芝生から煉瓦《れんが》敷きの通りへ滴《したた》り落ち、水晶のような地下室の窓をそっと叩いて、宙を舞い、溶けた太陽のまばゆいきらめきを四方八方に放っている花。

「毎年」とお祖父さんがいった。「そいつらは猛《たけ》り狂うが、わしはしたいようにさせておく。庭のライオンは誇り高い。じっと見つめれば、網膜が焦《こ》げて穴があいちまう。たしかに、ありふれた花、だれの目にもとまらない雑草だ。でも、わしらにとっては、気高いものなんだ、た《ダン》んぽぽ《デライオン》は」

そういうわけで、注意深く引きぬかれ、袋に詰められて、たんぽぽは地下へ運ばれた。地下室の暗闇は、たんぽぽが到着するとパッと輝いた。ブドウの絞り器が、ひややかに口をあけていた。つぎつぎと投じられる花が、それを温めた。絞り器の口を元にもどし、お祖父さんがレヴァーをまわすと、スクリューが回転し、収穫物をそっと押しつぶす。

「よし……いいぞ……」

黄金色の潮流、上天気に恵まれた月のエッセンスが流れだしたかと思うと、下の注《そそ》ぎ口からほとばしり、甕《かめ》に入れられ、発酵した液の上澄みをすくいとられ、きれいに洗われたケチャップの容器に詰められてから、地下室の薄暗がりに並べられ、きらきらと光りはじめる。

たんぽぽのお酒。

その言葉を舌に載せれば夏の味がした。このお酒は、夏をつかまえ、栓《せん》をしたものなのだ。そして自分が生きていて、すべてに触れ、すべてを見るために世界を動きまわっているのだとダグラスが実感したいま、雪が降りしきり、何週間も何カ月も太陽が姿を見せず、そのころには奇跡もいくらか忘れられ、再生が必要になった一月のある日にあけるため、この新しい知識のいくばくかを、この特別な収穫の日のいくばくかを封印しておくのは、なにより正しく適切なことだ。この夏は思いもよらない驚きの夏となるのだから、そのすべてを回収し、ラベルを貼っておきたかった。そうすれば、いつでも好きなときに、この湿った薄闇のなかへそっと降りてきて、指先をのばせばいいのだ。

そこには、朝開いた花の淡いきらめきとともに、うっすらと積もったほこりを透《す》かして輝くこの六月の光とともに、たんぽぽのお酒が列をなしているだろう。冬の日にその瓶《びん》を透かして見れば——雪が溶けて草が顔を出し、鳥や葉や花が木々にもどってきて、蝶の群れのように風を受けて息づくだろう。その瓶を透かして見れば、空の色が鉄色から紺碧《こんぺき》に変わるだろう。夏を手に持ち、夏をグラスに注《そそ》ぐ。もちろん、小さなグラスだ。子供たちがひと口なめてピリピリすればいい。グラスを口もとへ持っていき、かたむけて夏を流しこめば、血管のなかの季節が変わるのだ。

「さあ、雨水の樽《たる》を用意して！」

この世でいちばんいい水は、混じり気のない雨水にほかならない。それははるか彼方《かなた》の湖や、早朝に露《つゆ》の降りた美しい草原から召喚され、広々とした空へ持ちあげられ、洗濯ものの群れとなって運ばれ、九百マイルも風にブラシをかけられて、高圧電流をためこみ、冷たい空気に触れて凝縮したものだ。この水は、雨となって落ちるとき、さらに天空の一部をその結晶のなかにとりこむ。東風と西風と北風と南風の一部を吸収して、この水は雨となり、その雨は、この儀式の時間のうちに、早くもワインに変わりかけている。

ダグラスが柄杓《ひしゃく》を手にして走った。雨水をためた樽に深々と突き入れ、

「やるよ！」

柄杓のお椀《わん》のなかの水は絹《きぬ》だった。透き通っていて、ほのかに青い絹。飲めば、唇《くちびる》と喉と心臓がやわらかくなるだろう。この水を柄杓とバケツで地下室へ運ばなければならない。そこで雪解け水や渓流の水に混ぜ、収穫したたんぽぽに注ぐのだ。

お祖母《ばあ》ちゃんでさえ、雪が猛烈に渦を巻き、世界の頭をくらくらさせ、窓の目をふさぎ、あえいでいる口から息を盗みとるときは、お祖母ちゃんでさえ、二月のある日、地下室に姿を消すだろう。

階上の広大な屋敷のなかでは、咳が、くしゃみが、あえぎ声が、うめき声が、子供の熱が、肉屋の肉みたいに赤むけした喉が、瓶詰めのサクランボのような鼻が、こそこそする細菌がいたるところにあるだろう。

やがて、六月の女神さながら、お祖母ちゃんが地下室からあがって来る。ニットのショールの下になにかを隠しているのは一目瞭然。これが一階と二階の悲惨を絵に描《か》いたような部屋という部屋に運ばれ、分配される。いい香りがして澄みきったそれは、こぎれいなグラスに注がれ、水で割らずにひと飲みされる。別の季節の薬、太陽とけだるい八月の昼下がりの香油《こうゆ》、煉瓦敷きの通りを行く氷売りの馬車がたてるかすかな音、銀色の流星花火の突進と、蟻《あり》の国へ分け入る芝刈り機が噴水のように飛ばす芝草、そのすべてが、そのすべてがグラスのなかにある。

そう、お祖母ちゃんでさえ、六月の冒険を求めて冬の地下室に引き寄せられ、ひとりでひっそりとたたずみ、お祖父さんや父さんやバートおじさんが、あるいは寄宿人の何人かがそうするように、みずからの魂《たましい》と秘密会議を開き、とっくに過ぎ去ったカレンダーの最後の日付と、ピクニックや、温かい雨や、小麦畑や、できたてのポップコーンや、たわめられた干し草のにおいと親しく交わるのかもしれない。お祖母ちゃんでさえ、そのすばらしい黄金《きん》色の言葉を何度もくり返すだろう。花を絞り器に落としたいまこの瞬間もだれかが口にし、これからも白い冬が来るたびにくり返すように。何度も何度もその言葉を口にのぼらせるのだ、ほほえみのように、暗闇に急に射しこむ日光の斑《ふ》のように。

たんぽぽのお酒。たんぽぽのお酒。たんぽぽのお酒。

彫像

十二歳のジョン・ハフにまつわる事実は、単純であり、すぐに述べられる。彼はこの世がはじまって以来の、どんなチョクトウ族やチェロキー族の先住民よりもたくさんの道を見つけられるし、蔓《つる》植物から飛ぶチンパンジーのように、空から飛ぶことができるし、水中で二分間息を止め、最後に見かけた場所から五十ヤードも下流まで泳いでいける。きみが投げた野球ボールをリンゴの木立《こだち》に打ちこんで、なっている実をバラバラと落とすことができる。六フィートもある果樹《かじゅ》園の塀《へい》を跳《と》び越えて、仲間内《うち》のだれよりも速く、するすると枝を登っていき、桃《もも》でポケットをふくらませて、だれよりもすばやい身のこなしで降りてこられる。笑いながら走る。くつろいですわる。弱い者いじめはしない。思いやりがある。髪は黒い巻き毛で、歯はクリームみたいにまっ白。ありとあらゆるカウボーイ・ソングの歌詞を憶《おぼ》えていて、頼めば教えてくれる。ありとあらゆる野に咲く花の名前を知っていて、月の出と月の入りの時間を知っていて、潮《しお》の満ち引きの時間を知っている。じっさい、ダグラス・スポールディングの知るかぎり、彼は二十世紀のイリノイ州グリーン・タウンに住む、ただひとりの神さまなのだ。

そしていまこのとき、彼とダグラスは町はずれにハイキングに来ていた。また別の暖かい、ビー玉のように丸い一日。青空はガラスを吹いた細工もののように高くそびえ、小川は白い石の上で扇形《おうぎ》に広がった鏡のような水できらめいている。蠟燭《ろうそく》の炎のように申し分のない日だ。

永久にこんな日がつづくんだろう、とダグラスは歩きながら考えた。完璧な日、申し分のない日、草のにおいが前方で、光の速度なみに遠く速く進んでいる。親友がムクドリモドキの鳴き声のような口笛を吹き、ソフトボールを投げる。いっぽうきみはホース・ダンスを踊り、鍵をジャラジャラいわせながらほこりっぽい道を行き、そのすべてが完結していて、なにもかもが手でさわることができる。ものごとは身近にあり、手もとにあり、とどまってくれるだろう。

そんなすてきな日だったのが、いきなり空に雲がかかり、太陽をおおうと、二度と動かなかったのだ。

ジョン・ハフがしばらく前から静かな口調でしゃべっていた。いまダグラスは小道で立ち止まり、彼のほうに目をやった。

「ジョン、もういっぺんいってくれ」

「さっきいったとおりだよ、ダグ」

「まさか——出ていくといったんじゃないだろうね?」

「汽車の切符がポケットにはいってるんだ。フーフー・ガシャン! シュッ・シュッ・シュッ・シュッ。ウーーーー……」

その声が尾を引くように消えていく。

ジョンは黄色と緑の汽車の切符をおごそかにポケットからとりだし、ふたりともそれを見つめた。

「今夜じゃないか！」ダグラスがいった。「なんてこった！　今夜は〈赤信号、青信号、彫像〉で遊ぶんだろう！　いきなりどうしたんだよ？　生まれてからずっと、このグリーン・タウンでいっしょだったじゃないか。荷造りして、あっさり出ていくなんてだめだよ！」

「父さんのせいだよ」とジョン。「ミルウォーキーで仕事が見つかったんだ。今日まではっきりしなくて……」

「そんなのないよ、来週はバプティスト教会のピクニックだし、〈労働者の日《レイバー・デイ》〉の盛大なお祭りも、ハロウィーンだってあるのに――きみのパパはそれまで待ってくれないのか？」

ジョンはかぶりをふった。

「そりゃないよ！」とダグラス。「ちょっとすわらせてくれ！」

ふたりは町をふり返る位置にある、丘の中腹に生えた古いオークの木陰にすわった。太陽がふたりのまわりに大きな震える影を落とした。木の下は洞穴《ほらあな》のように涼しかった。彼方《かなた》では、陽射《ひざ》しを浴びた町が熱気のペンキを塗られ、窓という窓があんぐりと口をあけていた。ダグラスは走って帰りたかった。そこなら町がその重みで、その家々で、その図体でジョンを囲いこみ、ジョンが起きあがって走っていけないようにしてくれるかもしれないのだ。

「でも、ぼくらは友だちだ」とダグラスが力なくいった。

「これからもずっとそうさ」とジョン。

「週に一回くらいは帰って来るんだろう?」

「パパの話だと、年に一回か二回だけだって。八十マイルもあるから」

「八十マイルは遠くないよ!」ダグラスが叫んだ。

「うん、ちっとも遠くない」とジョン。

「お祖母ちゃんちに電話がある。電話するよ。さもなきゃ、ぼくらのほうがそっちを訪ねていくかも。そうなったらすごいや!」

ジョンは長いあいだなにもいわなかった。

「ねえ」ダグラスがいった。「なにか話をしよう」

「なにを?」

「おいおい、きみが行っちまうなら、話すことなんかいくらでもあるじゃないか! 来月、再来月に話すはずだったこと全部さ! カマキリ、ツェッペリン飛行船、アクロバット、剣を呑みこむ芸人! もどってきたつもりになって、話をつづけてくれよ、嚙《か》み煙草《たばこ》を吐きだすバッタ!」

「おかしいな、バッタの話はしたくないんだ」

「いつもしてたのに!」

「まあね」ジョンは町をじっと見つめた。「でも、いまはそんなことをしてる場合じゃない気がする」

「ジョン、どうかしたのか? なんだか変だよ……」

ジョンは目を閉じ、顔を引き締めた。

「ダグ、二階のタールさんち、知ってるだろ？」

「もちろん」

「小さな丸い窓に色ガラスがはまってる。あれはいつ、も、あそこにあったのかな？」

「あったよ」

「絶対に？」

「あの古ぼけた窓は、ぼくらが生まれる前からあそこにあるんだ。どうしてそんなことを訊くんだい？」

「今日はじめて気がついたんだ」ジョンがいった。「町を歩いていて、ふと顔をあげたら、あったんだよ。ダグ、長年あれに気がつかなかったわけだけど、そのあいだぼくは、いったいなにをしていたんだろう？」

「ほかにすることがあったんだよ」

「あったのかな？」ジョンはふり向き、うろたえたようにダグラスを見た。「ねえ、ダグ、どうしてあんな窓を怖がらなきゃいけないんだ？ つまりさ、怖いところなんてひとつもないだろう？ ただ……」しどろもどろになり、「ただ、もし今日まであの窓に気づかなかったとしたら、ほかになにを見落としたんだろう？ それに、この町でじっさいに見た、いろんなものはどうなるんだろう？ 出ていっても、思いだせるんだろうか？」

「思いだしたいものは、なんだって思いだせるもんだよ。二年前の夏、ぼくはキャンプに行ったんだ。あっちでもちゃんと思いだせたよ」

「いいや、思いだせなかった！　そういったじゃないか。夜中に目がさめたら、お母さんの顔を思いだせなかったって」

「そんなことない！」

「夜中、自分の家で、ぼくもそうなるときがあるんだ。怖くて仕方がないから、起きて家族の部屋へ行って、寝顔を見て、たしかめなくちゃいけない！　で、自分の部屋にもどると、またわからなくなってるんだ。いやだよ、ダグ、そんなのいやだ！」彼はダグラスの膝《ひざ》をきつくつかんだ。「ひとつだけ約束してくれ、ダグ。ぼくを忘れないと約束してくれ、ぼくの顔でもなんでも、なにひとつ忘れないと約束してほしいんだ。約束してくれるかい？」

「お安いご用さ。ぼくの頭のなかには映写機がある。夜中にベッドで横になり、頭のなかで明かりをパチンとつければいいんだ。そうすれば壁にきれいな映像があらわれて、きみがそこでぼくに叫んだり、手をふってるってわけさ」

「目を閉じてくれ、ダグ。さあ、いってごらん、ぼくの目は何色だい？　薄目をあけちゃだめだ。ぼくの目は何色だい？」

ダグラスは汗をかきはじめた。まぶたが神経質そうにぴくりと動いた。

「ちきしょう、ジョン、こんなのフェアじゃないよ」

「いってごらん！」

「茶色！」

ジョンは顔をそむけた。

「ちがいます」

「どういう意味だよ、ちがうって？」

「かすりもしてないってことだよ！」ジョンは目を閉じた。

「こっちを向けよ」とダグラス。「目をあけて、見せてくれよ」

「無駄だよ」とジョン。「きみはもう忘れてる。ぼくがいったとおりだ」

「こっちを向けったら！」ダグラスは彼の髪をつかみ、ゆっくりとふり向かせた。

「わかったよ、ダグ」

ジョンは目をあけた。

「緑だ」ダグラスは狼狽《ろうばい》して、手を降ろした。「きみの目は緑だ……。そうはいっても、茶色に近いよ。薄茶色といってもいいくらいだ！」

「ダグ、ぼくに嘘をつくなよ」

「わかったよ」ダグラスは静かな声でいった。「つかないよ」

ふたりはそこにすわって、ほかの少年たちが丘を駆けあがったり、ふたりに金切り声やわめき声を浴びせたりするのを聞いていた。

彼らは鉄道線路にそって競争し、茶色い紙袋にはいったランチを開き、蠟紙《ろうし》にくるまれた辛子《からし》のきいたハム・サンドイッチと、海緑色のピクルスと、色のついたペパーミントのにおいを深々と吸いこんだ。彼らはまた走りまわり、ダグラスはかがみこんで、熱い鉄のレールに耳をつけて焦《こ》がしそうになりながら、はるか遠いほかの土地を旅しているので目には見えないものの、ここ、灼熱の太陽のもとにいる彼のところへモールス信号のメッセージを送ってくる列車の音に聞きいった。ダグラスは呆然として立ちあがった。

「ジョン！」

というのも、ジョンが走っていて、これは恐るべきことだからだ。走れば、時間も走るのだから。わめいたり、絶叫したり、競争したり、ころがったり、ころげまわったりすると、はっと気づいたときには陽が沈んでいて、口笛を吹きながら、夕食を食べに長い家路についている。見ていないと、太陽はきみのうしろにまわりこむのだ！　時の歩みを遅らせる方法はただひとつ——なにもかも見張って、なにもしないことだ！　見張るだけにすれば、まちがいない、一日を三日にのばせるのだ！

「ジョン！」

もう彼に助けてもらうわけにはいかない。策略を使うしかない。

「ジョン、撒《ま》くんだ、ほかの連中を撒くんだ！」

わめき声をあげて、ダグラスとジョンは全力疾走し、風を受けて斜面を飛ぶように下り、重力に引かれるまま、牧草地を越え、納屋《なや》をまわりこみ、ついには追いかけて来る者たちの音が遠のいていった。

ジョンとダグラスは干し草の山に登った。それは、体の下でパチパチと燃える大きなかがり火のようだった。

「なにもしないようにしよう」とジョンがいった。

「いまそういおうとしてたんだ」とダグラス。

ふたりは呼吸をととのえながら、静かにすわっていた。

干し草のなかで、昆虫のたてるような小さな音がした。

ふたりとも聞こえたが、その音のほうに目をやらなかった。ダグラスが手首を動かすと、その音は干し草の別の部分でカチカチと鳴った。彼はちらっと一瞬だけ視線を落とした。腕で膝をかかえると、その音は膝のところでカチカチと鳴った。

ダグラスはカチカチいう音のところへ右手をこっそりと動かし、腕時計が三時を告げていた。腕時計の竜頭《りゅうず》を引っぱり出した。時計の針をもどす。

これで世界を穴のあくほど見つめ、太陽が燃える風のように空を渡っていくのを感じるのに必要な時間がたっぷりできた。

しかし、自分たちの影の実体のない重みが減り、痩《や》せたのをとうとうジョンが感じたにちがいない。彼が口を開いた。

「ダグ、いま何時だい？」

「二時半」

ジョンは空を見た。

見るな！　ダグラスは思った。

「それよりは三時半か四時くらいに見える」とジョン。「ボーイスカウトで習ったんだ。いろいろと教えてもらえるんだよ」

ダグラスはため息をつき、腕時計の針をゆっくりと進めた。

そうする彼をジョンが黙って見ていた。ダグラスは顔をあげた。ジョンが彼の腕をなぐったが、力はまったくはいっていなかった。

列車がみるみる迫ってきて、あっという間に去っていったので、少年たちは歓声《かんせい》をあげていっせいに飛び退《の》き、そのうしろ姿に向かってこぶしをふった。ダグラスとジョンも加わっていた。列車は二百人を乗せて、轟音《ごうおん》をあげて線路を進み、行ってしまった。土ぼこりがすこしだけ南のほうへ追っていったが、やがて青い鉄道のあいだに舞いおりて、黄金《きん》色の静寂となった。

少年たちは家路についた。

「十七歳になったらシンシナティへ行って、機関車の火夫《かふ》になるんだ」とチャーリー・ウッドマンがいった。

「ニューヨークにおじさんがいるから」とジム。「そこへ行って、印刷工になる」

ダグはほかの者たちに訊かなかった。すでに列車が単調に歌っており、後尾の展望デッキに立って遠ざかっていく彼らの顔、あるいは窓へ押しつけられている彼らの顔が見えたのだ。ひとりまたひとりと彼らは去っていった。やがてからっぽの線路と、夏空と、別の列車に乗って別の方向へ走る自分だけとなった。

ダグラスは足もとで大地が動くのを感じた。自分たちの影が草を離れ、空気に色をつけるのが見えた。

彼はごくりと唾を飲むと、力のかぎり絶叫し、こぶしを引いて、ヒュンと音がするほどの勢いでゴムまりを空へ投げつけた。

「お家《うち》に帰るよ、びりっケツはサイのケツ！」

彼らは笑い声をあげ、腕をふりまわして空気を打ちながら、線路を飛び跳ねていった。あちらをジョン・ハフが行く。地面にはまったく触れていない。こちらへダグラスがやって来る。地面から足を離さずに。


七時。夕食が終わると、少年たちはひとりまたひとりと集まってくる。家のドアがバタンと閉まる音、ドアをバタンと閉めるんじゃないよ、と叫ぶ親たちの声をあとにして。ダグラスとトムとチャーリーとジョンは、六人の仲間に囲まれて立った。かくれんぼうと〈彫像ごっこ〉の時間だった。

「一ゲームだけ」とジョンがいった。「そうしたら家へ帰らないと。汽車が九時に出るんだ。だれが〝鬼〟になる？」

「ぼくだ」とダグラス。

「自分から〝鬼〟になるやつがいるなんて、はじめて聞いたよ」とトムがいった。

ダグラスは長いことジョンを見つめ、「さあ、走れ」といった
少年たちは歓声をあげながら散らばった。ジョンはあとずさってから、まわれ右し、弾《はず》むよ

うに駆けだした。ダグラスはゆっくりと数を数えた。みんなが遠くまで走り、広がって、それぞれが独自の小世界に分かれるようにさせたのだ。彼らが勢いをまして、視界から出そうになったところで、彼はひとつ深呼吸した。

「彫像になれ！」

全員がぴたりと動きを止めた。

ひどく静かにダグラスは芝生を横切り、ジョン・ハフが夕闇のなかで鉄製の鹿のように立っているところまで行った。

はるか彼方では、ほかの少年たちが手をあげたり、顔をしかめたり、剝製《はくせい》のリスのように目をキラキラさせたりして立っていた。

しかし、ここではジョンがひとりきりで、身じろぎひとつせずにいる。突進してきたり、大声で怒鳴ったりして、この瞬間をぶち壊す者はいない。

ダグラスは彫像を右まわりにまわり、左まわりにまわった。彫像は動かなかった。口もきかなかった。口もとをほころばせ、地平線を見つめていた。

何年か前、シカゴで、大理石の彫像の置かれた大きな建物を訪れ、ダグラスが静寂《しじま》のなかでそのあいだを歩きまわったときのようだった。ズボンの膝と尻に草の染みをつけ、指には切り傷、肘《ひじ》にはかさぶたをこさえたジョンが、そういう風にここに立っていた。音のしないテニス・シューズを履《は》き、足を静けさでつつんだジョン・ハフがここにいた。夏が来ればたくさんのアプリコット・パイをほおばり、人生やこの土地の情勢について穏当な意見をたびたび述べた口がある。そして彫像の目のように視力を失ってはいないが、緑がかった黄金を溶かしこんだような目がある。ほんのすこしでも風がそよげば、北へ南へ、どちらへもなびく黒髪がある。そして道路の泥、樹木の樹皮など、町のすべてに置かれた手があり、麻《あさ》と蔓植物と緑のリンゴ、古い硬貨かピクルスのような緑色をした蛙《かえる》のにおいがする指がある。明るく暖かい蠟細工の桃《もも》のように陽光が透《す》ける耳があり、目には見えないが、スペアミントの香りのする息があたりにただよっている。

「ジョン、いいかい」ダグラスはいった。「まばたきひとつしちゃいけない。これから三時間、ずっとここにいて、まったく動かないでいるんだ。命令は絶対だからね！」

「ダグ……」

ジョンの唇《くちびる》が動いた。

「動くな！」とダグラス。

ジョンは視線を空にもどしたが、もうほほえんでいなかった。

「行かないと」彼は小声でいった。

「筋肉ひとつ動かしちゃだめだ、ゲームなんだから！」

「とにかく、もう家へ帰らなくちゃいけないんだよ」とジョンがいった。

と、彫像が動きだし、空中から手を降ろすと、頭《こうべ》をめぐらしてダグラスを見た。ふたりはたがいを見つめあった。ほかの少年たちも腕を降ろしつつあった。

「もう一回やろう！」とジョンがいった。「ただし、こんどはぼくが〝鬼〟だ。さあ、走れ！」

少年たちは走った。

「動くな！」

少年たちはぴたりと動きを止めた。ダグラスもそうした。

「筋肉ひとつ動かすな！」ジョンが叫んだ。「髪の毛一本もだ！」

彼はダグラスのところまで来て、そのわきに立った。

「ねえ、これしか方法がないんだよ」

ダグラスは夕暮れの空に目をやった。

「彫像になって動くな、ひとり残らずだ、これから三分！」とジョン。

ジョンが自分のまわりを歩くのをダグラスは感じた。ついさっき自分がジョンのまわりを歩いたのとまったく同じだ。ジョンに腕をいちどだけ、軽くなぐられるのを感じた。

「さよなら」とジョンがいった。

それから駆けていく音がして、見るまでもなく、もう背後にはだれもいないことがわかった。

はるか遠くのほうで、列車が汽笛を鳴らした。

ダグラスは丸一分のあいだそうやって立ちつくし、駆けていく足音が消えるのを待ったが、それは止まらなかった。あいつはまだ走っていくところなんだ。でも、その音は遠のいていく気配がない、とダグラスは思った。どうしてあいつは走るのをやめないんだろう？

と、そのとき彼は悟った——それが自分の体内で鳴る心臓の音でしかないことを。

止まれ！　彼は片手をさっと胸に当てた。走るのをやめろ！　その音は好きじゃないんだ！

やがてふと気がつくと、彼はほかの彫像たちに交じって芝生を横切って歩いていたが、彼らも生き返ったのかどうかはわからなかった。彼らはまったく動いていないように思えた。それをいうなら、彼自身も動いているのは膝から下だけだった。残りの部分は冷たい石でできていて、ずっしりと重かった。

自分の家の玄関ポーチにあがり、いきなりふり向くと、背後の芝生を見渡した。

芝生はがらんとしていた。

つづけざまにライフルの銃声がした。スクリーン・ドアが通りにそってバタンバタンと閉まっていき、日没の一斉射撃となったのだ。

彫像がいちばんいい、と彼は思った。ただのものだから、芝生に置いておける。勝手に動くような真似をさせちゃだめだ。いったんそうしたら、もう手が出せなくなる。

不意に彼のわき腹からピストンのようにこぶしが飛びだし、芝生と、通りと、暮れなずむ夕空に向かってひとりでに激しく震えた。顔は血が昇ってまっ赤になり、目はギラギラと輝いた。

「ジョン!」彼は叫んだ。「おまえだ、ジョン! ジョン、おまえはぼくの敵だ、聞こえたか? おまえなんか友だちじゃない! もう帰って来るな、永久に! 行っちまえ! おまえなんか敵だ、聞こえたか? おまえは敵なんだよ! ぼくらの仲もこれでおしまいだ、このゴミめ、それだけだ、ゴミ野郎! ジョン、聞こえたか、ジョン!」

まるで町の向こうに巨大な透明のランプがあり、そのなかで灯心《とうしん》がすこしだけ短くなったかのように、空がいっそう暗くなった。彼はポーチに立ちつくし、あえいだり、口を引きつらせたりしていた。こぶしを握ったまま、通りを渡ってすこし行ったところにあるあの家へまっすぐ突きだしていた。そのこぶしに目をやると、それは溶けて消え、その向こうの世界も溶けて消えた。

自分の顔だけは感じられるが、自分の体はこぶしさえ見えない暗闇のなか、ダグラスは二階へあがりながら、何度も何度も自分にいい聞かせた。ぼくは怒り狂っているんだ、はらわたが煮えくりかえっているんだ、あいつなんか大嫌いだ、ぼくは怒り狂っているんだ、あいつなんか大嫌いだ！

十分後、彼はのろのろと階段を昇りきった。暗闇のなかで……。

夢見るための緑のお酒

正午の燃えるような緑樹《りよくじゅ》の下で、単調な声がかすかに聞こえた。

「……九、十、十一、十二……」

ダグラスはゆっくりと芝生を横切った。

「トム、なにを数えてるんだ？」

「……十三、十四、黙っててよ、十六、十七、セミだよ、十八、十九……！」

「セミ？」

「ああ、もう！」トムはつむっていた目をあけた。「ちくしょう、ちくしょう、ちくしょう！」

「罰《ばち》当たりな言葉を使ってるところを聞かれないほうがいいぞ」

「ちくしょう、ちくしょう、こんちくしょう！」トムが叫んだ。「これで一からやり直しだ。セミが十五秒ごとに鳴く回数を数えてたんだよ」二ドルもした腕時計をかかげ、「数えてから三十九を足すと、そのときの気温がわかるんだ」片目をつむって腕時計を見ると、首をかしげて、もういちど小声でいう。「一、二、三……！」

ダグラスは耳をすましながら、ゆっくりと首をまわした。焼けた骨の色をした空のどこかで、大きな銅線がかき鳴らされて揺れていた。生《き》の電気を充電されたように、突き刺すような金属的な震動が、呆然とした木々から痺《しび》れるようなショックとなって、何度も何度も落ちてきた。

「七！」トムは数えた。「八」

ダグラスはポーチの階段までゆっくりと歩いた。目が痛くなるまで玄関ホールをのぞきこむ。ちょっとそこにいてから、ゆっくりとポーチへもどってきて、弱々しくトムに声をかけた。

「華氏《かし》八十七度きっかりだ」

「――二十七、二十八――」

「おい、トム、聞いてるのか？」

「聞いてるよ――三十、三十一！　あっちへ行ってよ！　二、三、三十四！」

「もう数えなくてもいいぞ。玄関をはいったところにある、あの古い温度計によると八十七度で、いまも上昇中。キリギリスの助けなんかいらないよ」

「セミだって！　三十九、四十！　キリギリスじゃないよ！　四十二！」

「八十七度だよ、知りたかったんだろう」

「四十五、それは家のなかの話、外じゃない！　四十九、五十、五十一！　五十二、五十三！五十三足す三十九は――九十二度！」

「だれがそういうんだ？」

「ぼくがそういうんだよ！　華氏八十七度じゃない！　スポールディング氏九十二度だ！」

「おまえと、ほかのだれがそういうんだ？」

トムは跳びあがり、真っ赤な顔をして、太陽に目をこらした。

「ぼくとセミがいうんだよ、それがだれかさんだよ！　ぼくとセミ！　多数決で兄さんの負け！　九十二、九十二、スポールディング氏九十二度、もう決まった！」

ふたりとも無慈悲なまでに雲ひとつない空を見つめていた。壊れてしまい、シャッターが開きっぱなしになっているカメラが、燃えるような汗にまみれて死にかけている、しわぶきひとつしない町を見つめるようだった。

ダグラスは目を閉じた。するとピンクがかった半透明のまぶたの裏側で、ふたつのまぬけな太陽が踊っているのが見えた。

「一……二……三……」

ダグラスは自分の唇《くちびる》が動くのを感じた。

「……四……五……六……」

こんどはセミが、いっそうせわしなく鳴いた。

正午から日没まで、真夜中から日の出まで、イリノイ州グリーン・タウンの住民二万六千三百四十九人のすべてに知られているひとりの男、一頭の馬、一台の荷馬車がある。

昼日中《ひなか》、これといった理由もなく、子供たちがぴたりと止まり、こういう——

「ミスター・ジョナスのお出ましだ！」

「ネッドのお出ましだ！」

「荷馬車のお出ましだ！」

年かさの人々が北か南、東か西に目をやっても、ジョナスという名前の男、ネッドという名前の馬、かつてプレーリーの海原を渡り、荒野の浜辺まで行った幌《ほろ》馬車の同類である荷馬車など影も形もないかもしれない。

だが、犬の耳を借りて、その耳を高い音に合わせてピンと立てれば、町の何マイルも彼方《かなた》に、失われた土地の律法博士《ラビ》、塔のなかのムスリムのように歌う声が聞こえるだろう。ミスター・ジョナスの声は、つねに本人より前にはっきりと届くので、人々は三十分か一時間をかけて彼の到着にそなえるのだ。そして彼の荷馬車が姿を現すころには、パレードを迎えるように、縁《えん》石《せき》には子供たちが鈴なりという寸法だ。

そこへ荷馬車がやってきて、柿色の傘の下、高い板座席にすわり、水流のような手綱《たづな》をやさしく握ったミスター・ジョナスが歌っているのだ。


「ガラクタ！　ガラクタ！

いえいえ、旦那さん、ガラクタじゃないよ！

ガラクタ！　ガラクタ！

いえいえ、奥さん、ガラクタじゃないよ！

骨董品《こっとうひん》、煉瓦《れんが》のかけら！

編み針、小間物《こまもの》！

くだらないもの！　珍しいもの！

キャミソール！　カメオ！

でも……ガラクタ！

ガラクタ！

いえいえ、旦那さん、大ちがいだよ……ガラクタとは！」

ミスター・ジョナスが通りかかったときに彼が即興で作る歌を聞いたことがある者ならだれでもわかるように、彼はありきたりなクズ屋ではない。見かけは、なるほど、ぼろぼろになった苔《こけ》色のコーデュロイをまとい、フェルト帽子をかぶり、マニラ湾海戦より前にさかのぼる大統領選のボタンでおおわれているといったいでたちだ。しかし、つぎのような点でふつうではないのだ——陽光を踏んで歩くだけでなく、彼とその馬が月明かりの通りをゆらゆらと進み、夜中に島々を、つまり彼が生まれてからずっと知っている人々の住むブロックをぐるぐるまわっている姿がしばしば見受けられた。そして荷馬車のなかには、あちこちで拾ったものが積んであって、だれかがほしがるか、必要とするまで一日か、一週間か、一年のあいだ持ち運ぶのだ。そのときは「その時計がほしい」とか「そのマットレスは？」とだけいえばいい。するとジョナスは金も受けとらず、それを渡して、走り去るのだ。つぎの歌の文句を考えながら。

そういうわけで、午前三時にグリーン・タウンで生きている人間は彼ひとりということがちょくちょくあり、頭痛に苦しむ人々が、月明かりでちらちら光る馬に引かれて通りかかる彼を見かけ、たまたまアスピリンを持っていないだろうかとたしかめに飛びだしてくると、ちゃんと持っているということもちょくちょくあった。午前四時に赤ん坊をとりあげたこともいちどならずあり、このときばかりは、彼の手と爪が信じられないほど清潔なことに人々も気づくのだった——思いもよらないどこかで、別の人生を送った裕福な男の手なのだ。繁華街に働きに行く人を馬車で送ってやることもあり、眠れない人がいるときには、ポーチにあがって、葉巻をとりだし、いっしょにすわって紫煙《しえん》をくゆらせ、夜明けまで話しこむこともあった。

彼が何者であれ、なんであれ、どれほど変わっていて、頭がおかしいように思えたとしても、頭がおかしいわけではなかった。本人がしばしばおだやかな声で説明したように、彼は何年も前にシカゴでの事業に倦《う》み疲れ、残りの人生を過ごす方法を探してあたりを見まわしたのだった。教会の考えには共感するところ大だったが、教会そのものには耐えられず、説教して、知識を伝えたがる傾向があったので、馬と荷馬車を買い入れ、町のある場所で捨てられたものが、町の別の場所で拾われる機会を作ることに残りの人生を費やす覚悟で出発したのだった。彼は自分を浸透のような過程の一種だとみなしていた。町の境界内にあるさまざまな文化の相互交流を図《はか》ったのだ。彼は浪費に我慢がならなかった。ある人のガラクタが、別の人の贅沢品だと知っていたからだ。

そういうわけでおとなも子供も——とりわけ子供たちは——荷馬車によじ登り、うしろに積まれた莫大な財宝をのぞきこむのだ。

「さあ、お忘れなく」とミスター・ジョナスがいう。「もし本当にほしければ、ほしいものを持っていっていいよ。自分の胸に訊いて試してごらん、わたしはこれを心からほしいのでしょうか？　これなしでも今日を生きぬけるでしょうか？　もし日の入りまでに死んでしまうと思うなら、そいつをつかんで駆けだすんだ。それがなんだろうと、もらってくれて、わたしはうれしいのさ」

するとと子供たちは、羊皮紙と、金襴《きんらん》と、丸めた壁紙と、大理石の灰皿と、ヴェストと、ローラースケートと、詰め物ではちきれそうな大きな椅子と、側卓と、クリスタルのシャンデリヤの大きな山を探しまわる。しばらくはささやき声と、ガチャガチャ、チリンチリンという音だけが聞こえる。ミスター・ジョナスはくつろいだようすでパイプをふかしながら見まもっており、子供たちは見まもられているのを知っている。ときどき彼らの手がチェッカーのゲーム盤か、ビーズを通した紐《ひも》か、古い椅子にのび、それに触れたちょうどそのとき、顔をあげると、ミスター・ジョナスの目がやさしげに問いかけている。すると子供たちは手を引っこめ、さらに探しつづけるのだ。やがて、とうとうめいめいがひとつの品に手を置き、その手を離さなくなる。彼らが顔をあげると、こんどはその顔があまりにも輝いているので、ミスター・ジョナスは笑いださずにはいられない。まるで彼らの顔の輝きから目を守るかのように片手をあげる。彼は一瞬目をおおう。彼がこうすると、子供たちは感謝の言葉を叫び、ローラースケートや陶《とう》製タイルやコウモリ傘をつかんで馬車から飛び降り、駆けていくのだ。

そして子供たちは、なにか自分なりのものを手にして、すぐにもどって来る。人形か、飽きてしまったゲームか、ガムから味が抜けるように面白みが抜けてしまったものを。そしていまは、それを別の場所へ渡すときなのだ。そこへ行けば、はじめて見られ、生き返り、ほかの者たちを生き返らせるだろう。こうした交換用の代用硬貨は、荷馬車のへりをおずおずと越えて、目に見えない富のなかへ落とされる。そのうち荷馬車は、大きくて茎《くき》の長いヒマワリのような車輪に光をちらつかせながらゴトゴトと進んでおり、ミスター・ジョナスがまた歌っている……

「ガラクタ！　ガラクタ！

いえいえ、旦那さん、ガラクタじゃないよ！

いえいえ、奥さん、ガラクタじゃないよ！」

やがて彼は見えなくなり、木の下にたまった影のなかで、犬だけが荒野のラビの声を耳にして、尻尾《しっぽ》をぴくつかせるのだ……

「……ガラクタ……」

しだいに消えていく。

「……ガラクタ……」

ささやき声。

「……ガラクタ……」消えてしまった。

そして犬たちは眠りにつく。

歩道にはひと晩じゅう土ぼこりの幽霊が出没した。溶鉱炉のような風が呼びだし、舞いあげ、口当たりのやわらかな香辛料《こうしんりょう》として芝生にふりかけたのだ。木々は深夜の徘徊《はいかい》者たちの足音に揺れ、土ぼこりの雪崩《なだれ》を起こした。真夜中からは、町の向こうに火山があり、赤熱した灰をいたるところにふりまいて、眠れない夜警や怒りっぽい犬たちをおおいつくすかと思われた。午前三時には、どの家も自然発火を起こしてくすぶっている黄色い屋根裏のようだった。

そのあとの夜明けは、自然の要素が入れ替わるときだった。空気はどこへも流れない、音ひとつしない熱泉だった。湖はぴくりとも動かない膨大な量の蒸気であり、その静かな湯気の下に魚の棲《す》む深い谷間と、焼かれている砂を隠していた。タールは通りに注がれた甘草《リコリス》であり、赤い煉瓦は真鍮《しんちゅう》と黄金、屋根は青銅でふかれていた。高圧電線は永遠に囚《とら》われた稲妻《いなづま》であり、バチバチと燃えて、眠れない家々の上で脅威となっていた。

セミがますますけたたましく鳴いた。

太陽は昇らずに、あふれ出した。

自分の部屋のなかで、顔に泡のような汗をいっぱい浮かべて、ダグラスはベッドの上で溶けていた。

「やあ」トムがはいってきた。「ねえ、ダグ。川で一日《いちんち》じゅう溺れようよ」

ダグラスは息を吐いた。ダグラスは息を吸った。汗が首筋を滴《したた》り落ちた。

「ダグ、起きてるの？」

ほんのかすかに首がうなずく。

「あれ、気分がよくないの？　まあ、この家は今日じゅうに焼け落ちそうだからね」トムはダグラスの額《ひたい》に手を当てた。かっかと燃えているストーヴのふたにさわったみたいだった。彼はぎょっとして指を引っこめた。きびすを返し、階下へ降りていく。

「ママ」トムはいった。「ダグがほんとに病気だよ」

母親は、冷蔵箱から卵をとり出しているところだったが、その手を止め、表情をさっと曇らせたかと思うと、卵をもどし、トムについて二階へあがった。

ダグラスは指一本動かしていなかった。

セミはいまや声をかぎりに絶叫していた。


正午に、まるで太陽が追いかけてきて、地面に叩きつけようとしているかのような勢いで、医者が車を飛ばしてきて、玄関ポーチに乗りつけた。息をあえがせ、すでに疲れた目をしている彼は、トムに鞄《かばん》を渡した。

一時に、医者が首をふりふり家から出てきた。トムと母親はスクリーン・ドアの陰に立ち、いっぽう医者は低い声で、わからない、わからないと何度もくり返した。パナマ帽をかぶり、頭上の木々に火ぶくれを起こしたり、萎《しな》びさせたりしている陽射《ひざ》しを見つめ、地獄のへりに飛びこもうとするかのようにためらってから、自分の車めざしてふたたび走った。彼が去ったあと、車の排気ガスが青い煙の大きな幕となり、脈打つ空気のなかに五分間も残っていた。

トムはキッチンにアイスピックを持っていき、一ポンドの氷をかきとってプリズムに変えると、二階へ持っていった。母さんがベッドに腰かけていて、部屋のなかのもの音といえば、ダグラスが蒸気の形で吸いこみ、火の形で吐きだす息づかいだけだった。ふたりはハンカチにくるんだ氷をダグラスの顔や、体のいろいろなところへ置いてやった。シェードを引き、部屋を洞穴《ほらあな》のようにした。氷の補充をつづけながら、二時までそこにすわっていた。それからダグラスの額にもういちどさわると、それはひと晩じゅう燃えていたランプのようだった。さわったあと、骨まで焦《こ》げていないのをたしかめようと、指を見るほどだった。

母さんがなにかいおうと口を開いたが、いまやセミの鳴き声がやかましすぎて、震える天井からほこりが落ちてくるのだった。


内側がまっ赤で、内側が盲目のダグラスは、心臓の鈍《にぶ》いピストンの音と、腕や脚を流れる濁った血の満ち引きの音に耳をすましながら横たわっていた。

唇は重く、動こうとしなかった。思考も重く、砂時計のなかでひとつずつゆっくりと落ちていく砂粒のように、かろうじてカチリと動くだけ。カチリ。

ピカピカ光る鋼鉄のレールの曲がり角《かど》を市街電車がぐるっとまわると、バチバチと火花が散って崩れる波となり、けたたましいベルが一万回鳴って、やがてセミの鳴き声と混じりあった。

ミスター・トリッデンが手をふった。市街電車は連続砲撃のように猛然と角をまわっていき、姿を消した。ミスター・トリッデン！

カチリ。砂粒が落ちた。カチリ。

「ガチャン・ガチャン！　ウーウー！」

屋根の上で少年が汽車の真似をし、目に見えない警笛《けいてき》の紐を引いたかと思うと、ぴたりと動きを止めて彫像と化した。

「ジョン！　ジョン・ハフ、おまえだよ！　おまえなんか大嫌いだ、ジョン！　ジョン、ぼくらは親友だ！　嫌いじゃないよ、嫌いなもんか」

ジョンは底なしの夏の井戸を落ちる者のようにエルムの並木を落ちていき、だんだん小さくなっていく。

カチリ。ジョン・ハフ。カチリ。砂粒が落下する。カチリ。ジョン……。

ダグラスが頭を水平に動かすと、白い、白い、まっ白い枕にどさっと落ちた。

〈グリーン・マシン〉に乗ったご婦人方が、黒いアザラシが吠えるような音をたてて通りかかり、鳩のように白い手をかかげた。彼女たちは芝生の深い水中へ沈んでいき、草が頭上で閉じるあいだも、手袋をはめた手をなおも彼に向かってふっている……。

ミス・ファーン！　ミス・ロバータ！

カチリ……カチリ……。

とそのとき、道の向こう側の窓からフリーリー大佐が時計のような顔をして身を乗りだし、バッファローの土ぼこりが通りで舞いあがった。フリーリー大佐はぎくしゃくと動き、ガタガタと音をたてると、顎《あご》がガクンと落ちて開き、舌の代わりにメインスプリングが飛びだして、空中に垂れさがった。大佐はあやつり人形さながら窓の下枠にくずおれた、あいかわらず片腕をふりながら……。

ミスター・オーフマンがピカピカ光るなにか、市街電車と緑色の電気小型自動車のようななにかに乗って通りかかり、それは輝かしい雲をうしろにたなびかせ、太陽のように人の目をくらませた。

「ミスター・オーフマン、それを発明したんですか?」彼は叫んだ。「とうとう〈幸福マシン〉を作りあげたんですか?」

だが、そのとき、彼はその機械に底がついていないことに気づいた。ミスター・オーフマンは、この信じられない車のフレーム全体を肩からさげて、地面を走っているのだ。

「幸福だよ、ダグ、幸福のお通りだ!」そして彼は市街電車、ジョン・ハフ、鳩《はと》色の指をしたご婦人方と同じ方向へ行ってしまった。

屋根の上でトントンと叩く音。トン・トン・ガン。間《ま》。トン・トン・ガン。釘《くぎ》と金槌《かなづち》。金槌と釘。鳥の合唱。そしてひとりの老女が、か細いが元気な声で歌っている。

「然《しか》り、われらは川辺に集《つど》う……川辺に……川辺に……

然り、われらは川辺に集う……

その川は、神の御座《みざ》のおそばを流れ……」

「お祖母《ばあ》ちゃん！　ひいお祖母ちゃん！」

トン、静かに、トン。トン、静かに、トン。

「……川辺に……川辺に……」

そしていま、それは鳥たちが小さな足をあげ、また屋根に降ろす音にすぎなかった。ガチャン・ガチャン。カサカサ。ピーピー。ピーピー。そっと。そっと、

「……川辺に……」

ダグラスはひとつ息を吸いこみ、いちどに吐きだすと、むせび泣いた。

母親が部屋に駆けこんでくる音は聞こえなかった。

蠅《はえ》が一匹、燃える煙草《たばこ》の灰のように、感覚のない彼の手に落ちて、ジュージューと音をたて、飛び去った。

午後四時。蠅は舗道で死んでいた。犬は犬小屋のなかで濡れたモップとなっていた。影が木木の下に群れている。繁華街の商店は戸締まりした。湖の岸はからっぽだった。湖は、生ぬるいが、外にいるよりはましな水に首まで浸《つ》かった数千の人々でいっぱいだった。

四時十五分。町の煉瓦通りをクズ屋の荷馬車が進み、荷馬車に乗ったミスター・ジョナスが歌っていた。

トムは、ダグラスの顔に浮かぶ焦げたような表情に耐えられず家から飛びだし、荷馬車が止

まると、縁石に向かってのろのろと歩いていった。

「こんちは、ミスター・ジョナス」

「やあ、トム」

トムとミスター・ジョナスは通りにふたりだけ。荷馬車のなかのあの美しいガラクタを見ることができるのに、ふたりとも見ようとしなかった。ミスター・ジョナスは、すぐにはなにもいわなかった。パイプに火を点《つ》けて一服し、まるでなにかがおかしいと、訊かないうちからわかっているかのようにうなずいた。

「トム？」彼はいった。

「兄さんのことなんだ」トムはいった。「ダグのことなんだけど」

ミスター・ジョナスは家を見あげた。

「病気なんだ」とトム。「死にかけてるんだよ！」

「おやおや、そんなわけはないだろう」とミスター・ジョナス。顔をしかめてあたりを見まわす。夢でも見ていないかぎり、このおだやかな日に、漠然とでも死に似ているものが見つかるわけがないのだ。

「死にかけてるんだよ」とトム。「しかも、お医者さんにはどこが悪いのかわからないんだ。熱、ただの熱だっていうんだ。でも、そんなことがあるんだろうか、ミスター・ジョナス？熱で人が死ぬんだろうか、暗い部屋のなかにいても？」

「そうさな」ミスター・ジョナスはそういって、言葉を切った。

いまはトムが泣いていたからだ。

「兄さんなんか嫌いだと思ってた……そう思ってたんだ……いっしょにいると、半分は喧嘩してて……大嫌いだって……ときどき……でも、いまは……いまは。ああ、ミスター・ジョナス、せめて……」

「せめて、なんだい、坊や？」

「せめてこの荷馬車のなかに助けてくれるものがあればいいのに。ぼくが選んで、二階へ持っていって、兄さんを治せるようなものがあればいいのに」

トムはまた泣いた。

ミスター・ジョナスは赤い絞り染めのハンカチをとり出し、トムに渡した。トムはそのハンカチで鼻と目をぬぐった。

「ついてない夏だったから」トムがいった。「ダグにはいろいろあったんだよ」

「その話をしておくれ」とクズ屋。

「ええと」まだ完全には泣きやんでいないトムが、しゃくりあげながらいった。「いちばんいいビー玉をなくしたんだ、すごくきれいなやつを。おまけにキャッチャー・ミットを盗まれちゃった、一ドル九十五セントもしたのに。それから化石と貝殻《かいがら》のコレクションを、チャーリー・ウッドマンの陶器《とうき》でできたターザンの像と交換したんだけど、それで大損したんだ。そのターザンの像は、マカロニの箱のふたを集めるともらえるやつで、二日目に歩道に落としちゃったんだよ」

「そいつは残念だ」とクズ屋はいって、セメントの上の破片をありありと目に浮かべた。

「それから、お誕生日にはほしかった手品の本をもらえなくて、代わりにズボンとシャツをもらったんだ。これだけで夏はだいなしだよ」

「親というものは、ときどき子供の気持ちを忘れるんだよ」とミスター・ジョナス。

「ほんと、そうだ」トムは小声でつづけた。「それから、ダグがロンドン塔みやげでもらった本物の手錠セットが、ひと晩じゅう外に置きっ放しだったから錆《さ》びちゃった。おまけに最悪なのは、ぼくの背が一インチのびて、追いついちゃったこと」

「それで全部かね？」とクズ屋が静かな声で訊く。

「ほかにいくらでも思いつくよ、同じくらい悪いか、もっと悪いことなら。こういう風についてない夏ってもんがあるんだ。ダグの学校が休みになってから、コミックスのコレクションに紙魚《しみ》がはいりこんだし、新品のテニス・シューズに白カビが生えたし」

「そういう年があったのを憶《おぼ》えているよ」とクズ屋。

彼が空を見やると、すべての歳月があった。

「というわけなんだ、ミスター・ジョナス。そういうこと。だから兄さんは死にかけていて……」

トムは言葉を途切れさせ、目をそらした。

「考えさせておくれ」とミスター・ジョナス。

「助けてくれる、ミスター・ジョナス？　助けてくれるよね」

ミスター・ジョナスは大きな古い荷馬車の奥のほうに目をやり、かぶりをふった。陽射しのもと、いま彼の顔は疲れて見え、彼は汗をかきはじめていた。それから花瓶《かびん》や、塗装の剝《は》げたランプの笠や、大理石のニンフ像や、緑青《ろくしょう》をふいたサチュロスの銅像の山をじっと見つめた。彼はため息をついた。向きを変え、手綱をとると、やさしく揺らして、「トム」と馬の背中を見ながらいった。

「あとで会おう。考えてみなきゃならん。ちょっと見てまわって、夕餉《ゆうげ》のあとにもどって来るよ。そのときだって、どうなることやら。そのときまでは……」手をのばし、日本製の小さな風鈴《ふうりん》をとりあげ、「これを二階の窓に吊すんだ。涼しくて、すてきな音楽を奏《かな》でてくれるよ！」

荷馬車がゴトゴトと去るあいだ、トムは風鈴を手にして立っていた。高くかかげてみたが、風はなく、風鈴は動かなかった。風鈴は音をたてられなかった。

七時。町は巨大な暖炉に似ていた。揺らめく熱気が西からくり返し襲ってきた。木炭《もくたん》の色をした影が、あらゆる家、あらゆる木から小刻みに震えながら外へのびている。赤毛の男が窓の下を通りかかった。沈みかけているが、獰猛《どうもう》な陽射しに照らされた男を見ていると、トムの目には誇らしげに自力で進んでいく松明《たいまつ》、猛火につつまれた狐《きつね》、みずからの国を堂々と歩く悪魔に見えた。

七時半にミセス・スポールディングが、スイカの皮をゴミバケツにあけようと家の裏口から出てきて、そこに立っているミスター・ジョナスに気づいた。

「坊やの具合はいかがですか？」とミスター・ジョナス。

ミセス・スポールディングは一瞬そこに立ちつくした。返事は唇の上でわなないていた。

「会わせてもらえないでしょうか？」とミスター・ジョナス。

あいかわらず彼女はなにもいえなかった。

「あの子のことはよく知っています」と彼はいった。「あの子が外へ出て遊ぶようになってから、毎日のように会ってきました。荷馬車のなかに、あげたいものがあるんです」

「あの子は――」〝意識がない〟といいかけたが、彼女は〝目がさめない〟という言葉を使った。「目がさめないんです、ミスター・ジョナス。お医者さんの話では、絶対安静だそうです。ああ、どこが悪いかもわからないんです！」

「たとえ〝目がさめない〟のであっても」とミスター・ジョナス。「あの子に話しかけたいんです。ときには眠ったまま聞いたことのほうが大切なことがあります。よく聞こえて、しみ通るんです」

「せっかくですが、ミスター・ジョナス、万が一ということがありますので」ミセス・スポールディングはスクリーン・ドアの把手《とって》を握り、放そうとしなかった。「ありがとう。とにかく、来てくださってありがとう」

「なんでもありませんよ、奥さん」とミスター・ジョナス。

彼は動かなかった。頭上の窓を見あげていた。ミセス・スポールディングは家のなかへはいり、スクリーン・ドアを閉めた。

二階では、ベッドの上で、ダグラスが息をしていた。
それは鋭いナイフが鞘《さや》から出入りをくり返すような音だった。

八時に医者がまたやってきて、首をふりふり去っていった。上着を脱いで、ネクタイをゆるめた姿は、その日のうちに三十ポンドも体重を減らしたかのように見えた。九時にトムと母さんと父さんは簡易寝台を戸外へ運びだし、中庭で眠れるよう、リンゴの木の下へダグラスを運んでいった。もし風が吹けば、熱気のひどい上の部屋にいるよりは早く風に当たれるからだ。それから十一時まで行ったり来たりし、十一時になると、三時に目をさますようにめざまし時計をセットし、氷嚢《ひょうのう》に詰めかえる氷をさらにかいた。

家はとうとう暗く、静かになり、彼らは眠りについた。

十二時三十五分に、ダグラスの目がぴくりと動いた。

月が昇りはじめていた。

そしてはるか彼方で、歌いはじめる声があった。

高く、悲しげな声があがったり、下がったりする。それは澄んだ声であり、調子が合っていた。歌詞は聞き分けられなかった。

月が湖のへりから顔を出し、イリノイ州グリーン・タウンを眺めた。町のすべてを見て、町にすべてを見せた。家という家、木という木、単純な夢を見ながら先史時代を思いだし、体をぴくぴく動かしている犬という犬。

そして月が高くなればなるほど、歌声は近く、大きく、澄んでくるように思えた。

そしてダグラスが、熱に浮かされて寝返りを打ち、ため息をついた。

一時間もすると、月がその光を残らず世界にこぼすようになったが、一時間もかからなかったのかもしれない。だが、例の声はいまや近づいており、心臓の鼓動のような音が、生《お》い茂った木々の葉を通して、くぐもって聞こえてきた。じつは煉瓦通りを進む馬の蹄《ひづめ》がたてる音なのだ。

そして、ときおり別の音が混じった。ドアがゆっくりと開け閉めされるような、キーキー、キーキーという静かな音。荷馬車の音だ。

そして昇った月の光を浴びて、馬が荷馬車を引いて通りをやってきて、荷馬車の高い座席には、くつろいですわるミスター・ジョナスの瘦身《そうしん》があった。まるでまだ夏の陽射しのもとにいるかのように帽子をかぶり、ときおり両手を動かして手綱にさざ波を打たせるものだから、馬の背中の上の空気に水が流れるようだった。歌っているミスター・ジョナスを乗せて、荷馬車は通りを非常にゆっくりと進んでおり、眠っているダグラスが、一瞬息を止めて、耳をすましたかに思えた。

「空気、空気……空気はいらんかね……水のような空気に氷のような空気……いっぺん買ったら、つぎも買うよ……こちらは四月の空気……こちらは秋のそよ風……こちらはアンティル諸島のパパイヤの風……空気、空気、甘い酢漬けの空気……清らかで……稀《まれ》な……いたるところから……瓶詰めして、ふたをかぶせ、タイムで香りづけした空気が、たったの十セントだよ！」

この歌が終わったとき、荷馬車は縁石に停《と》まった。そしてだれかが自分の影を踏んで中庭に立った。猫の目のようにきらめく、甲虫《こうちゅう》のような緑色をした瓶を二本さげている。ミスター・ジョナスが中庭に置かれた簡易寝台に目をやり、少年の名前をいちど、二度、三度そっと呼んだ。ミスター・ジョナスはつぎにどうするか迷って体を揺らし、さげている瓶を見てから心を決め、こっそりと進み出ると、草の上にすわって、夏の重みに押しつぶされた少年に目をやった。

「ダグ」彼はいった。「きみはじっとしているだけでいい。なにもいわなくてもいいし、目をあけなくてもいい。聞いているふりだってしなくていい。でも、心のなかでは聞こえているんだろう。老いぼれジョナスだよ、きみの友だちだよ。友だちだ」彼はそうくり返し、うなずいた。

彼は上に手をのばし、リンゴをひとつ木からもいで、くるっとまわすと、ひと口かじり、嚙《か》みしめて、言葉をつづけた。

「世のなかには、ひどく若いうちに悲しみから逃《のが》れられなくなる人がいる。これといった理由はないようだから、そういう風に生まれついたと思えるほどだ。世界じゅうのほかのだれよりも傷つきやすいし、疲れやすいし、すぐに泣くし、むかしのことをいつまでも憶えているし、さっきいったとおり、若いうちに悲しみから逃れられなくなる。知ってるんだよ、わたしもそのひとりだから」

リンゴをもうひと口かじり、咀嚼《そしゃく》する。

「おっと、どこまで話したかな?」と彼は自問した。

「八月の、そよ風ひとつない暑い夜だ」と自分で答え、「殺人的な暑さだ。長い夏だったし、多すぎるくらいのことが起きたんだろう? 多すぎるくらい。もうじき一時になるところで、風や雨の気配はない。わたしはすぐに立ちあがって、行ってしまう。でも、わたしが行くとき、このことをしっかりと憶えておいてほしいんだ、この二本の瓶をここに、きみのベッドの上に置いていく。わたしが行ってしまったら、きみにはちょっとだけ待ってから、ゆっくりと目をあけ、上体を起こし、手をのばして、その瓶の中身を飲んでほしい。いや、口で飲むんじゃない。鼻で飲むんだ。瓶をかたむけて、コルクの栓《せん》を抜き、中身がじかに頭のなかへはいるようにするんだ。もちろん、先にラベルを読む。でも、いまはわたしが読んであげよう」

彼は一本の瓶を光にかざした。

「**夢見るための緑の黄昏印《たそがれ》、純正北方産空気**」と読みあげ、「一九〇〇年の春に白い北極の大気から採取され、一九一〇年の四月にハドソン・ヴァレー北部からの風と混合。アイオワ州グリンネル周辺の牧草地で、ある日の夕暮れに輝いているところを目撃された塵《ちり》の粒子を含有するが、そのときの冷気は、湖と小川と天然の泉から立ちのぼって捕獲されたものである」

「こんどは原材料の細目《さいもく》だ」と彼はいった。小さな活字に目をすがめ、「メンソール、ライム、パパイヤ、スイカ、その他の水のにおいのする、冷たい味わいの果実、ならびに樟脳《しょうのう》に類似の木、ヒメコウジに類似の薬草、デスプレーンズ川から起こる風の息から生じた蒸気の分子を含有。さわやかで涼しいことは保証ずみ。熱気が九十度を越えた夏の夜に服用のこと」

別の瓶をとりあげ、

「こちらも同じだよ。ただし、アラン諸島からの風と、潮気《しおけ》交じりのダブリン湾からの風と、アイスランド沿岸からの霧の切れ端も集めて入れておいた」

二本の瓶をベッドに置き、

「最後に使用上の注意をひとつ」彼は簡易寝台のわきに立ち、身を乗りだして、おだやかな声で語りかけた。「これを飲むとき、これだけは憶えておくんだ。これを瓶詰めしたのは友だちだ。イリノイ州グリーン・タウンのＳ・Ｊ・ジョナス瓶詰め会社——一九二八年八月。当たり年だよ、坊や……当たり年なんだ」

一瞬のち、月明かりに照らされた馬の背中をピシャリと叩く手綱の音がして、荷馬車がゴトゴトと通りを遠ざかっていく音がした。

ややあって、ダグラスの目がぴくぴく動き、ひどくゆっくりと開いた。

「お母さん！」トムが小声でいった。「パパ！　ダグが、ダグが！　よくなりかかってるよ。いまようすを見に降りていったら——こっちへ来て！」

トムは家から走り出た。両親があとにつづいた。

三人が近づいたとき、ダグラスは眠っていた。トムは満面の笑みで、両親に身ぶりで示した。

彼らは簡易寝台にかがみこんだ。

三人がかがんで見ていると、息がひとつ吐かれ、止まり、ひとつ吐かれ、止まった。

ダグラスの口はかすかに開いており、その唇から、鼻孔《びこう》の細い通気口から、涼しい夜と、冷たい水と、ひんやりした白雪と、ひんやりした緑の苔と、おだやかな川底に横たわる銀色の小石に射すひややかな月明かりと、小さな白い石でできた井戸の底にたまった冷たい澄んだ水のにおいが、そっと立ちのぼった。

ちょっとのあいだ頭を下げたままにして、空中にひんやりと噴きあがる、リンゴのにおいのする噴水に顔を洗われているようだった。

彼らは長いこと動けなかった。

万華鏡

最初の衝撃が、ロケットの側面を巨大な缶切りのように切り裂いた。搭乗員たちは宇宙空間へ投げだされ、十二匹の銀色の魚のようにのたうった。彼らは散りぢりになり、暗い海へ呑まれていく。いっぽう無数の破片に分かれた船は進みつづけた。失われた太陽を探し求める流星群となって。

「バークリー、バークリー、どこにいるんだ?」

寒い夜の迷子さながら、必死に呼びかける声の数々。

「ウード、ウード!」

「船長!」

「ホリス、ホリス、こちらストーン」

「ストーンか、こちらホリス。どこにいるんだ?」

「わからない。どうしたらわかる? どっちが上だ? おれは落ちてる。ちくしょう、落ちてるんだ」

彼らは落ちた。井戸に落ちる小石のように落ちた。巨大な手で投げられて散らばったおはじきのように散らばった。そしていま、人間の代わりに声だけがあった——ありとあらゆる声、肉体から切り離され、激情に駆られた声が、恐怖と諦念《ていねん》のさまざまな段階を示している。

「おれたちは離ればなれになってるんだ」

そのとおりだ。ホリスはとんぼ返りを打ちながら、そのとおりだと悟った。なんとなく、そんなところだろうと思っていた。おれたちは離ればなれになり、それぞれの道を行くのだ。元にもどす方法はない。密閉式の宇宙服を着て、青ざめた顔にガラスの管《チューブ》をかぶっているが、推進装置を装着する暇はなかった。それさえあれば、宇宙空間で小型の救命艇となり、みずからを救い、仲間を救い、寄り集まって、それぞれを見つけられただろう。やがて人間の島ができ、なにか計画を立てられただろう。だが、推進装置を背負っていないので、あてどなくさまよう流星となり、てんでんばらばらに、とり返しのつかない運命へと向かうばかりなのだ。

十分ほどの時間が過ぎるうちに、当初の恐怖がおさまり、金属的な平穏がとって代わった。宇宙空間は奇妙な声の数々を織《お》りはじめた。漆黒《しっこく》の巨大な機《はた》織り機の上で声を交差させ、ふたたび交差させ、決定的な模様を描きだしていく。

「ストーンからホリス。無線電話で話せるのはどれくらいの時間だろう?」

「あんたがあんたの道を行き、おれがおれの道を行く速さしだいだ」

「一時間、ってとこかな」

「そんなもんだろう」感情のこもらない、もの静かな声でホリスがいった。

「なにがあったんだ?」一分後にホリスがいった。

「ロケットが爆発した、それだけの話だ。ロケットっていうのは爆発するもんだ」

「あんたはどっちへ向かってるんだ?」

「月にぶつかりそうだな」

「おれは地球だ。なつかしい〈母なる地球〉へご帰還だ、時速一万マイルでな。マッチみたいに燃えるだろう」

ホリスはそのときのことを考えてみたが、頭は奇妙にぼんやりしていた。体から抜けだし、その体が宇宙空間をどんどん落ちていくのを見ているようだった。遠いむかしの冬、季節の最初にひらひらと落ちてきた雪を眺めていたときと同じくらい、ものごとを客観的に見られるのだった。

ほかの者たちは押し黙り、このひたすら落ちていくだけの運命と、それを変えるすべがないことについて考えていた。さしもの船長も静かだった。彼の知るかぎり、事態を復旧できるような命令も計画もないからだ。

「ああ、どこまでも落ちていく。ああ、どこまでも落ちていく、どこまでもどこまでも落ちていく」ある声がいった。「死にたくない、死にたくない、どこまでも落ちていく」

「いまのはだれだ？」

「さあな」

「スティムスンじゃないかな。スティムスン、いまのはおまえか？」

「どこまでも落ちていく。こんなのはご免だ。ちくしょう、こんなのはご免だよ」

「スティムスン、こちらホリス。スティムスン、聞こえるか？」

間《ま》があり、そのあいだも彼らは離ればなれになって落ちつづけた。

「スティムスン？」

「ああ」とうとう彼は返事をした。

「スティムスン、落ち着け。みんな同じ目にあってるんだ」

「こんなところにいたくない。どこかほかへ行きたい」

「見つけてもらえるかもしれん」

「見つけてもらう、見つけてもらうぞ」とスティムスン。「こんなの信じないぞ。こんなことになるなんて、絶対に信じないぞ」

「悪い夢だよな」と、だれかがいった。

「黙れ！」とホリス。

「黙らせてみろよ」と声がいった。アップルゲイトだ。やはり他人《ひと》ごとのような態度で、屈託《くったく》のない笑い声をあげ、「ここへ来て、黙らせてみろよ」

はじめてホリスは、自分の境遇ではできないことがあると思い知らされた。激しい怒りがこみあげてきた。というのも、いまこの瞬間は、アップルゲイトを叩きのめせるようになることが、いちばんの望みだったからだ。むかしから叩きのめしてやりたかったが、もう遅い。アップルゲイトは無線通話で届く声にすぎない。

落ちる、落ちる、落ちていく……。

いまになって恐怖にとらわれたかのように、ふたりの男が悲鳴をあげだした。その片方がとめどなく悲鳴をあげながら、すぐそばをただよっていく――ホリスの目に映った光景は悪夢さながらだった。

「やめろ！」

その男は、手をのばせば指先に触れそうなところで、狂ったように絶叫していた。男はやめようとしなかった。無線の圏内にあるかぎり、どこまで行っても悲鳴をあげつづけるだろう。全員の心をかき乱し、言葉も交わせないようにしながら。

ホリスは手をのばした。こうするのがいちばんいいのだ。力をふり絞ると、男に手が届いた。男の足首をつかみ、その体をたぐるようにして頭を引き寄せる。男は悲鳴をあげ、溺れかけた者のように、半狂乱でつかみかかってきた。悲鳴が宇宙を満たす。

どのみち、とホリスは思った。こいつは月か、地球か、流星にぶつかって死ぬんだ。それなら、いまだっていいじゃないか。

ホリスは鉄のこぶしで男のガラス・マスクを叩き割った。悲鳴がやんだ。その体を押しやると、くるくるまわりながら、自分なりの針路に乗って落ちていった。

落ちていく、宇宙空間を落ちていく。ホリスもほかの者たちも、長く果てしない落下をつづけ、周囲には沈黙が渦巻いている。

「ホリス、まだ聞こえるか？」

ホリスは口がきけなかった。代わりに顔が火照《ほて》るのがわかった。

「おれだ、またアップルゲイトだ」

「なんの用だ、アップルゲイト」

「話をしようや。ほかにすることもないし」

船長が割ってはいった。

「それくらいにしておけ。この事態を切りぬける方法を考えねばならん」

「船長、黙っててくれないか」とアップルゲイト。

「なんだと！」

「聞こえただろ、船長。上官風を吹かすのはやめな。いまごろあんたは一万マイルも離れてるんだ。自分をごまかすのはやめようや。スティムスンがいったように、どこまでも落ちていくんだよ」

「おい、アップルゲイト！」

「うるさいな。こいつはたったひとりの反乱だ。失うもんなんてひとつもないんだ。あんたの船はひどい船だったし、あんたはひどい船長だった。月にぶつかったら、粉々に砕けてもらいたいね」

「黙れ、命令だ！」

「どうぞ、もういっぺん命令してくれ」アップルゲイトは一万マイルの彼方《かなた》でにやりと笑った。

船長は黙りこんだ。アップルゲイトが言葉をつづけた。「どこまで話したっけ、ホリス？　ああ、そうだ、思いだした。おれはおまえさんも大嫌いだ。でも、そんなのは知ってるだろう。

むかしから知ってたはずだ」

ホリスはこぶしを固めたが、どうしようもなかった。

「ひとつ教えてやりたいんだ」とアップルゲイト。「おまえさんが喜びそうなことだ。五年前、おまえさんをロケット会社から追いだしたのは、このおれだったのさ」

流星がわきをかすめ過ぎた。ホリスは視線を落とした。すると左手が消えていた。血が噴きだした。つぎの瞬間、宇宙服のなかに空気がなくなった。肺にはじゅうぶんな空気があったので、右手をまわし、左肘《ひじ》のつまみをひねるのが間に合った。関節部が締めつけられ、空気もれがふさがれる。あっというまの出来事だったので、驚く暇もなかった。もう、なにがあっても驚かないのだろう。空気もれがふさがって、宇宙服内の気圧がたちまち正常にもどった。つまみをさらにきつく締めると、止《し》血帯《けったい》代わりとなって、どくどくと流れだしていた血が止まった。

この事故のはじめから終わりまで、ホリス本人は沈黙を守りとおした。いっぽう、ほかの男たちはしゃべりつづけた。レスピアという男は、火星にいる妻、金星にいる妻、木星にいる妻、稼いだ金、夢見心地で過ごしたとき、酔っ払ったこと、賭けに興《きょう》じたこと、しあわせな思いの話を延々とまくしたてた。延々とまくしたてるあいだ、彼らはひとり残らず落ちていた。レスピアはしあわせだった過去の追想にふけり、そのあいだ死へ向かって落ちていった。

なんだかひどく奇妙だ。宇宙空間、数千マイル四方の宇宙空間。その中心で震動している声の数々。だれの姿もなく、ただ電波だけが小刻みに震え、ほかの男たちの感情をかきたてようとしている。

「怒ってるのか、ホリス?」

「いいや」じっさい、怒っていなかった。また頭がぼんやりしていて、彼は無気力な肉塊《にっかい》となり、永遠に虚無のなかへと落ちていた。

「おまえさん、生まれてから出世しか頭になかったんだろう、ホリス。自分の身になにがあったのかって、ずっと首をひねったな。おれが悪い評判を広めてやったんだよ。すぐあとに、こっちもお払い箱になったがな」

「どうでもいいさ」とホリス。じっさい、どうでもよかった。過ぎたことだ。人生が終わるとき、それは明るいフィルムのちらつきのようなもの。スクリーンに映しだされた一瞬に、すべての偏見と情熱が凝縮され、つかのま宇宙空間を照らしだす。そして「いい日もあれば悪い日もあった。いやなやつもいれば、いいやつもいた」と叫ぶ暇もなく、フィルムは燃えて消し炭《ずみ》となり、スクリーンは暗転する。

この人生の果てからふり返れば、ひとつだけ悔《く》いが残った。生きつづけたいという思い、ただそれだけ。死にかけた人間は、みんなこんな風に感じるんだろうか? まるでいちども生きたことがないように。じっさい、ひとつ息をする前に終わってしまうほど短く思えるものなのか? だれにとってもこれほど唐突で、ありえないものに思えるのだろうか。それとも、あれこれ考える時間があと数時間しか残っていない、この自分にかぎっての話だろうか?

ほかの男たちのひとり、レスピアがしゃべっていた。

「いや、あのころはよかったなあ。火星と金星と木星に女房がいたからなあ。ひとりひとりが金持ちで、やさしくしてくれたよ。おれはしじゅう酔っ払ってたし、賭けで二万ドルをすっちまったこともある」

でも、あんたはいまここにいるんだ、とホリスは思った。おれにはそのうちのひとつもなかった。生きているときは、あんたがねたましかったんだ、レスピア。明日という日があるうちは、あんたの女たちや、ご機嫌な時間がうらやましかった。おれは女が怖くて宇宙へ逃げた。ずっと女がほしかったから、女も金もあり、わが道を行って、ありったけのしあわせをつかんだあんたがねたましかった。でも、いっさいが終わって、ここで落ちているいまは、もうあんたがねたましくない。おれもあんたも終わってしまい、いまこのときは、はじめからなかったようなものだからだ。ホリスは首を突きだし、送話器に向かって叫んだ。

「もう終わったんだ、レスピア!」

沈黙。

「はじめからなかったも同じなんだよ、レスピア!」

「いまのはだれだ?」レスピアのためらいがちな声。

「おれだ、ホリスだ」

それは卑劣《ひれつ》な仕打ちだった。おれは卑劣な男だ、死にかけているのに、意味もなく卑劣な仕打ちをしている、と彼は思った。アップルゲイトに傷つけられた。その仕返しに他人を傷つけてやりたい。アップルゲイトと宇宙空間の両方に傷を負わされたのだから。

「あんたはここにいるんだ、レスピア。もう終わったんだよ。はじめからなにも起きなかったのとどこがちがう?」

「ちがうさ」

「なにかが終われば、はじめからなかったも同じなんだ。いま、あんたの人生のどこがおれの人生よりましだっていうんだ? 肝心なのはいまだ。ましなところがあるのか? あるのかよ?」

「ああ、あるとも!」

「どうして!」

「思い出があるからだ、憶《おぼ》えているからだ!」思い出を両手で胸にかかえこみながら、はるか彼方でレスピアが憤然と叫んだ。

やつのいうとおりだ。頭と体に冷水を浴びたような気分になりながら、ホリスは彼のいうとおりだと悟った。思い出と夢とのあいだにはちがいがある。自分にはやりたかったことの夢しかない。いっぽうレスピアにはやりとげたことの思い出がある。そう悟るとホリスは引き裂かれはじめた。ゆっくりと、小刻みに。

「それがなんの役に立つんだ?」彼はレスピアに向かって叫んだ。「なにもかもが終わったいま、もうなんの役にも立たん。あんたがおれよりましなわけじゃない」

「おれは心安らかでいる」とレスピア。「順番が来たのだと思える。最後の最後に卑劣になったりはしない、おまえとはちがう」

「卑劣になるだって？」

ホリスはその言葉を舌の上でころがした。思いだせるかぎりでは、おれは生まれてからいちども卑劣になったことはない。卑劣な真似をしようとしたことはない。こういうときのために、長年とっておいたにちがいない。「卑劣になる、か」その言葉を心の隅へころがした。目に涙がこみあげ、頰をころげ落ちるのを感じた。そのあえぎ声をだれかに聞かれたにちがいない。

「落ち着け、ホリス」

もちろん、お笑いぐさだ。ついさっきは自分がほかの者たちに、スティムスンに忠告をあたえていた。自分は勇敢だし、その勇気は純粋なものだと思っていた。ところがいまになって、それはショックと、ショックがもたらす客観性にすぎなかったことがわかったのだ。いま自分は、抑圧してきた一生分の感情を数分という時間に詰めこもうとしているのだ。

「気持ちはわかるよ、ホリス」とレスピアがいった。いまや二万マイルの彼方で、その声はいまにも消え入りそうだ。「からむ相手が、たまたまおれだっただけの話だ」

でも、おれたちは平等じゃないのか？　ホリスは思った。レスピアとおれは。いま、ここで平等じゃないのか？　ものごとが終わったなら、終わったんだ。それがなんの役に立つ？　どのみちくたばるんだ。しかし、自分が屁理屈をこねているのはわかっていた。というのも、生きている人間と死骸とのちがいをいおうとするようなものだからだ。片方のなかには火花があり、もう片方のなかにはない——オーラが、神秘的な元素が。

つまりは、レスピアとこのおれの場合だ。レスピアは充実した人生を送ってきた。おかげでいまはちがう種類の男になった。いっぽう、おれ、ホリスは長年にわたり死んだも同然だった。ふたりは別々の道をたどって死に行きついた。死にいろいろな種類があるなら、まずまちがいなく、ふたりの種類は昼と夜くらいちがうだろう。生きることと同じように、死ぬことにも質のちがいが無限にあるにちがいない。いまの自分のように、すでにいちど死んでいるのなら、永久に死ぬことになにを求めればいいのだろう？

その一秒後、右足がすっぱりと切りとられているのに気づいた。危うく笑いだすところだった。宇宙服の空気はまたしても消えていた。すばやく身をかがめると、血が噴きだしていた。流星が足首から爪先までの肉と宇宙服を持ち去ってしまったのだ。ああ、宇宙空間での死のなんと滑稽《こっけい》なことか。人を細切《こまぎ》れにしていくのだ、目に見えない黒い肉屋のように。彼は膝《ひざ》のヴァルヴを締めた。頭が苦痛に呑みこまれ、必死に意識を保とうとした。ヴァルヴを締めたので、血は止まり、空気がたまって、彼は背すじをのばし、あいかわらず落ちつづけた。ほかにすることが残っていないからだ。

「ホリス？」

ホリスは眠たげにうなずいた。死を待つことに疲れたのだ。

「おれだ、またアップルゲイトだ」声がいった。

「そうか」

「いろいろと考える時間があった。おまえさんの言葉を聞いたよ。まずいな。みんな、気がめいっちまう。こんな風に死ぬのはまずい。腹にたまってるもんが残らず出てくるんだ。聞いてるか、ホリス？」

「ああ」

「嘘だったんだ。さっきのあれ。嘘だったんだよ。おまえさんを追いだしたりしなかった。なんであんなことをいったんだろうな。おまえさんを傷つけたかったのかな。おまえさんは傷ついて当然に思えたんだ。むかしから反《そ》りが合わなかったしな。どうも急に老《ふ》けこんで、急に悔い改めたくなったみたいだ。おまえさんが卑劣な真似をするのを聞いて、自分が恥ずかしくなったんだろう。理由はどうあれ、こっちもまぬけ野郎だってことを知っておいてほしいんだよ。さっきいったことに、本当のことはこれっぽっちもふくまれちゃいない。いっしょにくたばろうぜ」

　ホリスの心臓がまた打ちはじめた。五分も止まっていたかのようだったが、いまは手足の隅隅まで血の色とぬくもりが行きわたりはじめた。ショックはおさまった。そして怒りと恐怖と孤独感が連続して襲ってきたショックは過去のものとなろうとしていた。朝、冷たいシャワーから出てきて、朝食と新たな一日にそなえるかのような気分だった。

「ありがとう、アップルゲイト」

「よせやい。しゃきっとしろよ、このろくでなし」

「おーい」とストーンの声。

「どうした？」ホリスは宇宙空間の彼方に呼びかけた。ストーンはいちばんの親友だった。

「流星群のなかにはいりこんだぞ。ちょっとした小惑星群だ」

「流星群？」

「たぶんミュルミドーン流星群だな。五年にいちど火星のわきを通って、地球へ向かうやつだ。そのどまんなかにいるんだよ。でっかい万華鏡みたいだ。色も形も大きさも、よりどりみどりさ。ちくしょう、なんてきれいなんだ、ピカピカ光ってやがる」

沈黙。

「おれは道連れにされそうだ」ストーンがいった。「こいつらに連れていかれそうだ。まいったな」彼は笑い声をあげた。

ホリスは目をこらしたが、なにも見えなかった。大きなダイヤモンドとサファイアとエメラルドの霧と、漆黒《しっこく》の宇宙空間があるだけだった。その水晶の炎のあいだで神の声が飛び交っているのだ。ストーンが流星群に交じって行ってしまい、これからずっと火星のわきを通り過ぎ、五百年ごとに地球に近づき、つぎの百万世紀のあいだ、その惑星の勢力圏を出入りするかと思うと、驚異と想像力のようなものがかきたてられた。永遠にさまようストーンとミュルミドーン流星群。万華鏡の色のように変幻自在に移り変わる。子供のころ、太陽に長い筒をかざして、くるりとまわしたときと同じように。

「あばよ、ホリス」とストーンの声。いまにも消え入りそうだ。「あばよ」

「気をつけてな」ホリスは三万マイルの彼方に叫んだ。

「笑わせるなよ」ストーンはそういうと、消えてしまった。

星々が迫ってきた。

いまやすべての声が消えかけていた。それぞれが独自の軌道に乗っているのだ。ある者は火星へ、ある者はさいはての宇宙へ。ホリス自身はといえば……。彼は足もとを見た。よりによってこのおれが、ひとりぼっちで地球へもどることになるとは。

「あばよ」

「のんびり行こうぜ」

「あばよ、ホリス」これはアップルゲイトだ。

さよならを告げる多くの声。短い別れ。そしていま、ゆるやかにまとまっていた大きな頭脳が分解していた。火を吐きながら宇宙空間を飛ぶロケット船という頭蓋骨のなかで、あれほどうまく効率的に働いていた頭脳の構成部品が、ひとつまたひとつと死んでいるのだ。まとまった人生の意味もばらばらになっている。そして頭脳の機能が停止すれば肉体も死ぬように、船の魂《たましい》と、いっしょに過ごした長い時間と、連帯感が死にかけていた。いまやアップルゲイトは元の体から吹き飛ばされた指と変わらない。もはや忌《い》み嫌われたり、反感を買ったりすることはない。頭脳は爆発し、感覚がない、役立たずの断片が広く散らばっている。声は絶え、いまや宇宙空間全体が沈黙している。ホリスはひとりぼっちで落ちていく。

みんながひとりぼっちなのだ。彼らの声はやんでいた。ちょうど神が口に出し、星をちりばめた深淵《しんえん》で震えていた言葉のこだまのように。あちらには月へ行く船長。あちらには流星群に交じって行くストーン。あちらにはスティムスン。あちらには冥王星へ向かうアップルゲイト。あちらにはスミスとターナーとアンダーウッドと、ほかのみんな。ずいぶん長いことひとつの思考パターンを形作ってきた万華鏡の断片が、離ればなれになったのだ。

ならば、おれは？　ホリスは思った。おれになにができる？　みじめでむなしかった人生を埋め合わせられるようなことが、いまできるだろうか？　せめてひとつでも良いことをして、長年にわたりためこんできながら、自分のなかにあるとは知りもしなかった卑《いや》しさの埋め合わせにしたいもんだ！　でも、ここにはおれしかいない。たったひとりで、どうやったら良いことができる？　できっこない。明日の夜には、地球の大気圏にぶつかるだろう。

おれは燃えるだろう、と彼は思った。そして灰となって大陸全土に散らばるだろう。それなら役に立つわけだ。ほんのすこしであっても灰は灰だ。陸地に重なって沃土《よくど》となるだろう。

彼はみるみる落ちていった。弾丸のように、小石のように、鉄の重りのように。他人事《たにんごと》のように、いまやひたすら他人事のように、悲しくもうれしくもなく、なにもかもが消え去ったいま、せめてひとつくらい良いことをしたいと願って。自分だけが知っている良いことを。

大気圏にぶつかったとき、おれは流星のように燃えるだろう。

「ひょっとして」と彼はいった。「だれか見てくれるかな？」

田舎道《いなか》を歩いていた男の子が顔をあげて叫んだ。

「ねえ、ママ、見て！　流れ星だ！」

白く輝くまばゆい星が、イリノイの黄昏《たそがれ》の空を落ちていった。

「願いごとをしなさい」と母親がいった。「願いごとをするのよ」

日と影

カメラが昆虫のようにカシャカシャと音をたてた。青く、金属光沢のあるカメラは、貴重なものをやさしくあつかう男の手のなかで、大きな太った甲虫《こうちゅう》そっくりだった。それはひらめく陽光を浴びてウインクした。

「ねえ、リカルド、やめてちょうだい！」

「おい、そこのおまえたち！」リカルドが窓の外へ叫んだ。

「リカルド、やめて！」

彼は妻に向きなおった。

「やめろというなら、おれにじゃない、あいつらにいうんだ。降りていって、あいつらにそういえ。それとも、あいつらが怖いのか？」

「あの人たちはべつに悪いことをしているわけじゃないわ」と妻が辛抱強くいった。

彼は妻を払いのけ、窓から身を乗りだして、路地を見おろした。

「おい、そこのおまえ！」彼は叫んだ。

路地で黒いカメラをかまえている男が、ちらっと顔をあげてから、純白のビーチ・パンツ、白いブラ、グリーンのチェック柄《がら》のスカーフをまとった美女に機械の焦点を合わせつづけた。彼女はこの建物のひび割れた漆喰《しっくい》壁に寄りかかっていた。そのうしろで、肌の浅黒い少年がひとり、手を口に当てて笑顔を見せている。

「トマス！」リカルドはわめいた。妻のほうを向き、「おい、たいへんだ、トマスが通りにいる、おれの息子があそこで笑ってるぞ」リカルドはドアのほうへ歩きだした。

「なにもしないでよ！」と妻がいう。

「あいつらの首を切り落としてやる！」リカルドはそういうと、出ていった。

通りでは、けだるげな女性が、いまは青いペンキの剝《は》げかけた手すりに寄りかかっていた。建物から出てきたリカルドの目に、その光景が飛びこんできた。

「それはおれの手すりだ！」と彼はいった。

カメラマンが急いでやってきた。

「いやいや、写真を撮《と》っているだけなんだ。なんでもない。すぐに移動するよ」

「なんでもなくはない」とリカルド。褐色の目をギラリと光らせ、しわだらけの手をふって、「あの娘《こ》はおれの家にもたれてる」

「ファッション写真を撮ってるんだよ」カメラマンがにっこり笑う。

「じゃあ、どうしろっていうんだ？」リカルドは青空に向かっていった。「そう聞かされて喜べばいいのか？　舞踏病の聖人みたいに踊りまわればいいのか？」

「お金だったら、そうだな、ここに五ペソある」とカメラマンが愛想笑いを浮かべる。

リカルドはその手を押しのけた。

「金なら働いて稼ぐさ。わかってないな。頼むからあっちへ行ってくれ」

カメラマンはとまどった。

「ちょっと待ってくれ……」

「トマス、家にはいるんだ!」

「でも、パパ……」

「ガウーッ!」リカルドは吼《ほ》えた。

少年が姿を消した。

「こんなことははじめてだ」とカメラマン。

「なんだってはじめてがあるんだ! おれたちはなんだ? 臆病者か?」リカルドは世界に向かってたずねた。

野次馬が集まってきていた。彼らはぶつぶついったり、にやにや笑ったり、肘《ひじ》で小突《こづ》きあったりしていた。カメラマンがじれったげにカメラをパチンと閉じ、肩ごしにモデルにいった。

「仕方ない、あっちの通りを使おう。あっちにもいい感じにひび割れた壁と、いい感じに濃い影があった。急げば……」

このやりとりのあいだ、そわそわとスカーフをねじっていた若い女が、メイク道具をつかんで、リカルドのわきをさっさと通り過ぎようとしたが、通り過ぎる前にリカルドが女の腕に触れた。

「誤解しないでくれ」と彼は早口にいった。彼女は立ち止まり、リカルドに向かって目をしばたたいた。彼は言葉をつづけた。「あんたに腹を立ててるわけじゃない。あんたにもだ」とカメラマンに声をかける。

「だったら、どうして——」とカメラマン。

リカルドは手をふった。

「あんたは人に雇《やと》われてる。おれも人に雇われてる。おれたちはみんな雇われてる人間だ。理解しあわなくちゃいかん。でも、あんたがその黒いアブの目みたいなカメラを持っておれの家へ来ると、その理解がどっかへ行っちまう。影がきれいだからって、おれは自分の路地が使われるのはご免だし、太陽がきれいだからって、自分の空を使われるのはご免だし、壁のひび割れが面白いからといって、おれの家を使われるのはご免なんだ！　ほら！　見てごらん！　あ、なんてきれいなんだ！　そのまま！　ここにもたれて！　そこに立って！　ここにすわって！　あそこでしゃがんで！　ああ、聞こえたんだよ。おれがまぬけだと思うのか？　おれの部屋には本だってあるんだ。あの窓が見えるだろう？　マリア！」

妻の頭がポンと飛びだした。

「おれの本を見せてやれ！」彼は叫んだ。

妻はぶつぶついったが、ややあって一冊また一冊と全部で六冊の本をさしだした。まるで腐った魚でもさわるかのように、目を閉じ、顔をそむけながら。

「階上《うえ》にはまだ二十冊くらいあるんだ！」リカルドが叫んだ。「あんたの話し相手は森のなかの雌牛《めうし》じゃないぞ。一人前の男なんだ！」

「わかったよ」カメラマンが乾板《かんばん》を手早くしまいながらいった。「もう行くよ。悪かったね」

「行く前に、おれのいってることをわかってもらわんとな」とリカルド。「おれは卑《いや》しい人間じゃない。でも、怒り狂った人間にはなれるんだ。おれがボール紙の切り抜きに見えるかい？」

「だれもそんなことといってやしない」カメラマンはケースを持ちあげ、立ち去ろうとした。

「二ブロック先に写真屋がある」カメラマンと並んで歩きながらリカルドがいった。「そこに書き割りがあるんだよ。その前に立つわけだな。〝**グランド・ホテル**〟って書いてある。写真を撮ってもらえば、グランド・ホテルに泊まってるみたいに見えるって寸法だ。なにをいってるかわかるかい？　おれの路地はおれの路地だし、おれの人生はおれの人生だし、おれの息子はおれの息子だ。おれの息子はボール紙じゃないんだ！　あんた、おれの息子を壁の前に立たせたな、そう、背景ってやつだ。あんたたちにいわせれば――正しい雰囲気をかもしだせるんだろう？全体が魅力的になって、息子の前のきれいなお嬢さんが引き立つんだろう？」

「夕方になってしまう」

汗をかきながらカメラマンがいった。モデルは彼の反対側を小走りに進んでいた。

「おれたちは貧乏人だ」とリカルド。「ドアはペンキが剝げてるし、壁は欠けたり、ひび割れたりしているし、ドブは臭うし、路地は石ころだらけだ。でも、まるでこういう風に計画したみたいに、何年も前に壁がひび割れるように仕組んだみたいにあつかわれると、はらわたが煮えくりかえるんだ。あんたがやって来るのを知っていて、わざとペンキを塗り替えずにいたと思うのかい？　それとも、あんたがやって来るのを知っていて、わざと息子にいちばん汚い服を着せたと思うのかい？　おれたちは写真屋のスタジオじゃないんだ！　おれたちは人間で、人間として注意を払ってほしいんだ。おれのいいたいことがわかるかい？」

「細かいところまではっきりと」リカルドのほうを見ずに、急ぎ足のカメラマンがいった。

「これでおれの望みと理屈がわかったんだから、友だち甲斐《がい》のあるところを見せて、帰っちゃくれないか？」

「あんた、面白い人だね」とカメラマン。「やあ！」

彼らは五人のモデルと、もうひとりのカメラマンから成るグループと合流した。そこは大きな石段の基部で、ウェディング・ケーキのように層状に重なった石段は、町の白い広場へと通じていた。

「調子はどうだ、ジョー？」

「聖マリア教会のそばでいい写真が何枚か撮れました。鼻の欠けた彫像があって、イカシてるんです」とジョー。「なんの騒ぎです？」

「このパンチョが騒ぎたててね。この人の家にもたれかかったら、家が倒れたらしい」

「おれの名前はリカルドだ。おれの家はちゃんと立ってるぞ」

「じゃあ、ここで撮ろう」と最初のカメラマン。「あの店のアーチのわきに立ってくれ。いい感じに古めかしい壁がある」彼は謎めいたカメラをのぞきこんだ。

「そういうつもりか！」恐ろしい沈黙がリカルドに降りた。彼は撮影準備を見まもった。写真を撮る用意ができると、彼は急ぎ足に進み出て、戸口の男に声をかけた。「ホルヘ！　いったいなにをしてるんだ?」

「ここに立ってる」と男。

「そうか」とリカルド。「あれはあんたのアーチじゃないのか? あいつらに使わせるのか?」

「べつにかまわないじゃないか」とホルへ。

リカルドは腕をふった。

「あんたの財産を映画のセットみたいにあつかってるんだぞ。腹は立たないのか?」

「そんなこと、考えもしなかった」ホルへは鼻をつまんだ。

「なってこった、おい、考えてみろよ!」

「べつに害はないよ」とホルへ。

「口のなかに舌があるのは、この世におれひとりだけなのか?」リカルドは自分のからっぽの手に向かっていった。「舌で味わうのはおれひとりなのか? ここは背景幕に描かれた町と撮影用のセットなのか? なんとかしようとするやつは、おれ以外にいないのか?」

野次馬は彼らについて通りを移動しており、その途中で人数をふやしていた。いまやかなりの規模になっており、リカルドの怒鳴り声に引き寄せられて、ますます人数がふえていた。リカルドは足を踏み鳴らした。こぶしを固めた。唾を吐いた。カメラマンとモデルたちが、はらはらしながら見まもっていた。

「背景に風変わりな男がご入用《いりよう》かい?」彼はカメラマンに向かって乱暴にいった。「おれがポーズをとってやるよ。この壁の近くに立ってほしいかい、帽子はこうして、足はこうして、光がこうだから、おれが自分で作ったサンダルに落ちるようにしてほしいかい？　シャツのこの穴をもうちょっと大きくしてほしいかい、ほら、こんな風にだよ。そうか！　おれの顔が汗まみれならいいのか？　髪はこれくらいの長さでいいのかい、おやさしい旦那さんよ？」

「立ちたければ立てばいい」とカメラマン。

「カメラはのぞかないよ」とリカルドが請《う》けあった。

カメラマンは表情をゆるめ、カメラを持ちあげた。

「一歩左へ寄ってくれないかな」モデルが動いた。「つぎは右脚を前に出して。よし。いいよ、いいよ。そのままじっとして！」

モデルは顎《あご》をあげて、ぴたりと動きを止めた。

リカルドがズボンを降ろした。

「ああ、ちくしょう！」とカメラマン。

数人のモデルが金切り声をあげた。野次馬たちは爆笑し、おたがいに軽くパンチを食らわせた。リカルドは無言でズボンをあげ、壁にもたれた。

「いまくらい風変わりで足りたかな？」

「ああ、ちくしょう！」カメラマンがつぶやいた。

「波止場《はとば》へ行きましょう」とアシスタントがいう。

「おれもそこへ行こうかな」リカルドはにんまりと笑った。

「まいったな、このまぬけをどうすりゃいいんだ？」とカメラマンが小声でいった。

「金をやって追い払うんですよ！」

「そうしようとしたけど、駄目だったんだ！」

「金額が足りなかったんですよ」

「なあ、ひとっ走りして警官を呼んできてくれ。こんな真似はやめさせてやる」

アシスタントが走っていった。だれもが神経質に煙草《たばこ》をふかしながら、リカルドをじろじろと見ていた。犬が一匹通りかかり、壁に小便を引っかけた。

「あれを見ろよ！」リカルドが叫んだ。「まさに芸術だ！　すばらしい模様だ！　早く、陽射《ひざ》しで乾かないうちに！」

カメラマンは背中を向け、海を眺めた。

アシスタントが通りを息せき切って走ってきた。そのうしろから、地元の警官が悠然と歩いてくる。アシスタントは立ち止まり、走ってもどって、警官を急《せ》きたてようとした。警官はまだ遠く離れているうちに手をふって、日は長いんだ、どんな災難が行く手に待っているにしろ、ちゃんと間にあうから安心しろ、と請けあった。

警官がふたりのカメラマンのうしろまでやってきた。

「それで、どういうもめごとです？」

「あそこの男です。あの男をどけてほしいんです」

「あの男は壁に寄りかかっているだけに見えますね」と警官。

「いや、寄りかかっているのはいいんですが、あの男は――ああ、ちくしょう」とカメラマン。

「百聞は一見にしかずです。きみ、ポーズをとってくれ」

モデルがポーズをとった。リカルドも、屈託《くったく》のない笑顔でポーズをとった。

「そのまま！」

モデルがぴたりと動きを止めた。

リカルドはズボンを降ろした。

カメラがカシャリと鳴った。

「ああ」と警官。

「必要なら、このおんぼろカメラのなかに証拠がありますよ！」とカメラマン。

「ああ」と警官がその場から動かず、顎に手をやりながらいった。「なるほど」

自分がアマチュア・カメラマンになったかのように、あたりにざっと視線を走らせる。顔を赤らめ、神経質そうにこわばった表情をしたモデル、石畳、壁、リカルドが見えた。リカルドは青空の下、昼下がりの陽光を浴びて、堂々と煙草をふかしていた。そのズボンはずりさがったままだった。

「わかったでしょう、おまわりさん？」と痺《しび》れを切らしたカメラマン。

「いったいぜんたい」帽子を脱ぎ、浅黒い額《ひたい》の汗をぬぐいながら警官がいった。「どうしろというんです？」

「あの男を逮捕してください！　猥褻物《わいせつぶつ》陳列罪です！」

「ああ」と警官。

「本官の知り合いです。名前はリカルド・レイエス」

野次馬がぶつぶついった。美しいモデルたちは、全員がカモメや海原《うなばら》を眺めていた。

「あそこの壁に寄りかかっている男は」と警官がいった。「本官の知り合いです。名前はリカルド・レイエス」

「よお、エステバン！」リカルドが声をかけた。

警官が大声で返事をした。

「やあ、リカルド」

ふたりは手をふり合った。

「彼がなにをしているというのです。本官にはわかりませんね」と警官。

「どういう意味です？」とカメラマンがたずねた。「岩みたいに素っ裸じゃないですか。不道徳です！」

「あの男は、なにも不道徳なことはしていませんよ。あそこに立っているだけです」と警官。

「もしあの男が手や体を使ってなにかをしているのなら、見るに堪《た》えないことをしているのなら、本官はただちに行動します。とはいえ、あの男は壁に寄りかかっているだけで、手足の一本、筋肉ひとつ動かしていないのですから、なにも悪いことはしていません」

「裸なんですよ、素っ裸だ！」カメラマンが絶叫した。

「わかりませんね」警官は目をしばたたいた。

「裸で歩きまわっちゃいけないんです、それだけのことです！」

「裸の人にもいろいろあります」と警官。「いいのと悪いの。素面《しらふ》と酔っ払い。この男は酒がはいっているようには見えませんし、評判のいい男です。たしかに裸ですが、裸だからといって公序良俗に反しているわけではありません」

「あんたはなんなんだ、あいつの兄弟か？　あんたはなんなんだ、あいつとぐるなのか？」とカメラマン。いまにも嚙《か》みつき、吠《ほ》えまくり、炎天下をぐるぐる走りまわりそうに見えた。

「正義はどこにある？　ここはどうなってるんだ？　行こう、きみたち、どこかよそへ行こう！」

「フランスがいい」とリカルド。

「なんだって！」カメラマンがくるっとふり向いた。

「フランスといったんだ、さもなきゃスペインだ」とリカルド。「さもなきゃスウェーデンかな。スウェーデンのすてきな壁を写真で見たことがある。でも、あんまりひび割れはなかったな。差し出口をきいて悪かったな」

「なにがあっても写真は撮るからな！」カメラマンがカメラとこぶしをふった。

「おれもそこへ行くよ」とリカルド。「明日も、明後日も、闘牛場へも、市場へも、どこへでも、あんたの行くところならどこへでも行き、もの静かに、品よくしてるんだ。威厳をもって、やるべきことをやるんだよ」

　その顔を見れば、本気でいっているのだとわかった。

「あんたは何者だ——何さまのつもりなんだ？」カメラマンが叫んだ。

「それを訊かれるのをずっと待っていたんだ」とリカルド。「考えてみるんだね。家へ帰って、おれのことを考えてみるんだ。人口一万の町におれみたいな男がひとりはいるかぎり、世界はつづいていくだろう。おれがいなけりゃ、しっちゃかめっちゃかだ」

「お休み、保母さん」とカメラマン。そしてモデルたち、帽子箱、カメラ、メイク道具の群れ全体が波止場へ向かって通りを撤退していった。「休憩してランチにしよう。考えるのはあとまわしだ！」

リカルドは彼らのうしろ姿を静かに見まもった。彼は元の位置から動いていなかった。野次馬たちはいまだに彼を見つめ、にやにやしていた。

さて、とリカルドは思った。家まで通りを歩いていこう。通りしなに千回もこすったせいで、ペンキの剝げたドアのある家へ。そして四十六年も歩いてすり減らしてきた石段を昇り、わが家の壁にはいったひび割れに触れてみよう。それは一九三〇年の地震でできたひび割れだ。あの夜のことはよく憶《おぼ》えている。おれたちはベッドにいて、トマスはまだ生まれていなかったから、マリアとおれは盛大に愛しあい、ぬくぬくと暖かい夜のなか、家が揺れているのは愛しあっているせいだと思っていた。でも、地面が揺れていて、朝になると、あのひび割れが壁に走っていたんだ。さて、親父の家の透《す》かし細工になった格子のあるバルコニーまで石段を昇ろう。その格子は親父の手作りだ。そしてバルコニーで本をそばに置いて、女房が出してくれるものを食べよう。そして息子のトマス、おれが布から創《つく》った息子だ。そうとも、すてきな女房とベッドシーツから創ったんだ。そしておれたちはすわって食べて、おしゃべりする。写真じゃない、背景幕じゃない、絵画じゃない、風変わりな家具じゃない、おれたちは。でも、俳優だ、おれたちみんなが、じつにすばらしい役者なんだ。

まるでこの最後の考えに賛成するかのように、ある音が聞こえて彼ははっとした。威厳に満ちた優雅な仕草で、腰に巻いたベルトまで堂々とズボンを持ちあげようとしているところだった。そのとき、耳に快《こころよ》い音が聞こえてきたのだ。鳩が空中で静かにはばたいているようだった。それは拍手喝采《かっさい》だった。

野次馬たちが、昼食の幕間《まくあい》の前に最後の場面を演じるリカルドを見つめていた。彼らの目に映ったのは、なんとも優美に品よくズボンを持ちあげる彼の姿だった。近くの海辺に打ち寄せる短い波のように、喝采が砕けた。

リカルドは群衆にお辞儀し、にっこり笑った。

坂を登って帰る途中、彼は壁に小便を引っかけた犬と握手した。

刺青《いれずみ》の男

「さあごろうじろ、刺青《いれずみ》の男だよ！」

蒸気オルガンが叫びたて、ミスター・ウィリアム・フィリッパス・フェルプスは、腕組みして夏の夜の高い台に立ち、群衆の耳目《じもく》を引きつけた。

彼はひとつの文明だった。本国に相当する胸には巨竜たちが棲《す》んでいる――乳首の目をしたドラゴンが、女性的ともいえる乳房の贅肉《ぜいにく》の上でとぐろを巻いているのだ。へそは、細長い目をした怪物の口――魔女のように歯がなくて、すぼまったような卑猥《ひわい》な口だ。そして闇のものたちが潜む秘密の洞穴《ほらあな》、地中の酒がジクジクとしみ出してくる腋《わき》の下がある。そこではねたましげに目をぎらつかせた闇のものたちが、茂りすぎたツタや垂れさがった蔓《つる》植物ごしに外をうかがっているのだ。

ミスター・ウィリアム・フィリッパス・フェルプスは、無数の孔雀《くじやく》の目玉で見世物《みせもの》台から地上を見おろした。おが屑《くず》の原をはさんで、はるか彼方《かなた》に妻のリザベスが見えた。もぎりをしながら、通り過ぎる男たちの銀のベルト・バックルを見つめている。

ミスター・ウィリアム・フィリッパス・フェルプスの手には刺青の薔薇《ばら》があった。妻が客に色目《いろめ》を使っているのを見て、薔薇は陽《ひ》が落ちたかのように萎《しお》れた。

一年前、リザベスを結婚登記所へ連れていき、彼女が用紙にインクで自分の名前を書くのをゆっくりと見ていたとき、彼の肌はまっ白で、まっさらだった。彼は不意に恐怖に駆られて自分の体をちらっと見おろした。いまの彼は大きなペンキ塗りの画布《がふ》さながらで、夜風に震えているのだ！　どうしてこんなことになったのだろう？　そもそものはじまりはどこだったのだろう？

はじまりは口論で、ついで贅肉となり、そのあと絵となったのだ。ふたりは夏の夜更《よふ》けまで喧嘩をした。彼女は永遠に鳴りやまない真鍮《しんちゅう》のラッパのように、彼に向かってがなりたてた。それで彼は家を出て、湯気の立つ五千個のホットドッグ、一千万個のハンバーガー、グリーン・オニオンの森を平らげ、オレンジ・ジュースの広大な赤い海を飲みほしたのだった。ペパーミント・キャンディーがブロントサウルスのような骨を形作り、ハンバーガーが風船のような肉となり、ストロベリー・ソーダが心臓の弁をうんざりするほど出入りして、ついには体重三百ポンドとなったのだ。

「ウィリアム・フィリッパス・フェルプス」結婚して十一カ月目にリザベスがいった。「あんたはまぬけのでぶよ」

それはカーニヴァルの団長が、彼に青い封筒を渡した日のことだった。

「悪いな、フェルプス。その太鼓《たいこ》腹《ばら》じゃ、うちではもう使えないんだよ」

「おれはいつだって最高の天幕張り《テント・マン》だったんじゃないですか、ボス？」

「むかしはな。もうそうじゃない。いまはすわってるだけで、働きもしない」

「〈太っちょ〉にしてください」

「〈太っちょ〉ならもういる。ふたりはいらない」団長はフェルプスの頭のてっぺんから爪先まで見て、「もっとも、働き口がないわけじゃない。去年画廊《ギャラリー》のスミスが死んでから、刺青の男がいないから……」

それがひと月前のこと。短かった四週間。だれかから、起伏の多いウィスコンシンの片田舎《かたいなか》に刺青師がいると聞いた。老女で、腕は立つという。未舗装の道を行って、川にぶつかったら右へ曲がり、そのあと左へ曲がれば……。

陽射しを浴びてカリカリになった黄色い牧草地を渡った。歩いていくあいだ、赤い花が風に吹かれてたわんだ。やがて百万回も雨にさらされたかのような古い小屋に行き当たった。

ドアを抜けると、なかには静まりかえった、床のない部屋があり、そのむきだしの部屋の中心に年老いた女がすわっていた。

彼女の目は赤い樹脂《じゅし》の糸で縫《ぬ》われていた。鼻は蠟《ろう》を塗った黒い撚糸《ねんし》で封じられていた。耳も縫われおり、まるでかがり針《ばり》を生やしたトンボが、五感のすべてを縫いあわせたかのようだった。彼女はがらんとした部屋で、身動きせずにすわっていた。ほこりが黄色い粉となって八方に積もっている。何週間も足で踏まれた形跡がない。もし彼女が動いたのなら、足跡がついただろう。しかし、彼女は動かなかったのだ。その手は薄い、錆《さ》びた道具のように触れあっていた。裸足《はだし》はゴム長のように猥褻《わいせつ》な感じで、その近くに刺青用の溶液のはいったガラス瓶《びん》が並んでいた——赤、電光の青、茶色、猫の黄色。彼女はささやきと沈黙にしっかりと縫いこまれていた。

縫われていない口だけが動いた。

「おはいり。すわりなさい。ここは寂しくてね」

彼はいわれたとおりにしなかった。

「絵を描いてもらいに来たんだね」老婆はかん高い声でいった。「まずは見せたい絵があるんだよ」

彼女は突きだした掌《てのひら》を盲目の指で軽く叩き、「ご覧!」と叫んだ。

それは刺青で描《か》かれたウィリアム・フィリップス・フェルプスの肖像だった。

「おれだ!」

老婆が叫び声をあげ、彼はドアのところで足を止めた。

「逃げないで」

彼は背中を老婆に向けたまま、ドアのへりにつかまった。

「いまのはおれだ、あんたの手におれが描いてある!」

「五十年もここにあったんだ」彼女は猫を撫《な》でるように何度もそれを撫でた。

彼はふり返った。

「そいつは古い刺青だ」彼はのろのろと近寄った。じりじりと前進し、かがみこんで目をしばたたく。震える指を一本のばして、その絵をさっと撫で、「古い。こんなことあるわけない!あんたはおれを知らない。おれはあんたを知らない。あんたの目、縫いあわされてるじゃないか」

「あんたをずっと待ってたんだ」と老婆。「ほかにも大勢の人間を」アンティーク椅子のねじり形に彫った小柱のような腕と脚を露わにし、「もうここへ会いに来た人の絵は描いてある。つぎの百年に会いに来る人の絵もべつにある。そしてあんた、あんたがやってきた」

「どうしておれだってわかるんだ？　目が見えないのに！」

「あんたはライオンや象や虎みたいに感じられるんだよ、あたしには。シャツを脱ぎな。あんたにはあたしが必要なんだ。怖がらないで。あたしの針は、お医者の指に負けないくらい清潔だよ。あんたに刺青を入れ終わったら、ほかのだれかがここまで歩いてきて、あたしを見つけるのを待つのさ。そしていつか、いまから百年くらい先の夏、森にはいって白いマッシュルームの下に横たわる。春になったら、見つかるのは小さな青い矢車草《やぐるまそう》だけだろうね……」

彼は袖《そで》のボタンをはずしはじめた。

「あたしには遠い過去のことも、はっきりした現在のことも、遠い未来のことだってわかるんだ」老婆がささやき声でいった。その目はふさがれ、顔はこの見えない男に向けられている。「あたしの体に描いてある。あんたの体にも描いてあげよう。あんたは宇宙でただひとりの、本物の刺青の男になるんだ。けっして忘れられない特別な絵を描いてあげよう。あんたの肌に未来の絵を」

老婆は彼の体を針でつつきはじめた。

その夜、彼は恐怖と高揚感につつまれて酔っ払ったようになり、カーニヴァルに駆けもどっかのようだった。トロールと真紅《しんく》の恐竜の衣装をまとっていた。まるでばったりと倒れ、印刷機の鋼鉄ローラーにはさまれ、美しいグラビアとなって出てきた。銀色の蛇《へび》に嚙《か》まれていた長い午後の終わるころ、彼の体は生き生きとした絵で飾られていた。ああ、あのほこりまみれの老魔女が、色と意匠《いしょう》を体に縫いこむ手ぎわのよさといったら。

「見ろ！」

彼はリザベスに叫んだ。彼女が化粧テーブルからちらっと顔をあげると、彼はシャツをむしりとるところだった。トレーラー・ハウスの裸電球の光を浴びて立ち、この世のものとは思えない胸を広げる。彼が二頭筋《にとうきん》を曲げ伸ばしすると、なかば乙女《おとめ》、なかばヤギの震える生きものたちが跳ね躍る。顎《あご》には〈迷える魂《たましい》の国〉。彼が顎をあげ下げするたびに、おびただしい数の脂肪でできたアコーディオンの襞《ひだ》や、無数の小さなサソリや、甲虫《こうちゅう》や、ネズミがつぶされ、持ちあげられ、隠され、あらわれたり消えたりする。

「おやまあ」とリザベス。「うちの亭主はフリークだわ」

彼女はトレーラーから走り出た。ひとり残された彼は、鏡の前でポーズをとった。なぜこんなことをしたのだろう？　そう、仕事にありつくためだ。でも、ほかのなにより、骨のまわりに信じられないほどくっついた脂肪をおおい隠すためだった。色彩と幻想の層の下に脂肪を隠すため、妻の目から隠すため、だが、なによりも自分自身の目から隠すためだったのだ。

老婆の最後の言葉が思い浮かんだ。彼女は特別な刺青をふたつ彫った。ひとつは彼の胸に、もうひとつは彼の背中に。だが、それを見せようとはしなかった。どちらも布と絆創膏《ばんそうこう》でおおってしまったのだ。

「このふたつを見てはいけないよ」と彼女はいった。

「どうして?」

「あとになれば、見てもいい。この絵のなかに未来がある。いまは見ちゃいけない。さもないと、未来がだいなしになるかもしれない。まだできあがっていないんだよ。あたしは、あんたの体にインクを入れただけ。あんたの汗が残りを描きあげるんだ。未来を——あんたの汗と、あんたの考えが」歯の抜けた口でにやりと笑い、「つぎの土曜の夜、お披露目《ひろめ》すればいい!〈大いなる除幕式〉だよ! 刺青の男が絵を披露《ひろう》するのを見においで、ってね。そうすれば金を稼げるよ。画廊みたいに、除幕式に料金をとればいい。あんただって見たことがない、まだだれも見たことがない絵だって教えてやりな。これほど不思議な絵は描かれたことがない。生きているも同然だ。しかも未来を語るんだ。太鼓《たいこ》を叩いて、ラッパを吹き鳴らしな。そうしたら台の上に立って、〈大いなる除幕式〉をとり行えばいい」

「そいつは名案だ」

「でも、見せるのは胸の絵だけにするんだよ」と老婆がいった。「そっちが先だ。背中の絵は、そのつぎの一週間、絆創膏の下にしまっておかないといけない。わかったね?」

「お代はいくらだ?」

「無料《ただ》だよ。あんたがこの絵をつけて歩いてくれたら、あたしは満足してお代をもらったようなもんさ。これから二週間、ここにすわって、あたしの絵はなんてうまいことできているんだろうって考えるんだ。だって、あたしはひとりひとりに合わせて刺青を彫るんだし、それは本人の内側にあるものだからね。さあ、この家から出ておいき。二度ともどって来るんじゃないよ。さよなら」

「さあ、ごろうじろ、〈大いなる除幕式〉だ！」

赤い看板が夜風に揺れていた。**ありきたりの刺青に非《あら》ず！　これぞ〝全身刺青の男〟！　ミケランジェロも裸足で逃げだす！　今宵《こよい》！　入場料十セント！**

いまやその時がやってきた。土曜の夜、群衆が暖かいおが屑に埋まった足をしきりに動かしている。

「あと一分で――」カーニヴァルの団長がボール紙のメガフォンでさし示し――「わたしのすぐうしろのテントのなかで、刺青の男の胸に描かれた〈神秘の絵画〉をご覧にいれます！　来週の土曜の夜、同じ時間に同じ場所で、刺青の男の背中に描かれた絵をご覧にいれます！　ご家族ご友人とお誘いのうえお越しください！」

ドラム・ロールがとどろく。

ミスター・ウィリアム・フィリップパス・フェルプスが台から飛びおりて姿を消した。群衆はテントになだれこみ、なかへはいると、べつの台にふたたび立っている彼に気づいた。楽隊はジグのメロディーを威勢よく演奏している。

彼は妻を探し、群衆にまぎれている彼女を見つけた。赤の他人のように、軽蔑《けいべつ》混じりの好奇心の表情を顔に浮かべて、奇っ怪なものを見に来たのだ。けっきょく、ウィリアム・フィリッパス・フェルプスは彼女の夫であり、彼女自身が知らない夫の一面が明らかになるのだから。ひと晩のあいだ自分が喧噪《けんそう》の宇宙、カーニヴァルの世界の中心にいるのだとわかり、彼は天に昇って温もりにつつまれ、光を浴びているような気分になった。ほかのフリークたち――骸骨《がいこつ》男、アザラシ少年、ヨガ行者、魔術師、風船男――さえ群衆のあちこちに姿を見せていた。

「紳士淑女のみなさん、世紀の一瞬です！」

トランペットが嚠《りよう》々《りよう》と吹き鳴らされ、ドラム・スティックが、ピンと張った牛皮の上でうなりをあげる。

ミスター・ウィリアム・フィリッパス・フェルプスがマントをはらりと落とした。恐竜、トロール、半女半蛇《はんにょはんじゃ》が、ギラギラした光を浴びて彼の肌の上でうごめいた。

おお、と群衆がどよめいた。たしかに、こんな刺青の男は見たことがない！　怪物の目は赤い炎と青い炎を宿し、まばたきし、よじれているように思える。指に彫られた薔薇は、甘やかなピンクの花束をさし出すようだ。ティラノサウルス・レックスが彼の脚にそって立ちあがり、暑いテントの天空にひびき渡る真鍮のトランペットの音は、赤い怪物の喉からほとばしる先史時代の叫びだった。ミスター・ウィリアム・フィリッパス・フェルプスは、よみがえった博物館だった。明るい金属的な青いインクの海で魚が泳いでいる。黄色い太陽のもとで噴水がきらめいている。収穫期の小麦畑には古めかしい建物が立っている。筋肉と肉の宇宙空間をロケットが炎を吐いて飛んでいる。彼がわずかに息を吸っただけで、刺青の宇宙全体が混沌《こんとん》におちいりそうだ。彼は猛火につつまれているようだった。生きものたちは炎にひるみ、誇らしさから生じる熱気から退散した。そのいっぽう、彼は観衆のうっとりした視線を浴びて胸をふくらませた。

団長が絆創膏に指を置いた。オーヴンのような広大な夜のテントのなかで、観衆が無言で前へ押し寄せた。

「いよいよお目にかけます！」団長が叫んだ。

絆創膏がむしりとられた。

一瞬、なにも起こらなかった。〈除幕式〉はとり返しのつかない、惨憺《さんたん》たる失敗に終わったのではないか、と刺青の男は一瞬思った。

しかし、つぎの瞬間、観衆が低いうめき声をあげた。

団長が目を皿のようにしてあとじさった。

観衆のはるかうしろのほうで、ひとりの女性が一瞬遅れて叫びはじめ、すすり泣きはじめ、泣きやもうとしなかった。

刺青の男はゆっくりと自分の裸の胸と腹を見おろした。

それを目にしたとたん、手に彫られた薔薇が色を失い、枯《か》れた。すべての生き物が萎《しな》び、内向きに丸まり、縮みあがったかに思えた。心臓から押しだされた極北の寒気《かんき》が、それらを凍《こお》りつかせ、滅ぼそうとしたのだ。彼はブルブル震えながら立っていた。手を浮かせて、その信じられない絵にさわってみる。その絵は生きていて、生命力によって動き、身震いした。ちょうど小さな部屋をのぞきこみ、他人の生活を目のあたりにするようだった。およそありえないような秘めごとを目にすれば、信じることもできず、そのうち目をそらさずにはいられなくなる。

それは妻のリザベスと、彼自身の絵だった。

そして彼は妻を殺していた。

黒い森におおわれたウィスコンシンの地のどまんなか、暗いテントのなか、千人の目の前で、彼は妻を殺しているのだ。

花の刺青をした彼の大きな手が妻の喉にかかり、彼女の顔はどす黒くなっていて、彼は妻を殺し、なおも妻を殺し、いつまでたっても妻を殺すのをやめなかった。その絵は真に迫っていた。衆人環視のもと、彼女が息絶え、彼はまっ青になった。いまにも観衆のなかへまっすぐに倒れこみそうだ。テントが怪物コウモリの翼のようにぐるぐるまわり、グロテスクにはためいた。最後に耳にしたのは、黙りこんだ観衆のはずれ、はるか彼方から聞こえてくる女のすすり泣きだった。

泣いている女は、妻のリザベスだった。

その夜、彼のベッドは汗で湿っていた。カーニヴァルの喧噪は溶けて消えており、妻もいまは自分のベッドで静かにしていた。彼は胸を手探りした。絆創膏のなめらかな手ざわり。貼り直されているのだ。

彼は気絶したのだった。意識をとりもどすと、団長が怒鳴った。

「あんな絵が描いてあるって、なんでいわなかったんだ？」

「知らなかったんです、知らなかったんですよ」と刺青の男。

「知らなかったですむか！」と団長。「みんな震えあがったぞ。リジーは震えあがったし、おれも震えあがった。ちくしょう、どこでそんな罰当《ばち》たりな刺青を入れてきやがったんだ？」ぶるっと身を震わせ、「リジーに謝れ、さあ」

妻が彼を見おろすようにして立った。

「悪かった、リザベス」目を閉じ、弱々しい声で彼はいった。「知らなかったんだ」

「わざとやったのね」と妻がいった。「あたしを怖がらそうとして」

「悪かった」

「それを消すか、あたしが出ていくかよ」

「リザベス」

「聞こえたでしょう。その絵を消すか、あたしがこのショーを辞《や》めるかよ」

「そうだ、フィル」と団長。「そういうことだ」

「損をしたんですか？　お客が金を返せといったんですか？」

「金じゃないんだよ、フィル。それをいうなら、噂《うわさ》が広まったとたん、何百人もが押しかけてきた。でも、おれはきれいなショーをやってるんだ。その刺青は消してしまえ！　この思いつきは、悪ふざけのつもりなのか、フィル？」

彼は暖かいベッドの上で寝返りを打った。いや、悪ふざけじゃない。悪ふざけなんかじゃない。おれだってほかのみんなと同じくらい震えあがったのだ。悪ふざけなんかじゃない。あの老いぼれた、ほこりまみれの魔女め、いったいおれになにをして、どういう風にやったんだ？　あの絵を彫りこんだのだろうか？　いや、その絵は未完成で、おれ自身が、おれの考えと汗が絵を仕上げるといっていた。してみると、その仕事をうまくやってのけたわけだ。

しかし、意味があるとしての話だが、どういう意味があるのだろう？　だれかを殺したいわけじゃない。リザベスを殺したいわけじゃない。なぜこんな愚にもつかない絵が、暗闇のなか、おれの胸でかっかと燃えてなくちゃいかんのだ？

彼は指をそっとのばし、絵画の隠れている、小刻みに震えている場所におそるおそる触れた。ぎゅっと押すと、その場所は高い熱を持っていた。あの邪悪な絵がひと晩じゅう殺しをつづけているのが感じられそうだった。

（おれはリザベスを殺したくない）妻のベッドを見やりながら、彼は強く思った。そして五分後、声に出してつぶやいた。「それとも、そうしたいんだろうか？」

「なんですって？」彼女が目をさまして叫んだ。

「なんでもない」いったん間を置いて、「眠れよ」

ブンブンうなる道具を手にして、男が身をかがめた。

「一インチにつき五ドルかかるよ。刺青は入れるよりも剝《は》ぎとるほうが高くつくんだ。よし、絆創膏をとってくれ」

刺青の男はいわれたとおりにした。

剝がし屋が居住まいを正した。

「いやはや！　剝がしたくなるのも無理はないね！　身の毛がよだつよ。いくらわたしだって、こんなのは見たくない」機械をさっと動かし、「用意はいいかい？　痛くはないからね」

団長はテントの入り口に立って見つめていた、五分後、剝がし屋は悪態をつきながら、道具のヘッドをとり替えた。十分後、椅子をきしませてうしろへさがり、頭をかきむしった。三十分たつと立ちあがり、ミスター・ウィリアム・フィリップス・フェルプスに服を着るようにいうと、荷物をまとめた。

「ちょっと待て」と団長がいった。「仕事がすんでないぞ」

「仕事をするつもりはないよ」と剝がし屋。

「たんまり払ってるんだ。いったいどこが悪いんだ？」

「どこも。この忌々《いまいま》しい絵が剝がれようとしないだけの話でさあ。こいつは骨までしみこんでるにちがいない」

「頭がおかしいんじゃないのか」

「旦那、この仕事を三十年やってきて、こんな刺青にはお目にかかったことがありません。一インチも深さがある、そういうことがあるんならね」

「でも、とってもらわないといけないんだ！」と刺青の男が叫ぶ。

剝がし屋はかぶりをふった。

「そいつをとり除く方法はひとつしかない」

「というと？」

「ナイフを手にして、胸を切り裂くんだ。長くは生きられないけど、その絵はなくなるよ」

「もどって来い！」

だが、剝がし屋は行ってしまった。


日曜の夜の大観衆が待っているざわめきが聞こえた。

「すごい入りですね」と刺青の男。

「でも、お目当てのものは見られない」と団長。「おまえさんは出ていかないんだ。絆創膏を貼ってればべつだが。おい、じっとしてろ。背中のもう一枚の絵とやらに興味があるんだ。こっちで代わりの〈除幕式〉ができるかもしれん」

「婆さんの話だと、準備に一週間くらいかかるそうです。なんでも、定着して、模様ができあがるのに時間がかかるそうで」

ピリピリと音がして、団長が刺青の男の背骨に貼られた白い絆創膏を横へめくった。

「なにが見えます？」とミスター・フェルプスがあえいで、首をねじった。

団長が絆創膏を貼り直した。

「ばかたれ、おまえは刺青の男失格だよ。なんでその婆さんにこんな風にさせたんだ？」

「だれだか知らなかったんですよ」

「その女はおまえをだましたんだ。なんにも描いてない。なんにもだ。絵なんか影も形もない」

「そのうち絵が浮きあがってきますよ。まあ、待っててください」

団長は笑い声をあげ、

「わかったよ。行こう。とにかく、おまえの体を埋めつくしている刺青は見せてやれる」

ふたりは金管楽器の音楽がはじけるなかへ出ていった。

真夜中、彼は怪物じみた体で立ち、盲目の男さながらに両手を突きだして、かたむいたり、突進してきたり、彼をきりきり舞いさせて、両手をあげた自分の姿が映っている鏡に落とそうとしたりする世界のなかでバランスをとろうとした。ほのかに照らされた平たいテーブルの表面には、過酸化水素や、酸や、銀の剃刀《かみそり》や、サンドペーパーがあった。彼は順番にそのひとつひとつを手にとった。胸のいやらしい刺青を濡らし、こすりとろうとした。一時間ほどそうしていた。

ふと気がつくと、だれかが背後のトレーラーのドア枠のなかに立っていた。午前三時。かすかにビールのにおいがした。彼女が町から帰ってきたのだ。ゆるやかな息づかいが聞こえる。彼はふり返らなかった。

「リザベスか?」

「そいつをとったほうがいいわよ」とサンドペーパーを動かしている夫の手を見ながら、彼女がいった。トレーラーのなかにはいって来る。

「こんな絵はほしくなかった」と彼はいった。

「ほしかったのよ」とリザベス。「わざとやったのよ」

「ちがう」

「知ってるわ」と彼女。「ええ、あんたがあたしを憎んでることくらい知ってるわ。まあ、そんなのはどうでもいいわ。あたしもあんたを憎んでる、ずっと前から憎んでるのよ。まったく、ぶくぶくと太りはじめたとき、それでも愛してもらえると思ったの？　憎しみについて教えてあげられることがあるわ。なぜ訊かないの？」

「ほっといてくれ」

「あんなにたくさんの人の前で、あたしを見世物《みせもの》にするなんて！」

「絆創膏の下になにがあるか、知らなかったんだよ」

彼女は両手をヒップに当てて、テーブルをまわりこみ、ベッドに、壁に、テーブルに話しかけ、思いの丈《たけ》をぶちまけた。彼は思った――（それとも、知っていたんだろうか？　だれがこの絵を描いたんだ、おれか、それともあの魔女か？　だれが形作ったんだ？　どうやって？　ほんとうは彼女に死んでもらいたいんだろうか？　ちがう！　とはいえ……）彼は妻がどんどん近寄ってくるのを見まもった。彼女の喉の筋張《すじば》った腱《けん》が、叫ぶのに合わせて振動するのが見えた。あんたのここと、ここと、ここがだめなのよ！　あそこと、あそこと、あそこがお話にならないのよ！　あんたは嘘つきで、悪知恵が働いて、でぶで、怠《なま》け者で、醜男《ぶおとこ》で、ガキなのよ。団長や天幕《てんまく》張りの連中と張り合えると思ってるの？　自分がすらりとして優美だと思ってるの？　額縁《がくぶち》にはいったエル・グレコだと思ってるの？　ダ・ヴィンチのつもりなの、ちゃんちゃらおかしいわ！　ミケランジェロのつもりなの、よしてよ！　彼女は吼《ほ》え猛《たけ》った。歯をむきだして、「ええ、あたしを怖がらせようたってだめよ、その薄汚い手でさわってほしくないわ！」と勝ち誇ったように締めくくった。

「リザベス」

「リザベスなんて呼ばないで！」彼女は金切り声をあげた。「あんたの企《たくら》みくらいお見通しよ。あたしを怖がらせようとして、その絵を彫らせたんだわ。あたしが出ていく気をなくすと思ったんでしょう。おあいにくさま！」

「つぎの土曜の夜、〈第二の除幕式〉がある」と彼はいった。「きみだっておれが誇らしく思えるようになるさ」

「誇らしく思えるようになるですって！　あんたはまぬけだし、哀れだわ。まったくもう、まるっきりクジラじゃない。浜に打ちあげられたクジラを見たことある？　あたしは、子供のころいっぺん見たわ。クジラが打ちあがっていて、みんながやってきて、撃ち殺したのよ。救助員が撃ったの。まさにそう、クジラだわ！」

「リザベス」

「出ていくわ。それだけよ、離婚するわ」

「だめだ」

「それで男と結婚するの、太った女とではなく――あんたのことよ、そんなに太ったら、男も女もないじゃない！」

「出ていかないでくれ」

「指をくわえて見てなさい！」

「愛してるんだ」

「だったら、自分の絵でも見れば」

　彼は手をのばした。

「その手を近づけないでよ」

「リザベス」

「近寄らないで。胸がむかむかするわ」

「リザベス」

　彼の体に描かれた目のすべてが燃えあがったようだった。蛇のすべてが動きだし、怪物のすべてがうごめき、口のすべてが大きく開いて、激怒したように思えた。彼は妻のほうへ向かった――ひとりの男のようにではなく、群衆のように。

　体内にたくわえられていた膨大な量の血と混じったオレンジエードが、いま全身に行き渡るのを感じた。コーラと濃厚なレモンソーダの奔流《ほんりゅう》が、胸の悪くなるほど甘い怒りとなって手首や、脚や、心臓を脈打ちながら流れていった。そのすべてと、この一年で自分の体に流しこんだマスタードと、調味料と、百万の飲料の海が沸騰《ふっとう》した。彼の顔は蒸《む》し焼きにした牛肉の色。そして両手に彫られたピンクの薔薇は、蒸し暑いジャングルに長年閉じこめられ、いまようやく解放されて、夜気《やき》のなかへ出ようとしている、飢《う》えた肉食の花となった。

彼は妻を抱き寄せた、大きなけものが、抵抗する動物を抱き寄せるように。それは性急で一方的な半狂乱の愛情表現だったが、彼女がもがくにつれ、かたくになり、べつのものになった。彼女は夫の胸の絵を叩き、爪を立てた。

「おれを愛してくれ、リザベス」

「離してよ！」彼女は絶叫した。こぶしの下で燃える絵を叩いた。爪でその絵を切り裂いた。

「ああ、リザベス」彼の両手が妻の両腕を登っていく。

「大声を出すわよ」夫の目を見ながら、彼女はいった。

「リザベス」手が彼女の肩まであがり、首まであがる。「行かないでくれ」

「助けて！」

彼女は悲鳴をあげた。彼の胸の絵から血が流れ出た。

彼は妻の首に指をかけ、締めあげた。

彼女の悲鳴は中断された蒸気オルガンの音だった。


外で草がガサガサと音をたてた。走る足音があった。

ミスター・ウィリアム・フィリッパス・フェルプスがトレーラーのドアをあけ、踏みだした。

彼らが待っていた。骸骨男、こびと、風船男、ヨガ行者、電気女《エレクトラ》、ポパイ、アザラシ少年。

真夜中に、乾いた草むらで待っているフリークたち。

フェルプスは彼らのほうへ歩いた。歩くうちに、逃げなければ、という気持ちがこみあげてきた。この連中にはなにもわからない。頭を使う人間ではないのだ。彼は逃げなかったし、テントのあいだをゆっくりと、バランスをとりながら、ふらふらと歩いているだけなので、フリークたちはわきに寄って彼を通した。彼の姿を目で追った。見ていれば、彼は逃げないと思いこんでいるからだ。彼が暗い牧草地を歩いていくと、蛾《が》がヒラヒラと顔にぶつかってきた。彼は見られているかぎり休みなく歩いたが、行き先は見当もつかなかった。フリークたちは去っていく彼を見送り、やがて向きを変えて、全員がいっせいに静まりかえったトレーラー・ハウスまで歩き、ドアをゆっくりと大きく押しあけた……。

刺青の男は、町はずれの乾いた牧草地を休みなく歩いていった。

「あっちへ行ったぞ！」

かすかな叫び声。懐中電灯が丘陵で上下した。走っている人影がぼんやりと見えた。

ミスター・ウィリアム・フィリップパス・フェルプスは彼らに手をふった。疲れていた。いまは見つかりたいだけだった。逃げることに疲れていたのだ。もういちど手をふった。

「あそこだ！」懐中電灯が方向を変えた。「行くぞ！　クソ野郎を捕まえるんだ！」

ころあいを見計らって、刺青の男はまた走りだした。注意してゆっくりと走る。わざと二度もころんだ。ふり返ると、テントの杭《くい》を握っている彼らが見えた。

彼は遠い十字路の街灯に向かって走った。そこにすべての夏の夜が集まっているかに思えた。メリーゴーランドのように乱舞するホタル、その光に向かって歌を歌うコオロギ、まるで真夜中の演目《アトラクション》に引き寄せられたかのように、その高く吊された街灯へ向かって、なにもかもが殺到している――刺青の男が先頭を走り、ほかの者たちがぴたりとあとを追っている。

街灯にたどり着き、その二、三ヤード下を通って、その向こう側へ出ると、ふり返る必要がなくなった。前方の路上に、ふりかぶられたテントの杭がシルエットになって見えたのだ。荒荒しくふりあげられたかと思うと、ふり降ろされた！

一分が経過した。

峡谷で、コオロギが鳴いていた。フリークたちは、テントの杭を力なく握りながら、大の字になっている刺青の男を見おろしていた。

とうとう彼らは刺青の男をうつぶせにした。その口から血が流れ出た。

彼らは刺青の男の背中から絆創膏を剝がした。あらわれたばかりの絵を長いこと見おろしていた。だれかがなにかをささやいた。ほかのだれかが小声で悪態をつく。〈痩《や》せ男〉はあとずさり、歩み去った。気分が悪くなったのだ。ほかのフリークたちは、唇《くちびる》をわななかせながら目をこらしていたが、ひとりまたひとりと歩み去り、見捨てられた路上に、口から血を流している刺青の男がとり残された。

ほの暗い光を浴びて、露《あら》わになった刺青は容易に見てとれた。

そこに描かれているのは、暗く寂しい路上で死にかけた太った男にかがみこんでいるフリークの群れだった。視線の先には男の背中の刺青があり、そこに描かれているのは死にかけた太った男にかがみこんでいるフリークの群れで、視線の先には……。

霧《む》笛《てき》

陸から遠く離れた冷たい海の上で、ぼくらは毎晩霧が出るのを待ち、霧が出ると真鍮《しんちゅう》の機械に油をさして、石の塔のてっぺんに濃霧警戒の光を灯《とも》した。灰色の空を舞う二羽の鳥になった気分で、マクダンとぼくは光を赤く、白く、ついでまた赤くして送りだし、孤独な船にじっと目を注《そそ》いだ。もし船にぼくらの光が見えなくても、つねに〈声〉があった。ぼくらの霧笛《むてき》の大きな野太《のぶと》い叫びが、ぼろきれのような霧をビリビリと震わせながら伝わっていき、驚いたカモメたちを数百枚のトランプのように散らしたり、波を高く泡立てたりするのだった。

「寂しい暮らしだけど、そろそろ慣れたんじゃないか?」とマクダンが訊いた。

「ああ」と、ぼくは答えた。「あんたが話し上手で助かったよ」

「さて、明日はおまえさんが上陸する番だ」彼が口もとをほころばせていった。「ご婦人たちと踊って、ジンを飲むわけだ」

「ぼくが出ていって、ひとりぼっちになったら、なにを考えるんだい、マクダン?」

「海の神秘について考えるのさ」

マクダンがパイプに火を点《つ》けた。冷たい十一月の晩、七時十五分。暖房がはいり、明かりは二百の方向にその尾をふりまわしており、霧笛は灯台の高いところで喉を震わせている。百マイルにわたり海岸に町はなく、さびれた土地を抜ける一本道が海へ通じているだけ。車はめったに通らないし、冷たい海を二マイル沖合に出ればぼくらのいる岩礁《がんしょう》があるが、船の姿はまれだ。

「海の神秘だよ」とマクダンが考え深げにいった。「だってさ、海ってやつは、この世でいちばんでかい雪のかけらじゃないか？　うねったり、くねったりして、千もの色や形になるけど、ひとつとして同じものはない。不思議なもんだ。何年か前のある晩、ここでひとりでいたとき、海の魚がいっせいにあそこへ浮かびあがったことがある。どうしたはずみか、ものすごい数の魚が湾に泳ぎこんできて、じっとしたかと思うと、ブルブル震えながら、赤、白、赤、白と移り変わる灯台の明かりを見あげたんだ。光の向こうに、連中のおかしな目が見えたよ。背すじが寒くなったね。魚たちは真夜中まで、大きな孔雀《くじゃく》の尾みたいに、そこを動きまわっていた。それから、たいして音もたてずに、すーっと行ってしまった。百万匹の魚が消えてしまったんだ。いろいろ考えてみたんだが、ひょっとしたら、あの魚たちははるばる拝《おが》みに来たんじゃないだろうか。不思議な話だ。でも、あいつらに灯台がどういう風に見えるか、考えてみな。海の上に七十フィートも突っ立って、神の光をひらめかせているうえに、怪物の声で灯台がここにあると宣言してるんだ。その魚たちは二度ともどって来なかったよ。でも、あいつらはしばらく神の御前《ごぜん》にいるつもりだったんだ、そう思わないか？」

ぼくはぶるっと身震いした。窓の外を見ると、灰色の芝生のような海原《うなばら》が、虚無のなかへ蜿《えん》蜒《えん》とのびていた。

「ああ、海は神秘でいっぱいだ」マクダンは目をしばたたきながら、神経質にパイプを吹かした。今日は朝からそわそわしていて、理由は口にしなかったのだ。「いろんな機械や、潜水艦とやらがあっても、人間が海に沈んだ土地の本物の底、妖精の王国に足を降ろし、本物の恐怖を知るようになるまで、あと百万年はかかるだろう。考えてみろ、海の底には紀元前三十万年の世界がまだあるんだぞ。おれたちがラッパを鳴らして行進し、よその国を攻めたり、首を切り落としたりしているうちに、水深十二マイルの冷たい海中では、彗星《すいせい》の尾と同じくらい古い時代の生きものが生きつづけてきたんだ」

「ああ、古い世界だね」

「行こう。とっておきの話があるんだ」

ぼくらは無駄話をしながら、時間をかけて八十段の階段を昇った。昇りきると、マクダンが部屋の明かりを消したので、窓ガラスに映っていた光も消えた。光源の大きな目がブーンとうなりながら、油をさした軸受けでなめらかにまわっていた。霧笛は十五秒置きに着実に鳴りひびいていた。

「動物の鳴き声みたいだろう?」マクダンが自分の言葉にうなずいて、「夜中に寂しく泣いている大きな動物だ。百億年という時間の端にすわって、ここにいる、ここにいる、ここにいる、と海の底へ呼びかけているんだ。すると海の底から答えが返ってくる、そう、返ってくるんだよ。おまえもここへ来て、そろそろ三カ月だ、ジョニー。だから、心がまえをしておいたほうがいい。毎年この時期になると」暗黒と霧に目をこらしながら、彼はいった。「この灯台を訪ねてくるものがある」

「さっきいった魚の群れのことかい?」

「いや、それとは別口だ。どうせ頭がおかしいと思われるだろうから、おまえさんに話すのを先延ばしにしていたんだ。でも、先延ばしにできるのも今夜までだ。去年カレンダーにしるしをつけておいた。それが正しければ、今夜あいつがやって来る。くわしい話はせん、自分の目で見てもらうしかない。そこにすわっているだけでいい。もしそうしたければ、明日ダッフル・バッグに荷物を詰めて、モーターボートで陸まで行き、岬《みさき》の桟橋《さんばし》に駐《と》めてある車でどこか内陸の小さな町へ行って、ひと晩じゅう明かりをつけっぱなしにしてもかまわん。そうしたって、おれはなにも訊かんし、おまえさんを責めもせん。あいつが来るのはこれで三年目だが、話を裏付けてくれる人間がここにいるのは今回がはじめてだ。ここにいて、見届けてくれ」

三十分が過ぎたが、ふたこと三こと低い声で言葉を交わしただけだった。待ちくたびれたころ、マクダンが自分の思うところを語りはじめた。霧笛そのものについても、いくつかの考えを持っていた。

「ずいぶんむかしのある日のことだ、ひとりの男が歩いてきて、陽《ひ》の射さない冷たい岸辺に立ち、潮騒《しおさい》を浴びながらこういった。『沖合に呼びかける声、船に警告する声が必要だ。わたしがその声を作ろう。かつて存在したあらゆる時間と、あらゆる霧のような声を作ろう。ひと晩じゅう隣がからっぽのベッドのような声、ドアをあけるとだれもいない家のような声、葉の落ちた秋の木々のような声を作ろう。鳴きながら南へ飛んでいく鳥のような音、十一月の風と、凍《い》てついた岸辺に打ち寄せる波のような音を。あまりにも寂しいので聞き逃《のが》しようのない音、耳にした者はだれであれ、魂《たましい》の底でむせび泣き、暖炉の暖かみがますように思える音、遠くの町で聞いた者は、だれもが家のなかにいてよかったと思えるような音を作ろう。わたしがその音と装置になれば、人はそれを霧笛と呼び、耳にする者はだれにしろ、永遠の悲しさと命のはかなさを知るだろう』と」

霧笛が鳴った。

「いまのはおれがこしらえた話だ」とマクダンが静かにいった。「あいつが毎年この灯台へもどって来る理由を説明しようとしたんだ。霧笛があいつを呼ぶんだと思う。それであいつはやってきて……」

「でも——」と、ぼく。

「シーッ！」とマクダン。「あそこだ！」彼は沖のほうを顎《あご》で示した。

なにかが灯台へ向かって泳いで来ようとしていた。

さっきもいったように、寒い夜だった。高い塔のなかは底冷えがし、光が行き来し、霧笛はうねる霧をついてひたすら呼びかけている。遠くは見えないし、はっきり見ることもできないが、海は夜の地球をめぐろうと動いている。平らで、静かで、泥のような灰色。そして高い塔にはぼくらふたりだけ。と、最初は遠い沖合にさざ波が立ち、つづいて波が起きて、海面が盛りあがり、ぶくぶくと泡立った。つぎの瞬間、冷たい海面から頭がひとつあらわれた。黒っぽい色をした大きな頭で、ばかでかい目がついている。ついで首があらわれた。つづいて——胴体ではなく——どんどん首がのびてきたのだ！　ほっそりして美しい黒っぽい首をしたがえて、頭は海面から四十フィートもの高さまでせりあがった。そのときようやく、黒い珊瑚《さんご》と貝殻《かいがら》とエビにおおわれた小島のような胴体が、海中から水を滴《したた》らせながらあらわれた。尾がちらっと見えた。頭のてっぺんから尻尾《しっぽ》の先まで、怪物の大きさは九十フィートか百フィートはあっただろう。

　なにをいったのかはわからない。なにかいったのだろう。

「落ちつけ、坊や、落ちつくんだ」マクダンがささやき声でいった。

「こんなことあるわけない！」

「いいや、ジョニー。あるわけないのはおれたちのほうなんだ。あいつは一千万年前からああだったんだ。変わったのはあいつじゃない。変わり果てて、あるわけなくなったのは、おれたちと陸地のほうなんだよ。おれたちのほうなんだ！」

　そいつははるか沖合の凍《い》てつく海を、荘厳《そうごん》で暗い雰囲気をまとって悠然と泳いでいた。霧がその周囲にあらわれては消え、つかのまその姿をかき消した。怪物の目の片方が灯台の強烈な光をとらえて、赤、白、赤、白と照らしかえした。ちょうど高くかかげた円盤が、原初の暗号でメッセージを送るように。そいつも、泳ぐそいつをつつんでいる霧も、まったく音がしなかった。

「あれは恐竜の一種だ！」ぼくは階段の手すりにつかまってしゃがみこんだ。

「ああ、その一族の一頭だ」

「でも、死に絶えたんだ！」

「いや、深みに隠れていただけだ。いちばん深い海の底深くに。なあ、これこそ言葉ってものじゃないか、ジョニー、本物の言葉だよ。いろんな意味がこもってる、深みって言葉には。こういう言葉のなかには、冷たさも暗闇も深さも全部ふくまれてるんだ」

「どうするんだ？」

「どうするって？　おれたちには仕事がある、ここを離れるわけにはいかん。おまけに、ボートに乗って陸地へ行こうとするよりは、ここにいたほうが安全だ。あいつは駆逐艦なみにでかいし、同じくらい速いんだ」

「でも、なんで<u>あいつ</u>はここへ来るんだ？」

つぎの瞬間、答えが出た。

霧笛が鳴った。

すると怪物が応《こた》えたのだ。

百万年におよぶ海と霧の彼方《かなた》から届く叫び声。苦悶《くもん》に満ちあふれ、寄る辺《べ》なさに満ちているので、ぼくの頭と体を揺らす叫び声だ。怪物が灯台に向かって叫んだ。霧笛が鳴った。怪物がふたたび咆哮《ほうこう》した。霧笛が鳴った。怪物が巨大な歯の並ぶ口をあけると、そこから出た音は霧笛の音そのものだった。孤独で、巨大で、はるかに遠い音。孤立の音、見通しがきかない海の、冷たい夜の、へだたりの音だった。まさにその音だった。

「これでわかっただろう」とマクダンがささやいた。「あいつがここへ来る理由が」

ぼくはうなずいた。

「あの哀れな怪物はな、ジョニー、沖合はるか千マイルの海で、もしかしたら二十マイルもの深みに横たわり、丸一年の時をつぶしていたんだ。ひょっとしたら百万歳なのかもしれない、あの生きものは。考えてみろ、百万年も待ってたんだぞ。おまえさんだったら、そんなに長く待てるかい？　もしかしたら最後の生き残りかもしれん。おれはそうにらんでる。とにかく、陸地へ人間がやってきて、この灯台を建てた、それが五年前のことだ。そして霧笛をとりつけて、ひたすら鳴らすようになった。おまえさんが眠りと海の記憶に浸《ひた》りこんでいるところへ向けて。思い出のなかの世界には同類が何千頭もいるけれど、いまおまえさんはひとりぼっち。おまえさんには向かない世界、隠れていなければならない世界でひとりぼっちなんだ。

だけど、霧笛の音が来ては去り、来ては去り、おまえさんは泥深い海の底で身じろぎし、さしわたしが二フィートもあるカメラのレンズのような目をあけて、ゆっくりゆっくりと動きだす。大洋が肩に重くのしかかっているからだ。でも、聞きおぼえのある霧笛が、千マイルの水をかすかに伝わってきて、おまえさんの腹のなかの溶鉱炉が熱くなり、おまえさんはゆっくりゆっくりと浮上をはじめる。タラとヒメハヤをガツガツと平らげ、クラゲの川を呑みこんで、秋の数カ月をかけてゆっくりと昇ってくる。霧が出はじめる九月が過ぎ、霧が深まり、警笛が依然として呼びかけてくる十月が過ぎ、やがて十一月の末になると、日一日と水圧に体を慣らし、一時間に数フィートずつ上昇し、海面の近くまで来るが、まだ生きている。ゆっくりと浮上するしかないんだ。一気に海面まであがったら、破裂してしまうから。だから浮上するのに三カ月もかかるし、それから何日もかかかって冷たい水を泳いで灯台へやって来る。そういうわけで今夜あの沖合に、ジョニー、天地創造以来最大の怪物がいるわけだ。そしてこの灯台が呼びかけている、自分の首そっくりの長い首を海から突きだして、胴体もそっくり、おまけに、ここが肝心な点だが、声もそっくりときた。これでわかったか、ジョニー、わかったんじゃないか？」

霧笛が鳴った。

怪物が応《こた》えた。

ぼくはすべてを目にし、すべてを知った——百万年のあいだひとりぼっちで待っていた、二度ともどらないだれかの帰りを。百万年のあいだ、あらゆるものから切り離されて海の底にいた。その狂気に満ちた時間。そのあいだに空からは爬虫類《はちゅうるい》がいなくなり、大陸では沼地が干《ひ》あがり、オオナマケモノやサーベル・タイガーが盛りを過ぎて、タールの穴へ沈みこみ、白蟻《しろあり》のような人間が丘陵を走ったのだ。

霧笛が鳴った。

「去年のことだ」とマクダンがいった。「あの生きものは、ひと晩じゅう、ぐるぐる泳ぎまわっていた。あまり近くには来なかった、とまどっていたんだろうな、きっと。怖がっていたのかもしれん。それに、はるばるやってきたあとだったんで、ちょっと怒っていたんだろう。でも、あくる日、思いがけず霧が晴れ、太陽がさわやかに顔を出して、空はペンキを塗ったように青くなった。それで怪物は暑さに耐えかね、沈黙にがっかりして泳ぎ去り、もどっては来なかった。たぶんこの一年というもの、考えをめぐらせていたんだろう。いろんな角度から考えていたんだよ」

怪物はいまや沖合わずか百ヤードのところまで迫り、霧笛と鳴き交わしていた。明かりに照らされるたびに、怪物の目が炎から氷へ、炎から氷へと変わった。

「そういう一生もあるんだ」とマクダン。「二度と帰ってこないだれかを、いつも待っているだれか。いつも片思いになるだれか。しばらくすると、自分が愛するものを壊したくなる。そうすれば、もう傷つかずにすむのだから」

怪物が灯台へぐんぐん近づいてきた。

霧笛が鳴った。

「どうなるか見てみよう」とマクダン。

彼は霧笛のスイッチを切った。

つづいて張りつめた沈黙が降り、灯台のガラスに囲まれた部分でぼくらの心臓の鼓動が聞こえるほどだった。油のきいた明かりがゆっくりと回転する音が聞こえるほどだった。

怪物はぴたりと動きを止めた。その大きなランタンのような目がまばたきした。口があんぐりと開く。そいつは火山のように低いうなりを発した。頭を左右にかしげた、まるで霧の奥へ呑まれてしまった音を探すかのように。そいつは灯台をじっと見つめた。もういちどうなり声をあげた。と、そいつの目に炎が宿った。そいつは竿立《さおだ》ちになり、水をはねあげると、灯台めがけて突進してきた。目に怒りの混じった苦悶をたたえて。

「マクダン！」ぼくは叫んだ。「霧笛のスイッチを入れろ！」

マクダンがスイッチを手探りした。しかし、彼がスイッチを入れたときには、怪物が竿立ちになっていた。その巨大な前肢《まえあし》がちらりと見えた。指のような突起のあいだに魚皮《ぎょひ》を思わせる水かきをきらめかせながら、塔に襲いかかってくる。苦悶する頭の右側についた巨大な目が、魔女の大釜《おおがま》のようにぼくの眼前で輝いた。ぼくは悲鳴をあげながら、そのなかへ落ちそうになった。灯台が揺れた。霧笛が叫んだ。怪物が叫んだ。そいつは灯台をつかみ、ガラスに嚙《か》みついて、粉々になったガラスがぼくらに降りかかった。

マクダンがぼくの腕をつかんだ。

「降りるんだ！」

灯台は揺れ動き、小刻みに震え、かたむきはじめた。霧笛と怪物が咆哮した。ぼくらはこけつまろびつ、ころげ落ちるようにして階段を下った。

「急げ！」

階段を下りきると同時に、塔がぼくらのほうへたわんできた。ぼくらは階段の下にある小さな石造りの地下室へ飛びこんだ。岩が雨あられと降るにつれ、無数の衝撃が襲ってきた。と、霧笛がだしぬけにやんだ。怪物が灯台にのしかかったのだ。灯台が倒れた。ぼくらは並んでひざまずき、ひしと抱きあった、マクダンとぼくは。そのあいだぼくらの世界は爆発した。

やがて崩落《ほうらく》が終わり、暗闇と、岩肌に打ち寄せる波だけとなった。

それ以外にもべつの音があった。

「耳をすませ」マクダンが静かな声でいった。「耳をすますんだ」

一瞬の間があった。とそのとき、聞こえてきた。最初は空気を吸いこむ大きな音、ついで巨大な怪物が嘆き、とまどい、孤独を訴える声が。怪物はぼくらの頭上で、体を折るようにして横たわっていた。地下室とは石の厚みしかへだたっていないので、その体から発する胸の悪くなる悪臭があたりにたちこめていた。怪物はあえぎ、泣いていた。灯台はなくなっていた。明かりは消えていた。百万年の彼方から呼びかけてきたものは、消えてしまったのだ。そして怪物は口をあけ、大きな音を送りだしていた。霧笛の音を何度も何度も。その夜遅く、はるか沖合を通りかかった船は、明かりが見つからず、なにも見えなくても、その音を耳にして思ったにちがいない——やあ、寂しい音だなあ、孤独湾《ロンサム・ベイ》の警笛は。万事順調。岬をまわったぞ、と。

夜があけるまで、それはつづいた。

あくる日の午後、太陽が熱く黄色く輝くころ、救助隊がやってきて、石の下敷きになった地下室からぼくらを掘りだしてくれた。

「倒れちまったんだよ、それだけの話だ」とミスター・マクダンがおごそかにいった。「二、三べんすさまじい波を食らったら、あっさりと崩《くず》れちまったんだ」彼はぼくの腕をつねった。見渡すかぎりなにもなかった。海原はおだやかで、空は紺碧《こんぺき》。あるのは腐った海藻《かいそう》を思わせる悪臭だけで、それは倒れた灯台の石材と岸辺の岩をおおう緑色のものから発していた。蠅《はえ》がブンブンとたかっていた。波は岸辺をむなしく洗っていた。

あくる年、新しい灯台が建ったが、そのころには、ぼくは小さな町で仕事につき、妻をめとって、こぢんまりとした暖かな家をかまえていた。秋の夜には黄色い明かりが灯り、ドアには鍵がかけられて、煙突からもくもくと煙が吐きだされているような家だ。マクダンはといえば、新しい灯台の管理人になったが、彼の特別な指示があって、それは鉄筋コンクリートで造られていた。「万一にそなえて」というのが本人の弁だ。

新しい灯台は十一月には準備がととのった。ぼくはある晩遅くひとりでドライヴし、車を駐めて、灰色の海原を見渡し、はるか沖合で新しい霧笛が一分間に一回、二回、三回、四回とひとりでに鳴るのに耳をすました。

怪物はどうしたかって？

二度と帰ってこなかった。

「行っちまったんだよ」とマクダンはいった。「深みへもどって行ったんだ。この世には愛しすぎちゃいけないものがあることを学んだんだよ。あいつはいちばん深い海の底へ行き、また百万年待つんだ。ああ、かわいそうに！　そこで待って、待って、待ちつづけるんだ。そのあいだ人間は、この哀れな小さな惑星であくせくする。あいつは待って、待って、待ちつづける」

ぼくは車のなかにすわり、耳をすました。灯台も見えなければ、ロンサム湾に浮かぶ明かりが見えるわけでもない。ただ霧笛、霧笛、霧笛が聞こえるだけ。それは怪物の呼びかけそっくりに聞こえた。

ぼくはすわったまま、なにかいいたくてたまらない気持ちに駆られていた。

こびと

エイミーは静かに空を眺めていた。

今夜もうだるように暑い夏の夜。コンクリートの桟橋《さんばし》はがらんとしていて、赤や白や黄色の電球が、人けのない遊歩道に並んで吊され、昆虫のように光っている。さまざまな見世物《みせもの》小屋の支配人たちが点々と立っており、溶けかけた蠟《ろう》人形さながら、目は虚空をにらみ、黙りこくっている。

一時間前にふたりの客が通っていった。このたったふたりの客は、いまジェットコースターに乗っていて、すさまじい悲鳴をあげていた。いっぽうジェットコースターは、煌々《こうこう》と光る夜のなかへ真っ逆さまに落ちていき、虚無から虚無へとまわっていた。

エイミーは岸辺をのろのろと歩いていった。使い古した木の輪投げが、汗ばんだ両手にいくつかくっついていた。彼女は**鏡の迷路**の前にある入場券売り場のうしろで足を止めた。〈迷路〉の外側に波打つ鏡が三枚あり、そこに大きくゆがんだ彼女の姿が映っていた。その向こうの回廊では、千にものぼる彼女自身の疲れた複製が、蜿蜒《えんえん》と先までつづいている。冷ややかな鏡に、熱い鏡像がくっきりと映っているのだ。

彼女は入場券売り場のなかへはいり、ラルフ・バンハートの細い首を長いこと見つめていた。彼は火のついていない葉巻を、長く不ぞろいな黄ばんだ歯でくわえ、入場券の棚の上でトランプのひとり遊びをしていた。

ジェットコースターがむせび泣き、ふたたびすさまじい雪崩《なだれ》となって落ちてきたとき、彼女はわれに返って口を開いた。

「ジェットコースターに乗るのは、どういう人たちなの？」

ラルフ・バンハートはまるまる三十秒は葉巻を噛《か》んでいた。

「死にたいやつらさ。あのジェットコースターってやつは、死ぬにはいちばん手ごろなんだよ」すわったまま、射撃場からかすかに聞こえてくるライフルの銃声に耳をすまし、「この忌々《いまいま》しいカーニヴァル稼業全体が狂ってるんだ。たとえば、あのこびと。見たことあるだろう？　毎晩十セント払って〈鏡の迷路〉に駆けこむと、はるばる〈スクリューイ・ルイの部屋〉までまっしぐらだ。あそこにいるあのチビ助は見ものだよ。いやはや！」

「ええ、知ってるわ」とエイミーが思いだしながらいった。「こびとでいるのって、どんな風だろうといつも思うのよ。あの人を見ると、いつもかわいそうになるの」

「おれならアコーディオンみたいに演奏するね」

「そんなこといわないで！」

「おやおや」ラルフはあいているほうの手で彼女の腿《もも》をポンと叩き、「会ったこともない男のことだと、きみはいつもむきになるな」かぶりをふり、クスクス笑って、「あいつとあいつの秘密。おれに知られてるとは、夢にも思ってないだろうな。いや、まったく！」

「暑い夜ね」彼女は汗で濡れた指に大きな木の輪をかけて、神経質に引っぱった。

「話をそらすなよ。いまにあいつが来るよ、雨が降ろうが、陽《ひ》が照ろうがな」

エイミーは足を踏みかえた。

ラルフが彼女の肘《ひじ》をつかみ、

「おい！　怒るなよ。きみだってあのこびとを見たいんだろう？　シーッ！」ラルフがふり返った。「噂《うわさ》をすればなんとやらだ！」

毛深くて浅黒いこびとの手が、銀色の十セント硬貨を握って売り場の窓口へにゅっとのびてきた。目に見えない人が、「一枚！」と、かん高い子供の声で叫んだ。

思わず、エイミーは身を乗りだした。

こびとが彼女を見あげた。黒い瞳、黒い髪の醜《みにく》い男、それもワイン絞り器にかけられて押しつぶされ、絞りあげられ、小さく丸められ、幾重《いくえ》にもたたまれて苦しみぬき、ついには漂白されて、踏みにじられたかたまりとなった男を思わせた。締まりなくふくれあがった顔、ベッドで横になっても眠るのは体だけで、夜中の二時、三時、四時になってもぱっちりと目を開いて虚空を見つめているにちがいないとわかる顔だ。

ラルフが黄色い入場券を半分にちぎって、

「はい、一枚！」

こびとは、まるで迫り来る嵐におびえるかのように、黒い上着の襟《えり》をきっちりと喉にかき寄せ、よたよたとすばやく進んだ。つぎの瞬間、一万に分かれたこびとが、道に迷ってさまよいながら、半狂乱になった黒い甲虫《こうちゅう》さながら、平らな鏡のあいだで身をくねらせ、姿を消した。

「急げ！」

ラルフは鏡の裏にある暗い通路にエイミーを押しこんだ。エイミーは彼に急《せ》かされてトンネルを抜け、のぞき穴のある薄い仕切りのところまで来た。

「こいつが見ものなんだ」彼がクスクス笑った。「さあ——見るといい」

エイミーはためらったが、やがて顔を仕切りに押しつけた。

「あいつが見えるだろう?」とラルフがささやく。

エイミーは心臓がドキンと打つのを感じた。まる一分が過ぎた。目を閉じている。まだ目をあける心がまえができていないのだ。と、パッとまぶたを開き、目の前にある大きな鏡を見つめた。そして鏡に映ったものを見て、口もとをほころばせた。ウインクし、くるっと爪先で一回転し、横向きに立ち、手をふり、お辞儀をし、すこし不器用にダンスを踊った。

すると鏡は、細長い腕、見あげるほど背の高い体でひとつひとつの動きをくり返し、大きくウインクして、大げさにダンスを再現し、大げさなお辞儀で終えたのだ！

「毎晩、同じことをするんだ」とラルフがエイミーの耳もとでささやいた。「なかなかの見世物だろう?」

エイミーは首だけふり返り、無表情な顔で、しばらくラルフを見つめつづけた。彼女はなにもいわなかった。と、まるでそうせずにはいられないかのように、ゆっくりと、ごくゆっくりと首を元にもどして、いまいちど開口部ごしに目をこらした。彼女は息を呑んだ。目に涙がにじむのがわかった。

ラルフが彼女を小突《こづ》いて、ささやいた。

「なあ、あのチビ助、こんどはなにをしてるんだ?」

三十分後、ふたりが入場券売り場のなかで、おたがいの顔を見ずにコーヒーを飲んでいると、こびとが鏡の迷路から出てきた。帽子を脱ぎ、売り場に近づきかけたが、エイミーを目にして、あわてて立ち去った。

「なにかいいたそうだったわね」とエイミーがいった。

「ああ」ラルフが大儀《たいぎ》そうに葉巻を押しつぶした。「あいつがなにをいいたいかも知ってるんだ。でも、あいつにはいい出す勇気がないのさ。ある晩、あの蚊《か》の鳴くようなキーキー声でいったんだ、『あの鏡は高いんでしょうね』ってな。で、こっちは鈍《にぶ》いふりをしてやった。ああ、そうだよ、といったのさ。あいつはおれをじっと見て、待っていたけど、こっちがもうなにもいわないんで、家へ帰った。でも、つぎの晩に『あの鏡は五十ドル、いや百ドルはするんでしょうね』って、あいつがいったんだよ。まあ、そんなとこでしょうね、とおれは答えて、トランプのひとり遊びをはじめたのさ」

「ラルフ」

彼はちらっと顔をあげ、

「なんでそんな目でおれを見るんだ?」

「ラルフ」彼女はいった。「余分な鏡を一枚売ってあげればいいじゃない」

「なあ、エイミー、きみの輪投げの商売におれが口出ししたことがあるか？」

「あの鏡はいくらするの？」

「中古品なら三十五ドルで手にはいる」

「だったら、どこで買えるか教えてあげたらいいじゃない」

「エイミー、きみはお利口さんじゃないな」ラルフが彼女の膝《ひざ》に手を置いた。エイミーは膝をずらした。「たとえどこへ行けばいいか教えてやっても、あいつが鏡を買うと思うかい？　とんでもない。なぜかって？　あいつは自意識過剰なんだ。もし〈スクリューイ・ルイの部屋〉で、あの鏡の前で踊ってるのをおれに知られたと知ったら、あいつは二度ともどって来ないよ。ほかのみんなと同じように、迷路で迷ったふりをしてるんだ。あの特別な部屋なんか気にしてないふりをしてるのさ。あの部屋を独《ひと》り占めできるように、いつも夜が更《ふ》けて客足が途絶えるのを待ってるんだ。商売繁盛の夜に、あいつがどの演《だ》しものを見てるのかは、神のみぞ知るさ。いやいや、あいつはどこへも鏡を買いに行きはしないよ。友だちもいないし、たとえいたって、そういうものを買ってきてくれと頼めるわけがない。自尊心だよ、いやはや、自尊心ってやつだ。おれに話しかけてきた理由はひとつだけ。あいつの知り合いは、実際問題おれひとりだけだからだ。おまけに、あいつをよく見ろよ――ああいう鏡を買う余裕はないさ。貯金したくても、今日日《きょうび》、こびとの働き口がどこにある？　街には失業者があふれてるんだ。あるとしたら、サーカスだけだよ」

「ひどい話ね。悲しくなるわ」エイミーは閑散とした遊歩道に目をこらした。「どこに住んでいるのかしら？」

「波止場《はとば》の安下宿だ。ガンジス・アームズ。なんでまた？」

「どうしても知りたいっていうなら教えてあげる、あの人に夢中なのよ」

彼は葉巻をくわえたままにやりと笑った。

「エイミー、その冗談、えらくおかしいよ」


生暖かい夜、暑い朝、灼熱の正午。海はピカピカ光る焼けた金属とガラスでできた板だった。

エイミーが、生ぬるい海に突き出ているカーニヴァルの通りを歩いてきた。見世物小屋はどれも閉まっていた。彼女は日陰から出ないようにして、日焼けした雑誌を五、六冊かかえている。ペンキの剝《は》げたドアをあけ、蒸《む》し暑い暗闇に声をかけた。

「ラルフ？」ヒールで木の床を踏み鳴らしながら、鏡の裏の暗い通路を抜けていく。「ラルフ？」

キャンヴァス張りの簡易寝台の上で、だれかがものうげに身じろぎした。

「エイミーか？」

ラルフは上体を起こし、薄暗い電球を鏡台のソケットにねじこんだ。まぶしそうに彼女に目をすがめる。

「おや、カナリアを丸呑みした猫みたいな顔をしてるな」

「ラルフ、小さい人のことで来たのよ！」

「こびとだよ、エイミー、こびと。小さい人ってのは、小さいなりに体の均斉がとれているんだ。こびとは腺《せん》の異常で……」

「ラルフ！　あの人についてすごくすてきなことが、さっきわかったのよ！」

「かなわねえな」彼は不信の念を表わすためにさしだした両手に向かっていった。「この女ときたら！　いったいだれが二セント払って、どこの馬の骨とも知れない醜いチビに——」

「ラルフ！」彼女は目を輝かせて雑誌をさしだした。「あの人、作家なのよ！　考えてみて！」

「考えるにはちょっと暑すぎるよ」彼はまた横になり、口もとをゆがめながら、彼女をしげしげと見た。

「さっき、たまたまガンジス・アームズを通りかかって、管理人のミスター・グリーリーに会ったの。ミスター・ビッグの部屋では、ひと晩じゅうタイプライターが鳴ってるんですって！」

「そいつがあいつの名前か？」ラルフはゲラゲラ笑いだした。

「パルプ雑誌に探偵小説を書いて生計を立てているの。古雑誌売り場であの人の小説をひとつ見つけたわ、ラルフ、で、どんなのだと思う？」

「疲れてるんだよ、エイミー」

「あの小さな人の魂《たましい》は、ものすごく大きいのよ。頭のなかになにもかも、はいっているんだわ！」

「だったら、なんで大手の雑誌に書かないんだ、そいつを訊きたいね」

「怖がってるからよ——自分に能力があるのを知らないのかもしれない。そういうことはあるものよ。自分で自分が信じられないってことは。でも、その気になりさえすれば、世界のどこにだって小説を売れるはずよ」

「じゃあ、なんで金持ちになってないんだ?」

「掃《は》きだめにいるせいで、アイデアがなかなか浮かばないからかもしれないわね。浮かぶはずないわ。あんなに小さいのに。あんなに小さくて、ひと間きりの安アパートに住んでいたら、ほかのことなんて考えられないわ」

「おいおい!」ラルフが鼻を鳴らした。「フローレンス・ナイチンゲールのお祖母《ばあ》ちゃんみたいな口ぶりだぞ」

彼女は雑誌をかかげ、

「あの人の犯罪小説を読んであげるわ。銃やタフガイがいっぱい出てくるけれど、語り手はこびとなの。作者がわかって書いているなんて、編集者は夢にも思わなかったでしょうね。さあ、お願いだからそんな風に寝てないで、ラルフ! 聞いてよ」

そして彼女は朗読をはじめた。

「わたしはこびとで人殺しだ。このふたつを分けることはできない。片方がもう片方の原因なのだから。

わたしが殺した男は、わたしが二十一歳のとき、通りでわたしを呼び止めては、抱きあげて額《ひたい》にキスし、大げさにあやしたり、子守歌を歌ったりしながら、肉屋のなかへかつぎこんで、秤《はかり》の上に放りだし、こう叫んだものだった。『気をつけろ。あんたの親指くらいの目方《めかた》もないぞ、肉屋さん！』

わたしの人生が殺人へと向かった経緯《いきさつ》がおわかりだろうか？　この愚か者、わたしの肉体と魂を迫害した者のせいなのだ！

子供のころの話をしよう。わたしの両親は小柄だった。こびととはいい切れないが、いい切れないだけ。父が相続した財産のおかげで、わたしたちは人形の家に住みつづけられた。白い渦巻きで飾られたウェディング・ケーキのような驚くべきものだ——小さな部屋、小さな椅子、ミニチュアの絵画、カメオ、内部に昆虫を閉じこめた琥珀《こはく》。なにもかもが小さくて、細かくて、ちっちゃかった！　巨人たちの世界は遠い彼方、おぞましい噂は庭の塀の向こう側にあった。かわいそうなママとパパ！　両親はわたしに善《よ》かれと思っただけなのだ！　小さく、かけがえのない陶器《とうき》の花瓶《かびん》のように、わたしを手元に置いておいた。わたしたちの蟻《あり》の世界、蜂《はち》の巣箱のような部屋、顕微鏡サイズの書庫、甲虫サイズのドアと蛾《が》サイズの窓の国に。いまだからこそ、両親がけたはずれの精神病を患《わずら》っていたとわかる！　ふたりは永遠に生きて、ガラス瓶のなかの蝶のように、わたしを飾っておけると夢見ていたにちがいない。だが、まず父が亡くなり、つぎに火事が起こって、小さな家、蜂の巣、さらには内部にあった郵便切手大の鏡や、塩入れ大のクローゼットをことごとくなめつくした。ママも世を去ってしまったのだ！　そしてわたしひとりだけが、焼け跡を見つめ、怪物と巨人の世界へ投げだされ、現実という地滑りに巻きこまれ、ころがされ、崖の底へ叩きつけられたのだ！

世間に慣れるのに一年かかった。見世物小屋《サイドショー》の仕事は考えられなかった。世界にわたしの居場所はないように思えた。やがて、ひと月前、さっきいった迫害者がわたしの人生に登場し、疑うことを知らないわたしの頭に縁なし帽《ボンネット》をかぶせて、友人たちに叫んだのだ――『この小さい女をごろうじろ！』と」

エイミーが朗読をやめた。目をきょろきょろさせ、震える手で雑誌をラルフに渡し、

「自分で最後まで読んで。あとは人殺しの話よ。うまく書けてるわ。でも、わかるでしょう？あの小さい男なのよ。あの小さい男が書いたのよ」

ラルフは雑誌をわきへ放り、ものうげに煙草《たばこ》に火をつけた。

「おれは西部劇《ウェスタン》のほうが好きだ」

「ラルフ、読まなくちゃだめよ。あの人には、たいしたもんだ、このまま書きつづけるんだ、といってくれる人が必要なのよ」

ラルフは首をかしげて、彼女を見つめた。

「で、だれがそうするんだ？　おいおい、おれたちは救世主の右腕ってわけじゃないんだぜ」

「そんなことといわないで！」

「頭を使えよ、このばか！　哀れみをかけられてると思わせたら、おしまいなんだ。あいつは金切り声をあげて、きみを部屋から追いだすぞ」

エイミーはすわりこみ、じっくりとそのことを考え、ひっくり返して、あらゆる角度から検

討した。

「わからない。あんたのいうとおりかもしれない。ああ、正直いうと、ただの哀れみじゃないのよ、ラルフ。でも、あの人にはそう見えるかもしれない。よっぽど用心しなくちゃ」

ラルフは彼女の肩を前後に揺すり、指でそっとつねった。

「おいおい、頼むから、あんなやつにかまうなよ。金をかけたって、厄介ごとをしょいこむだけだぞ。エイミー、なにかにこんな夢中になったきみは見たことがない。なあ。きみとおれとで、今日は休みにして、ランチをとったら、車にガソリンを入れて、できるだけ遠くまで海岸をドライヴしようや。泳いで、晩飯を食って、どっかの小さな町で楽しいショーを見物するんだ――カーニヴァルなんかほっといてさ、どうだい？　ご機嫌な一日で、心配ごとなし。おれだって、二ドルくらいなら貯《た》めてあるんだ」

「あの人がちがうと知っているからよ」暗闇の奥に目をやりながらエイミーがいった。「あの人が、あたしたちにはなれないものだからよ――あんたとあたし、この桟橋にいるほかのみんなにはなれないもの。えらくおかしな話じゃない。あの人の体はカーニヴァルのショーにしか向かないようにできてるのに、あの人は陸《おか》にいる。いっぽうあたしたちの体は、カーニヴァルのショーで働かなくてもすむように作られたのに、どういうわけか、ここに、桟橋の上、海の上にいる。岸から百万マイルも離れているように思えるときもあるわ。ねえ、ラルフ、あたしたちには体があるけれど、あの人には脳味噌があって、あたしたちには考えつけないことを考えられるのはどうしてなの？」

「おれの話を聞いてもいなかったのか！」とラルフ。

彼女はすわったまま、頭の上でラルフにしゃべらせているが、その声ははるかに遠い。彼女は目を半閉じにし、両手を膝に置いているが、その手がかすかに震えている。

「そのわかったような目つきは気に入らないな」とうとうラルフがいった。

彼女はゆっくりとハンドバッグをあけ、紙幣を小さく丸めたものをとりだし、数えはじめた。

「三十五ドル、四十ドル。いいわ。ビリー・ファインに電話して、例の縦長タイプの鏡を一枚、ガンジス・アームズのミスター・ビゲロー宛てに送らせるわ。ええ、そうするのよ！」

「なんだって！」

「あの人にとってどんなにすてきなことか、考えてみなさいよ、ラルフ、自分の部屋に一枚あれば、いつでも好きなときに見られるのよ。電話を使ってもいい？」

「勝手にしろ、つき合いきれねえや」

ラルフはくるりと背を向け、トンネルを歩み去った。ドアがバタンと閉まった。

エイミーはしばらく待ってから、両手を電話にかけ、苦痛に思えるほどゆっくりとダイアルをまわしはじめた。ひとつまわすたびに間を置き、息をこらえ、目を閉じて、考える。この世界で小さな人でいるのはどういう感じなのか、やがてある日、知らない人から特別な鏡が送られてきたらどう思うかを。鏡が自分の部屋にあれば、部屋にこもって、輝いている自分の大きな姿を鏡に映し、つぎつぎと小説を書くことができるから、必要のないかぎり、外の世界へ出ていかなくてもすむだろう。部屋のなかにひとりきりで、そのすばらしい幻影と一体になれるわけだ。そうなったらしあわせだろうか、それとも悲しくなるだろうか？　執筆がはかどるのだろうか、それとも邪魔になるのだろうか？　彼女は首を何度も前後にふった。すくなくとも、そうなれば、だれにも見おろされずにすむ。来る夜も来る夜も、冷え冷えとした午前三時にこっそりと起きだし、ウインクして、踊りまわり、自分自身に笑いかけ、手をふることができるかもしれない。輝く鏡に映ったその姿は、とても背が高く、見あげるように背が高く、どこから見ても立派だろう。

電話の声が、「ビリー・ファインです」といった。

「ああ、ビリー」彼女は叫んだ。

桟橋に夜のとばりが降りた。板の下に横たわる海は暗く、波音が騒々しかった。ラルフはガラス張りの棺《ひつぎ》のなかで冷たい蠟人形のようにすわり、トランプの札《ふだ》を並べていた。目は一点を見つめたきり、口はこわばっている。肘のところでは、煙草の吸い殻《がら》の作るピラミッドが、どんどん大きくなっていた。エイミーが満面の笑みで、手をふりながら赤と青の熱い電球の下を歩いてきたときも、彼はトランプをのろのろと、ひどくのろのろと並べるのをやめなかった。

「ねえ、ラルフ！」彼女がいった。

「恋愛沙汰《ざた》はどうなった？」彼は汚いグラスから氷水を飲みながらたずねた。「シャルル・ボワイエはどうした、それともケイリー・グラントか？」

「いま新しい帽子を買いにいってきたの」彼女はにっこりした。「ああ、気分がいいわ！　なぜだかわかる？　ビリー・ファインが明日、鏡を送ってくれるの！　あの小さい人がどんな顔をするかわかる？」

「想像するのは、あんまり得意じゃなくてね」

「よくいうわ、あたしがあの人と結婚するとかなんとか考えたくせに」

「したらどうだ。スーツケースに入れてあいつを持ち歩くんだよ。ご主人はどちらに、と訊かれたら、ケースをあけて、はい、こちらにというだけでいい！　銀のコルネットみたいなもんだ。好きなときにケースから出して、一曲吹いたら、しまいこむ。裏のポーチに小さな砂箱を出しておいてやれよ」

「すごく気分がよかったのに」

「慈善事業ってやつだな」ラルフは彼女を見ずに、口もとをこわばらせた。「慈・善・事・業。どうやら、おれがあの節穴《ふしあな》ごしにあいつを見て、面白がってたのがきっかけらしいな。だから鏡を送ったんだろう？　きみのような人間は、タンバリンを叩いて走りまわって、おれの人生から楽しみを奪うんだ」

「まあ、もうこんなところへ来て、お酒を飲むこともないわわね。これからは、卑《いや》しいところが全然ない人とつき合うから」

ラルフは深呼吸した。

「エイミー、エイミー。あいつを助けられるとでも思ってるのか？　あいつはイカレてるんだ。こんなばかげた真似をしたら、こういってるようなもんだぜ。いいわ、イカレなさい、手伝ってあげるわ、ってな」

「とにかく一生にいちどくらい、人助けになると思うなら、まちがったことをしてもいいじゃない」

「善意の押しつけはよしとけよ、エイミー」

「うるさいわね、黙っててよ！」彼女は叫び、そのあとはなにもいわなかった。

ラルフはしばらく沈黙を破ろうとしなかったが、やがて立ちあがり、指紋のついたグラスをわきに置いた。

「売り場を見ててくれるか？」

「いいわよ。でも、どうして？」

彼女の目に映ったのは、一万に分かれたラルフの冷たく白い鏡像だった。口を真一文字に引き結び、指をひくひくと動かしながら、左右に鏡のあるガラスの回廊を進んでいく。

彼女は丸一分も売り場にすわっていた。やがて、不意に体が震えだした。売り場のなかで小さな時計が時を刻み、彼女はトランプを一枚ずつめくりながら待った。迷路の内部の遠く離れたところで、ハンマーがなにかをガンガンと打つ音がした。その音がやみ、さらに待つと、やがて一万の鏡像がつぎつぎと折り重なって消えていき、売り場にいる彼女の一万に分かれた鏡像を見ながら、ラルフが大股にもどってきた。傾斜した通路を降りながら、彼が静かに笑っている声が聞こえた。

「あら、なんでまたそんなに上機嫌なの？」彼女はうさん臭げにたずねた。

「エイミー」ラルフがそれを気にせずにいった。「喧嘩はよそうや。明日ビリー・ファインが、あの鏡をミスター・ビッグのところへ送るといったな？」

「なにかおかしな真似をするんじゃないでしょうね？」

「おれが？」彼はエイミーを売り場から出して、目を輝かせ、鼻歌を歌いながらトランプのひとり遊びを引き継いだ。「おれじゃない、ああ、ちがうとも、おれじゃないさ」

彼はエイミーを見ずに、トランプをすばやく切りはじめた。彼女はラルフのうしろに立った。彼女の右目がひくひくと動きはじめた。彼女は腕組みし、腕組みを解いた。一分が経過した。聞こえるのは、夜の桟橋の下に打ち寄せる波音、熱気にあえぐラルフの息づかい、トランプを切り混ぜる静かな音だけ。桟橋の上の空は暑く、雲が分厚く垂れこめている。沖合では、稲妻《いなづま》がかすかにひらめきはじめている。

「ラルフ」痺《しび》れを切らして彼女がいった。

「そう力むなよ、エイミー」

「さっきの海岸をドライヴするって話だけど——」

「明日だ」彼はいった。「来月かもしれん。来年かもしれん。ラルフ・バンハートさまは辛抱強い男なんだ。来年でもかまわないさ、エイミー。ほら」片手をかかげ、「おれは冷静だ」

彼女は沖合の雷鳴が尾を引くように消えるまで待った。

「きみには夢中になってほしくないだけだ。悪いことが起きてほしくないだけなんだ、約束してくれ」

風は、生暖かくなったり冷たくなったりしながら、桟橋を吹きぬけた。風には雨のにおいが交じっていた。時計が時を刻んだ。エイミーはしとどに汗をかきはじめ、トランプの札があちこちに動くのを見まもった。遠くの射撃場で、的《まと》が撃ちぬかれる音とピストルの銃声がしていた。

とそのとき、彼があらわれた。

昆虫を思わせる電球の下、うら寂しい通路をよちよち歩いてくる。その顔は暗く、ゆがんでおり、動くたびに苦労している。彼が桟橋をはるばるやって来るのを、エイミーは見まもった。エイミーは彼にいいたかった。今晩で最後よ、ここへ来て気まずい思いをしなくちゃならないのはこれが最後、あなたは知らないとしても、ラルフに見られるのに耐えなきゃならないのも最後、と。大声で叫び、笑い声をあげ、ラルフの目の前でそういってやりたかった。しかし、なにもいわなかった。

「やあ、今晩は！」ラルフが叫んだ。「今夜は店のおごりだよ！　常連さんへの特別サーヴィスだ！」

こびとはびっくりして顔をあげた。その小さな黒い目が、困惑のあまりあっちこっちへ泳いでいる。口がお礼の言葉を形作り、彼は片手を首に当てて、引きつっている喉に小さな襟をぴったりと引き寄せ、反対の手で十セント硬貨をひそかに握りしめた。ふり返り、軽く会釈《えしやく》すると、何十、何百もの圧縮された苦しげな顔が、照明を浴びて奇妙な暗い色に焼けて、ガラスの回廊をさまよった。

「ラルフ」エイミーが彼の肘をつかんだ。「どういうこと?」

彼はにやりと笑い、

「慈善事業だよ、エイミー、慈善事業ってやつだ」

「ラルフ」

「シーッ」彼はいった。「耳をすませよ」

ふたりは蒸《む》し暑い売り場のなかで、黙ったまま長いこと待った。

と、はるか遠くで、くぐもった悲鳴があがった。

「ラルフ!」とエイミー。

「聞けよ、聞いているんだ!」

またしても悲鳴があがり、つぎつぎと悲鳴があがった。そしてなにかを叩き壊す音がして、迷路を猛然と走りぬける音。と、派手にぶつかって鏡から鏡へとはね返り、ヒステリックに金切り声をあげ、涙で顔をくしゃくしゃにしてすすり泣き、口をあけてあえぎながら、ミスター・ビゲローがやってきた。稲妻のひらめく夜気《やき》のなかへよろめき出て、血走った目であたりを見まわすと、嗚咽《おえつ》して、桟橋を走っていく。

「ラルフ、なにがあったの?」

ラルフはすわったまま笑いころげ、腿をピシャピシャと叩いた。

エイミーはその顔を平手打ちし、

「いったいなにをしたの?」

彼はなかなか笑いやまなかった。

「来いよ。見せてやる!」

つぎの瞬間、彼女は迷路のなかにいた。白熱する鏡から鏡へと走っていくと、火のように赤い口紅が、燃えるような銀色の洞窟《どうくつ》に千回もあらわれ、そこでは自分そっくりの見知らぬヒステリー女が、にやにや笑いながら早足で歩く男を追いかけていた。

「早く来いよ!」彼は叫んだ。そして飛びこんだ先は、ほこりのにおいのする小部屋だった。

「ラルフ!」

ふたりが立っているのは、この一年、こびとが毎晩通《かよ》ってきた小部屋の入り口だった。ふたりが立っているのは、毎晩こびとが正面に映しだされる奇跡的な鏡像を見る前に、目をつむって立つ場所だった。

エイミーは片手を突きだし、のろのろと薄暗い部屋にはいった。

鏡が変わっていた。

この新しい鏡は、ふつうの人々さえ小さく、小さく、小さくした。長身の人々さえ、進むにつれて小さくなり、陰気臭くなり、さらに縮まるのだった。

エイミーはその前に立って考えに考えた。ここに立つと、大きな人間が小さくなるとしたら、ああ、こびとはどうなるのだろう。いっそう小柄なこびとと、陰気臭いこびとと、びっくり仰天した、孤独なこびとになるのだろうか?

彼女はふり返り、危うく倒れそうになった。ラルフが彼女を見つめていた。

「ラルフ」彼女はいった。「ひどいわ、なんでこんなことを？」

「エイミー、もどって来い！」

彼女は泣きながら、鏡のあいだを走りぬけた。涙でぼやけた目をこらしても、なかなか道は見つからなかったが、なんとか見つけた。立ち止まり、がらんとした桟橋に目をしばたたき、右へ走りだし、ついで左へ、さらに右へと走ってから止まった。ラルフがなにかいいながら追いついてきたが、それは深夜に壁の向こう側であがる声、はるか遠くの外国の声のようだった。

「話しかけないで」と彼女はいった。

だれかが桟橋を走ってきた。射撃場のミスター・ケリーだ。

「おい、たったいま小さい男を見なかったか？　おれのところから、弾丸《たま》のはいったピストルをかっさらって、逃げていきやがった。もうちょっとでつかまえられたんだが！　探すのを手伝ってくれないか？」

そういうとケリーは大急ぎで行ってしまった。テント小屋にいちいち首を突っこんで探しながら、青と赤と黄色の熱い電球が連なっているほうへと。

エイミーは前後に体を揺すって、一歩踏みだした。

「エイミー、どこへ行くんだ？」

彼女はラルフを見た。まるでふたりが行きずりの赤の他人で、角《かど》を曲がったとたん、鉢合《はちあ》わせをしたかのように。

「探すのを手伝うのよ」

「きみにできることはないよ」

「とにかく、探してみるわ。ああ、ラルフ、全部あたしのせいよ！　ビリー・ファインに電話なんかするんじゃなかった！　鏡なんか注文して、あんたを怒らせるんじゃなかった。だから、こんなことしたんでしょう！　あたしがミスター・ビッグのところへ行けばよかったのよ、あんな気ちがいじみたものを買うんじゃなくて！　なにがあっても、あの人を見つけるわ」

涙で頰を濡らした彼女がゆっくりとふり向くと、迷路の正面に立つ鏡が小刻みに揺れていた。ラルフの姿がその一枚に映っていた。彼女はその鏡像から目を離せなかった。ぽかんと口をあけて、冷たい魅力にとらわれて身をわななかせていた。

「エイミー、どうかしたのか？　いったい――」

彼女がどこを見ているのか悟って、ラルフは体をねじり、なにがどうなっているのか見ようとした。彼も目を見開いた。

彼はギラギラ光る鏡に向かって顔をしかめた。

身長二フィートの、ぞっとするほど醜い小男が、古ぼけた麦わら帽子をかぶり、青白い、つぶれたような顔でにらみ返してきた。ラルフは両手をわきに垂らし、自分自身をにらんでいた。

エイミーはのろのろと歩きだし、やがて早足になり、ついには走りだした。がらんとした桟橋を駆けていくと、生暖かい風が吹き、空から熱い大粒の雨が降ってきて、彼女はびしょ濡れになりながら走りつづけた。

熱にうかされて

洗いたてで清潔な、洗濯糊《のり》のきいたシーツのあいだに寝かされた。ほの暗いピンクの電灯の下、テーブルの上には、絞りたての濃いオレンジ・ジュースのはいったグラスがいつも用意されていた。チャールズが呼びさえすれば、ママかパパが彼の部屋に首を突きだして、病気の具合を見に来るのだった。その部屋の音響効果はすばらしかった。朝にはトイレが陶器《とうき》の喉でガラガラとうがいをするのが聞こえ、雨が屋根を叩いたり、こすからいネズミが壁の裏を走ったり、階下の鳥籠《とりかご》のなかでカナリアが歌ったりするのが聞こえた。いろんなことに気がまわるなら、病気で寝ているのもそう悪くなかった。

十三歳だった、チャールズは。時は九月のなかば、あたりで秋の紅葉がはじまるころ。三日間ベッドに伏せっていたあと、彼は恐怖にとり憑かれた。

手が変化をはじめたのだ。右手が。その手を見ると、掛け布団の上で熱くなり、汗をかいていた。わななき、ピクッと動いた。それからじっと横たわり、色が変わりはじめた。

その日の午後、医師がふたたびやってきて、彼の薄い胸を小さな太鼓《たいこ》のようにトントン叩き、「調子はどうだい？」と笑みを浮かべながらたずねた。「わかってるよ、いわなくていい。『風邪《かぜ》のほうはいたって元気です、先生、でも、ぼくのほうは気分が悪くて！』なんてね。ハハ！」医師は使い古しの冗談に自分で声をたてて笑った。

チャールズはじっと横たわっていた。彼にとっては、そのお粗末な古臭い冗談が現実となりつつあった。彼の心はそれに触れ、恐怖に青ざめて退散した。その冗談がどれほど残酷なものか、医師は知らないのだ！

「先生」伏せって、血の気のない顔をしたチャールズがささやき声でいった。「ぼくの手が、もうぼくのものじゃないんです。今朝ほかのものに変わりました。元にもどしてほしいんです、先生、先生ってば！」

医師は白い歯を見せて、チャールズの手を軽く叩いた。

「わたしには申し分なく見えるよ。熱に浮かされて夢を見ただけさ」

「でも、変わったんです、先生、ああ、先生」チャールズは叫び、青白い手を哀れっぽくかかげた。「変、わ、っ、たんです」

医師はウインクして、

「じゃあ、ピンクのお薬をあげよう」錠剤をチャールズの舌に載せて、「呑みこみなさい！」

「呑めば手が元どおりになって、またぼくの一部になるんですか？」

「そうだよ、なるんだよ」

おだやかな九月の青空の下、医師が車に乗って走り去ると、家はひっそりと静まりかえった。はるか下方の台所の世界では、時計がチクタク時を刻んでいる。チャールズは横になったまま手を見ていた。

元どおりにはなっていなかった。あいかわらず、べつのなにかだった。

戸外では風が吹いていた。枯れ葉が冷たい窓に落ちてきた。

四時になると左手も変化した。熱病にかかったかのようだ。細胞ひとつひとつが脈打ち、うごめいた。温かい心臓のように鼓動した。爪が青くなり、やがて赤くなった。変化には一時間ほどかかり、終了すると、ふつうの手とそっくりに見えた。しかし、ふつうではなかった。もはや彼の手ではないのだ。チャールズは恐怖に魅せられたまま横たわり、やがて疲れ果てて眠りに落ちた。

六時に母親がスープを持ってきた。彼はそれに触れようとしなかった。

「ぼくには手がないんだ」そういうと彼は目を閉じた。

「手はどこも悪くないわよ」と母親。

「ちがうよ」彼は泣き声でいった。「手がなくなったんだ。付け根しかない気がする。ああ、ママ、ママ、抱いて、抱いてよ、怖いんだ！」

母親は、スープを飲ませてやらねばならなかった。

「ママ、お願いだから、先生をもういちど呼んで。すごく気分が悪いんだ」

「先生は今夜八時にお見えになるわ」彼女はそういうと、出ていった。

七時、夜のとばりが降り、家をすっぽりとつつむころ、チャールズはベッドの上で半身を起こしていた。そのときまず右脚に、ついで左脚になにかが起きるのを感じた。

「ママ！　早く来て！」彼は絶叫した。

しかし、ママが来たときには、もうなにも起きていなかった。

母親が階下《した》へ降りると、彼は抵抗をやめてただ横になった。いっぽう脚はドキンドキンと搏《はく》動《どう》し、だんだん温かくなり、赤熱し、ついには変化にともなう熱気が部屋にたちこめた。熱を放つ輝きが爪先から足首へ、ついで膝《ひざ》へとじりじりと這《は》いあがる。

「はいってもいいかな？」医師が出入口のところで笑顔を見せた。

「先生！」チャールズは叫んだ。「早く、毛布を剝《は》がしてください！」

医師は辛抱強く毛布を持ちあげた。

「なんでもないじゃないか。健康そのものだ。もっとも、汗をかいているね。すこし熱があるのかな。動きまわってはいけないといっただろう、悪い子だね」

汗ばんだピンクの頰をつねり、

「薬はきいたかい？　手は元どおりになったかね？」

「だめ、だめなんです、いまは左手と両脚も変わりました！」

「おやおや、薬をあと三錠あげないといけないね、一本につき一錠だよ、小さな桃君《もも》」医師が笑い声をあげた。

「その薬はききますか？　お願いです、教えてください。ぼくの病気はなんなんです？」

「軽い猩紅熱《しょうこうねつ》だよ、風邪がこじれたんだ」

「バイ菌がぼくのなかで生きていて、小さなバイ菌をふやしてるんですか？」

「そうだよ」

「たしかに猩紅熱なんですか？　検査もしてないのに！」

「ある種の熱病は、見ればわかるんだよ」医師はそういうと、専門家らしい冷ややかな雰囲気で少年の脈を測った。

チャールズが口をきかずに横たわっていると、やがて医師が黒い鞄《かばん》にてきぱきと道具をしまった。そのとき静まりかえった部屋のなかで、少年の声が小さな弱々しい言葉を形作った。彼は目をキラキラさせていた。思いだしたことがあったのだ。

「前に本で読みました。化石になった木のことを。木が石になるんです。木が倒れて、腐ると、鉱物がはいりこんで、たまっていきます。見た目は木だけれど、中身は木じゃなくて石なんです」言葉を途切れさせる。熱気のこもった静かな部屋に彼の息づかいがひびいた。

「それで？」医師が促《うなが》した。

「ずっと考えてたんです」しばらくしてチャールズがいった。「バイ菌は大きくなるんでしょうか？　生物学の授業で単細胞生物、つまりアメーバやらなにやらのこと習いました。何百万年も前にそいつらが寄り集まって、ついには集団となり、最初の体を作ったそうです。そして細胞はどんどん集まり、どんどん大きくなって、とうとう魚が生まれ、ついにはぼくらが生まれたわけです。だから、ぼくらは寄り集まって、助け合おうと決めた細胞の集団なんです。そうなんでしょう？」チャールズが熱で乾いた唇《くちびる》を湿らせた。

「いったいなんの話だね？」医師が彼のほうにかがみこんだ。

「これだけはいいたいんです、先生、これだけは!」彼は叫んだ。「大むかしみたいに、たくさんのバイ菌が集まったら、どうなるんでしょう。ああ、考えてください、お願いだから考えてください。集団になって、繁殖して、ますますふえる気になったら――」

彼の白い両手はいま胸の上にあり、喉のほうへじりじりと這っていた。

「そして人間を乗っとろうと決めたら!」チャールズが叫んだ。

「人間を乗っとるだって?」

「ええ、人間になるんです。ぼくに、ぼくの手、ぼくの足に! どういうわけか病気が人間を殺して、そのあとも自分は生きる方法を知っていたらどうなります?」

チャールズは悲鳴をあげた。

彼の両手が首を絞めたのだ。

医師が叫びながら身を乗りだした。


九時になると、車に乗って帰ろうとする医師を父親と母親が見送った。ふたりは鞄を彼に渡した。三人はしばらく涼しい夜風に吹かれて言葉を交わした。

「あの子の手を脚に縛《しば》っておくようにするんだ」と医師がいった。「自分で自分を傷つけてほしくないからね」

「だいじょうぶでしょうか、先生?」母親が一瞬医師の手を握った。

医師は彼女の肩をポンと叩き、

「わたしは三十年も、お宅のかかりつけの医者をやってきたんだ。熱のせいだよ。そのせいで妄想するんだ」

「でも、喉にあんな傷をこしらえるなんて。もうすこしで自分を絞め殺すところだったんです」

「ずっと縛っておくんだ。朝になればよくなるよ」

車は暗い九月の道路を走り去った。


午前三時、チャールズは小さな暗い部屋のなかでまだ起きていた。頭と背中の下でベッドはじっとりと湿っていた。体がひどく熱かった。もはや腕も脚もなく、胴体も変わりはじめている。ベッドの上で身動きせず、狂ったような集中力でのっぺりと広がる天井を見つめていた。しばらくのあいだ悲鳴をあげ、のたうちまわったが、いまはそのせいで体が弱り、声がかれていた。母親が何度も起きてきて、濡れタオルで額《ひたい》をぬぐってくれた。彼はいまや黙りこみ、両手は両脚に縛られている。

胴体の仕切りが変化するのを感じた。内臓の位置が変わり、ピンクのアルコールを燃やすふいごのように、肺に火がつくのがわかった。部屋は、暖炉のちらちらする光で照らされたように明るくなった。

いまや彼には胴体がなかった。すべて消えてしまったのだ。首の下にあるにはあったが、強力な睡眠薬でも呑んだように、全体が大きく脈打っていた。まるでギロチンがスパッと首を斬《き》りおとし、頭のほうは真夜中の枕の上で光りながら横たわっているのに、首から下の胴体はまだ生きているものの、他人のものとなったかのようだった。病気が彼の体を喰《く》らいつくし、食べたものから熱を発する複製品を生みだしたのだ。

手に生えた産毛《うぶげ》も、手の爪も、傷跡も、足の爪も、尻の右側にある小さなほくろも、なにもかもが完璧に再現されている。

ぼくは死んだんだ、と彼は思った。殺された、なのに生きている。体は死んでいる。どこもかしこも病気だけれど、だれにもわからない。ぼくは歩きまわるけれど、それはぼくじゃない、ほかのなにかだ。悪のかたまり、邪《よこしま》のかたまりで、あまりにも大きく、あまりにも邪悪なので、理解することも、考えることもできない。そいつは靴を買い、水を飲み、いつか結婚するかもしれない。そうやって、以前にもましてたくさんの悪いことをするのだ。

いまや熱いワインのように火照《ほて》りが首に忍び寄ってきて、頬にはいりこんだ。唇《くちびる》が焼け、まぶたが枯《か》れ葉のように燃えあがった。鼻の穴からはかすかに、かすかに青い炎が吹きだされた。

これにとって代わられるんだ、と彼は思った。これがぼくの頭と脳を乗っとって、目という目、歯という歯、脳の襞《ひだ》のすべて、毛という毛、耳のなかのしわというしわを固定し、ぼくは跡形もなくなるのだ。

脳が煮えたぎる水銀で満たされるのを感じた。左目が凝縮して、カタツムリのように引っこみ、位置をずらすのを感じた。左目は見えなくなった。もう彼のものではない。敵の手に渡ったのだ。舌が切りとられて消えた。左の頬が痺《しび》れて、なくなった。左耳が聞こえなくなった。もはやほかのだれかのものなのだ。生まれつつあるこのものは、木と入れ替わる鉱物、健康な動物の細胞と入れ替わる病気のたぐいなのだ。

彼は悲鳴をあげようとした。そして部屋じゅうにひびき渡る大きな悲鳴をあげることができた。ちょうどそのとき脳があふれ出し、右目と右耳が切りとられ、目が見えなくなり、耳も聞こえなくなり、彼は火のかたまり、恐怖のかたまり、パニックのかたまり、死のかたまりとなった。

母親がドアを走りぬけ、彼のかたわらまで来たのは、悲鳴がやんでからだった。

からりと晴れあがった朝、身を切るような風に助けられて、医師は家の前の小道を進んできた。二階の窓辺に、服を着こんだ少年が立っていた。医師が手をふり、「どういうことだね？起きているのか？ おいおい！」と声をかけても、少年は手をふり返さなかった。

医師は走るようにして二階へあがった。あえぎながら寝室にはいる。

「ベッドから出て、なにをしているんだ？」医師はきつい口調で少年にたずねた。その薄い胸を軽く叩き、脈と体温を測り、「こいつはたまげた！ 正常だ。正常だよ、驚いたな！」

「ぼくは死ぬまで二度と病気になりません」と、窓ぎわに立ち、幅広い窓の外を見ながら、少年が静かな口調できっぱりといった。「二度と」

「そうだといいが。いやはや、元気そうだね、チャールズ」

「先生」

「なんだね、チャールズ?」

「もう学校へ行ってもいいですか?」

「明日ならいいだろう。学校へ行きたくて仕方がないみたいな口ぶりだね」

「行きたくて仕方がないんです。ぼくは学校が好きです。みんなが。みんなと遊びたいし、とっくみあいをしたり、唾を引っかけたり、女の子のおさげを引っぱったり、先生と握手したり、クロークルームの外套《がいとう》にかたっぱしから手をこすりつけたりしたいし、大きくなって、世界じゅうを旅して、世界じゅうの人々と握手したいし、結婚して、たくさん子供を作って、図書館へ行って、本をいじりたいし――いろんなことをしたいんです!」少年はそういうと、九月の朝の風景に目をやった。「さっきぼくをなんと呼ばれました?」

「なんだって?」医師は困惑した。「チャールズと呼んだだけだよ」

「まったく名前がないよりはましかな」少年は肩をすくめた。

「また学校へ行きたがっているなんて、うれしいね」

「待ち遠しいです」少年はにっこりした。「いろいろありがとうございました、先生。握手してください」

「いいとも」

ふたりは真面目くさって握手した。さわやかな風が、開いた窓から吹きこんできた。ふたりの握手は一分近くつづき、少年が老人に笑いかけ、礼を述べた。

それから、少年は笑い声をあげて階下へ駆けおり、医師を車まで送った。母親と父親が朗《ほが》らかに別れの挨拶をしようとついてきた。

「すっかりよくなっているよ!」と医師がいった。「信じられん!」

「しかも力が強いんです」と父親。「夜中に自分で革紐《かわひも》をはずしたんですよ。そうだね、チャールズ?」

「はずしたかな?」と少年。

「はずしたんだよ! どうやったんだ?」

「さあ」と少年がいった。「ずっとむかしのことだから」

「ずっとむかしだって!」

いっせいに笑い声があがった。そしておとなたちが笑っているあいだ、もの静かな少年は歩道の上で裸足《はだし》を動かし、歩道の上をせわしげに走りまわっているたくさんの赤蟻《あかあり》にちょっとだけ触れたり、足をかすめさせたりした。両親が老人とおしゃべりをしているあいだ、少年はひそかに目を輝かせ、蟻がためらい、小刻みに震え、セメントの上でじっと動かなくなるのを眺めた。いまや蟻が冷たくなっているのを感じとった。

「さようなら!」

医師が車に乗り、手をふりながら去っていった。

少年は両親の前に立って歩いた。歩きながら町のほうへ目をやり、小声で「学校時代」をハミングしはじめた。

「元気になってくれてよかった」と父親がいった。

「聞いて。早く学校に行きたくて仕方がないみたい！」

少年は静かにふり向いた。順番に両親をぎゅっと抱きしめる。ふたりに何度もキスをする。

それから、ひとこともいわずに、跳ねるように石段を昇って家にはいった。

居間にはいると、両親がはいってこないうちに、すばやく鳥籠《とりかご》をあけ、片手を突っこみ、黄色いカナリヤをひと撫《な》でした。

それから籠の扉を閉めて、あとずさり、待った。

すばらしき白服

都会の夏の夕暮れ、カチンカチンという音が静かにもれてくるビリヤード場の前で、三人の若いメキシコ系アメリカ人が、生暖かい空気を吸いながら、あたりを見まわしていた。言葉を交わすときもあれば、ひとことも発さずに、熱いアスファルトの上を黒豹《くろひょう》のように走っていく車を眺めたり、雷雨のようにあらわれて、稲妻《いなづま》をまき散らし、ゴロゴロと音をたてながら静寂の奥へ去っていく路面電車を見たりするときもあった。

「なあ」マルチネスがとうとうため息をついた。三人のうちでいちばん年下、いちばん悲しげな優男《やさおとこ》だ。「ご機嫌な夜じゃないか、ええ？　ご機嫌だよ」

彼が世のなかを観察していると、それはすぐそばまで迫ってきたかと思うと、すーっと離れていき、それからまた迫ってきた。すれちがう人々は、ふと気がつくと通りの向こう側にいた。五マイル離れた建物が、いきなりのしかかってきた。しかし、たいていはなにもかも——人も車も建物も——世界のへりにとどまっていて、触れることはできなかった。この静かで暖かな夏の夕べに、マルチネスの顔は冷たかった。

「こんな夜は……いろんなことをしたくなる」

「したくなる、か」と二番目の男、ビリャナスルがいった。自分の部屋では大声で本を朗読するが、通りでは小声でしか話さない男だ。「願望というやつは、失業者の無益な暇つぶしだ」

「失業者だって？」と叫んだのは、髭《ひげ》もじゃのバメノスだ。「いまのを聞いたか！　おれたちには仕事もなければ金もないんだ！」

「だから」とマルチネス。「友だちもいない」

「まったくだ」ビリャナスルが視線を緑の広場のほうへ移した。そこでは椰子《やし》の木が、やさしい夜風に吹かれて揺れていた。「わたしのしたいことがわかるかい？　あの広場へ行って、毎晩あそこで大口《おおぐち》を叩いている実業家たちに交じってしゃべることだよ。でも、こんな服装で、こんな貧乏な男の話をだれが聞いてくれる？　だから、マルチネス、わたしたちは貧乏人同士でつるむんだ。貧者の友情こそ本物の友情だよ。われわれは――」

しかし、そのとき、細い立派な口髭をたくわえた、ハンサムな若いメキシコ人がぶらぶらと通りかかった。左右の腕にひとりずつ、ゲラゲラ笑う女性を無造作にぶらさげて。

「なんとまあ《マドレ・ミア》！」マルチネスが額《ひたい》をぴしゃりとやって、「どうしてあいつにはふたりも友だちがいるんだ？」

「いかした白のサマースーツを新調したおかげだよ」バメノスがまっ黒い親指の爪を嚙《か》んだ。「シャキっとして見える」

マルチネスは身を乗りだして、遠ざかっていく三人を見送ったあと、通りの向こう側にある集合住宅に目をやった。はるか上方、四階の窓のひとつで、美しい娘が身を乗りだし、黒髪を風にそよがせた。彼女は永劫のむかしからそこにいるのだ。つまり、六週間も前から。彼は会釈《えしゃく》したことがある、片手をあげたことがある、笑顔を見せたことがある、パチパチとまばたきしたことがある、お辞儀をしたことだってある、通りで、友だちを訪ねるさいに廊下で、公園で、繁華街で。いまだって、片手を腰からあげて、指を動かした。しかし、きれいな娘のほうは、夏風に黒髪をそよがせるだけ。彼は存在しないのだ。なんでもないのだ。

「やれやれ《マドレ・ミア》！」彼は視線をそらし、通りの先に移した。そこでは先ほどの男が、ふたりの友だちとともに角《かど》を曲がるところだった。「ああ、一着だけでいいからスーツがあったらなあ、一着だけでいい！　外見さえちゃんとしてれば、金なんかいらないんだ」

「あんまりいいたくはないが」とビリャナスル。「ゴメスを知ってるだろう。あの男はかれこれひと月ばかり、服のことばかり夢中になってしゃべっている。あの男を追っ払えるなら、なんでもするとずっといってるんだがね。あのゴメスを」

「やあ、きみたち」と静かな声。

「ゴメス！」だれもがふり返って目をみはった。

　ゴメスは妙な具合に笑みを浮かべて、果てしなく長い黄色の細いリボンを引っぱりだした。それは夏風に乗ってひらひらとはためき、くるくると渦巻いた。

「ゴメス」とマルチネス。「その巻き尺でなにをしようってんだ？」

　ゴメスは満面の笑みで、

「みんなの体格を計るんだ」

「体格だって！」

「待ちたまえ」ゴメスは目をすがめてマルチネスを見つめた。「おやまあ《カランバ》！　いったいきみはどこに隠れていたんだね！　きみを許らせてくれ！」

マルチネスは腕を握られ、巻き尺を当てられ、脚を計られ、胸に巻き尺を巻かれた。

「じっとしているんだ！」ゴメスが叫んだ。「腕――完璧。脚――胸――申し分なし《ペルフェクト》！　さあ、おつぎは身長だ！　よし！　いいぞ！　五フィート五。合格だ！　握手しよう！」マルチネスの手をポンプのように上下させたが、ぴたりと動きを止め、「ちょっと待て。きみは……十ドル持ってるか？」

「あるぞ！」バメノスが脂《あぶら》じみた紙幣を何枚かふった。「ゴメス、おれを計ってくれ！」

「有り金はたいても九ドル九十二セントだ」マルチネスはポケットを探った。「スーツを新調するのに足りるかい？　でも、なんでまた？」

「なんでかって？　きみの体格がぴったりだから、それが理由だよ！」

「セニョール・ゴメス、あんたのことはよく知らないし――」

「よく知らないって？　きみはおれと人生をともにするんだよ！　行こう！」

ゴメスはビリヤード場のなかに姿を消した。マルチネスは、礼儀正しいビリャナスルにつき添われ、熱心なバメノスに押されて、気がつくとなかにいた。

「ドミンゲス！」とゴメスがいった。

ドミンゲスは、壁ぎわで電話中だったが、一同にウインクした。受話器から女のかん高い声がもれて来る。

「マヌロ！」とゴメスがいった。

ワインの瓶《びん》をかたむけて、口のまわりを泡だらけにしていたマヌロがふり返った。

ゴメスがマルチネスを指さして、

「とうとう五人目の志願者が見つかったぞ！」

ドミンゲスが「デートがあるんだ、邪魔しないで――」といいかけて、言葉を途切れさせた。受話器が指のあいだからすべり落ちる。名前や番号がぎっしり書きこまれた彼の黒い電話帳が、さっとポケットにもどされた。「ゴメス、ということは――」

「そうとも、そうとも！　さあ、きみの金を出してくれ！」

垂れさがった受話器から、女の怒った声がもれて来る。

ドミンゲスは不安そうにそちらへ視線を走らせた。

マヌロは手に持ったからの酒瓶と、通りの向かいにある酒屋の看板をしげしげと見た。

それから、ふたりとも渋々と緑のビロードを張ったビリヤード台の上にそれぞれ十ドル札《さつ》を置いた。

驚き顔のビリャナスルがそれにならった。ゴメスもそれにならい、マルチネスを小突《こづ》いた。

マルチネスはしわくちゃの札と小銭を数えて出した。ゴメスがロイヤル・フラッシュのように金をふって見せた。

「五十ドル！　スーツの値段は六十だ！　あと十ドルだけでいい！」

「ちょっと待ってくれ」とマルチネス。「ゴメス、そいつは一着のスーツの話なのかい？　一着《ウノ》の？」

「ウノさ！」ゴメスが指を一本立て、「一着のアイスクリームみたいに白い、すてきなサマー・スーツだ！　純白だよ、八月の月みたいにまっ白だ！」

「でも、その一着はだれのものになるんだ？」

「おれのだ！」とマヌロ。

「わたしのだ！」とドミンゲス。

「おれのだ！」とビリャナスル。

「おれのだ！」とゴメスが叫び、「そしてきみのだ、マルチネス。みんな、この男に教えてやろう。整列！」

ビリャナスル、マヌロ、ドミンゲス、ゴメスが飛んでいって、ビリヤード場の壁に背中をくっつけた。

「マルチネス、きみもだ、あっちの端に並んでくれ！　さあ、バメノス、そのビリヤードのキューをおれたちの頭に載せてくれ！」

「いいとも、ゴメス、お安いご用だ！」

列に並んだマルチネスは、キューが頭に当たるのを感じ、身を乗りだして、なにがどうなっているのか見ようとした。

「ああっ！」と彼は息を呑んだ。

バメノスがにやにやしながらキューをすべらせると、それはあがりも下がりもせず、彼らの頭の上で水平になったのだ。

「ぼくらの背丈はみんな同じだ！」とマルチネス。

「同じなんだよ！」だれもが笑い声をあげた。

ゴメスが列にそって黄色い巻き尺を男たちのあちこちに当てていったので、笑い声がますますけたたましくなった。

「やっとだ！」ゴメスがいった。「いいか、ひと月、四週間かかったんだ、おれと同じ背格好の男を四人見つけるのに。走りまわり、計ってまわったひと月だ。なるほど、五フィート五の骨格の男はときどき見つかった。でも、骨についた肉が多すぎたり、すくなすぎたりだった。ときには脚の骨が長すぎたり、腕の骨が短すぎたりということもあった。とにかく、肝心なのは骨なんだよ！　本当さ！　でも、いま、おれたち五人がそろった。同じ肩幅、同じ胸囲、同じ腰まわり、同じ腕の長さだ。じゃあ、体重はどうだろう？　よし、計ってみよう！」

マヌロ、ドミンゲス、ビリャナスル、ゴメス、そして最後にマルチネスが体重計に乗り、あいかわらず満面に笑みを浮かべているバメノスが、そのたびに一セント銅貨を入れると、体重計がインクで印刷されたカードを吐きだした。心臓をドキドキさせながら、マルチネスがカードを読みあげた。

「百三十五ポンド……百三十六……百三十三……百三十四……百三十七……奇跡だ！」

「いいや」とビリャナスルがあっさりといった。「ゴメスのおかげだ」

一同は、いま自分たちを両腕で抱いている天才に笑いかけた。

「おれたち、文句のつけようがないだろう？」ゴメスがいった。「みんな同じ体格で、同じ夢を持ってる――スーツだよ。だから、ひとりひとりが、すくなくとも週にひと晩はおめかしできるってわけだ」

「もう何年もおめかしなんてしたことなんかないよ」とマルチネス。「女の子にも逃げられる」

「もう逃げないよ、凍《こお》りついたも同然になる」とゴメス。「アイスクリームみたいに冷たくて白いサマースーツをまとったきみを目にしたら」

「ゴメス」ビリャナスルがいった。「ひとつだけ訊かせてくれ」

「どうぞどうぞ、お仲間《コンパドレ》」

「そのすてきな新品の白いアイスクリーム・サマースーツを手に入れたら、ある晩きみはそいつを着こんで、グレイハウンド・バスの停留所まで歩いていき、エルパソに行って一年ほど住みつくなんてことはないだろうね？」

「ビリャナスル、ビリャナスル、なんでそんなことをいうんだ？」

「わたしは目が見えるし、舌も動かせるからさ」とビリャナスル。「〈みんなが勝ち！〉はどうなった？　穴あき《フリホール》カードの宝くじをはじめたけれど、だれも勝たなかったじゃないか。チリ・コンカルネ&いんげん豆連合会社を作る話はどうなった？　猫の額みたいなオフィスの家賃を払えなくなっただけじゃないか」

「若気のいたりだよ」とゴメス。「もうたくさんだ！　この暑さじゃ、おれたち専用にあつらえられたスーツをだれかに買われるかもしれん。〈シャムウェイのサンシャイン・スーツ〉のウィンドーで待っているスーツをな！　ここに五十ドルある。あとひとりだけ同じ体格のやつがいればいいんだ！」

　男たちがビリヤード場をぐるっと見まわすのが、マルチネスの目に映った。彼らの見ているものを彼も見た。視線がバメノスを素通りしてから、渋々もどってきて、彼の汚いシャツ、ニコチンに染まった太い指をしげしげと見た。

「おれかい！」バメノスがとうとう笑いだした。「おれの骨格か、計ってくれ、でっかいぞ！たしかに手も腕も大きいよ、溝掘りをしてるからな！　でも——」

　ちょうどそのとき、女の子をふたり連れたさっきのキザな男が外の歩道を通りかかり、三人そろって笑い声をあげるのがマルチネスの耳にはいった。

　このビリヤード場にいるほかの男たちの顔に、夏の雲の影のように苦悶《くもん》がかすめるのが見えた。

　バメノスがゆっくりと体重計に乗り、一セント銅貨を入れた。目を閉じて、祈りの文句をつぶやく。

「わが母よ《マドレ・ミア》、頼みます……」

　機械がウィーンと音をたてた。カードが落ちてきた。バメノスが目をあけた。

「見ろ！　百三十五ポンドだ！　また奇跡が起こったぞ！」

　男たちは彼の右手とカード、左手と汚れた十ドル札をまじまじと見た。

　ゴメスは体をふらつかせた。汗をかきながら唇《くちびる》をなめる。それから手を突きだして、その金をつかんだ。

「衣料品店だ！　スーツだ！　行こう《バモス》！」
一同は歓声《かんせい》をあげて、ビリヤード場から走り出た。

放りだされた受話器では、女の声がいまだにキーキーいっていた。とり残されたマルチネスが手をのばし、受話器をかけて声を切った。静寂のなかで、かぶりをふり、

「まいったな《サントス》、なんて夢だ！　六人の男に一着のスーツ。いったどうなるんだ？　気が狂うのか？　放蕩三昧《ほうとうざんまい》か？　人が殺されるのか？　でも、ぼくには神さまがついている。ゴメス、待ってくれ！」

　マルチネスは若かった。走るのが速かった。

〈シャムウェイのサンシャイン・スーツ〉のミスター・シャムウェイは、ネクタイ掛けをととのえている手をはたと止めた。店の外の雰囲気が微妙に変化したのに気づいたのだ。

「レオ」彼は店員にささやき声でいった。「見なさい……」

　店の外をひとりの男――ゴメス――がぶらぶらと通りかかって、なかをのぞいた。ふたりの男――マヌロとドミンゲス――が急いで通りかかって、なかをまじまじと見た。三人の男――ビリャナスル、マルチネス、バメノス――が肩で押しあいながら、同じことをした。

「レオ」ミスター・シャムウェイはごくりと唾を飲んだ。「警察に電話しなさい！」

　つぎの瞬間、六人の男が出入口に立ちふさがった。

　マルチネスは、ほかの者たちのあいだでつぶされて、胃がすこしむかむかし、顔が火照《ほて》っていたが、にやりとレオに笑いかけた。レオが思わず電話を放した。

「やあ」マルチネスは目を丸くして息を呑んだ。「あそこにすごいスーツがあるぞ！」

「いやいや」マヌロが折り襟《えり》に触れて、「こいつだよ！」

「スーツといえば世界に一着しかない！」ゴメスが冷静にいった。「ミスター・シャムウェイ、サイズ三十四のアイスクリームみたいに白いのが、ほんの一時間前にお宅のウィンドーにありましたね！　そいつがなくなってる！　まさか――」

「売れたんじゃないかって？」ミスター・シャムウェイは息を吐きだした。「いえいえ。試着室にありますよ。マネキンに着せたままで」

マルチネスは、自分が動いたから一同も動いたのか、それとも一同が動いたから自分も動いたのかわからなかった。気がつくと、全員が動きだしていた。ミスター・シャムウェイは走りながら、先頭に立とうとしていた。

「こちらですよ、みなさん。ところで、どなたが……？」

「みんなで一着、一着をみんなで！」そういう自分の声がマルチネスの耳にはいり、彼は笑い声をあげた。「みんなで試着するんです！」

「みんなですって？」ミスター・シャムウェイは試着室のカーテンをしっかりと握った。まるで店が蒸気船で、大波を受けていきなりかたむいたかのように。彼は目をみはった。

そうなんだ、とマルチネスは思った。ぼくらの笑顔を見てくれ。さあ、笑顔の裏にある骨格を見てくれ！　ここを、そこを、上を、下を計ってくれ。わかっただろう？

ミスター・シャムウェイにはわかった。彼はうなずいた。肩をすくめた。

「みんなですか！」さっとカーテンをあけ、「ほら！　お買いあげください。マネキンをおまけにつけますよ！」

マルチネスは静かに試着室をのぞきこんだ。その動きにつられて、ほかの者たちものぞきこんだ。

スーツがそこにあった。

それは純白だった。

マルチネスは息ができなかった。息をしたくなかった。息をする必要もなかった。息をしたら、スーツが溶けるのではないかと心配だったのだ。見るだけでいい。

だが、ついに震える息を大きく吸いこんで、吐きだし、小声でいった。

「ああ《アィ》。アイ、ぶったまげ《カランバ》た！」

「目がつぶれる」ゴメスがつぶやいた。

「ミスター・シャムウェイ」レオのまくしたてる声が、マルチネスの耳にはいった。「それを売ったら、危険な前例になりませんか？　つまり、だれもが一着のスーツを六人で買うようになったら、ってことですが」

「レオ」とミスター・シャムウェイ。「五十九ドルのスーツ一着が、これほど多くの人を同時にしあわせにするという話を、これまで聞いたことがあるかね？」

「天使の翼だ」マルチネスがつぶやく。「白い天使の翼だ」

マルチネスは、自分の肩ごしにミスター・シャムウェイが試着室をのぞきこむのを感じた。

彼の目に青白い輝きが宿った。

「わかるかい、レオ？」彼は畏怖《いふ》に打たれた声でいった。「あれこそがスーツってものだ！」

ゴメスは叫んだり、口笛を吹いたりしながら三階の踊り場まで駆けあがり、ふり返ってほかの者たちに手をふった。五人はよろめき、笑い声をあげ、足を止め、下の階段に腰を降ろさなければならなかった。

「今夜だ！」ゴメスが叫んだ。「今夜きみたちは、おれのところへ引っ越してこないか？　服代と同じように家賃も節約するんだよ。決まりだ！　マルチネス、スーツは持ってるな？」

「持ってるかって？」マルチネスは白い包装紙にくるまれた箱を高々とかかげた。「みんなで交代に着るんだ！　イヤッホー！」

「バメノス、マネキンは持ってるな？」

「ここだよ！」

古い葉巻を噛んで、火花を散らしていたバメノスが足をすべらせた。落下したマネキンがひっくり返り、二度宙返りを打って、ドタンバタンと階段をころげ落ちた。

「バメノス！　まぬけ！　ドジ！」

一同はバメノスからマネキンをひったくった。がっくりきたバメノスは、まるでなにかを失ったかのように、あたりを見まわした。

マヌロが指をパチンと鳴らし、

「よお、バメノス、祝杯をあげなきゃいかん！　酒を借りてこい！」

バメノスは火花の渦となって階下へ突進した。

ほかの者たちはスーツとともに部屋へはいり、廊下に残されたマルチネスが、ゴメスの顔をしげしげと見た。

「ゴメス、具合が悪そうだね」

「悪いんだよ」とゴメス。「だってさ、おれはなにをしたんだろう？」マネキンのまわりで大騒ぎしている部屋のなかの影を顎《あご》で示し、「おれはドミンゲスを選んだ、女にめっぽう手が早いやつだ。こいつならだいじょうぶ。マヌロを選んだ。そう、酒飲みだけれど、女の子みたいに甘い声で歌うんだよ。こいつもいい。ビリャナスルは本を読む。きみは耳のうしろを洗う。でも、そのあとおれはなにをした？　待てなかったのか？　そう、待てなかったんだ！　あのスーツを買わなきゃならなかった！　だから、最後に選んだ男は不器用なまぬけで、それでもこのおれのスーツを着る権利があるんだ――」困惑して言葉を切る。「そいつは週にひと晩おれたちのスーツを着こみ、着たままころんだり、雨に打たれたりするんだ！　なぜだ、なぜだ、なぜそんなことをしたんだ？」

「ゴメス」部屋からビリャナスルが小声でいった。「スーツの準備ができた。お宅の電球で照らすと、どんなにイカシてるか見においで」

ゴメスとマルチネスは部屋にはいった。

すると部屋の中央でマネキンが蛍光につつまれていた。奇跡のように白い炎を放つ亡霊には、信じられないほど美しい折り襟、正確無比の縫製《ほうせい》、整然としたボタン穴がついていた。そのスーツの白い輝きを頬に浴びて立ったとたん、マルチネスは教会にいるような気がした。白いぞ！　まっ白だ！　いちばん白いヴァニラ・アイスクリームのように白く、夜明けの集合住宅の廊下に並ぶ牛乳瓶のように白い。夜更《よふ》けの月明かりの空にぽつんと浮かぶ冬の雲のように白い。ここ、暖かな夏の夜の部屋のなかでそれを見ると、一同の息が空中に白く見えそうだった。目を閉じると、まぶたに刷りこまれたそれが見えた。今夜見る夢が何色か、彼にはわかった。

「まっ白だ……」ビリャナスルがつぶやいた。「メキシコの故郷《くに》のそばにそびえている、あの山にかぶる雪みたいにまっ白だ。〈眠れる美女〉っていう山だよ」

「もういっぺんいってくれ」とゴメス。

ビリャナスルは、誇らしげに、それでいて謙虚に、喜んで讃辞をくり返した。

「……あの山にかぶる雪みたいにまっ白だ――」

「ただいま！」

男たちがはっとふり向くと、左右の手に一本ずつ酒瓶をさげたバメノスがドアのところに立っていた。

「祝宴だ！　ほら！　ところで、今夜だれが最初にそのスーツを着るんだ？　おれか？」

「もう遅すぎる！」とゴメス。

「遅いだって！　まだ九時十五分だ！」

「遅いだって？」だれもが気色《けしき》ばんだ。「遅いだって？」

ゴメスはにらみつけてくる男たちからじりじりと遠ざかり、この男たちは彼からスーツへ、開いている窓へと視線を移した。

けっきょく外は、とマルチネスは思った。晴れやかな夏の土曜の夜。おだやかで暖かい闇のなかを、女たちが静かな流れに乗った花のようにただよっていくのだ。男たちは悲しげな声をあげた。

「ゴメス、提案がある」ビリャナスルが鉛筆をなめ、メモ帳に図表を描いた。「きみが九時半から十時までスーツを着る。マヌロが十時半まで、ドミンゲスが十一時まで、わたしが十一時半まで、マルチネスは十二時まで、そして――」

「なんでおれが最後なんだ?」バメノスが顔をしかめて語気を強めた。

マルチネスはとっさに考えをめぐらし、にっこりした。

「十二時過ぎがいちばんいい時間だからだよ」

「そうか」とバメノス。「そのとおりだ。そいつは思いつかなかったよ。文句なしだ」

ゴメスはため息をついた。

「よし。ひとり三十分ずつだ。でも、これからは、週にひと晩ひとりずつ順にスーツを着るんだ。あいた夜にだれがスーツを着るかは、日曜に藁《わら》くじを引いて決めるとしよう」

「だったらおれだ!」バメノスが高笑いする。「ツキがあるからな!」

ゴメスはマルティネスの肩をきつく握った。

「ゴメス」マルチネスが促《うなが》した。「あんたが最初だ。着なよ」

ゴメスは、薄汚いバメノスから目を引きはがせなかった。とうとう、思いきって、シャツを頭から脱いだ。

「アイヤーッ！」彼は咆哮《ほうこう》した。「アイーーッ！」

サラサラ、カサカサ……清潔なシャツ。

「ああ……！」

新品の服はなんて清潔な肌ざわりなんだろう、と上着を着せてやろうとしながら、マルチネスは思った。なんて清潔な音だろう、なんて清潔なにおいだろう！

サラサラ……ズボン……ネクタイ、カサカサ……サスペンダー。サラサラ……マルチネスが上着を放すと、それは曲げた肩にすっぽりとおさまった。

「そおれ《オーレ》！」

すばらしい光のスーツをまとったゴメスが、闘牛士のように体をまわした。

「オーレ、ゴメス、オーレ！」

ゴメスはお辞儀し、ドアから出ていった。

マルチネスは腕時計から目を離さなかった。十時きっかりに、まるで行き先を忘れたかのように、廊下をうろうろと歩きまわっている足音が聞こえた。マルチネスはドアをあけて、外を見た。

ゴメスがどこへ行くわけでもなく、そこにいた。

具合が悪そうだな、とマルチネスは思った。いや、呆然としてるんだ、ショックを受けてるんだ、びっくりしてるんだ、いろいろなんだ。

「ゴメス！　ここだよ！」

ゴメスはくるっとふり向き、ようやくドアをくぐった。

「やあ、諸君」彼はいった。「諸君、なんて経験だ！　このスーツは！　このスーツのおかげだ！」

「話してくれよ、ゴメス！」とマルチネス。

「無理だよ、話せっこない」彼は掌《てのひら》を上にして両腕を広げ、天を見つめた。

「話してくれよ、ゴメス！」

「言葉じゃ無理だ、言葉じゃ。自分の目で見るしかない！　そう、見るしかないんだ──」ここで彼は黙りこみ、かぶりをふった。やがて、全員に見つめられているのをようやく思いだし、

「つぎはだれだ？　マヌロか？」

マヌロがパンツ一枚になって飛びだした。

「用意はいいぞ！」

みんなが笑い声をあげ、叫び、口笛を吹いた。

身なりをととのえ、マヌロは外へ出ていった。二十九分と三十秒留守にしていた。もどって来ると、ドアノブにすがりつき、壁に触れ、自分の肘《ひじ》の感触をたしかめ、手の甲を顔に押し当てた。

「ああ、話を聞いてくれ」彼はいった。「仲間《コンパドレス》たちよ、おれは酒場へ行った。一杯やったかっ

て？　いや、とんでもない、酒場へはいらなかったんだ、聞こえたか？　酒を飲まなかったんだよ。だって、歩いているうちに笑いだして、歌いはじめたからだ。なぜ、なぜだろう？　自分の胸に訊いてみた。こういうわけだ。スーツのおかげで、酒を飲むよりも気分がよくなったんだ。スーツのおかげでしたたかに酔っ払ったんだよ！　だから代わりに〈グアダラハラ・レフリテリア〉へ行って、ギターをかき鳴らし、四曲歌ったんだ、飛びきりの大声で！　スーツだよ、ああ、スーツなんだ！」

　つぎにスーツを着る番のドミンゲスが、世界へ出ていき、世界からもどって来た。

黒い電話帳がない！　マルチネスは思った。出ていくときには手にしていた。いま、もどって来ると、手はからっぽだ！　どうしたんだ？　なにがあったんだ？

「通りに出たら」目を見開き、最初から思いかえしながらドミンゲスがいった。「通りを歩いていたら、ある女が『ドミンゲス、あんたなの？』って叫んだんだ。べつの女が『ドミンゲスですって？　いいえ、ケツァールコアートル、東から来た大いなる白い神よ』っていったんだ、聞こえたか？　で、急に女は六人も八人もいらなくなったんだ。ひとりでいい、と思ったよ。ひとりでいいんだ！　で、そのひとりに向かって、おれがなんていうかわかるか？　『おれの女になってくれ！』さもなければ、『結婚してくれ！』だ。やれやれ《カランバ》！　このスーツは危ないね！　でも、おれは気にしなかった！　おれは生きるんだ、生きてるんだ！　ゴメス、あんたの身にもそういうことが起きたんだろう？」

　ゴメスは、その晩の出来事にまだ呆然としていて、かぶりをふるだけだった。

「いや、言葉にできないんだ。いろんなことがありすぎて。あとでだ。ビリャナスル……？」

ビリャナスルが恥ずかしそうに進み出た。

ビリャナスルが恥ずかしそうに出ていった。

ビリャナスルが恥ずかしそうにもどって来た。

「思い描いてくれ」彼は一同を見ずに、床を見つめ、床に話しかけた。「グリーン・プラザ、年配の実業家たちの一団が、星空の下に集まって、言葉を交わし、うなずき、言葉を交わしている。と、そのうちのひとりがささやく。全員がふり向いて目をこらす。彼らはわきに寄り、道をあける。その道を通って、白熱した光が、まるで氷を溶かして進むかのように進んでいく。その大きな光の中心に、このわたしがいる。わたしは深呼吸する。胃はゼリーのようだ。声は蚊《か》が鳴くようだが、だんだん大きくなる。で、わたしはなんというか？　こういうんだ、『みなさん、カーライルの「衣裳哲学《サーター・リザータス》」をご存じですか？　その本のなかには彼の服装に関する哲学が……』」

そしていよいよマルチネスがスーツを着用し、ふわふわと暗闇のなかへ出ていく番となった。

彼はそのブロックを四周した。四度、その集合住宅のポーチの下で立ち止まり、明かりが灯っているその窓を見あげた。影が動いた。美しい娘はそこにいたかと思うと、いなくなり、遠くへ行ってしまった。そして五度目には頭上のポーチに出ていた。夏の暑気《しょき》に音《ね》をあげて、涼しい空気に当たりにきたのだ。彼女はちらっと下を見て、ある身ぶりをした。

最初のうち、彼女はこちらに手をふっているのだと思った。自分が白い爆発となって、彼女の注意を釘《くぎ》づけにしたような気がした。ところが、彼女は手をふっているのではなかった。その手が動くと、つぎの瞬間、黒縁《くろぶち》の眼鏡が彼女の鼻に載っていた。彼女はマルチネスに目をこらした。

ああ、なるほど、と彼は思った。そういうことか。そうだったのか！　目が見えない人にも、このスーツは見えるのかもしれない！　マルチネスは彼女にほほえみかけた。手をふるまでもなかった。そしてとうとう、彼女がほほえみを返してくれた。彼女のほうも手をふるまでもなかった。それから、ほかにどうすればいいかわからなかったし、頬に貼りついたほほえみを剝《は》がせなかったので、彼は小走りに角を曲がった。彼女の視線が追いかけてくるのを感じながら。ふり返ると、彼女は眼鏡をはずして、いまは、この深い闇のなかでは、せいぜい動いている光のにじみにしか見えないものを近視の目で見つめていた。そのあと彼はブロックをもう一周し、町を進んでいった。町が急に目がさめるほど美しくなったので、彼は叫びだし、笑い声をあげ、もういちど叫びだしたくなった。

帰り道、彼はなかば目を閉じ、ぼんやりして、足が地につかなかった。そして戸口にあらわれた彼を目にして、ほかの者たちはマルチネスではなく、帰ってきた自分自身を見たのだった。その瞬間、全員の身になにかが起きたのだと悟ったのだ。

「遅かったじゃないか！」バメノスが叫んだが、そこで口をつぐんだ。魔力を破れなかったのだ。

「だれか教えてくれ」とマルチネスがいった。「ぼくはだれなんだ？」

彼はゆっくりと部屋を一周した。

そうだ、と彼は思った。そうなんだ、スーツのおかげだ、そう、スーツと、この晴れやかな土曜の夜にあの洋品店にあったすべてと関係があるにちがいない。そのあとここで、マヌロがいったように、笑いがこみあげてきて、酒も飲まないのに酔っ払ったような気分になり、夜が更け、ひとりずつズボンをはいては脱ぎ、前のめりになって、ほかの者にすがりつき、バランスをとって、愉快な気持ちがますますふくらみ、温かくなるあいだ、ひとりずつ出ていき、つぎの者がスーツを着る番となり、ついにはいまここに光り輝く純白のマルチネスが立っている。

その男が号令をかければ、世界が静まり、道をあけるかのように。

「マルチネス、きみがいないあいだに、鏡を三枚借りてきた。見ろよ！」

店内の鏡のように角度をつけて置かれている鏡が、三人のマルチネスを映しだし、彼と同じようにこのスーツを着用し、この糸と布の内側にある輝かしい世界を知った者たちの記憶のこだまを映しだした。いま、そのちらちらと光る鏡のなかに見えるのは、彼らがともに生きることになったものの罪深さだった。マルチネスは目頭《めがしら》が熱くなった。ほかの者たちも目をしばたいた。マルチネスは鏡に触れた。ほかの者たちは身じろぎした。白い甲冑《かっちゅう》に身を固めた千人のマルチネス、百万人のマルチネスが永遠に向かって行進する姿が見えた。何度も反射し、いつまでも、堂々と、果てしなく。

彼はまっ白い上着を宙にかかげた。うっとりと見とれていたほかの者たちは、最初のうち、その上着をとろうとのびてきた汚い手に気づかなかった。それから――

「バメノス！」

「豚野郎！」

「体を洗わなかったのか！」ゴメスが叫んだ。「待っているあいだに、髭も剃《そ》らなかったんだな！　諸君《コンパドレス》、風呂だ！」

「風呂だ！」だれもが叫んだ。

「いやだ！」バメノスが手足をばたつかせた。「夜風が！　死んじまうよ！」

一同は泣き叫ぶバメノスを追いたて、廊下を進んだ。


いまここにバメノスが立っている。白いスーツをまとい、顎鬚《ひげ》を剃り落とし、髪をとかし、爪を洗った姿は、とうてい信じられない。

友人たちが暗い顔つきで彼をにらんだ。

バメノスが通りかかると、山の頂《いただき》がいやがって雪崩《なだれ》が起きるというのは本当だろうか、とマルチネスは思った。ふだん彼が窓の下を通れば、唾を吐かれたり、ゴミをぶちまけられたり、もっとひどい目にあわされたりする。だが、今夜にかぎっては、大きく開いた一万の窓の下を堂々と歩き、バルコニーのそばを通り、路地を通りぬけるのだ。ふと気がつくと、あたりは騒騒しい蠅《はえ》の羽音《はおと》でいっぱいだった。そしてここにバメノスがいる、砂糖をまぶしたばかりのケーキのように。

「そのスーツを着てると、なんともイカシて見えるぜ」マヌロが悲しげにいった。

「ありがとよ」バメノスは体をぴくっと動かし、ついさっきまで彼らの骨のあった場所に自分の骨が心地よくおさまるようにした。小声でバメノスがいった。「もう行ってもいいか?」

「ビリャナスル!」とゴメス。「ルールをいうから書きとってくれ」

ビリャナスルが鉛筆をなめた。

「まず第一に」とゴメス。「そのスーツを着てころばないことだ、バメノス!」

「ころばないよ」

「そのスーツを着て、建物に寄りかからないこと」

「寄りかからないよ」

「そのスーツを着て、鳥がとまっている木の下を歩かないこと。煙草《たばこ》を吸わないこと。酒を飲まないこと――」

「なあ」とバメノスがいった。「このスーツを着て、すわってもいいのか?」

「迷うようなら、ズボンを脱いで、たたんで椅子にかけるんだ」

「おれの幸運を祈ってくれ」とバメノス。

「神さまがついているよ、バメノス」

彼は出ていった。ドアが閉まった。

ビリッと布が裂ける音。

「バメノス!」マルチネスが叫んだ。

彼はドアを勢いよくあけた。

バメノスが、ふたつに裂いたハンカチを半分ずつ左右の手に持って、ゲラゲラ笑っていた。「ビリビリッ！　なんて顔だ！　ビリビリッ！」彼はふたたび布を引き裂いた。「ああ、その顔、その顔！　ハハハ！」

大笑いしながら、バメノスがドアを叩き閉め、呆然とした一同だけが残された。

ゴメスは両手で頭をかかえて、背中を向けた。

「おれに石をぶつけてくれ。殺してくれ。おれはみんなの魂《たましい》を悪魔に売っちまったんだ！」

ビリャナスルがポケットを探り、銀色の硬貨をとりだすと、しげしげと眺めた。

「ここに最後の五十セントがある。バメノスの出した分を買いもどすのを、だれか手伝ってくれないか？」

「無駄だよ」マヌロが十セント銅貨を何枚か見せ、「折り襟とボタン穴を買うのが精いっぱいだ」

開いた窓のところにいたゴメスが、いきなり身を乗りだして怒鳴った。

「バメノス！　やめろ！」

窓の下の通りでは、ぎくりとしたバメノスが、マッチを吹き消して、どこかで見つけてきた葉巻の吸いさしを投げ捨てた。頭上の窓辺に並ぶ男たち全員に奇妙な仕草を見せてから、陽気に手をふり、ぶらぶらと歩いていった。

どういうわけか、五人は窓辺から離れられなかった。そこで押し合いへし合いしていた。

「きっとあの服を着たままハンバーガーを食べるんだ」とビリャナスルが沈んだ声でいった。

「マスタードのことを考えているんだがね」

「やめてくれ！」ゴメスが叫んだ。「だめだ、やめてくれ！」

マヌロが出ていき、ドアを閉めた。

「一杯飲まないとやってられないぜ」

「マヌロ、酒ならここにあるぞ、床にさっきの瓶が――」

マヌロが出ていき、ドアを閉めた。

その直後、ビリャナスルが大げさにのびをして、部屋のなかを歩きまわった。

「広場まで行ってみようと思うんだ、諸君」

彼が出ていって一分とたたないうちに、ドミンゲスが黒い電話帳をほかの者たちにふりながら、ウインクして、ドアノブをまわした。

「ドミンゲス」とゴメスがいった。

「なんだい？」

「バメノスに出会うようなことがあったら、ミッキー・ムリリョの《赤い雄鳥《おんどり》カフェ》には近づかないようにいってくれ。ＴＶで格闘技《ファイト》をやってるだけじゃなくて、ＴＶの前でも喧嘩沙汰《ファイト》があるからな」

「あいつはムリリョんとこには行かないよ」とドミンゲス。「バメノスだってあのスーツを大事に思ってる。傷がつくようなことはしないさ」

「それくらいなら、おっかさんを撃つだろうな」とマルチネス。

「きっとそうだ」

ふたりきりになったマルチネスとゴメスは、階段を急いで降りていくドミンゲスの足音に耳をかたむけた。ふたりは服を着ていないマネキンのまわりをぐるっとまわった。

ゴメスは唇を嚙んで長いこと窓辺に立ち、外を見ていた。シャツのポケットに二度さわり、その手を引っこめてから、とうとうポケットからなにかを引っぱりだした。見もせずにマルチネスに渡す。

「マルチネス、こいつを受けとってくれ」

「なんだい、これ？」

マルチネスが見ると、それはたたまれたピンクの紙切れで、名前と数字が印刷されていた。彼は目をみはった。

「今日から三週間通用のエルパソ行きバスの乗車券だ！」

ゴメスがうなずいた。彼はマルチネスを見られなかった。夏の夜をじっと見つめた。

「払いもどしだ。金に換えてきてくれ」彼はいった。「そうしたら、白いアイスクリーム・スーツに合う、すてきな白いパナマ帽と、水色のネクタイを買ってこい、マルチネス。頼んだぞ」

「ゴメス――」

「なにもいうな。坊や、ここは暑いな！　空気を吸ってくる」

「ゴメス。本当にありがとう。ゴメス――」

しかし、ドアが開きっぱなしになっていた。ゴメスは消えていた。

ミッキー・ムリリョの《赤い雄鳥カフェ&カクテル・ラウンジ》は、ふたつの大きな煉瓦《れんが》造りの建物にはさまれているので、間口が狭く、奥行きを深くするしかなかった。店の外では、赤と硫黄《いおう》色がかった緑のネオンが蛇《へび》のようにくねってジジジとうなったり、パッパッと明滅したりしていた。なかでは、ぼんやりした人影が浮かびあがり、人の群れている夜の海へまぎれこんでいく。

マルチネスは爪先立ちになり、正面の窓の赤いペンキが剝げた場所からのぞきこんだ。左側に人の気配が生じ、右側に息づかいが聞こえた。彼は左右にちらっと目をやった。

「マヌロ!　ビリャナスル!」

「喉は渇いてないとわかったんだ」とマヌロ。「だから散歩してるのさ」

「わたしは広場へ行く途中だけど」とビリャナスル。「大まわりすることにしたんだ」

前もって決めてあったかのように、三人の男はそこで口を閉じ、そろって爪先立ちになると向きを変え、窓のペンキの剝げたいろいろな場所からのぞきこんだ。

つぎの瞬間、三人の背後に新しい、熱を放っているような人の気配が生じ、なおもはずんでいる息づかいが聞こえた。

「おれたちの白いスーツはそのなかにあるのか?」とゴメスの声が訊いた。

「ゴメス!」だれもが驚いた声でいった。「よお!」

「あったぞ！」たったいまやってきて、のぞき穴を見つけたドミンゲスがいった。「スーツがあった！　ありがたい、バメノスがまだなかにおさまってる！」

「見えないぞ！」ゴメスは手をかざし、目をすがめた。「あいつはなにをしてるんだ？」

マルチネスが目をこらした。いたぞ！　あそこだ、奥まった暗がりに、大きな雪のかたまりがあり、その上でバメノスがウインクしながらにたにた笑って、煙を濛々《もうもう》と吐きだしている。

「煙草を吸ってるぞ！」とマルチネス。

「酒を飲んでる！」とドミンゲス。

「タコスを食べている」とビリャナスルが報告する。

「汁気《しるけ》たっぷりのタコスを」とマヌロ。

「だめだ」とゴメス。「だめだ、よしてくれ、だめだ……」

「ルビー・エスクアドリリョがいっしょだ！」

「見せてくれ！」ゴメスがマルチネスを押しのけた。

本当だ、ルビーがいる！　二百ポンドの巨体をきらきら光るスパンコールと、ぴっちりした黒いサテンで飾り、真紅《しんく》の爪でバメノスの肩をつかんでいる。白粉《おしろい》を塗りたくり、口紅をどぎつく光らせた雌牛《めうし》のような顔が、彼にのしかかっている！

「あのカバめ！」とドミンゲス。「スーツの肩パッドをつぶしてるぞ。見ろ、膝《ひざ》にすわろうとしてる！」

「だめだ、だめだ、あの白粉と口紅はいかん！」とゴメス。「マヌロ、なかへはいれ！　あの飲みものを奪うんだ！　ビリャナスル、葉巻とタコスだ！　ドミンゲス、ルビー・エスクアドリリョをデートに誘って、遠くへ連れてってくれ。そうれ《アンダレ》、みんな」

三人が姿を消し、あとに残ったゴメスとマルチネスが、息をあえがせながら、のぞき穴ごしに目をこらした。

「マヌロだ、飲みものを奪ったぞ。あれ、自分で飲んでやがる！」

「やあ！　ビリャナスルだ、葉巻を奪って、タコスを食ってるぞ！」

「おい、ドミンゲスだ、ルビーを連れだそうとしてる！　なんて勇敢なやつだ！」

人影がムリリョの店の正面入口をふさいだかと思うと、さっさとなかへはいった。

「ゴメス！」マルチネスがゴメスの腕をつかんだ、「いまのはルビー・エスクアドリリョのボーイフレンド、雄牛《トロ》のルイスだ。もし彼女がバメノスといるところを見たら、アイスクリームみたいに白いスーツが血だらけになる、血だらけに――」

「ああ、もうやめてくれ」とゴメス。「急げ！」

ふたりとも走った。店内でバメノスのもとに着いたとき、ちょうどトロ・ルイスが、あのすばらしいアイスクリームのように白いスーツの折り襟を二フィートほどつかむところだった。

「バメノスを放せ！」マルチネスがいった。

「そのスーツを放せ！」ゴメスが訂正する。

バメノスとタップ・ダンスを踊っていた格好のトロ・ルイスが、この闖入者《ちんにゅうしゃ》たちを横目でにらんだ。

ビリャナスルがおずおずと進み出た。

ビリャナスルは愛想笑いを浮かべた。

「その男をなぐらないでくれ。わたしをなぐってくれ」

トロ・ルイスはビリャナスルの鼻をしたたかになぐりつけた。

ビリャナスルが鼻を押さえ、目に涙を浮かべながら去っていった。

ゴメスがトロ・ルイスの右腕をつかみ、マルチネスが左腕をつかんだ。

「そいつを放せ、放してやれ、美人局《カブロン》、コヨーテ、雌牛《バカ》！」

トロ・ルイスがアイスクリームのように白いスーツをねじると、六人が死の苦しみに襲われたように、いっせいに悲鳴をあげた。うなり声をあげ、汗だくになりながら、トロ・ルイスは飛びかかってくる者たちをつぎつぎとふり払った。彼がバメノスをなぐろうと腕をふりかぶったとき、ビリャナスルがふらふらともどってきた。目から涙がぼろぼろとこぼれている。

「その男をなぐらないでくれ。わたしをなぐってくれ！」

トロ・ルイスがビリャナスルの鼻をなぐると同時に、トロの頭に椅子が叩きつけられた。

「やったぞ！」とゴメスがいった。

トロ・ルイスは体をふらつかせ、目をしばたたき、倒れようかどうか迷っているようだった。

彼はバメノスを道連れにして倒れはじめた。

「放せ！」ゴメスが叫んだ。「放すんだ！」

トロ・ルイスのバナナのような指が、一本また一本とスーツから離れた。つぎの瞬間、彼は一同の足もとにくずおれた。

「諸君《コンパドレス》、こっちだ!」

一同はバメノスを外へ追いたて、すわらせた。バメノスは威厳を傷つけられた格好で彼らの手をふり払った。

「おいおい。おれの持ち時間はまだ終わってないぞ。あと二分と、ええと――十秒ある」

「なんだって!」と全員が声をそろえた。

「バメノス」ゴメスがいった。「おまえはグアダラハラの雌牛を膝に載せて、喧嘩をおっぱじめ、煙草を吸って、酒をくらい、タコスを食べて、まだ持ち時間が残っているなんていう神経があるのか?」

「二分と一秒残ってるぞ!」

「あら、バメノス、めかしこんでるじゃない!」通りの反対側の遠くから女が声をかけてきた。

バメノスはにんまりして、スーツのボタンをかけた。

「ラモーナ・アルバレスじゃねえか! ラモーナ、待ってくれよ!」バメノスが縁石《えんせき》から踏みだした。

「バメノス」ゴメスが泣きつくように、「なにができるってんだ、一分と」――腕時計をたしかめ――「四十秒で!」

「見てろよ! おーい、ラモーナ!」

バメノスが駆けだした。

驚いたバメノスが身をひるがえすと、車が目にはいり、かん高いブレーキ音が聞こえた。

「バメノス、危ない！」

「だめだ」歩道の男五人が異口同音にいった。

衝撃音が聞こえ、マルチネスはひるんだ。顔をあげる。白い洗濯物が空を飛んでいるみたいだ、と彼は思った。彼は目を伏せた。

自分自身と、男たちのひとりひとりが異なる音をたてるのが聞こえた。息を吸いこみすぎる者。吐きだす者。うめき声をあげる者。正義を求めて叫ぶ者。顔をおおう者。マルチネスは、苦悶《くもん》のあまり、思わずこぶしを固めて心臓を叩いた。どうしても足を動かせなかった。

「もう生きていたくない」ゴメスが静かな声でいった。「殺してくれ、だれか」

そのとき、マルチネスは足を引きずりながら下を見て、自分の足に命じた。歩け、よろめけ、かわるがわるに動きだせ、と。彼はほかの男たちとぶつかった。いまは全員が走ろうとしていた。そしてついに走りだし、歩いて渡れないことはない深さの川を渡るように、なんとか通りを渡って、バメノスを見おろした。

「バメノス！」マルチネスがいった。「生きてるじゃないか！」

仰向けになり、口をあけ、目をぎゅっとつむっているバメノスが、頭を何度も前後に動かし、うめき声をあげた。

「教えてくれ、教えてくれ、ああ、教えてくれ、教えてくれよ」

「教えるって、なにをだ、バメノス？」

バメノスはこぶしを固め、歯ぎしりした。

「スーツだよ、スーツはどうなったんだ、スーツ、スーツだよ！」

男たちはさらに低く腰をかがめた。

「バメノス……おい、スーツは無事だぞ！」

「嘘だ！」とバメノス。「破れてるんだ、そうにちがいない、そうに決まってる、破れてるんだ、どこもかしこも、ズボンもか？」

「いいや」マルチネスがひざまずき、あちこちをさわった。「バメノス、どこもかしこも、ズボンだって、だいじょうぶだ！」

バメノスは目をあけた。とうとう涙が流れだしたが、ぬぐおうともしない。

「奇跡だ」と、むせび泣く。「ありがたや！」ようやく静かになり、「車は？」

「ひき逃げだ」ゴメスが不意に思いだし、からっぽの通りをにらんだ。「止まらなくてよかった。半殺しにしてたところだ――」

だれもが耳をそばだてた。

遠くのほうでサイレンがうめいている。

「だれかが電話で救急車を呼んだんだ」

「急げ！」バメノスが目をむいた。「起こしてくれ！　上着を脱がしてくれ！」

「バメノス――」

「黙れ、阿呆《あほう》ども！」バメノスが叫ぶ。「上着だ、上着だよ！　つぎはズボンだ、早く、早く、人足《ペオネス》ども！　医者だよ！　映画で見たことあるだろう？　剃刀《かみそり》でズボンを切り裂いて脱がせるんだ！　あいつら、人の服のことなんか気にしないんだ！　頭がおかしいんだよ！　ああ、神さま、早く、早くしてくれ！」

サイレンが絶叫した。

パニックを起こした男たちが、いっせいにバメノスの服を剝ぎとろうとした。

「右脚だ、そっとやれ、急げ、雌牛ども！　よし！　こんどは左脚だ、左だよ、聞こえただろう、そこだ、やさしくやれ、そっとだ！　ああ、ちくしょう！　早く！　マルチネス、ズボンだ、ズボンを脱げ！」

「なんだって？」マルチネスはぴたりと動きを止めた。

サイレンが金切り声をあげる。

「まぬけ！」バメノスが泣き叫んだ。「おれが裸でいいのか！　ズボンだよ！　おれによこせ！」

マルチネスはベルトのバックルをはずした。

「近寄れ、輪を作れ！」

黒っぽいズボン、明るい色のズボンが宙を舞った。

「早く、剃刀を持った気ちがいどもがやって来るぞ！　右脚をはかせろ、左脚だ、よし！」

「ジッパーだ、雌牛ども、ジッパーをあげろ！」バメノスがわめきたてる。

サイレンがやんだ。

「やれやれ《マドレ・ミア》、よし、間に合ったぞ！　連中のお出ましだ」バメノスが仰向けに横たわり、目を閉じた。「ありがとうよ《グラシアス》」

マルチネスが向きを変え、白いズボンのバックルをさりげなくはめると同時に、インターンたちがかすめ過ぎていった。

「脚が折れてます」バメノスをストレッチャーに乗せながら、インターンのひとりがいった。

「みんな《コンパドレス》」とバメノス。「おれに腹を立てないでくれ」

ゴメスが鼻を鳴らした。

「だれが腹を立てるって？」

救急車に入れられ、首をのけぞらせ、一同を逆さまに見あげたバメノスが、口ごもりながらいった。

「コンパドレス……病院から帰ってきたら……まだ仲間でいられるかな？　おれを叩きだしたりしないよな？　なあ、煙草はやめるし、ムリリョの店には近づかないし、女には手を出さないし――」

「バメノス」とマルチネスがやさしくいった。「約束なんかしなくていいよ」

バメノスは首をのけぞらせ、目に涙をためながら、いまや白ずくめで星空を背にしているマルチネスを見た。

「ああ、マルチネス、そのスーツを着てると、ほんとに立派に見えるよ。コンパドレス、あいつは美しく見えないか？」

ビリャナスルがバメノスの隣に乗りこんだ。ドアがバタンと閉まる。残った四人は、走り去る救急車を見送った。

それから、友人たちに囲まれて、白いスーツをまとったマルチネスが、縁石まで慎重に護送されていった。

アパートにもどると、マルチネスが洗浄液をとりだした。ほかの者たちはそのまわりを囲んで、スーツの手入れの仕方を教え、そのあと熱くしすぎずにアイロンをかける方法や、折り襟やしわののばし方やらなにやらを教えた。スーツの汚れを落とし、アイロンをかけると、開いたばかりのクチナシの花そっくりになったので、マネキンに着せかけた。

「もう二時か」ビリャナスルがつぶやいた。「バメノスがよく眠れるといいんだが。病院に置いてきたときは、元気そうだったよ」

マヌロが咳払いして、

「今夜はこのスーツを着て出かける者はもういないよな」

ほかの者たちは彼をにらみつけた。

マヌロが顔を赤らめ、

「つまり……もう遅いし、疲れたってことだよ。四十八時間はだれもスーツを使わないんだろう？　スーツも休ませてやろう。本気でいってるんだよ。まあ、そういうことだ。おれたちはどこで寝るんだ？」

夜になっても暑いままで、部屋のなかにはいられなかったので、一同はマネキンに着せかけたスーツを運びだし、廊下を進んだ。枕と毛布も運んでいった。階段を昇り、集合住宅の屋上へ向かう。そっちのほうが、とマルチネスは思った。風が涼しくて、眠れるだろう。

途中、開きっぱなしのドアを十あまりも通り過ぎた。人々はまだ汗をかきながら起きていて、トランプをしたり、炭酸飲料を飲んだり、映画雑誌で顔をあおいでいたりした。

もしかしたら、とマルチネスは思った。もしかしたら——やっぱり！

四階で、あるドアが開いていたのだ。

あの美しい娘が顔をあげ、通りかかった男たちを見た。彼女は眼鏡をかけていたが、マルチネスが目にはいると、眼鏡をさっとはずして、本の下に隠した。

ほかの者たちは、マルチネスが脱落したのを知らずに進みつづけた。マルチネスは、その開いたドアにぴったりと貼りついたようだった。

長いこと、彼はなにもいえなかった。やがてこういった。

「ホセ・マルチネス」

すると彼女がいった。

「セリア・オブレゴン」

そのあとはふたりとも黙りこんだ。

男たちが屋上へあがっていく音がした。彼は追いかけようと歩きだした。

彼女がすばやくいった。

「今夜あなたを見たわ！」

彼はもどってきた。

「スーツをね」

「スーツを」彼女はいって、間を置き、「でも、スーツじゃないわ」

「えっ？」

彼女は本を持ちあげて、膝に載っている眼鏡を見せた。その眼鏡に触れ、

「あたし、目が悪いの。眼鏡をかければいいって思うでしょうけど、それはいやなのよ。だから、もう何年も眼鏡を隠して歩きまわっていたの、なにも見えないのにね。でも、今夜、眼鏡がなくても見えたのよ。大きな白いものが、下の闇を通りかかるのが。まっ白だった！　それですぐに眼鏡をかけたのよ！」

「さっきもいったけど、スーツだよ」とマルチネス。

「そう、ちょっとのあいだはスーツだった。でも、スーツの上にもうひとつ、白いものがあったわ」

「もうひとつ？」

「あなたの歯よ！　ああ、あんなに白い歯が、あんなにたくさん！」

マルチネスは手で口をおおった。

「すごくうれしそうだったわ、ミスター・マルチネス」彼女はいった。「あんなにうれしそうな顔や、あんな笑顔はめったに見られるものじゃないわ」

「ああ」マルチネスは彼女を見ることができなかった。いまは顔がまっ赤に染まっていた。

「もうわかったでしょう」彼女が静かな声でいった。「そう、あたしの目を惹《ひ》いたのはスーツだった。窓の下の闇が白でいっぱいになったの。でも、歯のほうがずっと白かった。いままで、スーツのことなんて忘れていたわ」

マルチネスはまた顔を赤らめた。彼女も自分のいったことに呆然としていた。眼鏡を鼻にかけてから、神経質そうにはずし、また隠す。両手を見つめ、彼の頭上のドアに目をやった。

「よかったら――」とうとう彼がいった。

「電話してもいいかな」彼はたずねた。「こんどスーツを着る番がまわってきたときに?」

「なぜスーツを着る順番を待たなくてはいけないの?」

「だって――」

「スーツなんかいらないわ」

「でも――」

「スーツだけの話じゃないの」彼女がいった。「あれを着れば、だれだって立派に見えるわ。でも、そうじゃないの、あたし、見ていたの。今夜、あのスーツを着た男の人をたくさん見たけど、みんなちがってた。だから、もういちどいうわ、スーツを着る順番を待たなくていいのよ」

「やあやあ、マドレ・ミア《マドレ・ミア》!」彼はうれしそうに叫んだ。それから、もっと落ちついた声で、「しばらくはあのスーツがいるだろうな。ひと月か、半年か、一年。よくわからないけど。いろいろと心配なんだ。まだ若いから」

「それで当然なのよ」

「おやすみ、ミス――」

「セリア・オブレゴンよ」彼はそういうと、ドアから去っていった。

ほかの者たちは屋上で待っていた。跳ねあげ戸を抜けてあがると、屋上の中央に置かれたマネキンとスーツ、そのまわりに並べられた毛布と枕が、マルチネスの目に飛びこんできた。いま一同は横になっていた。この高い屋上には涼しい風が吹いていた。

マルチネスは白いスーツのわきにひとり立ち、折り襟を撫《な》でながら、なかばひとりごとのようにつぶやいた。

「ああ。まったく《カランバ》、なんて夜だ！　七時から十年もたった気がする。あのときすべてがはじまって、ぼくには友だちがいなかった。夜中の二時には、ありとあらゆる種類の友だちがいる……」いったん言葉を切って、考える。セリア・オブレゴン。「……ありとあらゆる種類の友だちが」と言葉をつづけ、「部屋があるし、服もある。ぼくに教えてくれ。なんだかわかるかい？」屋上で横になり、マネキンと自分をとり巻いている男たちを彼は見まわした。「おかしな話だ。このスーツを着ると、ぼくはゴメスみたいに、ビリヤードで勝てる。女はドミンゲスを見るようにぼくを見る。マヌロみたいに甘い声で歌える。ビリャナスルみたいに政治を論じられる。バメノスみたいに力が強い。それがわかるんだ。だから？　だから、今夜、ぼくはただのマルチネスじゃない。ゴメスで、マヌロで、ドミンゲスで、ビリャナスルで、バメノスなんだ。ぼくはみんなだ。そうだ……そうだとも……」

すわったり、立ったり、歩いたりする姿を引き立ててくれるこのスーツのそばに、彼はもうすこしだけ長く立っていた。ゴメスのようにせかせかと、あるいはビリャナスルのようにゆっくりと思慮深く歩かせてくれる、あるいは地面に触れることなく、つねに風を見つけてどこかへ運ばれていくドミンゲスのようにふわふわとただよわせてくれるこのスーツ。彼らの所有物だが、同時に彼らを所有しているこのスーツ。このスーツこそ――なんだろう？　パレードだ。

「マルチネス」ゴメスがいった。「眠らないのか？」

「眠るよ。ちょっと考えてたんだ」

「なにを？」

「ぼくらが金持ちになったら」マルチネスが小声でいった。「悲しいだろうな。そうなったらみんなスーツを仕立てるだろう。今夜みたいな夜はもうなくなるんだ。古い仲間はばらばらになる。そのあとは二度と元にもどらない」

男たちは横たわったまま、いまの言葉を考えた。

ゴメスがそっとうなずいた。

「ああ……二度と元にはもどらない……そのあとは」

マルチネスは毛布に身を横たえた。暗闇のなかで、ほかの者たちとともに、屋上の中央にあるマネキンのほうに顔を向けて。それが彼らの人生の中心だった。

そして彼らの目は明るく輝いており、闇のなかで見ると感じがよかった。いっぽう近くの建物のネオンが、パッとついては消え、パッとついては消え、照らしだしては隠し、照らしだしては隠していた。彼らのすばらしい純白のヴァニラ・アイスクリームのようなサマースーツを。

やさしく雨ぞ降りしきる

居間で音声時計が歌った。《チクタク、七時です、起きる時間です、起きる時間です、七時です！》まるでだれも起きないのでは、と心配するかのように。朝の家は人けがなかった。時計はチクタク時を刻みつづけ、その空虚のなかへくり返し呼びかけた。《七時九分です、朝食の時間です、七時九分です！》

キッチンでは朝食用のオーヴンがシューシューとため息をもらし、その暖かな内部からこんがりとキツネ色に焼けたトースト八枚、目玉焼き八個、ベーコン十六切れ、コーヒー二杯、そして冷たいミルク二杯が飛びだしてきた。

「今日は二〇二六年八月四日です」とキッチンの天井から第二の声がいった。「ところはカリフォルニア州アレンデール市」記憶に刻まれるように、日付を三度くり返し、「今日はミスター・フェザストーンの誕生日です。今日はティリタの結婚記念日です。保険、ならびに水道、ガス、電気料金の支払日です」

壁のなかのどこかで、継電器がカチリと鳴り、記憶テープが電気眼の下を通った。

《八時一分です、チクタク、八時一分です、学校へ行く時間、仕事へ行く時間、急ぎましょう、急ぎましょう、八時一分です！》しかし、ドアはバタンと閉まらなかったし、ゴムの靴底がカーペットを踏むこともなかった。外では雨が降っていた。玄関ドアの天気ボックスが静かに歌った――《雨さん、雨さん、あっちへ行って。今日は長靴とレインコートを……》そして人けのない家を雨が軽く叩き、その音がこだました。

外では、ガレージのチャイムが鳴り、ドアがあがり、待っている車があらわれた。長い待機のあと、ドアがまた閉まった。

八時半になると、卵がしなびて、トーストは石のようになった。アルミニウムのＶ字型の手が朝食を流しにかき落とし、そこで熱湯が渦に巻きこんで金属の喉を下らせ、消化して、遠くの海へと流してしまった。汚れた皿は熱湯皿洗い機にかけられ、ピカピカに乾いて出てきた。

《九時十五分です》と時計が歌った。《掃除の時間です》

壁のなかの飼育場から、ちっぽけなロボット・ネズミが飛びだしてきた。部屋は、ゴムと金属でできた小さな掃除用の動物で足の踏み場もなくなった。ロボット・ネズミたちは椅子にぶつかり、刷毛《はけ》のついたローラーをころがし、絨毯《じゅうたん》のけばを撫《な》でつけ、隠れたほこりをそっと吸いこんだ。

それがすむと、謎めいた侵入者のように、ねぐらへつぎつぎと飛びこんでいった。そのピンクの電気眼から光が消えた。家はすっかりきれいになった。

《十時です》雨雲の陰から太陽が顔を出した。その家は瓦礫《がれき》と灰燼《かいじん》の都市にぽつんと立っていた。立って残っているのはこの家だけだった。夜になると廃墟と化した都市は、何マイル先からでも見える放射能の光を放った。

《十時十五分です》庭のスプリンクラーが黄金《きん》色の水を噴きあげながらぐるぐるまわり、やわらかな朝の空気を散乱する輝きで満たした。水は窓ガラスを激しく打ち、焼け焦《こ》げた家の西側を流れ落ちた。そちら側は、白いペンキの塗られていないところも等分に焼けていた。家の西側は全体がまっ黒で、例外は五カ所だけ。あるところには、芝生を刈《か》っている男性のシルエットがペンキに焼きつけられている。あるところには、写真のように、花を摘《つ》もうと身をかがめている女性。もうすこし遠くのほうには、ある巨大な一瞬のうちに板に焼きこまれた像。両手を空中にのばしている小柄な少年、もっと高いところに、放りあげられたボールの像、少年の反対側には、けっして落ちてこないボールを受けとめようと両手をあげている少女。

ペンキには五つの影――男、女、子供たち、ボール――が残っていた。それ以外は薄い木炭《もくたん》の層におおわれていた。

やさしいスプリンクラーの雨が、落下する光で庭を満たした。

今日まで、その家はどれほどみごとに平和を保ってきたことか。どれほど注意深く、「どなたですか？　合い言葉は？」とたずね、孤独なキツネや哀れっぽく鳴く猫から答えがないと見れば、自衛本能で頭をいっぱいにしたオールドミスのように窓を閉め、シェードを降ろしたことか。機械がパラノイアにかかったも同然だった。

もの音がするたびに、その家はわなないた。スズメが窓をかすめでもしたら、シェードがパッと閉まった。鳥のほうが驚いて飛び去ったくらいだ！　そう、鳥一羽でさえこの家に触れてはならないのだ！

その家は、一万の参列者のいる祭壇だった。大小さまざまな奉仕する者たち、参列する者たちが合唱する場だった。しかし、神々は去ってしまい、宗教儀式だけが意味もなく、いたずらにつづいているのだった。

《正午十二時です》

玄関ポーチで、一匹の犬がぶるっと身震いして、哀れっぽく鳴いた。

玄関ドアが犬の声を聞き分けて、開いた。かつては大きくて肉づきがよかったのだが、いまは骨と皮だけになり、体一面がただれているその犬は、なかへはいると、泥を点々と落としながら家じゅうを歩きまわった。そのうしろで怒ったネズミたちがブンブン音をたてた。泥を拾わなければならないので怒っており、それが迷惑だと怒っているのだ。

というのも、枯《か》れ葉一枚がドアの下から吹きこんできただけで、壁のパネルがさっと開き、銅でできたネズミたちがすばやく飛びだしてくるからだ。不愉快なほこり、毛髪、紙切れは極小の鋼鉄の顎《あご》にくわえこまれ、ねぐらまで持ち帰られる。そこで、管を通して地下室へと送りこまれ、暗い隅に邪神バールのように鎮座《ちんざ》している焼却炉の、ため息をついている穴へ落とされるのだ。

犬は二階へ駆けあがり、ドアのひとつひとつに向かってキャンキャンと吠えたてたが、家が理解したのと同じように、ここには静寂しかないのだ、としまいには理解した。

犬は空気のにおいを嗅《か》ぎ、キッチンのドアを引っかいた。そのドアの裏では、オーヴンがパンケーキを焼いており、小麦粉の焼ける香《こう》ばしいにおいと、メープル・シロップのにおいが家じゅうに広がっていた。

犬が口から泡を吹き、ドアの前に横たわって、フンフンとにおいを嗅いだ。その目が火に変わった。犬は尻尾を噛《か》もうとしながら、狂ったようにぐるぐる走りまわり、狂乱のうちに息絶えた。死体は一時間ほど居間に横たわっていた。

《二時です》と歌声がした。

とうとう腐敗臭を敏感に察知して、ネズミの大群が電気の風に舞う灰色の木の葉のようにやんわりと、ブーンと音をたてながら出てきた。

《二時十五分です》

犬は跡形もなかった。

地下室では、不意に焼却炉が輝いて、火花が渦を巻きながら煙突を昇っていった。

《二時三十五分です》

ブリッジ・テーブルが中庭の壁から飛びだした。星印のあるトランプが驟雨《しゅうう》となって台の上に舞い落ちる。卵サラダのサンドイッチを添えて、マティーニがオーク製のベンチにあらわれた。音楽の演奏がはじまった。

しかし、テーブルは沈黙を守り、トランプに触れる手はなかった。

四時になると、テーブルが大きな蝶のように折りたたまれ、パネルのある壁のなかへ引っこんだ。

《四時三十分です》

子供部屋の壁が輝いた。

動物たちの形があらわれた。黄色いキリン、青いライオン、ピンクのカモシカ、スミレ色のヒョウが、水晶のような物質のなかで跳ねまわっている。その壁はガラスでできていた。その上で色彩ゆたかな幻想がくり広げられるのだ。隠れたフィルムが、油のきいたスプロケットにカタカタと送られ、壁に命があふれた。子供部屋の床は、よく乾いた牧草に似せて織《お》られた絨毯におおわれていた。その上をアルミニウムの油虫《あぶらむし》や鉄のコオロギが走り、暑い静かな空気のなかを、繊細な赤い繊維でできた蝶が、動物が残したきついにおいを縫《ぬ》ってひらひらと舞うのだ！　暗い草の茂みのなかで、大きな黄色い蜂《はち》の巣のような音がしており、ライオンがけだるげに喉を鳴らす音もした。そしてオカピの軽やかな足音や、ほかの蹄《ひづめ》のある動物を思わせる、さわやかなジャングルの雨音が、夏枯《が》れの草に降りかかった。いまや壁は、何マイルもつづく干《ひ》からびた草と、果てしない暖かな空に遠くで溶けあっていた。動物たちは茨《いばら》の茂みや、水のたまった穴のそばに引っこんだ。

いまは子供の時間だった。

《五時です》浴槽が澄んだ湯でいっぱいになった。

《六時です、七時です、八時です》手品のように夕餉《ゆうげ》の皿があらわれ、書斎でカチリと音がした。いまや火が暖かそうに燃えている暖炉と向かいあった金属のスタンドに、葉巻がポンと飛びだして、煙を吐き、長さ半インチのやわらかな灰を積もらせながら待機した。

《九時です》隠れた回路がベッドを温めた。ここの夜は冷えこむからだ。

《九時五分です》書斎の天井から声がいう――

「ミセス・マクレラン、今夜はどの詩にいたしましょう?」

家のなかは静まりかえっていた。

とうとう声がいった。

「ご希望をおっしゃっていただけませんので、こちらで適当にお選びします」静かな音楽が湧きあがり、声のバックに流れる。「セーラ・ティーズデール。たしか、奥さまのお好きな……」

《優しく雨ぞ降りしきり、土のにおいたちこめ、

燕《つばめ》は宙に弧を描き、切れ切れに声をひびかせる。

池の蛙《かえる》は夜半に歌い、

野育ちの李《すもも》の樹《き》は白く震える。

駒鳥《こまどり》は羽毛《うもう》の炎をまとい、

低い針金の柵《さく》にとまり、気ままにさえずる。

戦《いくさ》について知る者はなく、
ついに戦が終わっても気にかける者はない。

気にかけはしないのだ、鳥も木も
たとえ人類が死に絶えようと。

夜明けに春の女神がめざめても
われらが消えたことを知るよしもない》

火は石造りの暖炉で燃えつづけ、葉巻が灰になって、灰皿の上に静かに積もっていった。からっぽの椅子が、沈黙を守る壁のあいだで向かいあい、音楽が流れつづけた。

十時に家が死にはじめた。

風が吹いた。一本の木が倒れて、その枝がキッチンの窓を突き破った。洗浄液のはいった瓶《びん》が割れて、溶液がオーヴンにかかった。たちまち部屋は猛火《とも》につつまれた！

「火事だ！」と絶叫する声。家じゅうの明かりがパッと灯り、天井からポンプが放水をはじめた。しかし、溶液はリノリウムの床に広がり、キッチンのドアの下をなめて、燃えあがった。そのあいだ声はコーラスでわめきたてた。「火事だ、火事だ、火事だ！」

家は自分を救おうとした。ドアをぴったりと閉ざしたが、窓が熱気で割れ、風が吹きこみ、火をあおった。

百億の怒《いか》れる火花となった炎が、あたりを火の海に変えながら、部屋から部屋へとやすやすと進んでいき、やがて階段を昇るにつれ、家は屈服していった。そのあいだに消火用のネズミが壁からチューチュー鳴きながら走り出て、水を発射しては、補充にもどった。そして壁の撒水機が、人工の雨をシャワーのように降らせた。

しかし、手遅れだった。どこかでポンプがため息をつき、肩をすくめて止まった。消火用の雨もやんだ。何日も平穏に浴槽を満たし、皿を洗ってきた貯水槽の水もなくなった。

火はパチパチと音をたてながら階段を昇った。二階の廊下で、ご馳走を平らげるように、ピカソやマチスの複製画をむさぼり、その油っぽい肉を焼き固め、キャンヴァスをやさしく焦がして黒い屑《くず》に変えた。

と、つぎの瞬間、火がベッドに燃え移り、窓をふさいで立ち、カーテンの色を変えた！

とそのとき、援軍が駆けつけた。

屋根裏の跳ねあげ戸から、視力のないロボットの顔がのぞいて、その蛇口状の口から緑色の化学物質をほとばしらせたのだ。

火はたじろいだ。死んだ蛇《へび》を見れば、さしもの象もたじろぐように。いまや二十匹の蛇が床をのたうちまわり、緑の泡でできた清潔な冷たい毒で火を殺そうとしていた。

だが、火は狡猾《こうかつ》だった。それは炎を家の外へ送りだし、屋根裏へ登らせて、ポンプのところまで行かせたのだ。爆発！　ポンプを指揮していた屋根裏の頭脳が、銅の破片となって梁《はり》の上に砕け散った。

火はクローゼットというクローゼットになだれこみ、そこにかけてあった衣服の手ざわりを堪能した。

家が身震いし、オークの骨がこすれ合った。むきだしになった骨組みが熱で縮こまり、電線や神経が露《あら》わになった。まるで外科医が皮膚を剝《は》ぎとり、赤い血管や毛細血管をさらけ出して、火傷《やけど》しそうな熱気のなかで小刻みに震わせたかのように。助けて、助けてくれ！　火事だ！　逃げろ、逃げるんだ！　冬で最初の割れやすい氷のように、鏡が熱でひび割れた。そしていくつもの声が、火事だ、火事だ、逃げろ、逃げろ、と悲しい子守歌のように泣き叫んだ。森のなかでたったひとりで死にかけている子供のように、十を超える声が高く低く叫んだ。その声も、火にくべられた栗《くり》の皮がはじけてむけるように、電線の被覆《ひふく》がむけるにつれ消えていった。ひとつ、ふたつ、三つ、四つ、五つの声が絶えた。

子供部屋ではジャングルが燃えていた。青いライオンが吼《ほ》え、紫色のキリンが跳《と》びはねた。ヒョウは色を変えながらぐるぐる走りまわり、一千万の動物が、火の前を走りながら、遠くの蒸気を噴きあげている川のほうへ姿を消した……。

さらに十の声が絶えた。猛火の雪崩《なだれ》に呑まれる寸前、忘れられていたほかのコーラスが、時を告げ、音楽を奏《かな》で、遠隔操縦の芝刈り機で芝を刈り、雨傘《あまがさ》を狂ったように出し入れし、玄関ドアを勢いよく開け閉めする音が聞こえた。それぞれの時計が勝手に気ままに時鐘《じしよう》を鳴らす時計店のなかのように、無数のものごとがいっせいに起こった。混乱のきわみの光景だが、それなのに統一がとれていた。最後に残った数匹の掃除用ネズミが、歌ったり、大声をあげたりしながら、勇敢に飛びだして、忌《い》まわしい灰を運び去ろうとしたのだ！　そして状況をものともせずに崇高《すうこう》さを保ったひとつの声が、燃えさかる書斎で詩を朗読した。が、やがてすべてのフィルムが燃え、すべての電線が萎《しな》びて、回路が断たれた。

火につつまれた家がはじけ、崩れ落ちた。火の粉《こ》と煙がスカートのようにふくらんだ。

キッチンでは、火と木材の雨が降る寸前、オーヴンが狂ったような勢いで朝食を作っているところが見られた。百二十個の卵、六斤《きん》のトースト、二百四十切れのベーコン、それらが火に喰《く》われると、オーヴンはヒステリー気味にシューシュー音をたて、もういちど仕事にかかったのだ！

すさまじい音がした。屋根裏《ひじ》がキッチンと居間をつぶしたのだ。居間は地下室を、地下室はそのまた地下室を。冷蔵庫、肘掛け椅子、フィルム・テープ、回路、ベッド、すべてが骸骨《がいこつ》のように、地下深くに散乱した瓦礫の山へ投げこまれた。

煙と静寂。おびただしい量の煙。

夜が明け、東の空がかすかに白《しら》んできた。一面の廃墟のなかに、壁がひとつだけ立っていた。その壁の内部で、最後の声が、何度も何度も、くり返しいっていた。陽《ひ》が昇り、瓦礫の山と蒸気に射しこんできたときも――

「今日は二〇二六年八月五日です、今日は二〇二六年八月五日です、今日は……」

ブラッドベリ世界のショーケース——訳者あとがき

レイ・ブラッドベリは、二十世紀後半のアメリカ文学を代表する作家である。

なにを大げさな、と思われる人がいるかもしれないが、これは掛け値なしの事実だ。その証拠に、アメリカの文学者にとって最大の栄誉であるナショナル・メダル・オブ・アーツを二〇〇四年に受けている。わが国の文化勲章に相当するもので、受賞者はホワイトハウスで大統領から直々《じきじき》にメダルを授与される。そして二〇一二年六月五日にブラッドベリが死去したさいには、ホワイトハウスがわざわざ声明を発表して、その功績を称《たた》えたのだった。

ブラッドベリが長年暮らしたロサンゼルスには、彼の名を冠《かん》した街角がある。ブラッドベリがこよなく愛した火星には、彼の名を冠した場所がある（探査機キュリオシティの着陸地点。NASAによる命名）。つまり、日本にいるわれわれが想像する以上に、ブラッドベリは巨大な存在なのである。

パルプ・マガジンと呼ばれる低級な娯楽雑誌をふりだしに、ジャンルの壁を乗り越え、偏見を克服し、ついにはアメリカ文学史に名を刻んだのは、ひとえにその特異な才能のおかげ。ブラッドベリはホラーやミステリといったジャンル小説の熱心な読者であり、その定型を愛しているのだが、いざ書く段になると、かならず定型からはみ出してしまう。というか、その強烈な個性が定型におさまりきらないのだ。したがって、なにを書いても「ブラッドベリ印」の作品になってしまう。とすれば、ジャンルの壁を乗り越えたのではなく、「ブラッドベリ」というジャンル」を創《つく》りあげたのかもしれない。すくなくとも、ジャンル小説も、そうでない小説も同じ流儀で書かれていることはたしかだ。

これだけの大物であり、しかも多作とあれば、傑作集がたくさん編まれていても不思議はない。ところが、意外なことに、その作品世界を気軽に概観できる本はほとんどない。どれも傾向が偏《かたよ》っているか、大部すぎるかなのだ。

たとえば、本文庫におさめられた『ウは宇宙船のウ』(一九六二)と『スは宇宙《スペース》のス』(一九六六)は、最初から二冊セットで企画されており、ヤングアダルト向けにSFとファンタシーを精選した内容となっている。あるいは、最新の傑作集 *Bradbury Stories: 100 of His Most Celebrated Tales* (2003) は、その名のとおり、ブラッドベリの傑作短編を百も集めたものだが、やはり百編を集めた傑作集 *The Stories of Ray Bradbury* (1980) との重複を避けたというしろもの。いずれにしろ、「これ一冊でOK」というにはほど遠い。

そんななか、「これ一冊でOK」という存在にいちばん近いと思われるのが本書だ。最大の特徴は著者自選であること。一九四五年発表の怪奇小説から、一九六三年発表の純文学まで、さまざまな媒体に載った、さまざまな傾向の作品が満遍なく選ばれているところを見れば、ブラッドベリ自身がその作品世界をコンパクトにまとめようとした意図がうかがえる。じっさい、「草原」、「万華鏡」、「霧笛《むてき》」といった自他ともに認めるSF系の代表作が並ぶいっぽう、「小ねずみ夫婦」、「日と影」、「すばらしき白服」といった知名度の劣る純文学系の秀作が選ばれているのが注目に値する。

さらにブラッドベリらしいのは、「たんぽぽのお酒」の表題のもと、同題の連作長編から四つの章を抜粋していることだ。いささか変則的な形だが、これがなければ自分の作品世界に穴があくと感じたのだろう。その意味で、本書はブラッドベリ自身によるブラッドベリ世界のショーケースなのだ。

申し遅れたが、本書は *The Vintage Bradbury*（Vintage, 1965）の全訳である。原書は現代文学の一線級をそろえた叢書〈ヴィンテージ・ブックス〉の一冊。ブラッドベリが、フォークナー、ナボコフ、アップダイク、スタイロンらと肩を並べたわけだ。ちなみに序文を書いているギルバート・ハイエットは、イギリス生まれでアメリカに帰化した人文学者で、ブック・オブ・ザ・マンス・クラブの選定委員を務めていたという経歴が示すとおり、アメリカの読書界に影響力があった人である。

ご存じの方も多いだろうが、同じ『万華鏡』という訳題で、サンリオSF文庫から川本三郎訳が出たことがある。同書は一九七八年の同文庫創刊ラインナップの一冊で、何度か版を重ねたが、一九八七年の同文庫廃刊にともなって絶版となっていた。ブラッドベリ入門に最適の一冊を埋もれさせておくのは惜しい、という東京創元社編集部の英断により、今回約四十年ぶりに新訳として生まれ変わったわけだ。
　前置きが長くなった。そろそろ収録作品の解説に移ろう。

「アンリ・マチスのポーカー・チップの目」“The Watchful Poker Chip of H. Matisse”

『火星年代記』（一九五〇／ハヤカワ文庫ＳＦ）と『華氏４５１度』（一九五三／同前）の成功で文名《ぶんめい》をあげ、「宇宙時代の抒情詩人」と異名をとったブラッドベリだが、すでにＳＦの枠からはみ出そうとしていた。その試行錯誤の時期に書かれた作品で、実在の画家アンリ・マチスに対するオマージュになっている。初出はＳＦ／ファンタシー誌〈ビヨンド・ファンタシー・フィクション〉一九五四年三月号で、そのときの題名は“The Watchful Poker Chip”だった。

「草原」“The Veldt”

一九五〇年代のアメリカでは、史上まれに見る規模で雑誌文化が花開いた。その主役となったのが、大部数を誇るスリック・マガジンだ（つやつや《スリック》の高級紙にカラー印刷をするので、この名がある）。ブラッドベリはその常連となり、アメリカの家庭にＳＦとファンタシーを送り届けた。ヴァーチャル・リアリティの先駆的作品と評される本編も、国民的な家庭誌〈サタデイ・イヴニング・ポスト〉一九五〇年九月二十三日号の誌面を飾ったもので、初出時の題名は“The World the Children Made”。のちに連作短編集『刺青《いれずみ》の男』（一九五一／ハヤカワ文庫ＳＦ）を構成する一編となった。

「歓迎と別離」"Hail and Farewell"

「永遠の少年」と呼ばれたブラッドベリらしい小品。初出は〈トゥデイ〉一九五三年三月二十九日号。

「メランコリイの妙薬《みようやく》」"A Medicine for Melancholy"

ブラッドベリは早い時期からジャンルの垣根をとり払った作品集を編みたいと思っていたが、出版社の理解をなかなか得られなかった。その夢が実現したのは、第四短編集に当たる『太陽の黄金の林檎《りんご》』（一九五三／同前）を上梓《じょうし》したとき。それにつづいたのが第六短編集『メランコリイの妙薬』（一九五九／早川書房）で、本編は同書に書き下ろしでおさめられた。お堅い雑誌には載せにくかったのだろう。

「鉢《はち》の底の果物《くだもの》」"The Fruit at the Bottom of the Bowl"

一九四〇年代後半は、ブラッドベリがミステリ修業をしていた時期に当たる。ハメットやチャンドラーの作品に心酔していたらしいが、書きあげたミステリは、それとは似ても似つかぬものになっていた。本編はそのひとつで、探偵パルプ誌〈ディテクティヴ・ブック・マガジン〉一九四八年冬季号に"Touch and Go!"の題名で発表された。

「イラ」"Ylla"

ブラッドベリの出世作『火星年代記』は、火星を舞台にした一連の短編を再構成し、あいだをつなぐ短い文章を加えて疑似長編の形にしたものだが、それを構成する一編。作者自身によれば、この火星人には古代エジプト人の面影があるそうだ。家庭誌〈マクリーンズ〉一九五〇年一月一日号に"I'll Not Ask for Wine"の題名で発表された。

ちなみに、雑誌初出時の題名は、作中で主人公イラが口ずさむ歌にちなむ。エリザベス朝イギリスの詩人ベン・ジョンソンの「シーリアに捧ぐ」が元だが、メロディーをつけたヴァージョンが十八世紀の後半からアメリカで広まった。

「小ねずみ夫婦」"The Little Mice"

ブラッドベリは中西部のイリノイ州ウォーキーガンの生まれだが、大恐慌のまっただなかの一九三四年にカリフォルニア州ロサンゼルスに引っ越し、メキシコ系住民と接するようになった。人種差別への怒りから、数多くの短編が生まれたが、これもそのひとつ。最初は文芸誌〈エスカペイド〉一九五五年十月号に"The Mice"の題名で掲載された。

「小さな暗殺者」"The Small Assassin"

ミステリ修業時代の一編で、初出は探偵パルプ誌〈ダイム・ミステリ・マガジン〉一九四六年十一月号。独身時代のブラッドベリは、子供を恐れる傾向を見せていたが、一九四七年に結婚し、四九年に長女が生まれると、その態度は一変する。そのとき友人に出した手紙を引こう――「とても健康で、ピンクの小さな女の子で、サイレンのような肺と不作法なマナーをそなえています。ああ、彼女はいかなる点でも似ていません、小さな暗殺者には」

「国歌演奏短距離走者」"The Anthem Sprinters"

ブラッドベリは一九五三年にアイルランドの地を踏んだ。映画監督ジョン・ヒューストンに請われ、彼の次回作『白鯨』(一九五六公開)の脚本を書くためだった。ヒューストンを崇拝していたブラッドベリは、最初のうちこそ天にも昇る心地だったが、尊大で自己中心的なヒューストンにふりまわされ、心身ともに疲弊してしまう。そのときの体験を元に書かれたのが、一連の〈アイルランド〉ものであり、のちに連作長編『緑の影、白い鯨』(一九九二/筑摩書房)として集大成された。本編もそこに組みこまれた作品で、〈プレイボーイ〉一九六三年六月号に"The Queen's Own Evaders"の題名で発表された。

「すると岩が叫んだ」"And the Rock Cried Out"

冷戦のまっただなかに書かれたサスペンス小説。ハードボイルド・タッチの作品を柱にしたミステリ誌〈マンハント〉一九五三年九月号に発表された。初出時の題名は"The Millionth Murder"。

ちなみに、ブラッドベリは一九四五年に友人とふたりでメキシコを旅した。おんぼろ自動車を駆っての貧乏旅行で、苦難の連続。ついには友人と仲違いしてしまうのだが、はじめて異文化に触れた経験は忘れがたく、その後メキシコを舞台にした作品を数多く著《あらわ》した。

「見えない少年」"Invisible Boy"
初期のブラッドベリならではの風変わりなファンタシー。女性向けのファッション雑誌ながら、力強く独創的な小説を載せることで知られていた〈マドモワゼル〉一九四五年十一月号に発表された。

「夜の邂逅《かいこう》」"Night Meeting"
出世作『火星年代記』を構成する一編。同書に書き下ろしで収録された。
ブラッドベリはカマキリのイメージを多用するが、英語ではこの昆虫を"praying mantis"と呼ぶからだろう。鎌をかまえた姿が、祈っているように見えるのである。

「狐と森」"The Fox and the Forest"
第二次世界大戦の終結は、平和ではなく、米ソの冷戦につながった。ブラッドベリは軍国主義や警察国家への動きをいち早く嗅《か》ぎつけており、一九四〇年代後半から全体主義批判の作品を書きつづけていた。これもその一編で、家庭誌〈コリアーズ〉一九五〇年五月十三日号に"To the Future"の題名で発表され、のちに連作短篇集『刺青の男』に組みこまれた。

この路線は、のちにディストピア小説の古典『華氏451度』を生みだすことになる。

「骨」"Skeleton"

ブラッドベリは一九四一年にデビューし、パルプ雑誌の常連寄稿家となったが、当初ホーム・グラウンドとなったのが、伝説の怪奇パルプ誌〈ウィアード・テールズ〉だった。当時のアメリカでは最高といえる幻想と怪奇の牙城《がじょう》である。本編は同誌一九四五年九月号に掲載された。

とはいえ、彼の斬新な怪奇小説は、伝統的な作品を求める編集部の意向にそわず、やがてブラッドベリは同誌と袂《たもと》を分かつことになった。

「たんぽぽのお酒」"Dandelion Wine"

ブラッドベリは生涯の大半をロサンゼルスで過ごしたが、心の故郷はつねに幼少年期を送ったイリノイ州ウォーキーガンだった。作家活動の初期から、その故郷と少年期をテーマにした半自伝的作品の構想を温めており、その一部を折りに触れて短編小説の形で発表していた。出世作『火星年代記』と同様に、それらを再構成し、つなぎの文章を加えることで長編化を図《はか》ったが、作業は困難をきわめ、紆余曲折《うよきょくせつ》の末、『たんぽぽのお酒』（一九五七／晶文社）として世に出た。このときには、草稿の段階で残っていた章題（下敷きとなった短編の題名）がなくなり、長編の体裁《ていさい》をととのえていた。

ときは一九二八年、ところはイリノイ州の架空の街グリーン・タウン。この街に住む十二歳の少年ダグラス・スポールディングのひと夏を、ノスタルジックな雰囲気のなかで描きだした同書は、現実と幻想が渾然《こんぜん》一体となった少年期を活写した作品として高い評価を受け、ブラッドベリの代表作のひとつとなった。ブラッドベリ自身によって戯曲化されており、このヴァージョンも『たんぽぽのお酒　戯曲版』（一九八八／同前）として邦訳されている。

　早くから続編が予告されていたが、こちらも難産をきわめ、なんと約五十年後に『さよなら僕の夏』（二〇〇六／同前）として刊行された。

　ちなみにブラッドベリの本名は、レイ・ダグラス・ブラッドベリ。曾祖母《そう》の旧姓がスポールディングである。後者はウォーキーガンの名家として知られる名前だった（念のために書いておけば、レイはレイモンドの略ではない。たんに"Ray"である。両親は父方のいとこの名前にちなんで"Rae"と名づけようとしたのだが、女性名"Rachel"の略称と思われるという理由で周囲に反対され、綴《つづ》りを"Ray"に変えたのだった）。

　本書には『たんぽぽのお酒』から四つの章が採《と》られている。各編の原題と初出を記す――

「イルミネーション」"Illumination"〈ザ・リポーター〉一九五七年五月十六日号。

「たんぽぽのお酒」"Dandelion Wine"〈グルメ〉一九五三年六月号。

「彫像」"Statues" *Dandelion Wine* (Doubleday, 1957) への書き下ろし。

「夢見るための緑のお酒」"Green Wine for Dreaming" 同右。

「万華鏡」"Kaleidoscope"

幼いころからSFファンだったブラッドベリは、一九四〇年代には星とロケットの出てくる小説を盛んに書いていた。その詩的な作品群は、科学を重視する当時の一流SF誌には受け入れられず、二流誌に掲載されたわけだが、五〇年代にはいって単行本にまとめられると、たちまち真価を認められるようになった。本編もそのひとつで、初出は〈スリリング・ワンダー・ストーリーズ〉一九四九年十月号。のちに連作短篇集『刺青の男』に組みこまれた。

ブラッドベリ自身により戯曲化され、これは「カレイドスコープ」として邦訳された。戯曲集『火の柱』（一九七六／大和書房）に収録されている。

「日と影」"Sun and Shadow"

いわゆる〈メキシコもの〉の一編。〈ザ・リポーター〉一九五三年三月十七日号に発表された。

「刺青の男」"The Illustrated Man"

アメリカでカーニヴァルといえば、たいていは見世物《みせもの》小屋をともなった巡回サーカスをさす。ブラッドベリは終生その魅力にとり憑《つ》かれ、これを題材にした作品を書きつづけた。その代表が長編『何かが道をやってくる』（一九六二／本文庫）だが、スリック・マガジンの雄〈エスクァイア〉一九五〇年七月号に発表された本編も衝撃度では負けていない。

ちなみに、本編で展開された「ひとりでに物語をはじめる刺青」というアイデアを核に、ブラッドベリは連作短篇集『刺青の男』をまとめたが、全体の枠組みを決めるプロローグとエピローグは新たに書き下ろされ、本編は同書に組みこまれなかった。

「霧笛」"The Fog Horn"

幼いころから恐竜マニアだったブラッドベリの面目躍如《やくじょ》たる傑作。この作品の誕生秘話は、作家本人が好んで語るところだ。それによると——

ブラッドベリは若いころ、ロサンゼルス郊外のヴェニスに住んでいた。かつて観光地として栄えたところだが、当時は見る影もなくさびれており、古いジェットコースターが横倒しになって、骨組みを砂に埋《うず》め、海水に浸していた。あるとき霧の出てきた海辺を妻と並んで散歩していたブラッドベリは、それを見て妻にいった——「あの恐竜は、浜辺に寝そべってなにをしているのかな?」

数日後の夜、真夜中に目をさましたブラッドベリは、サンタモニカ湾の沖合に鳴りひびく霧笛を耳にした。そのとたん脳裏にひらめいた——恐竜がそこへやってきて、息絶えた理由が。こうして着想を得ると、ブラッドベリは本編を一気呵成《かせい》に書きあげ、〈サタデイ・イヴニング・ポスト〉一九五一年六月二十三日号に発表した。ちなみに題名は"The Beast from 20,000 Fathoms"となっていた。

面白いのはここからで、この作品を原案とする映画が一九五三年に公開された。題名こそ雑誌掲載版と同じだが、中盤の展開の一部以外は、ブラッドベリの小説とは無縁の作品だった。しかし、特殊効果を人形アニメーションの神様レイ・ハリーハウゼンが担当し、当時としては迫真のドキュメンタリー・タッチを実現して、モンスター映画の古典とされている。じつは、恐竜マニア同士ということで、ふたりのレイは古くからの親友であり、同じ映画のクレジットに名前がそろって登場したことを、いたく喜んだのだった。ちなみに、この映画の邦題は「原子怪獣現わる」といった。

ブラッドベリ自身による戯曲版もある。戯曲集『火の柱』（一九七六／大和書房）に収録された「霧笛」である。

「こびと」"The Dwarf"

前述のヴェニスにあった観光用桟橋《さんばし》（海上遊園地）をモデルにしたと思われる作品。婚約当時、ブラッドベリはこの桟橋をデート・コースにしていた。初出はＳＦ誌〈ファンタスティック〉一九五四年一・二月合併号。

「熱にうかされて」"Fever Dream"

ブラッドベリの怪奇小説は、少年期の悪夢と寝汗《ねあせ》からできていると評されるが、それを地でいったような作品。〈ウィアード・テールズ〉一九四八年九月号に発表された。

「すばらしき白服」"The Wonderful Ice Cream Suit"
ロサンゼルスに暮らすメキシコ系市民を題材にした作品のひとつ。最初は"The Magic White Suit"の題名で〈サタデイ・イヴニング・ポスト〉一九五八年十月四日号に発表された。ブラッドベリ自身の脚色と製作で、一九九八年にディズニー映画化されている（ヴィデオ・スルーで日本未公開）。題名は小説と同じThe Wonderful Ice Cream Suitで、内容もほぼ同じ。コメディ・タッチで音楽多めの楽しい作品に仕上がっている。

「やさしく雨ぞ降りしきる」"There Will Come Soft Rains"
地球が舞台でありながら、『火星年代記』を構成する一編。同書には地球と火星の運命を描いた未来史としての側面もあるからだ。初出は〈コリアーズ〉一九五〇年五月六日号。哀感をこめて機械文明の終焉《しゅうえん》を描きだしたこの小品は、本書の締めくくりにふさわしい。

いうまでもないが、本書におさめられた作品は、いずれも先人の訳がある。ものによっては四種類も五種類も既訳が存在するが、できるだけそのすべてを参照するようにした。それらをつぶさに見ているうちに、アメリカ人でもとっつきにくいとされるブラッドベリの文章をどう訳すべきか、方針が固まってきた。
たとえば、a smell of the sun beyond the horizonという文章がある。日の出前の情景を描いたものだが、「太陽のにおい」というのは論理的におかしい。じっさい、意味だけとって、

「地平線に太陽がかすかに出かかっていた」と訳した先例もある。だが、これではブラッドベリ独特の言葉使いが消えてしまうので、本書ではあえて「地平線の彼方に太陽のにおいがする」とそのまま訳した。つまり、アメリカの読者がとまどうところは、わが国の読者にもとまどってもらおうというのだ。ヤード・ポンド法などもそのままにして、なるべくアメリカの小説を読んでいる気分に浸ってもらうことをめざした。

この方針が正しかったかどうかは、読者の判断にゆだねるしかない。

なお、ブラッドベリの経歴等については、サム・ウェラー著『ブラッドベリ年代記』（二〇〇五／河出書房新社）を参照されたい。同書はブラッドベリ自身の全面協力を得て書かれた浩瀚《こうかん》な伝記であり、「ブラッドベリという個人を通して見たアメリカ大衆文化史」ともいえる内容になっている。

末尾になったが、先行訳を手がけられた訳者の方々に深く感謝する。紙幅の関係で、ひとりひとりのお名前をあげられないのが心残りだ。

二〇一六年九月

訳者紹介　1960年生まれ。中央大学法学部卒，英米文学翻訳家。編著に「影が行く」，「時の娘」，「時を生きる種族」，「街角の書店」，主な訳書にウェルズ「宇宙戦争」，「モロー博士の島」，ヤング「時が新しかったころ」ほか多数。

検印
廃止

ブラッドベリ自選傑作集
万華鏡

2016年10月21日　初版
2024年6月7日　3版

著者　レイ・ブラッドベリ
訳者　中《なか》村《むら》融《とおる》
発行所　（株）東京創元社
代表者　渋谷健太郎

162-0814/東京都新宿区新小川町1-5
電話　03・3268・8231-営業部
03・3268・8204-編集部
URL　http://www.tsogen.co.jp
DTP　キャップス
暁印刷・本間製本

乱丁・落丁本は，ご面倒ですが小社までご送付ください。送料小社負担にてお取替えいたします。

ISBN978-4-488-61206-1　C0197

創元SF文庫を代表する一冊

INHERIT THE STARS◆James P. Hogan

星を継ぐもの

ジェイムズ・P・ホーガン

池 央耿 訳　カバーイラスト＝加藤直之

創元SF文庫

◆

月面で発見された、真紅の宇宙服をまとった死体。

綿密な調査の結果、驚くべき事実が判明する。

死体はどの月面基地の所属でもないだけでなく、

この世界の住人でさえなかった。

彼は５万年前に死亡していたのだ！

いったい彼の正体は？

調査チームに招集されたハント博士は壮大なる謎に挑む。

現代ハードSFの巨匠ジェイムズ・P・ホーガンの

デビュー長編にして、不朽の名作！

第12回星雲賞海外長編部門受賞作。